BIRGIT JASMUND

Das Geheimnis der Baumeisterin

AF641181

atb aufbau taschenbuch

BIRGIT JASMUND, geboren 1967, stammt aus der Nähe von Hamburg. Nach dem Studium der Rechtswissenschaften in Kiel hat das Leben sie nach Dresden verschlagen. Wenn einem dort der Wind so richtig um die Nase weht, hält sie nichts im Haus.

Im Aufbau Taschenbuch sind von ihr bereits die historischen Romane »Die Tochter von Rungholt«, »Luther und der Pesttote«, »Der Duft des Teufels«, »Das Geheimnis der Porzellanmalerin«, »Das Geheimnis der Zuckerbäckerin«, »Das Erbe der Porzellanmalerin« und »Die Maitresse. Aufstieg und Fall der Gräfin Cosel« sowie bei Rütten & Loening die Liebesgeschichte »Krabbenfang« erschienen.

1733: Nynke reist mit ihrer Familie nach Potsdam, wo ein Stadtviertel in holländischem Stil erbaut werden soll. Und sie soll endlich einen Ehemann finden, denn nach einer geplatzten Verlobung ist ihr Ruf in Mitleidenschaft gezogen. Doch stattdessen unterstützt Nynke den Baumeister bei seinen Planungen und errichtet eine Krankenstube für verletzte Arbeiter. Eines Tages lernt sie den Handwerker Matthias kennen. Die beiden verlieben sich ineinander, bis er Potsdam überstürzt und aus rätselhaften Gründen verlassen muss. Nynke bleibt zurück und ist verzweifelt – denn sie erwartet ein Kind von ihm.

BIRGIT JASMUND

Das Geheimnis der Baumeisterin

HISTORISCHER ROMAN

aufbau taschenbuch

MIX
Papier aus verantwortungsvollen Quellen
FSC® C083411

ISBN 978-3-7466-3560-6

Aufbau Taschenbuch ist eine Marke
der Aufbau Verlage GmbH & Co. KG

1. Auflage 2021
© Aufbau Verlage GmbH & Co. KG, Berlin 2021
Umschlaggestaltung www.buerosued.de, München
unter Verwendung von Motiven von Cover photography
© Richard Jenkins Photography und © Bridgeman Images
Gesetzt LVD GmbH, Berlin
Druck und Binden CPI books GmbH, Leck, Germany
Printed in Germany

www.aufbau-verlage.de

Teil Eins

1733–1737

KAPITEL I

1733

»Wir kommen nicht weiter! Zu viel Eis im Fluss.« Der Schiffer Schulte stützte sich auf die mit Raureif überzogene Reling der Schaluppe.

Neben dem Hamburger Schiffer stand Jan Boumann aus Amsterdam und schaute auf die im grauen Wasser der Elbe treibenden Eisschollen hinab. Gegen die Kälte schützte er sich mit einem doppellagigen Wollmantel und einer dazu passenden Samtkappe. Er zählte gerade einmal dreiundzwanzig Jahre, war seit wenigen Monaten verheiratet und mit seiner jungen Frau, seinem Bruder und anderen Holländern auf dem Weg nach Potsdam. Sie folgten einem Ruf des preußischen Königs Friedrich Wilhelm.

Das Eis kratzte an den Schiffsplanken und verursachte ein Geräusch, das Jan einen Schauder über den Rücken jagte. Sein Atem dampfte vor dem Mund und vereiste auf einem weißen Halstuch. Obwohl er Zimmermann und kein Schiffer war, war ihm bewusst, dass das Schiff Gefahr lief, vollständig festzufrieren. Deshalb stimmte er Schulte zu.

»Wir haben Glück, da vorn ist Wittenberge. Dort finden wir einen sicheren Platz zum Anlegen«, begann der Schiffer wieder. »Bis dahin schaffen wir es noch, aber ich werde keine Meile weiterfahren.«

Gerade schrappte wieder eine Eisscholle an der Schiffswand entlang. Trotz seiner dicken Kleidung spürte Jan, wie sich die Härchen auf seinen Armen aufstellten. Er nickte dem Hamburger zu und kletterte unter Deck, um seine Mitreisenden von der veränderten Lage in Kenntnis zu setzen. Als Erstes klopfte er an die Tür der Achterkabine, die seine Frau Anna und deren Schwester Nynke bewohnten.

Die Frauen saßen sich auf den beiden Pritschen gegenüber. Gegen die Kälte waren sie in viele Schichten von Unterröcken, Blusen, wollene Mäntel und Schultertücher gehüllt. Sie vertrieben sich die Zeit mit einem Ratespiel. Auf dem Schoß hielt Nynke ein in ein Schaffell gehülltes Bündel, an dem sie die Hände wärmte. Bei Jans Eintritt bewegte es sich, und zwischen den Falten reckte sich der Kopf eines Graupapageis heraus. Ein knopfrundes Auge mit schwarzer Pupille und einer gelblichen Iris fixierte Jan, und er hatte den Eindruck, als blickte ihn der Papagei vorwurfsvoll an.

Nynke strich mit einem Zeigefinger über den Vogelkopf und gab mit gespitzten Lippen gurrende Geräusche von sich. Seine Frau Anna, mit der er erst seit wenigen Wochen verheiratet war, betrachtete ihre Schwester mit einem Stirnrunzeln. Ihre zierliche Gestalt wirkte unter den vielen Schichten Kleidung gedrungen. Vorwitzige blonde Löckchen schauten unter ihrer Haube hervor, als sie ihm ihr verfroren wirkendes Gesicht mit geröteter Nase zuwandte. Jan wollte am liebsten Küsse auf die zarte Haut drücken, bis sie wieder warm wurde.

»Was ist das für ein Kratzen außen am Schiff?«, wollte Nynke wissen. »Das klingt, als scharre ein Seeungeheuer am Holz und wolle jeden Moment bei uns hereinschauen.«

»Eisschollen reiben sich an den Planken, deswegen ändern sich unsere Pläne.« Jan erklärte ihnen, was der Schiffer an Deck entschieden hatte.

»Wie geht es von dort weiter?«, verlangte Anna zu wissen. »Es ist unangenehm genug, bei diesem Wetter unterwegs zu sein, und nun müssen wir die Reise im Nirgendwo unterbrechen. Was ist dieses Wittenberge für ein Ort? Hat dort nicht Martin Luther seine Thesen an die Tür der Schlosskirche genagelt?«

»Das war in Wittenberg und ganz woanders«, erklärte Nynke. Sie war drei Jahre älter als ihre Schwester.

»Was macht schon der eine Buchstabe.«

»Zwei verschiedene Städte.«

»Wichtiger ist allemal, ob es in diesem Wittenberge ein bequemes Gasthaus gibt und wann wir weiterreisen können.«

»Ich freue mich jedenfalls schon darauf, mir wieder einmal an Land die Füße zu vertreten«, erwiderte Nynke.

Anna schaute über den Papagei Pitter hinweg in das Gesicht ihrer älteren Schwester. »Bei diesem Wetter werde ich nicht durch die Stadt laufen, und du wirst es auch nicht. Untersteh dich, allein herumzulaufen! Ich bin für dich verantwortlich und werde dafür sorgen, dass du keinen Anlass zu Gerede gibst.«

»Nur weil du verheiratet bist, brauchst du dich nicht aufzuspielen, als wärest du die Ältere. Ich kann allein eine Gasse entlanglaufen.« Nynke schaute zu ihrem Schwager, der immer noch in der Tür stand, da die Kabine mit zwei Leuten und einem Papagei überfüllt schien.

Jan hob die Hände. »Ich mische mich da nicht ein.«

In Wittenberge kamen die Holländer in einer Herberge namens ›Roter Hahn‹ unter. In der Schlafstube, die Nynke mit den drei kleinen Töchtern des Zimmermanns Anton van Ridder teilen musste, verbreitete ein Kachelofen angenehme Wärme. Als frisch verheiratetem Paar teilte der Wirt Anna und Jan sein bestes, einem Fürsten würdiges Zimmer zu. Nynke spähte neugierig hinein.

Die Stube besaß drei mit Eisblumen überzogene Fenster, die Holzdecke war mit einem Muster bemalt, bei dem Rot und Grün vorherrschten. Im Kachelofen in der Ecke knisterte ein Feuer, aber es reichte noch nicht aus, den Raum zu erwärmen. Diesen beherrschte ein breites Bett mit schweren, weinroten

Vorhängen. Es gab außerdem zwei breite Lehnstühle und Fußschemel.

»Arme deutsche Fürsten. Wenn das ihre Schlafstuben sind«, murrte Anna und ließ sich auch nicht aufheitern, als Jan sie umarmte und ihr einen Kuss auf die Nasenspitze gab. »Jeder mittelmäßig erfolgreiche Kaufmann nennt bei uns Besseres sein Eigen.«

»Ich hoffe nur, die Preußen werden sich an deine spitze Zunge gewöhnen. Ich jedenfalls liebe sie.« Jan lachte. »Du entschuldigst mich. Ich muss Erkundigungen einziehen.«

In ihrer Schlafstube musste Nynke drei plappernde Mädchen ertragen, die alle Pitter streicheln und mit ihm spielen wollten. Sie setzte den Papagei außerhalb ihrer Reichweite auf einen Schrank. Den Kindern erklärte sie, der Vogel brauche nach der ungewohnten Schiffsreise Ruhe, ehe sie ihnen half, die vielen Schichten Kleidung abzulegen. Anschließend sollten sie Gesichter und Hände waschen. Die Älteste schob rebellisch die Unterlippe vor, sah sich aber einem so strengen Blick Nynkes ausgesetzt, dass sie lieber gehorchte.

Nynke verfrachtete die sauber geschrubbten Mädchen zu ihren Eltern, damit die sich um ihren Nachwuchs kümmerten, während sie selbst sich ans Fenster setzte und in das winterlich verschneite Wittenberge hinausschaute. Pitter kam auf ihre Schulter geflogen und schmiegte sich an ihr Ohr. Er nahm die Haut ihres Halses in den Schnabel und rollte sie hin und her. Ein Papageienkuss. Nynke blinzelte, weil ihr Tränen in die Augen schossen, aber sie ließ Pitter gewähren.

»Zum Glück wussten die Mädchen nicht, dass du zuvor einem Seemann gehörtest und dich auf Schiffen besser auskennst als wir alle zusammen«, sagte sie und zauste zärtlich die Federn an seinem Hals.

Pitter gab ein Krächzen von sich, von dem sie nicht wusste, ob er ihre Flunkerei guthieß oder dagegen protestierte.

Zwei Tage später war ihre Weiterreise über Land organisiert. Der Kaufmann Kowing übernahm die Verantwortung für den Transport der Reisenden und ihr Gepäck. Für die Menschen stellte er Kutschen, heiße Ziegel, wollene Decken und Schaffelle zur Verfügung. Das Gepäck wollte er mit Ochsenwagen nach Potsdam transportieren.

Anna fand daran etwas auszusetzen. »Wir werden in Potsdam wochenlang auf unsere Sachen warten müssen und nicht mehr besitzen als die Kleidung, die wir auf dem Leib tragen. Wir werden auf der nackten Erde schlafen und unsere Suppe mit den Händen schöpfen müssen, wenn alles mit Ochsenwagen transportiert wird. Diese Tiere gehen nicht schneller als Schnecken. Ich bestehe auf Wagen mit Pferden.«

Der Gehilfe des Kaufmannes, dem sie diese Worte entgegenschleuderte, schaute hilflos zwischen ihr und Jan hin und her. »Pferde können bei diesem Wetter weniger schwer ziehen als Ochsen und sind bei Eis und Schnee nicht so trittsicher mit dem Gewicht der Gepäckwagen. Außerdem ...«

Anna wollte den Rest nicht mehr hören und drehte sich schmollend weg.

»Benimm dich nicht, als wärst du neunzehn Jahre alt und bisher nie aus Amsterdam herausgekommen. Auch wenn das wahr ist«, flüsterte Nynke ihr zu. Das trug ihr einen giftigen Blick der Schwester ein.

»Ich bin überzeugt, König Friedrich Wilhelm von Preußen wird Ordre gegeben haben, für unsere Ankunft alles vorzubereiten. In Potsdam wird es ebenso Gasthäuser geben wie in Wittenberge. Und dann werden wir uns sehr schnell sehr schöne Häuser bauen. Du musst nur noch die kleine Mühe der Reise auf dich nehmen, Liebes.« Jan berührte seine Frau am Ellenbogen, um sie zur ersten der wartenden Kutschen zu führen.

Nynke stieg nach ihrer Schwester ein, kuschelte sich in eine Ecke und zog eine schwere Wolldecke über die Knie.

Den in ein Schaffell eingewickelten Pitter setzte sie auf ihren Schoß.

Stunde um Stunde fuhren sie. Die heißen Ziegelsteine, die anfangs ihre Füße gewärmt hatten, waren längst erkaltet, und vor ihren Mündern dampfte der Atem. Nynke schob die Finger unter das Schaffell und wärmte sich an dem Papagei.

Obwohl die Ochsenwagen gemeinsam mit den Kutschen losgefahren waren, dauerte es nicht lange, bis sie hinter den Pferdegespannen zurückblieben. Am ersten Tag kamen sie bis Kyritz, dann wurde es dunkel, und die Kutscher hielten es für zu gefährlich weiterzufahren. Leicht konnte eines der Pferde im Dunkeln vom Weg abkommen und sich vertreten. Niemand protestierte gegen diese Entscheidung, alle waren froh, die engen Kutschen verlassen und sich die Füße vertreten zu können. Selbst Pitter kletterte aus seinem Schaffell und streckte die Flügel. Tags darauf ging die Reise bis Wustermark, und dann war es nicht mehr weit bis Potsdam.

KAPITEL II

Das trübe Winterwetter verhinderte, dass Nynke bei der Einfahrt in die Stadt viel von ihr sah. Die Kutschenfenster waren beschlagen, und so viel sie auch rieb, von der Welt außerhalb erblickte sie nur graue Schlieren.

Dafür wurden sie damit überrascht, dass der König ihre Unterbringung im Stadtschloss verfügt hatte. Erwartet hatte Nynke eine Unterkunft in einem Gasthaus, wie sie für die anderen holländischen Handwerker vorbereitet war.

»Wir wohnen in einem richtigen Schloss«, freute sich Anna. »Ob wir den König sehen werden?«

»Er steht bestimmt nicht vor der Tür, um uns zu empfangen.« Die Aussicht, dem preußischen König zu begegnen, erfüllte Nynke eher mit Sorge. Sie hätte eine Unterkunft im Gasthaus in der Gemeinschaft der anderen vorgezogen.

Das Potsdamer Stadtschloss lag am Ufer der Havel und war ein von außen schmuckloser Bau, der lediglich durch seine Größe beeindruckte. Diese musste mit den königlichen Marställen wetteifern, die das Schlossgelände zur Straße abgrenzten und von wahrhaft beeindruckender Länge waren.

»Pferde haben es hier auf jeden Fall gut«, kommentierte Jan, als ihre Kutsche in den Schlosshof rollte.

Die Frauen ließen diese Bemerkung unerwidert. Anna war anzusehen, dass sie sich die Pracht ausmalte, in der sie zukünftig leben würde.

Ihre Wohnung bestand aus einer Zimmerflucht, die sich über einen langen Flur erstreckte, damit endete jedoch die Herrlichkeit. Keiner der Räume war für ihre Ankunft beheizt worden. Dunkle Ränder auf den Wänden zeigten an, wo einmal Bilder oder Teppiche gehangen hatten. Das waren nicht wenige Stellen. Diese Flecken ließen die Räume noch ungemütlicher aussehen. Sie waren nur mit dem Nötigsten ausgestattet, und das sah aus, als habe es bereits eine lange Zeit des Gebrauchs hinter sich.

Selbst die wenig prachtverliebte Nynke war enttäuscht. Sie schritt durch die Räume, und der Saum ihres Umhangs schleifte über den staubigen Boden. Pitter saß auf ihrer Schulter. Er dreht den Kopf hierhin und dorthin. Die großen, fast leeren Räume waren eine Einladung für ihn. Er streckte sich und stieß sich von ihrer Schulter ab. Mit kräftigen Flügelschlägen steuerte er einen großen Schrank an.

Wenigstens einer fühlt sich wohl, dachte Nynke und erkor diesen Raum zu ihrer Schlafstube, da er nicht nur Pitter gefiel, sondern auch einen Blick auf den Schlosspark bot.

»Das soll ein Schloss sein?«, sagte dagegen Anna. Sie bestimmte das neben Nynkes Stube liegende und mehr als doppelt so große Gemach als Schlafzimmer für sich und Jan. »So manches Stadthaus in Amsterdam ist prächtiger als das. Wie sollen wir hier unsere Kinder großziehen?«

»Wir haben jedenfalls mehr Platz, als wir uns in Amsterdam je hätten vorstellen können.« In diesen leicht dahingesagten Worten ihres Schwagers hörte Nynke, dass ihn die karg eingerichteten Räume ebenfalls enttäuschten. »Wir werden es gemütlich haben, sobald unser Gepäck angekommen ist.«

»Unsere Sachen taugen nicht für ein Schloss. Sie werden sich hier winzig ausnehmen und schäbig wirken.« Dass Anna sich selbst widersprach, kümmerte sie nicht, und Nynke wies sie nicht darauf hin, weil sie keinen Streit beginnen wollte.

In diesen Moment der beinahe umkippenden Stimmung betraten zwei Bedienstete durch eine in der Wandvertäfelung kaum auszumachende Tür den Raum, um die Kamine und Kachelöfen zu beheizen. Später wurde ihnen Essen aus der Schlossküche heraufgebracht: als erster Gang eine Suppe mit dicken Bohnen, danach Grünkohl und Blutwurst, begleitet von einem Brotpudding, und zum Nachtisch eine Schale Kekse. Niemand konnte diesem Essen etwas abgewinnen.

Die erste Nacht im Potsdamer Stadtschloss endete zeitig mit Trommelklang und schrillem Pfeifen. Nynke fuhr erschrocken aus dem Schlaf.

»In de Wanten! In de Wanten!«, krächzte Pitter und flog eine Runde um das Zimmer.

Nynke warf sich einen Morgenmantel über und eilte aus dem Zimmer, der Quelle des Lärms auf den Grund zu gehen. Im Flur traf sie auf Jan mit vom Schlaf verwuscheltem Haar, den Morgenmantel hielt er hastig vor dem Leib zusammen, als er sie bemerkte, und seine nackten Füße steckten in Holzpantinen.

Die Flurfenster zeigten auf den Schlosshof hinaus, von dort drang Lichtschein zu ihnen, und dort befand sich auch die Quelle des Radaus. Gemeinsam schauten sie hinunter. Etliche Fackeln erhellten den Schlosshof, auf dem eine Menge Soldaten angetreten waren. Zu getrommelten und gepfiffenen Befehlen marschierten sie über den Hof, schwenkten bald in die eine oder andere Richtung.

»Die armen Kerle«, sagte Nynke. »Es kann doch kaum fünf Uhr in der Früh sein.«

Jan pellte seine filigrane Uhr aus der Tasche des Morgenmantels und klappte den Deckel auf. »Es ist halb sechs Uhr.«

»Ist Anna aufgewacht?«

»Was denkst du denn? Sie hat einen leichten Schlaf.«

Nynke kannte den gesunden Schlaf ihrer Schwester, verzichtete aber auf eine Erwiderung.

Das Exerzieren im Hof machte nicht den Anschein, bald beendet zu sein. Nynke und Jan gingen zurück in ihre jeweiligen Schlafstuben.

Dies wiederholte sich alle paar Tage in den frühen Morgenstunden, und die neuen Schlossbewohner gewöhnten sich an die Trommeln und Pfeifen.

Jan nahm seine Arbeit als Schlosskastellan auf, die darin bestand, den reibungslosen Ablauf aller Arbeiten im Schloss zu organisieren und zu überwachen. Die Abrechnungen der Küche, der Leinen- und Bettenkammer, der Geschirrkammer, der Silberkammer und noch diverser anderer Kammern wurden ihm von den jeweiligen Schreibern vorgelegt und mussten von ihm abgezeichnet werden. Das Gleiche galt für Inventarlisten und Bestellungen. Ihm selbst unterstanden zwei Schreiber, die wiederum alles in einer Kastellanrechnung zusammenfassten, die von Jan abgezeichnet dem Oberhofmarschallamt vorgelegt wurde. Was dann damit passierte …

»Ich habe noch nie so viele Haken auf Listen gesetzt und Unterschriften geleistet wie in den letzten Tagen«, stöhnte er am Ende der ersten Woche. »Ein holländischer Kaufmannsgehilfe wäre die bessere Wahl gewesen als ein holländischer Zimmermann – wenn es denn unbedingt ein Holländer sein muss.«

»Das ist so üblich für den Kastellan des Potsdamer Stadtschlosses. Ich habe mich erkundigt. Der preußische König begeistert sich für alles Holländische und hat selbst holländische Verwandtschaft.« Anna legte ihrem Mann eine Hand auf den Arm und schaute zu ihm auf.

»Ich frage mich nur, was ich für den König bauen soll? In meiner Anwerbung hieß es ausdrücklich, ich solle auch als Baumeister nach Potsdam kommen.«

Darauf wusste niemand eine Antwort. Während die anderen holländischen Handwerker Arbeit auf den königlichen

Baustellen gefunden hatten – innerhalb des mit einer neuen Stadtmauer umschlossenen Areals wurde ein ganzes Viertel, die sogenannte zweite Stadterweiterung errichtet –, blieb die kleine Familie Boumann im Schloss. Jan zeichnete Listen ab, Nynke erkundete den Schlosspark, der im frühmorgendlichen Nebel oder mit Raureif bedeckt ganz zauberhaft aussah. Anna beschäftigte sich damit, die Wohnung zu verschönern. Bald ergoss sich ein Heer von Lakaien in die Räume, die Möbel, zusammengerollte Teppiche und anderen Zierrat heranschleppten. Anna hatte einen Dispens erhalten, sich aus den königlichen Magazinen bedienen zu dürfen.

Manche Geschmacklosigkeit fand ihren Weg in die Boumann'sche Wohnung. Als ein schmächtiger Diener einen lebensgroßen Bronzeadler in Nynkes Schlafstube schleppen wollte, stemmte diese die Arme in die Hüften. »Bringe er das sofort wieder hinaus.«

»Die gnädige Frau Boumann …«

»Es ist mir egal, was sie gesagt hat. Hinaus damit!«

»Landrotten! Landrotten!«, krächzte Pitter von seinem sicheren Sitz auf dem Schrank herab.

Voller Schreck ließ der Diener beinahe den Adler fallen. Seine Augen wurden groß beim Anblick des Papageis. Nynke nutzte diesen Moment der Verwirrung, ihn samt Bronzevogel aus dem Zimmer zu schieben.

In der Wohnung gab es noch einen zweiten Raum, in dem Anna nicht walten durfte, wie sie wollte. Das war Jans Arbeitskabinett. Er ließ einen großen Tisch sowie mehrere Stühle und Schemel hineinstellen, dazu Wandschränke und ein schweres Regal, in dem als einziges Buch eine Bibel in der Übersetzung Martin Luthers stand.

KAPITEL III

Eines Tages, das Jahr 1733 befand sich längst in seinem zweiten Monat, schickte ein Herr Peter de Gayette seine Namenskarte in die Boumann'sche Wohnung hinauf, um sich melden zu lassen. Anna frohlockte sogleich, dass es ihnen gelungen sei, die vornehme Potsdamer Gesellschaft für sich zu interessieren, und erklärte, den Herrn empfangen zu wollen. Eilig klopfte sie die Kissen im Salon zurecht und richtete sich das Haar.

Nynke begrüßte an der Haustür einen Mann, der den Zenit seines Lebens bereits überschritten hatte, sich gerade hielt, als hätte er einen Ladestock verschluckt, und der sie verkniffen musterte. Unter dem Arm trug er zusammengerollte Papiere. Zu Annas Enttäuschung hatte Herr de Gayette etwas mit Jan zu besprechen.

Die beiden Männer zogen sich in dessen Arbeitskabinett zurück, während die Schwestern sich die Zeit im Salon totschlugen. Es dauerte über eine Stunde, ehe sich die Tür des Arbeitskabinetts öffnete, Schritte zu hören waren und Jan seinen Besucher verabschiedete. Ein Strahlen im Gesicht, gesellte er sich danach zu den beiden Frauen.

»Der König will in seiner edlen und gütigen Weisheit, dass ich ein ganzes Stadtviertel mit holländischen Häusern für ihn baue. Insgesamt vier Karrees mit über einhundertzwanzig Häusern.« Die Stimme versagte ihm, nachdem er die Zahl gesagt hatte.

Anna fiel ihrem Mann um den Hals. »Oh Jan, wie wunderbar! Der König hat dein Talent erkannt.«

Nynke freute sich für den Schwager. Ein Stadtviertel bedeutete Arbeit für Jahre und endlich das, wofür er nach Potsdam gekommen war.

»Wo soll dieses neue Stadtviertel entstehen?«, fragte sie.

»Beim Nauener Tor in der Nähe der zweiten Stadterweiterung. Herr de Gayette ist deren Architekt und hat mir auf Geheiß des Königs die Pläne übergeben, die er für die holländischen Karrees bereits angefertigt hat.«

»Alle Pläne sind schon fertig? Dann bleibt für dich kaum noch etwas zu tun«, beklagte sich Anna.

Jan küsste sie auf die Nasenspitze. »Es wird genug übrig bleiben. Schließlich sollen das holländische Häuser werden, dazu braucht es einen holländischen Baumeister. Ursprünglich sollten de Gayette und mein Vorgänger als Kastellan die holländischen Häuser bauen. Nach dem plötzlichen Ableben des Kastellans geriet der Plan ins Stocken. Ich bestand darauf, die holländischen Handwerker unter meinen Männern zu haben und dass man mir freie Hand lasse, damit ich eben nicht einfach die Häuser baue, die ein anderer geplant hat. Nach einigem Zögern gestand Herr de Gayette mir beides zu.«

»Mein lieber Mann.« Anna lehnte den Kopf an Jans Schulter. »Du wirst der größte Baumeister Potsdams werden.«

»Du sollst nicht übertreiben, Anneli. Bei den holländischen Karrees geht es darum, Häuser für Handwerker zu bauen, aber eben in unserem Stil, damit wir uns wie daheim in Amsterdam fühlen.«

»Das ist der Auftakt zu großen Werken. Du wirst es sehen, mein Lieber.« Die Eheleute sahen einander tief in die Augen.

Nynke verdrehte die ihren. Es war für sie nicht leicht, das Eheglück der Schwester zu ertragen. Zu oft erinnerte es sie daran, was sie verloren hatte. In Amsterdam war sie mit einem Geiger verlobt gewesen und hatte sich glücklich an seiner Seite gefühlt. Aber dann hatte er sich immer öfter in Den Haag aufgehalten. Sie hatte geglaubt, es gehe um eine Position im königlichen Orchester. Vielleicht war es so, aber auf jeden Fall gab es dort die Tochter eines Geigerkollegen. Nynke bemerkte dies erst, als ihr Verlobter sie um die Auflösung ihrer Verbindung bat. Fortan war ihr Name in Amsterdam mit einem Skandal verknüpft. Junge standesgemäße Männer hielten sich zurück, und deshalb war ihre drei Jahre jüngere Schwester vor ihr verheiratet. Ihre Eltern hatten nicht gezögert und Nynke mit nach Potsdam geschickt, als Anna ihr Leben in der Fremde nicht ohne eine Vertraute an der Seite beginnen wollte.

Jan brannte darauf, den Baugrund für die holländischen Häuser in Augenschein zu nehmen. Die anderen holländischen Handwerker begleiteten ihn, darunter sein jüngerer Bruder Dirck Boumann, Anton van Ridder und Adrianus den Ouden, Zimmerleute wie er, sowie der Maurer Hiuybrecht Ketel. Sie alle waren aufgekratzt und gespannt.

Nynke schloss sich den Männern an. Ein einheimischer Vorarbeiter mit Namen Wolfhardt Dyballa, ein vierschrötiger Kerl, geplatzte Äderchen auf Nase und Wangen, wartete am Nauener Tor auf sie. Er führte sie wenige Schritte über aufgeweichten Boden, bis er stehen blieb und mit ausgestrecktem Arm nach vorn deutete.

»Das ist es.« Dyballa zeigte auf eine brach liegende Fläche, die sich vor ihnen erstreckte. Zwischen schmutzigen Flecken Schnee schaute braune gefrorene Erde heraus. In kleinen Kuhlen, manche nicht größer als ein Stiefeltritt, war das Wasser zu Eis erstarrt. Baumstämme und Erdhaufen lagen wild durcheinander, als hätten Riesenkinder damit gespielt und wären unvermittelt weggerufen worden. Nynke bemerkte den fassungslosen Ausdruck im Gesicht ihres Schwagers.

»Dort kann man eine Hütte errichten, aber kein Stadtviertel.«

»Was unser allergnädigster König bestimmt, wird gemacht.

Wollen Sie ihm erklären, dass Sie ihm seine holländischen Häuser nicht bauen können? Obwohl er Sie extra dafür hat kommen lassen? Ich wünsche den Herren viel Erfolg.« Dyballa verneigte sich leicht. Der Hohn in seiner Stimme war nicht zu überhören.

Jan trat mehrmals fest auf. Der Dreck spritzte unter seinen Stiefeln. »Was wurde bereits versucht, um das Gelände trockenzulegen?«

Zuerst zuckte Dyballa mit den Schultern, ließ sich dann aber doch zu einer Antwort herab: »Unmengen Sand und Balken wurden abgeladen. Hat nicht viel genützt.«

»Das sieht man.« Jan kniff die Augen zusammen und betrachtete eine Stelle, wo kreuz und quer liegende Stämme den Fehlversuch deutlich dokumentierten.

Das Rot auf Dyballas Nase und Wangen vertiefte sich.

Anton van Ridder schritt in das sumpfige Gelände hinein und balancierte auf dem unebenen Grund. Er musste die Arme ausbreiten, um das Gleichgewicht zu halten. Er drehte sich zu den anderen um.

»Wir schaffen das. Wir sind Holländer. Als Erste haben wir Deiche gebaut. Es ist noch nicht lange her, da haben wir an der ganzen Nordseeküste dafür gesorgt, dass das Meer gezähmt wird. Ein guter Teil unseres Landes liegt unterhalb des Meeresspiegels, trotzdem bauen wir überall. Amsterdam ist auf einem Untergrund errichtet, der sumpfig ist wie dieser. Wir schaffen, was kein anderer kann. Jan, Dirck, warum sehe ich Zweifel in euren Gesichtern? Ich jedenfalls gehe hier nicht weg, bevor die Häuser stehen.«

»Ich auch nicht«, sagte Hiuybrecht Ketel sofort.

»Von mir dürft ihr nichts anderes erwarten«, kam es von Adrianus den Ouden.

»Ich bin auch dabei«, sagte Dirck.

Nynke öffnete den Mund, um etwas sagen, aber dann schloss sie ihn wieder.

Auf Jans Gesicht breitete sich ein Strahlen aus. Er legte seinem Bruder und Adrianus die Arme um die Schultern. Dann begann er zu lachen. Die anderen fielen nach und nach ein; bis auf Dyballa, der aussah, als hätte er einen Löffel Salz verschluckt.

»Komm her, Nynke!«, rief Jan, nahm seine Arme von den Schultern der Männer und zog sie in ihren Kreis. Nynke spürte das zuversichtliche Gewicht seiner Hand auf ihrer Schulter. Sie fiel in das Lachen ein.

»Ist das Gelände vermessen?«, fragte Jan, nachdem sie sich die Lachtränen aus den Augen gewischt hatten und wieder ernst waren.

»Selbstverständlich. Die Unterlagen werden dem Herrn Zimmermeister aus Holland zugehen.«

»Das ist gut, aber ich werde nachmessen. So halten es die Baumeister bei uns. Das soll kein Misstrauen Ihnen oder Herrn de Gayette gegenüber sein, ich will mich nur vergewissern, dass alles seine Richtigkeit hat.«

»Wie der holländische Zimmermeister es wünscht.«

Jan baute sich vor Dyballa auf. Er war größer als der Vorarbeiter, aber schmaler. »Ich bin Baumeister und erwarte, dass Sie mich so nennen. Seine Launen dulde ich nicht.«

»Wie der Herr es wünscht.«

»Zuerst müssen wir hier aufräumen. So wie das Gelände aussieht, baut darauf niemand ein Haus. Ich brauche Männer, Gerät und Pferde. Kräftige Pferde. Damit aus diesem Sumpf ein Baugelände wird.«

»Ich bin Vorabeiter, kein Stallmeister.«

»Mein Bruder wird mein Vorarbeiter sein, zusammen mit Ihnen.«

Dyballa deutete erneut eine Verbeugung an. »Dann soll es so sein.«

KAPITEL IV

Später blieb Jan allein mit seinem Bruder auf der zukünftigen Baustelle. Die anderen Holländer waren in ihre Quartiere zurückgegangen, und Hiuybrecht hatte sich erboten, Nynke zu begleiten.

Nebeneinander stapften die beiden Brüder über das sumpfige Gelände. Mit ausholenden Armbewegungen sprach Jan darüber, Stubben zu roden, alles einzuebnen, die Stämme aus dem Dreck zu ziehen und die gut gewachsenen für die Gründung zu verwenden; bei den anderen würde sich zeigen, wofür sie noch taugten. Ob sich daraus Balken, Bretter, Treppenwangen oder Fensterrahmen fertigen ließen. Dirck unterbrach seinen Redefluss.

»Es war vielleicht nicht sehr geschickt, diesem Dyballa das alles unter die Nase zu reiben. Er schien mir alles andere als zufrieden.«

»Was meinst du?« Jan blieb stehen und drehte sich halb zu seinem Bruder herum. »Dyballa muss nicht zufrieden sein, sondern machen, was wir von ihm wollen. Außerdem habe ich nur gesagt, was offensichtlich ist. Weißt du etwas über ihn?«

»Ich habe ihn nie gesehen«, erwiderte Dirck. »Aber wenn der preußische König ihn zu deinem Vorarbeiter bestimmt hat, wirst du mit ihm auskommen müssen. Du hättest nicht so auf dem sumpfigen Gelände und den dilettantischen Versuchen der Trockenlegung herumreiten sollen.«

»Das ist sumpfiges Gelände. Sogar Nynke kann das sehen.«

»Deine Schwägerin trägt einen klugen Kopf auf ihrem schlanken Hals.« Dirck grinste.

»Dann meinetwegen Antons Kinder. Die hätten es auch alle gesehen.«

»Du hättest trotzdem diplomatischer sein können.«

»Das ist papistisch gedacht.«

»Und du musst nicht immer so furchtbar calvinistisch tun und diesem Dyballa zusätzlich zu allem anderen erklären, dass du alles nachmessen willst.«

»Das will ich aber«, erwiderte Jan aufgebracht. »Wie soll ich einem Architekten Herrn de Gayette trauen, der so ein Baugelände verursacht? Du an meiner Stelle ...«

»Ich würde auch nachmessen, aber es nicht so laut herausposaunen. Du kannst nicht wissen, ob du nicht noch einmal dankbar sein musst für deinen Vorarbeiter oder den Architekten. Sie sind von hier, kennen sich aus, wohingegen wir fremd sind. Wenn sie wollen, können sie uns Schwierigkeiten machen. Sei in Zukunft vorsichtiger, mehr wollte ich gar nicht sagen.«

»Das von meinem jüngeren Bruder, der sonst der Feuerkopf unter uns beiden ist.«

* * *

»Dieser Bengel! Hundsfott! Von so einem jungschen Kerl ...! Ein jämmerlicher Zimmermann und Schiffbauer will mir ...!« Peter der Gayette stampfte in seiner Stube auf und ab. Seine Hände ballten sich zu Fäusten und öffneten sich wieder.

Seine Frau Berte stand in der Tür und beobachtete ihn. Sie war eine kleine, dralle Person mit Apfelbäckchen. Ihr Gesicht zeigte selbst dann einen fröhlichen Ausdruck, wenn sie ärgerlich war. Jetzt war sie besorgt um ihren Gatten und aufgebracht, weil sie den Besucher, der ihren Mann die letzte halbe Stunde heimgesucht und ohne Abschied wieder gegangen war, nicht abgewimmelt hatte.

»Regen Sie sich nicht auf«, riet sie vorsichtig. »Denken Sie an Ihre Gesundheit.«

»Ich denke an nichts anderes!«, rief der Architekt, ohne von seiner Wanderung abzulassen.

Berte seufzte. Sie kannte ihren Mann seit über zwanzig Jahren, und wenn er sich derartig erregte, fand er seine Ruhe nicht schnell wieder. Dabei hatte er in der letzten Zeit vermehrt über Schmerzen in der Brust und knappe Luft geklagt, jedoch keinen Arzt aufsuchen wollen. Sie hatte ihn blass und appetitlos gefunden. Nicht einmal ein geschmortes Kaninchen hatte ihn zu reizen vermocht. Obwohl er gewöhnlich allein ein ganzes vertilgte. Berte wischte die Hände an ihrer Schürze ab.

»Ich koche Ihnen Kaffee. Oder eine Schokolade? Es ist auch etwas Rinderbouillon da.« Sie sprach das französische Wort mit besonderer Betonung. »Mit etwas Warmem im Magen sieht alles gleich anders aus.«

»Verschonen Sie mich mit derartigen Küchenweisheiten. Dieser impertinente Mensch wird nicht verschwinden, nur weil ich einen Kaffee trinke. Obwohl das eine charmante Idee wäre.«

Innerlich atmete Berte auf. Wenn ihr Mann zu seinem Humor zurückfand, war das Schlimmste überstanden. »Von wem sprechen Sie? Von diesem Subjekt Dyballa, der vorhin hier war?«

»Der gute Herr Dyballa doch nicht. Er hat mir nur … Richten Sie nicht über den Überbringer einer schlechten Nachricht, meine Liebe.«

»Ich will über niemanden richten. Aber ich gerate in Sorge, wenn Sie sich solcherart echauffieren.«

»Sie sind eine gute Frau.« De Gayette griff sich an die Brust und seufzte.

Berte eilte hinzu, half ihm in einen Sessel, lockerte sein Halstuch und legte ihm fürsorglich eine Decke über die Knie. Sein Protest dagegen prallte an ihr ab.

»Ich hole Ihnen Bouillon. Bis ich zurück bin, rühren Sie sich keinen Fingerbreit. Danach erzählen Sie mir, was Sie bedrückt.«

Was Berte bestimmte, geschah. Nachdem de Gayette brav die Brühe geschlürft hatte, berichtete er ihr von dem Gespräch mit dem Vorarbeiter Dyballa. In ehelicher Loyalität schimpfte Berte ein wenig auf den unverschämten Jan Boumann und verwendete dabei Ausdrücke, die eine Dame nicht kennen sollte.

»Dieser holländische Herr kann Ihnen nicht gefährlich werden. Der ist nur Zimmermann. Unser gnädiger König schätzt Sie, und auf allen Plänen für diese holländischen Häuser steht Ihr Name.«

»Trotzdem hat der König verfügt, dass ich alles an diesen Emporkömmling übergeben muss. Weil nur ein Holländer holländische Häuser ... Das ist natürlich ... Aber der König glaubt nun einmal daran.« De Gayette schüttelte die Hand seiner Gattin ab, schob die Decke von seinen Knien und stand auf.

»Was haben Sie vor?« Berte war alarmiert.

»Einen Brief schreiben.«

»An den König?«

»So ähnlich.«

»Ich bitte Sie ...« Worum sie ihn bitten wollte, konnte Berte nicht mehr anbringen, denn die Stubentür schloss sich hinter ihrem Mann.

Später sah sie einen Brief an die Königlichen Ziegeleien im Flur liegen. Sie nahm ihn mit in die Küche, erwärmte das Siegel vorsichtig über Wasserdampf und öffnete das Schreiben. Am Küchentisch sitzend las sie, dass die entsprechend der königlichen Specification zu liefernden Dach- und Mauersteine im Namen von Jan Boumann in Potsdam erwartet wurden. Sie war beruhigt.

Von den weiteren Briefen, die ihr Gatte geschrieben hatte, ahnte sie nichts.

KAPITEL V

Jan und Dirck hatten mit der Vermessung des Geländes für die vier holländischen Karrees begonnen. Nicht, weil Jan grundsätzlich nur seinen eigenen Berechnungen traute, sondern weil Peter de Gayette entgegen der Ankündigung des Vorarbeiters seine Unterlagen nicht geschickt hatte. Dyballa war mit einem Dutzend Männern und vier kräftigen Pferden beauftragt, die durcheinanderliegenden Stämme zu entfernen. Die holländischen Arbeiter rodeten die Stubben oder gruben Wurzeln aus. Dabei halfen ihnen zwei weitere Pferde. Alle Männer, Pferde und Gerätschaften, die Jan beim König beantragt hatte, waren ihm bewilligt worden, stets mit dem Hinweis, die Errichtung der Häuser kräftig voranzutreiben, damit bald die ersten Bewohner einziehen könnten.

»Wir müssten dahinten ein Bassin graben, um das ganze Wasser aus diesem Gelände dorthin abzuleiten. Es würde sich ein hübscher See zum Flanieren für die Potsdamer ergeben«, sagte Jan und deutete auf ein Stück Land, das noch tiefer lag und noch feuchter war als ihr Baugrund. »Ich fürchte jedoch, dass wir die Zeit nicht haben.«

»Ganz sicher haben wir die Zeit nicht. Seine Majestät kann die Fertigstellung der Häuser kaum erwarten. Andere können es kaum erwarten, uns scheitern zu sehen«, erwiderte Dirck.

»Du und deine Schwarzseherei.« Jan schaute bei diesen Worten zu Dyballa, der seine Männer und sich selbst nicht schonte. »Ich traue ihm nicht, aber ich finde nichts auszusetzen an seiner Arbeit.«

»Gerade das macht mich stutzig. Er will uns in Sicherheit

wiegen. Mit dem Bau eines Bassins gebe ich dir recht. Vielleicht findet sich später die Gelegenheit?«

Nachdem Jan in einem sehr höflichen Brief an Peter de Gayette um die Hergabe der Berechnungen gebeten und gute Zusammenarbeit gewünscht hatte, wurden die Vermessungsunterlagen geliefert. Ohne jedes Begleitschreiben. Ein Bündel zusammengenähter Akten und eine nicht minder dicke Rolle Pläne lagen auf dem Tisch in Jans Arbeitskabinett und harrten der Bearbeitung.

Die Tür stand halb offen, und Nynke wagte einen Blick. Ihr Schwager war gerade nicht da. Sie schlüpfte hinein, wollte nur einmal schauen. Sie beugte sich über die an den Ecken mit Büchern beschwerten Pläne und erblickte eine Vielzahl verwirrender Linien, beschriftet mit Zahlen oder Buchstaben. Nach einem Haus, gar einem ganzen Stadtviertel, sah ihr nichts davon aus.

Auf dem Tisch lagen mehrere Pläne übereinander, und sie hätte gern den oberen zusammengerollt, um die weiter unten liegenden zu betrachten, wollte aber nicht erwischt werden, wie sie die Sachen ihres Schwagers durcheinanderbrachte.

»Nynke«, sagte Jan von der Tür her.

Sie wirbelte mit einem Aufschrei herum, stieß einen Bücherstapel an, der ins Rutschen geriet und zu Boden klatschte. Die beschwerte Ecke rollte mit einem schnurrenden Geräusch zurück.

Nynke starrte auf die Bescherung, die sie angerichtet hatte. »Das wollte ich nicht. Wirklich nicht. Ich habe nichts angefasst. Entschuldige, dass ich hier eingedrungen bin.«

»Du musst dich nicht entschuldigen.« Jan kam lächelnd auf sie zu. Er sammelte die Bücher ein und stapelte sie wieder auf. »Interessierst du dich für den Bau?«

»Ich möchte es gern verstehen.«

»Komm her, ich zeige es dir.«

»Ich will dich nicht stören. Du hast wichtige Pflichten. Anna hat mir streng verboten, dir auf die Nerven zu gehen.«

»Das tust du nicht. Tatsächlich könntest du mir helfen, meine Gedanken zu ordnen.«

»Wie soll ich das machen?«

»Indem du mir zuhörst.«

Dazu war Nynke mehr als bereit. Sie ließ sich von ihrem Schwager erklären, dass auf den Plänen alles vierundzwanzigmal kleiner eingezeichnet war als in der Wirklichkeit. Er erklärte ihr, wo das Nauener Tor lag und fuhr den Verlauf der Stadtmauer mit dem Finger nach. Er kreiste das Gebiet ein, auf dem das neue Stadtviertel entstehen sollte.

»Im Augenblick wird hier gebaut.« Jan deutete auf ein Gebiet auf der anderen Seite des Nauener Tores. »Sie nennen es die zweite Stadterweiterung, und unser Viertel wird die dritte werden.

»Wenn die zweite fertig ist, geht es mit der dritten los?«

»Es wird an beiden gleichzeitig gearbeitet.«

»Ich hätte gedacht, dass auf den Plänen Häuser zu erkennen sein würden. Dass sie ähnlich aussehen würden wie auf Bildern. Nicht farbig … Vielleicht waren das dumme Gedanken.«

»Gar nicht«, beruhigte Jan sie. »Später werde ich Pläne haben, auf denen Häuser zu erkennen sind. Die heißen dann Risse und Schnitte. Im Moment geht es erst einmal um die Aufmessung des Geländes und dessen Einteilung. Wo stehen die Häuser, wo werden später Straßen sein, wo die Gärten und Höfe. Dazu haben der Architekt Peter de Gayette und ich das Gebiet vermessen. Die Ergebnisse siehst du in diesen Berechnungen.« Jan deutete auf mit Zahlen bedeckte Foliobögen.

Nynke brauchte kein großes rechnerisches Geschick, um zu erkennen, dass die Zahlen verschieden waren. Sie wies ihren Schwager darauf hin.

»Das liegt an verschiedenen Methoden und Maßen, die angewandt werden können. Ich habe die Amsterdamer Elle benutzt und de Gayette das preußische Fußmaß. Man muss es umrechnen und anpassen. Dabei habe ich zwei Fehler entdeckt.« Jan senkte verschämt den Blick. »In meinen Maßen. Ich muss Herrn de Gayette für seine Arbeit dankbar sein.«

Er rollte einen Plan zusammen und zog einen anderen heran, auf dem am oberen linken Rand wieder das Nauener Tor zu erkennen war. Den Rest des großformatigen Bogens nahmen vier ungleichmäßige Vierecke ein, die wiederum durch Querstriche unterteilt waren. In jedem dieser Kästchen stand eine Nummer. Zwischen den Vierecken waren schmale Bänder frei geblieben.

»Sind das Straßen?«, riet Nynke und tippte auf eine davon.

»Genau. Straßen und Durchgänge zwischen den Häusern. Da ist de Gayettes Plan ohne jeden Fehl. Insgesamt sollen über einhundertzwanzig Häuser gebaut werden.«

»Das sind viele!«

Jan stieg in Nynkes Achtung, denn die Bedeutung der ihm anvertrauten Aufgabe war nicht zu übersehen.

»Nynke! Ich habe dich gesucht.« Anna stand in der Tür des Arbeitskabinetts und war zum Ausgehen gekleidet. Die Arme hatte sie in die Hüften gestemmt und die Augenbrauen finster zusammengezogen. Das verlieh ihrem lieblichen Gesicht den Ausdruck eines enttäuschten Kätzchens. Bis auf Nynke weckte das in ausnahmslos jedem den Wunsch, ihr zu schmeicheln, bis ihre Miene wieder fröhlich war. Jan eilte auf sie zu, ergriff ihre Hände, küsste sie und streichelte ihre Wange.

»Meine schlimme Schwester hat dich hoffentlich nicht gestört. Ich habe ihr streng verboten …«

»Liebste, liebste Anna, natürlich nicht …« Er streichelte weiter ihre Wange und küsste sogar ihre Augenbrauen.

»Ich will doch nur, dass alles so gemacht wird, wie du es für richtig hältst«, klagte Anna.

»Du machst alles ganz wunderbar. Niemand kann sich eine bessere Ehefrau wünschen als dich. Ich bin ein glücklicher Mann.« Jan klang aufrichtig.

»Weswegen hast du mich gesucht?«, mischte sich Nynke in das eheliche Geturtel.

»Du sollst mich begleiten. Jan hat zu arbeiten.«

Nynke fügte sich in den täglichen Spaziergang, der einmal um das Schloss herum, über den Marktplatz, am Kanal entlang und wieder zurück führte.

KAPITEL VI

»Jeden Tag stehst du früher auf«, murmelte Anna schlaftrunken, als Jan beim ersten Hahnenschrei die Beine aus dem Bett schwang. Sie wandte ihm ihr Gesicht zu, die Lippen schmollend vorgeschoben. Der Zopf, zu dem sie ihr blondes Haar jeden Abend flocht, hatte sich halb gelöst, und zerzauste Locken umgaben ihre Wangen.

Jan schenkte ihr ein kurzes Lächeln, reagierte aber nicht auf die Worte, sondern angelte nach seinen Holzpantinen. In Gedanken war er längst auf der Baustelle. Dyballa war mit seinen Männern noch dabei, Stämme aus dem Dreck zu ziehen. Für jeden Baum, den die kräftigen Arbeitspferde herauszogen, tauchten zwei neue auf, die sich mit diesem verkeilt hatten. Es schien kein Ende zu nehmen, aber alle Stämme mussten entfernt werden, sonst würden sie nachher die Gründung behindern. Dirck war mit einem guten Dutzend Männern dabei, die bereits gesäuberten Stellen des Baugrundes einzuebnen. Ein Schöpfwerk hielt ihn so trocken, wie es irgend möglich war. Jan selbst kontrollierte überall die Arbeiten. Seine besondere Aufmerksamkeit musste an diesem Tag den beiden Rammen gelten, die tags zuvor geliefert worden waren und aufgebaut werden mussten.

»Jan!« Anna zupfte ihn am Nachthemd. »Ich will nicht, dass du jeden Tag früher weggehst und am Abend später zurückkehrst.«

Er drehte sich halb zu ihr um. Sie sah allerliebst aus mit den vom Schlaf umflorten Augen und dem verwuschelten Haar. Der Ausschnitt des Nachthemdes zeigte den Ansatz ihrer Brüste. Jan schluckte.

»Du sollst heute bei mir bleiben.«

»Geht es dir nicht gut, Liebes?« Er strich ihr über die Wange.

»Muss es mir schlecht gehen, damit ich deine Gesellschaft genießen darf?«, fragte sie zurück, die Lippen immer noch schmollend verzogen.

»Natürlich nicht, Liebling. Ich sehne mich jeden Moment nach dir, den wir nicht zusammen sind.«

»Dann bin ich dir also nicht gleichgültig geworden?« Sie lehnte sich im Bett zurück, wölbte ihm den Unterleib entgegen.

Das war zu viel für Jans Selbstbeherrschung, und er vergrub das Gesicht zwischen ihren Brüsten. »Du bist mir das Liebste auf der Welt«, murmelte er dabei.

Anna löste die Bänder, die den Ausschnitt ihres Nachthemdes begrenzten, und half ihm, den störenden Stoff zur Seite zu schieben. Seine Lippen glitten über ihre zarte Haut. Die Welt war vergessen, nur ihre Gegenwart zählte.

Viel später ergoss er sich stöhnend in ihr und blieb ermattet auf ihr liegen. Ihre schweißfeuchten Körper klebten aneinander. Anna strich ihm mit einer Hand die Wirbelsäule entlang und zog mit der anderen die Bettdecke über sie beide.

Bevor Jan sich in der Wärme und der Gegenwart seiner Frau verlor, klopfte es zaghaft an die Tür.

»Wir wollen uns nicht stören lassen«, flüsterte Anna ihm ins Ohr. »Nicht heute.«

Es klopfte erneut, diesmal lauter und drängender. Jan wühlte sich aus den Decken hervor und streifte Annas Hand, die ihn zurückhalten wollte, ab.

»Ich komme!«, rief er, während er mit den Beinen in die Hose fuhr und sich ein Hemd überwarf. Er machte sich nicht die Mühe, es zu schließen, sondern zog die Weste über, ehe er zur Tür eilte und diese einen Spalt öffnete.

Nynke stand vor ihm. Sie war vollständig angekleidet und sah zerknirscht drein. Auf ihrer Schulter hockte Pitter, trat von einem Bein auf das andere.

»Luie vent!«, krakelte er. »Geen vermoeidheid! Ellendige landrotten!«

Nynke pikste dem Papagei einen Finger in den Bauch, um ihn zum Verstummen zu bringen. Pitter schlug einmal mit den Flügeln und gab tatsächlich Ruhe.

»Dirck ist gekommen.«

Alle Trägheit fiel schlagartig von Jan ab. Wenn sein Bruder sich am Morgen herbemühte, musste etwas vorgefallen sein. Gewöhnlich sahen sie sich erst auf der Baustelle. Er eilte über den Flur. Dirck wartete mit schlammverschmierten Stiefeln vor der Tür. Er redete sofort auf ihn ein, dabei gestikulierte er aufgeregt. Was er erzählte, ließ Jan buchstäblich die Haare zu Berge stehen. Er fuhr sich mit den Fingern durch seinen Schopf, band ihn im Nacken mit einem schwarzen Band zusammen. Für Strümpfe war keine Zeit mehr, er fuhr mit nackten Füßen in die Stiefel und griff nach seinem Rock.

»Du solltest dein Hemd zuknöpfen«, erinnerte ihn Nynke. Sie machte sich an dem Kleidungsstück zu schaffen, aber er war zu ungeduldig, sie gewähren zu lassen. Er fegte ihre Hände beiseite und wischte dabei auch Pitter von ihrer Schulter. Krächzend rettete sich der Papagei auf einen Bilderrahmen. »Landrotten! Landrotten!«, zeterte er.

»Was ist denn los? Jan?« Anna war in der Tür ihres Schlafzimmers erschienen. Sie hielt ihren Morgenmantel am Hals zusammen und war barfuß.

Dirck neigte den Kopf. »Ich grüße dich, Anna. Jan wird auf der Baustelle gebraucht.«

»Ist was passiert?« Die junge Ehefrau schaute ihn von unten herauf an.

»Du musst dich nicht beunruhigen.« Jan küsste seine Frau auf die Nasenspitze. Er ließ sich von ihr in den Rock helfen und griff nach seinem Hut.

»Ich begleite euch.« Nynke nahm ein wollenes Tuch und schwang es sich um die Schultern. Sie eilte den Männern hinterher.

Auf der Baustelle standen die Tagelöhner und die holländischen Handwerker am Rand des Bauplatzes und schauten zur Havel hinüber. Am Ufer hatten eine Reihe Kähne festgemacht. Unter ihrer Last aus Ziegelsteinen lagen sie tief im Wasser. Der erste war zur Hälfte entladen. Die Steine stapelten sich am Ufer. Der Schiffer stand breitbeinig daneben und dirigierte seine Helfer, sparte nicht mit Flüchen. Nynke verstand nicht alles.

»Das ist er.« Dirck zeigte auf den Mann.

»Die Steine sind nicht für uns. Nie und nimmer. Ich habe keine angefordert. Das sind außerdem viel zu viele. Die sind bestimmt für die zweite Stadterweiterung.«

»Der sagt was anderes.« Immer noch zeigte Dirck auf den Schiffer.

»Ich kläre das.« Breitbeinig schritt Jan auf den Mann zu.

Nynke stellte sich neben Dirck. Jan war groß gewachsen, aber dieser Schiffer überragte ihn um einen halben Kopf. Ein Bulle von einem Mann. Neben seinen Oberschenkeln baumelten Hände wie Schaufelblätter.

»Befiehlt Er hier?«, fuhr der Schiffer Jan sogleich an.

»Jan Boumann. Zimmermann und Baumeister aus Holland, zu Seinen Diensten. Er hat an der falschen Stelle angelegt, die zweite Stadterweiterung wird dort errichtet.« Jan zeigte auf die unweit entfernt entstehenden Häuser, für die der Architekt Peter de Gayette verantwortlich zeichnete.

»Bin hier richtig. Dreißigtausend Ziegel für den Baumeister Jan Boumann lautet mein Auftrag. Das ist die erste Ladung. Danach kommt der Rest.«

»Ich habe nichts bestellt.« Jan schüttelte den Kopf. »Nehme Er alles wieder mit.«

Nun schüttelte der Schiffer den Kopf. »Meine Anweisung stammt vom König persönlich. Der werde ich mich nicht widersetzen.«

»Das kann nicht sein.«

»Will Er meine Anweisung sehen?« Ohne auf eine Antwort zu warten, fuhr eine der Schaufelhände in die Rocktasche und kam mit einem zerknitterten Papier wieder hervor. Der Schiffer faltete es auseinander und ließ Jan einen Blick darauf werfen.

Der erkannte nicht mehr als eine Unterschrift. Jan sah sie nicht zum ersten Mal, sie prunkte auch auf der Urkunde, die ihn zum Kastellan des Stadtschlosses ernannte. Er wollte nach dem Papier greifen, um den Inhalt zu lesen, aber der Schiffer zog es weg.

»Das gebe ich nicht her.«

Jan stemmte die Hände in die Hüften. »Lass Er es mich lesen, sonst kann Er seine Steine wieder einpacken und sie ausladen, wo der Pfeffer wächst.«

Etwas in Jans Stimme musste den bulligen Schiffer beeindruckt haben, denn er hielt seine Anweisung so, dass Jan sie lesen konnte. Sie handelte tatsächlich von der Lieferung von vorerst dreißigtausend Steinen für den Bau holländischer Häuser. Weitere Lieferungen hätten ohne Verzögerungen zu erfolgen.

Jan spürte, wie ihm das Blut erst ins Gesicht schoss und danach in die Beine sackte.

»Glaubt Er mir nun?«, höhnte der Schiffer. Er drehte sich zu seinen Gehilfen um, die alle die Arbeit eingestellt hatten und das Gespräch beobachteten. »Nicht trödeln! Keiner hat was von Pause gesagt!«

Die Arbeit wurde wieder aufgenommen. Der Schiffer tat, als wäre Jan nicht da, brüllte seine Leute an und schwenkte die Arme.

Der junge Baumeister trat zu seinem Bruder und Nynke.

»Ich verstehe das nicht«, begann Dirck. »Was sollen wir mit Steinen? Es muss sich um einen Irrtum handeln.«

Jan seufzte. »Ich habe die Anweisung gesehen. Der König persönlich hat sie unterschrieben. Dieser Lieferung werden weitere folgen.« Er schaute Dirck an. »Mir scheint, du hast recht gehabt mit den Schwierigkeiten, die diese Herren de Gayette und Dyballa uns machen können. Das scheint mir ganz und gar deren billige Art zu sein: erst die Hergabe der Pläne und Vermessungen verzögern, dann Baumaterial liefern lassen, das wir nicht brauchen. Diesen Architekten werde ich mir vorknöpfen.«

Dircks Hand schoss vor, packte seinen Bruder am Ellenbogen. »Und ihm diese Genugtuung gönnen? Darauf wartet der doch nur.«

»Ich lasse mit mir nicht so umspringen!« Jan blickte wild um sich.

»Das kann der preußische König doch nicht verfügen, du bist der Baumeister«, platzte Nynke heraus.

»Er ist der König, er kann alles.« Jan lächelte schief und strich seiner Schwägerin eine Locke hinter das Ohr. »Wir haben keine vornehmere Aufgabe, als seinen Willen zu erfüllen.«

Jan eilte davon. Dirck hinterher. Er rief etwas, das der Wind davonwehte. Nynke konnte ihnen kaum folgen. Noch dazu behinderten sie ihre Röcke, die sie liebend gern gerafft hätte, wäre das nicht unschicklich gewesen.

Auf halbem Weg zum Unterstand des Architekten blieb Jan stehen.

»Bist du zur Vernunft gekommen?«, herrschte Dirck ihn an. »Alles, was du machen kannst, ist, diese Steine so schnell wie möglich zu verbauen und neue anzufordern. Schlag diesen Menschen mit seinen eigenen Waffen.«

»Dirck hat recht«, sagte Nynke.

KAPITEL VII

Mitternacht war längst vorüber, und Jan saß noch in seinem Arbeitskabinett. Vom Kerzenrauch brannten ihm die Augen, der Rheinwein schmeckte schal, und in seinem Hirn knäuelten sich die Gedanken. Vor ihm lagen ein Dutzend oder mehr Foliobögen, die mit Berechnungen, Skizzen und Plänen vollgeschrieben waren.

Was sich im Gespräch mit Dirck und Nynke einfach angefühlt hatte, zeigte jetzt sein wahres Gesicht. Die von ihm angeforderten zusätzlichen Männer und Pferde hatte ihm die königliche Baukammer bewilligt. Mit dem Hinweis, dass seine Majestät wegen der zusätzlichen Kosten bald die ersten Häuser in die Höhe wachsen sehen wolle. Seit Stunden brütete Jan darüber, wie sich die Baustelle am besten organisieren ließ. Die Arbeiten mussten ineinandergreifen wie bei einem Uhrwerk ein Zahnrädchen in das andere. Nur dass in einem Uhrwerk alles seinen Platz hatte, auf einer Baustelle dagegen …

Ihm wurden die Lagerflächen knapp, und das lag nicht zuletzt an den Ziegeln, die zu früh geliefert worden waren. Sie machten sich dort breit, wo die von Dyballa aus dem Schlamm gezogenen Stämme abgelegt und auf ihre Verwendungsmöglichkeiten geprüft werden sollten. Die stapelten sich nun dort, wo die für die Gründung zu verwendenden Hölzer lagern sollten. Alles verschob sich.

Mit einem Graphitstift zeichnete Jan einen Kreis auf die Stelle des Planes. Er zog den Stift mehrmals herum, bis ein dicker schwarzer Kringel das Papier verunzierte. Jan raufte sich das Haar.

Das Problem des fehlenden Lagerplatzes würde er in dieser Nacht nicht mehr lösen. Er rieb sich die Augen und zog ein Papier mit Berechnungen heran. Wenigstens die wollte er noch durchsehen.

Er bekam nicht mit, dass die Tür des Kabinetts geöffnet wurde. Erst als Kerzenschein schräg auf seinen Tisch fiel, schaute er auf. Nynke stand vor ihm, einen Morgenmantel über dem Nachthemd und in der erhobenen Rechten eine Kerze.

»Ich sah Licht unter der Tür durchscheinen«, sagte sie. »Was machst du?«

»Ich arbeite.«

»So spät noch?«

»Dies muss fertig werden, sonst ziehen wir uns den Zorn des preußischen Königs zu.« Er schüttelte den Kopf. »Mit diesem Baugrund werde ich sehr viel mehr Zeit benötigen, als mir jedermann zugestehen will. Es muss mit Bedacht gearbeitet werden, aber gewöhnlich schließen sich Eile und Sorgfalt aus. Nur will das bei Hofe niemand verstehen. Stets heißt es: Du bist Holländer – ich kann das nicht mehr hören.«

»Wir haben es auch selbst gesagt«, erinnerte ihn Nynke sanft.

»Nun fällt es uns auf die Füße, meinst du?« Jans Mund verzog sich zu einem schiefen Lächeln.

»Bitte doch um einen neuen Baugrund. Es gibt genug Land zwischen der alten und der neuen Stadtmauer, und nicht überall ist es so feucht wie gerade diese eine Stelle.« Nynke klang hoffnungsvoll.

Die Idee war bestechend. Auf der anderen Seite der Stadt, weiter entfernt von der Havel, lag das Land höher und war wesentlich trockener. Jan griff nach der Hand seiner Schwägerin und zog sie näher zu sich heran.

»Du willst mir Mut machen, dafür bin ich dir dankbar, aber ich muss den königlichen Willen achten.«

Nynke zog sich einen Schemel heran. »Dann bleibt uns nichts anderes übrig, als es irgendwie zu schaffen. Wie gründest du in unwegsamem Gelände?«

»Ich lasse es zuerst roden.«

»Das meine ich nicht. Wenn der Boden zu feucht ist.«

»Dann ist es nicht unwegsam, sondern sumpfig. Man kann das Baugelände trockenlegen, was Zeit kostet. Wenn man richtig Pech hat, dauert es Jahre.«

»Was kann man noch machen?« Nynke schaute konzentriert auf Jans Planungen. »Wieso versinken die Häuser in Amsterdam nicht? Da ist der Boden auch feucht.«

»Da gibt es die Grachten. Die regulieren nicht nur die Gezeiten, sondern entwässern auch den Boden. Außerdem sind die Häuser auf Pfählen gegründet.«

»Wie wird das gemacht?«

Jan erklärte es ihr. Zur Verdeutlichung seiner Worte fertigte er eine Zeichnung an. Striche, Pfeile und Wellenlinien, die den morastigen Untergrund andeuteten. Nynke nahm ihm den Graphitstift aus der Hand und fügte ihrerseits Details hinzu. Besonders begabt war sie im Zeichnen nicht, aber es war unschwer zu erkennen, dass sie über der dargestellten Gründung ein Haus zeichnete. Bald waren ihre Finger vom Stift so fleckig wie seine.

»Mein größtes Problem ist derzeit, wie ich alles organisieren kann, damit die verschiedenen Arbeiten gleichzeitig ablaufen und sich nicht gegenseitig stören. Ich brauche viel Lagerfläche für Holz, stattdessen liegen da nun Steine.«

»Du willst gleichzeitig die Stämme rausziehen, das Gelände weiter einebnen und mit der Gründung beginnen«, fasste Nynke sein Problem zusammen.

»Du hast es genau erfasst.«

»Wir entwerfen einen Schlachtplan.«

»Von solchen Dingen sollte eine Frau nichts wissen.«

»Ich weiß es aber.« Nynke zog einen unbeschriebenen Foliobogen heran und hielt den Stift schreibbereit.

Sie steckten die Köpfe zusammen, planten, verwarfen. Notierten ihre Ideen und strichen sie wieder durch. Jan schenkte aus einer Karaffe Wein in einen Pokal, den sie sich teilten. Vor den Fenstern dämmerte der Morgen. Der Tisch war mit beschriebenen Papieren übersät, etliche zusammengeknüllte Blätter lagen auf dem Fußboden.

Jan schob schließlich drei Bögen zusammen. Sie enthielten die Quintessenz der letzten Stunden.

»Du gehörst ins Bett«, sagte er, als Nynke hinter vorgehaltener Hand gähnte.

»Seit wir in Potsdam sind, habe ich kaum etwas so sehr genossen wie das.«

»Nynke.«

»Es ist wahr.«

»Ich habe dir jedenfalls zu danken. Ohne deine klugen Gedanken wären wir nicht so weit gekommen.« Jan stand auf. Er drückte Nynke einen brüderlichen Kuss auf die Stirn. »Du musst nun wirklich zu Bett gehen. Ich will nicht, dass du vor dem Mittag aufstehst.«

»Und was ist mit dir?«

»Ich habe zu arbeiten.«

An einem frühlingshaft warmen Tag Anfang Mai 1733 waren die beiden Rammen einsatzbereit. Sie sollten die Stämme für die Gründung der Häuser in den feuchten Baugrund rammen. Außer den Männern, die mit dem Aufbau beschäftigt waren, waren alle holländischen Handwerker und einheimischen Arbeiter anwesend, um diesen großen Moment zu erleben.

Aus dem Schloss waren Nynke und sogar Anna gekommen. Sie saßen auf einer Bank, die eigens für sie herbeigeschafft worden war. Nynke ließ keinen Blick von den gewaltigen Maschinen, die urzeitlichen Ungetümen ähnelten. Dirck kam zu ihnen herüber. Auf seinem Gesicht glänzte Stolz. Er und Jan hatten abgesprochen, dass er sich vorerst um die Gründung kümmern sollte.

»Habt ihr es bequem? Das ist ein Ding, was?« Er rieb sich die nicht ganz sauberen Hände.

»Wie viele Pfähle werdet ihr heute einrammen?«, wollte Nynke sofort wissen.

»Zehn. Vielleicht werden es aber auch acht oder zwölf. Wer kann das schon sagen? Heute geht es darum, die Männer mit der Arbeit vertraut zu machen und zu sehen, wie sich alles anlässt und wie die Rammen richtig einzustellen sind. Morgen früh geht es richtig los. Das wird ein Spaß.«

Nynke lächelte über den begeisterungsfähigen neunzehnjährigen Dirck Boumann. »Und wie viele Stämme braucht ihr für das ganze Stadtviertel?«

»Tausende«, erwiderte er ernst.

»Und für das erste Haus?«, wollte sie wissen.

»Immer noch viele. Es beginnt gleich. Erschreckt nicht, wenn es einen lauten Knall gibt.«

Zwei kräftige Pferde legten sich ins Geschirr, Seile wurden gespannt. Dirck hatte eine Hand mit den Augen beschirmt und ließ sich nichts entgehen. Die Seile knirschten.

Natürlich erschraken die Frauen, als der Hammer das erste Mal auf den Stamm fiel. Anna presste ein Taschentuch vor den Mund und war blass geworden. Derweil saugte Nynke weiterhin jede Bewegung auf der Baustelle in sich auf. Mit jedem Schlag der Ramme sank der Stamm ein Stück in den Untergrund. Daneben wurde ein zweiter aufgerichtet.

»Ich will nach Hause«, quengelte Anna. »Mir zerspringt gleich der Kopf, ich halte das nicht länger aus.«

Nynke reagierte nicht. Sie war aufgestanden und hatte sich ein paar Schritte von der Bank entfernt.

»Schwester!« So leicht gab Anna nicht auf. »Ich habe gesagt, dass ich nach Hause gehen will. Soll ich mich etwa ohne Begleitung auf den Weg machen?«

Weil Nynke nicht zum Gehen zu bewegen war, brachte zuletzt Anton van Ridder Anna nach Hause. An Dircks Seite wagte Nynke sich näher an die Arbeiten heran.

»Und wenn die Stämme nicht lang genug sind und im Untergrund versinken?«, wollte sie wissen.

»Setzen wir einen zweiten drauf. Irgendwann wird es halten.« Dirck winkte auf einmal hektisch. »Gerade halten! Vorsicht!« An Nynke gewandt sagte er: »Ich muss zurück an die Arbeit.«

Sie folgte ihm. Unterdessen wurden die Pferde wieder angespannt, die Ramme erneut für den nächsten Schlag bereit gemacht. Die hämmerte den Pfahl kaum noch tiefer ins Erdreich.

»Der erste sitzt. Wir haben es geschafft.« Dirck umarmte seinen Bruder. Sie schlugen sich gegenseitig auf den Rücken.

Nynke ließ den Blick über das Gelände schweifen. Sie versuchte, sich vorzustellen, wie es mit holländischen Häusern aussehen mochte. Es gelang ihr nicht recht. Dafür entdeckte sie den Architekten Peter de Gayette. Der ließ seinen Blick genauso schweifen wie sie. Schnell drehte Nynke sich weg. Sie wollte von dem Mann nicht gesehen werden und suchte Deckung hinter einem Holzstapel.

Von dort aus konnte sie beobachten, wie der Architekt und Wolfhardt Dyballa einander ansahen. Als verständigten sie sich über die Entfernung hinweg. Nynke kam das komisch vor. Es schien zwischen ihnen ein geheimes Einverständnis zu herrschen. Für einen loyalen Vorarbeiter gehörte sich das nicht.

KAPITEL VIII

Ende Mai des Jahres 1733 besichtigte Friedrich Wilhelm die Baustellen beim Nauener Tor. Er begann früh am Morgen damit, sich die Fortschritte der zweiten Stadterweiterung zeigen zu lassen und quälte Peter de Gayette mit Fragen. Dabei interessierte ihn nicht ausschließlich der Baufortschritt, sondern auch, wie die Wände aufgemauert wurden, wo später in den Häusern Herde und Öfen eingebaut werden sollten, wie die Treppen verliefen. Er wollte wissen, ob die gelieferten Mauer- und Dachziegel in ausreichender Zahl und Güte vorhanden waren. Es gab buchstäblich nichts auf der Baustelle, wonach der König sich nicht erkundigte.

Jan als Kastellan des Stadtschlosses gehörte zum königlichen Gefolge und frohlockte innerlich, wenn Peter de Gayette mit seinen Erklärungen ins Straucheln kam. Jan hatte dem König einmal in der Woche einen ausführlichen Bericht geschickt, trug alle Abschriften dem Datum nach geordnet in einer Ledermappe bei sich und fühlte sich gewappnet.

Nynke sah mit anderen Neugierigen vom Rand der Baustelle aus zu. Neben ihr stand die hochschwangere Ehefrau Anton van Ridders. An jeder Hand hielt sie ein Kind, ein drittes klammerte sich an einer ihrer Rockfalten fest. Keiner wollte sich den Anblick des Königs entgehen lassen.

Anschließend ritt Friedrich Wilhelm wenige Ruten zur Baustelle für das holländische Viertel. Sein Gefolge zog er wie einen Rattenschwanz hinter sich her.

Die beiden Rammen ragten gespenstisch in den verhangenen Himmel. Die Pferde und die Männer, die sie bedienten, warteten daneben. Ihnen war gesagt worden, der König würde die Arbeitsweise der schweren Geräte sehen wollen, nun ritt er achtlos daran vorbei.

»Majestät! Vorsicht, es …«, rief Jan. Seine Worte wehte eine steife Morgenbrise davon.

Der König ritt genau dorthin, wo die Stämme für die Gründung der ersten Häuser in den Sumpf gerammt worden waren. Sie schlossen knapp unterhalb der Oberkante des Geländes ab und warteten darauf, dass die Fundamentblöcke aus Kalkstein auf sie gelegt wurden. Wenn man nicht wusste, worauf man zu achten hatte, übersah man sie leicht. Wenn seine Majestät mit dem Pferd …

»Eure Majestät, Ihr müsst vorsichtig sein, ich bitte Euch!«, rief Jan diesmal lauter.

Friedrich Wilhelm hielt sein Pferd an und drehte sich im Sattel halb um. Die Offiziere, die ihn auf Schritt und Tritt begleiteten, taten es ihm nach. Jan fühlte sich von etlichen Augenpaaren fixiert.

»Man sieht gar nichts«, stellte der König fest. »Was hat Er in all der Zeit getan? Es sollten wenigstens einige Mauern stehen, dafür hat Er die ganzen Steine erhalten.«

Jan schluckte und umklammerte seine Mappe fester. »Nicht immer sind die Arbeiten auf einer Baustelle auf den ersten Blick zu sehen. Wir bereiten den Untergrund für die Errichtung der Häuser vor. Das muss sehr sorgfältig geschehen. Fehler können später nie mehr korrigiert werden.«

»Er geht sorgfältig vor?«

»Ich lasse die größte Umsicht walten, weil ich Eurer Majestät holländische Häuser errichten will, wie es schönere nirgendwo in Holland gibt. Wir haben überall Baumstämme in der Erde versenkt, auf denen die Häuser errichtet werden. Sie sind schwer zu sehen, und wenn die Pferde hineingeraten …«

»… bringt das die Stämme in Unordnung, und Er muss die Arbeiten noch einmal tun«, riet Friedrich Wilhelm.

Das war es nicht, was Jan hatte ausdrücken wollen, aber wenigstens kehrte der König mit seinem Gefolge zurück. Jan atmete auf. Bevor Friedrich Wilhelm weitere Fragen stellen konnte, begann er, genau zu erläutern, welche Arbeiten anstanden. Er öffnete seine Mappe und wollte dem König eine Aufstellung reichen, die er vorbereitet hatte. Vom Pferd herab warf der nicht einmal einen Blick darauf. Seine Augen huschten über das Gelände.

»Wenn schon nichts zu erkennen ist, wollen wir wenigstens wissen, wo später die Straßen verlaufen werden und die Häuserfronten. Kann Er uns das zeigen?«

»Sehr gern, Euer Majestät. Wenn Ihr Eure geschätzte Aufmerksamkeit auf diesen Plan …«

»Kein Plan«, grollte Friedrich Wilhelm. Er deutete mit seiner Reitgerte auf den Bauplatz. »Zeige Er es uns dort.«

Es blieb Jan nichts anderes übrig, als diesen Wunsch zu erfüllen. Gefolgt vom preußischen König zu Pferd und dessen ebenfalls berittenen Tross schritt er zu einer Stelle, an der eine der Straßen begann. Sie durchschnitt das Viertel in seiner ganzen Länge und würde auf der Hälfte von einer Querstraße gekreuzt werden. Einige Pflöcke und Seile zeigten den Verlauf an.

Sie waren unter Peter de Gayettes Regie eingeschlagen worden, durch die Geländearbeiten aber aus der Flucht geraten und hätten längst entfernt werden müssen. Jan wollte den König darauf hinweisen, dass die Pflöcke den Straßenverlauf nur ungefähr anzeigten, aber seine Majestät gab seinem Pferd die Sporen, um der Erste zu sein, der die neue Straße entlangritt.

Der Boden war weich, die Hufe des Pferdes sanken bis zu den Fesseln ein. Das Tier schnaubte unbehaglich. Der König achtete nicht darauf, sondern trieb es tiefer in die Baustelle hinein.

»Diese Straße scheint uns alles andere als gerade zu sein! Hat Er nicht den Plan erhalten?«, rief er Jan zu und drehte sich halb im Sattel um. »Das ist ein Wirrwarr, schlimmer als in einem Irrgarten.«

Jan war dem König zu Fuß gefolgt, ebenso wie einer seiner Begleiter zu Pferd. Bei jedem Schritt sanken Stiefel oder Huf tief ein und lösten sich nur mit einem schmatzenden Geräusch.

»Vorsicht, Euer Majestät!«, schrie Jan.

Es war zu spät: Der König hatte sein Ross weitergetrieben, ohne auf den Weg zu achten. Es geriet zwischen die Schnüre. Sie wickelten sich um seine Fesseln. Das Tier bekam Panik. Es streckte den Kopf zwischen die Beine und keilte aus, sprang gleich darauf vorwärts, um sich aus dieser bedrohlichen Lage zu befreien. Der König wurde nach vorn und hinten geschleudert, blieb jedoch wie durch ein Wunder im Sattel.

Das Pferd des königlichen Begleiters ließ sich von dieser Panik anstecken und begann ebenfalls zu bocken. Beide wollten fliehen, sanken in dem weichen Untergrund aber tief ein und kamen nur schwer voran. Das steigerte ihre Verzweiflung noch.

Jan stöhnte unhörbar. Viele der Höflinge gaben ihren Gefühlen durch besorgte Rufe Ausdruck. Andere – unter ihnen Nynke und die meisten Arbeiter – schlugen vor Schreck die Hände vor den Mund. Nynke entdeckte in diesem Moment den Vorarbeiter Dyballa, der an einem Stapel Steine lehnte. Er grinste.

Den königlichen Begleiter hielt es nicht länger im Sattel. Er wurde in den Matsch geschleudert und blieb stöhnend liegen. Sein Pferd machte ein paar verzweifelte Galoppsprünge und geriet in ein besonders sumpfiges Loch, in dem es bis über die Sprunggelenke wegsackte. Je mehr es sich bemühte, freizukommen, desto tiefer sackte es ein. Den Gestürzten trugen derweil zwei Männer von der Baustelle. Sein ehemals prächtiger blauer Uniformrock sah aus, als habe ihn eine missgünstige Waschfrau mit Kot beschmiert, statt in Wasser zu tauchen.

Friedrich Wilhelms Pferd rang weiterhin um einen festen Stand. Mit den Hinterbeinen war es weggeknickt und eingesackt. In den Augen war das Weiße zu sehen, als es darum kämpfte, wieder auf die Hufe zu kommen. Der König trieb es mit anfeuernden Rufen vorwärts. Endlich gelang es dem Tier, sich zu befreien. Es gehorchte auch wieder seinem Reiter, der es eiligst dorthin lenkte, wo Jan Boumann und das königliche Gefolge warteten. Ein sichtlich angeschlagener Friedrich Wilhelm ließ sich aus dem Sattel helfen. Dirck kam gerannt und brachte eine Bank, Jan opferte seine Jacke als Polsterung. Der König sackte auf das Sitzmöbel, als habe ihn jegliche Kraft verlassen.

Einer der Offiziere aus seinem Gefolge zog seine Pistole, legte an und zielte sorgfältig. Ein trockener Knall ertönte. Das inzwischen bis zum Bauch eingesackte Pferd bäumte sich ein letztes Mal auf, ehe es zur Seite fiel. Es zuckte noch ein paarmal und lag dann still. Bei dem Pistolenschuss waren alle zusammengefahren, die Bauarbeiter ebenso wie die Zuschauer und die Herren des königlichen Gefolges.

Nynke hielt es nicht länger an ihrem Platz, sie hatte das Gefühl, an der Seite ihres Schwagers und seines Bruders sein zu müssen. Wenige Herzschläge bevor der Schuss ertönte, war sie losgelaufen und erreichte außer Atem die Männer.

»Besser ein Pferd als ein Mann«, keuchte Friedrich Wilhelm. »Was ist mit dem Kerl?«

»Er kommt eben zu sich, Majestät.« Ohne Jacke war Jan schutzlos dem feuchten Wind ausgesetzt, der von der Havel heranwehte, und seine Stimme zitterte. Aber wahrscheinlich auch, weil diese Sache mit mehr Glück als Verstand gerade noch einmal gut ausgegangen war, mutmaßte Nynke. Sie fühlte die gleiche Erleichterung. An dem toten Pferd war ja zu ermessen, was hätte geschehen können.

»Gut, gut. Teuflisches Gelände aber auch«, brummte der

König und dann an Jan gewandt: »Wagenladung um Wagenladung Geröll, Sand und Hölzer haben wir reinkippen lassen, bevor Er gekommen ist, und immer noch ist es nichts als ein bodenloser Sumpf. Ändere Er das! Er muss dort Häuser für holländische Handwerker bauen. Mehr Arbeiter, Material, Er wird alles bekommen, was Er benötigt. Melde Er es nur.«

Jan verneigte sich. »Wir gründen die Häuser auf Pfählen, Euer Majestät. Dafür sind die beiden Rammen. Ich benötige vor allem Zeit, um den Baugrund so vorzubereiten, dass er die Pfähle richtig aufnehmen kann. Und Stämme. Viele lange, gerade gewachsene Stämme.«

»Er soll alles bekommen. Unsere Forstbeamten werden Ihm Stämme liefern. So viele Er nur braucht.«

Anscheinend hatte das Erlebnis Spuren beim preußischen König hinterlassen, da er seinem Baumeister auf einmal zuhörte. Jan wollte eben aufatmen.

»Aber lasse Er sich nicht zu viel Zeit. Wir wollen sehen, wie holländische Handwerker in die Häuser einziehen«, fügte Friedrich Wilhelm an.

»Ich bitte Euer Majestät untertänigst. Die Arbeiten müssen sehr sorgfältig ausgeführt und überwacht werden, Ihr habt gesehen, was sonst geschehen kann.«

»Dann soll es so sein, aber ich bestehe darauf, dass Er sich beeilt. In diesem Jahr werden die Häuser fertiggestellt, wie wir es in unserer Specification bestimmt haben. Ziegel und Dachsteine hat Er bereits, und Er wird noch mehr erhalten.«

Es war nur ein Moment gewesen, in dem der König zugänglicher schien.

Jan verneigte sich aber erneut und sagte: »Es soll geschehen, wie Ihr wünscht, Majestät. Ich verspreche Euch auf die Hand, dass in diesem Jahr wenigstens drei Häuser fertiggestellt und zwei weitere begonnen werden.«

Dirck neben ihm atmete scharf ein, sagte aber nichts.

Nynke stand immer noch völlig unbeachtet zwischen den Männern. Sie sah, dass Friedrich Wilhelms Mantel am Rücken mit Schlamm bespritzt war, der langsam trocknete. Ohne darüber nachzudenken, hob sie die Rechte und klopfte Schmutz von der königlichen Schulter. Friedrich Wilhelm fuhr herum. Nynke zuckte zusammen, besaß aber genug Geistesgegenwart, um in ihren schönsten Hofknicks zu versinken.

»Weib!«, blitzte der König sie an. »Was treibt sie da?«

»Verzeihung, Euer Majestät«, brachte Nynke zitternd heraus. »Euer Mantel ist schmutzig, und ehe sich die Flecken in den Stoff ... da wollte ich ... weil doch ... Verzeiht mir, ich habe nicht nachgedacht.«

»Wolltest uns saubermachen, Kind?« Ein Lächeln glitt über das runde Gesicht des Königs. »Das nennen wir einmal fürsorglich. Ein ordentliches, pflichtbewusstes Weib. Bist du verheiratet?«

Nynke schüttelte den Kopf.

»Dein Ehemann wird froh sein, in dir eine tüchtige Hausfrau zu bekommen. Wie ist dein Name?«

Jan stellte sich an ihre Seite. »Das ist meine Schwägerin Nynke van Lohuijsen. Die Schwester meiner Frau. Sie ist mit uns gekommen.«

»Ein prächtiges holländisches Mädchen, noch zu haben, ihr Herren«, schwadronierte Friedrich Wilhelm. Von dem vorangegangenen Schrecken schien er sich vollständig erholt zu haben. Die Herren seines Gefolges betrachtete er herausfordernd, als erwarte er, dass jemand vortreten und Nynke einen Antrag machen würde.

Alle schauten überallhin, nur nicht auf den König oder auf Nynke.

In diesem Moment befahl Friedrich Wilhelm die Rückkehr ins Stadtschloss. Er ermahnte Jan erneut, sein Versprechen einzuhalten und ihm seine Häuser zu bauen, ehe er davonritt. Hastig schlüpfte Jan wieder in seine Jacke, stellte den Kragen auf und hielt ihn am Hals zusammen. Sein Blick richtete sich auf Nynke, die stumm neben den beiden Brüdern verharrte.

»Kannst du mir verraten, was das sollte? Seine höchstedle Majestät anzufassen, als wäre er ein alter Teppich, den du ausklopfen willst? Du kannst froh sein, dass du ihn in einer seiner besseren Launen angetroffen hast. Wieso bist du überhaupt hier?«

»Ich wollte den König sehen. Sein schöner Mantel war voll Schlamm. So ein gutes Stück, das muss herausgeklopft werden«, sprudelte es aus ihr heraus.

»Zum Glück ist alles gut gegangen.«

»Das möchte ich bezweifeln«, mischte sich Dirck ein. Er kritisierte seinen älteren Bruder normalerweise nicht vor anderen. »Nicht Nynke hat dem König ein leichtsinniges Versprechen gegeben, sondern du. Wie willst du es schaffen, auf einem Untergrund, der ein Pferd in wenigen Minuten beinahe vollständig verschluckt, in diesem Jahr die in der königlichen Specification genannte Anzahl von Häusern zu bauen?«

»Ich habe von drei fertigen Häusern gesprochen.«

»Du weißt genau, wie seine gnädige Majestät dein Versprechen verstanden wissen will.«

Jan seufzte. Mit einem König zu handeln war schwieriger, als einen Aal festzuhalten. Und gefährlicher.

Unter Hiuybrecht Ketels Anweisungen hatten einige Arbeiter damit begonnen, ein Seil um den Hals des toten Pferdes zu schlingen, dessen anderes Ende sie an ein Gespann banden. Sie beobachteten, wie der Kadaver durch den Schlamm gezogen wurde und mehr wie eine dreckige Decke als wie ein ehemals lebendes Pferd aussah. Das erste Opfer. Nynke betrachtete das Einschussloch unter dem Ohr. Es war kaum Blut ausgetreten und doch ... Sie fühlte Übelkeit in sich aufsteigen.

KAPITEL IX

Die beiden Männer spazierten am Ufer der Havel entlang, derweil am Horizont die Sonne als glutroter Feuerball versank. Ihr Schein spiegelte sich im Wasser. Dem Farbenspiel gönnte keiner der beiden einen Blick. Der Architekt Peter de Gayette schwang seinen Stock im Takt der Schritte und wirkte in sich versunken. Er hörte dennoch aufmerksam zu, was Wolfhardt Dyballa ihm berichtete.

»Der ist erledigt. Das sage ich Ihnen«, begann der. Er trug die Kleidung eines Handwerkers und statt eines Huts eine Filzkappe. »Der holländische Baumeister hat sich bei unserem gnädigen Herrscher um Kopf und Kragen geredet und ihn mit seinem Baugelände obendrein beinahe umgebracht. Statt Bohlen auszulegen, über die seine Majestät reiten kann. Aber nein, diese Holländer …«

»Das weiß Er genau, Herr Dyballa?«

»Ich habe es doch mit eigenen Augen gesehen und mit meinen eigenen Ohren gehört. Seine Tage sind gezählt, und bald gehören die holländischen Häuser wieder Ihnen.«

»Er kennt unseren geliebten König so gut, dass er beurteilen kann, wenn sich bei ihm jemand um Kopf und Kragen redet?«

Dyballa blieb stehen, und seinem Gesichtsausdruck war anzusehen, wie die Gedanken hinter seiner Stirn arbeiteten. »Ich meine … ja … also … Natürlich kennt unsereins unseren guten König nicht, aber die dreisten Reden Boumanns müssen ihn einfach gegen den Mann aufbringen. Wenn ich … also … ich meine … ich an seiner Stelle hätte mich … Mehr wollte ich gar nicht sagen.«

»Halte Er sich nicht mit Mutmaßungen auf. Das wird das Beste sein.« De Gayette schob mit seinem Stock einen Stein ins Wasser. Die Launenhaftigkeit des preußischen Königs war legendär, auf seine Wut konnte man sich ebenso wenig verlassen wie auf seine Freundlichkeit.

Diesmal schwieg Dyballa.

»Halte Er unsere Abmachung ein, und sorge Er dafür, dass dieser Holländer vor immer neuen Schwierigkeiten steht. Alles andere überlasse Er mir.«

»Unsere Abmachung sah noch mehr vor«, stieß Dyballa hervor.

Der Architekt streckte die Rechte aus. Am Zeigefinger baumelte eine Geldbörse. Der Vorarbeiter griff flink zu, tippte sich zum Abschied an seine Kappe und ging den Weg zurück, den sie gekommen waren.

Peter de Gayette wartete noch eine Weile am Havelufer. Jetzt fand er Muße, die letzten Strahlen der fast hinter dem Horizont versunkenen Sonne zu betrachten.

In den folgenden Wochen zeigte sich, dass der Vorarbeiter Dyballa die Lage falsch eingeschätzt hatte. Friedrich Wilhelm entzog dem holländischen Baumeister keineswegs den Auftrag. Im ersten Karree ging die Gründung stetig voran. Auf mehreren nächtlichen Spaziergängen überzeugte Peter de Gayette sich selbst davon. Im Schein einer Laterne untersuchte er die Arbeit seines Konkurrenten und musste zugeben, dass der Holländer trotz seiner Jugend sein Metier verstand. Er betrachtete die beiden Rammen, die im Mondlicht gewaltig wirkten.

Gern agierte er nicht auf diese würdelose Weise, aber es wurde Zeit für den nächsten Schlag.

* * *

»Nynke?« Anna lief auf der Suche nach ihrer Schwester durch die Kastellanwohnung. Sie schaute in deren Zimmer. Dort flog der Papagei auf, kaum dass sie die Tür öffnete. Von einem Bilderrahmen äugte er höhnisch auf sie herunter. Verdammter Vogel! Sie fand Nynke nicht.

In Jans Arbeitszimmer stand ein Stuhl am Tisch und daneben ein Schemel. Sie ahnte, wer dort gesessen hatte. Eine Träne stahl sich in ihren Augenwinkel. Anna blinzelte sie hastig fort. War es Ärger oder Traurigkeit? Sie war sich ihrer eigenen Gefühle nicht sicher.

Im Besuchersalon lag eine Magd auf den Knien und bürstete den Teppich.

»Dass du mir schnell und sorgfältig arbeitest, damit später am Vormittag für die Besucher alles vorbereitet ist«, sagte Anna.

»Sehr wohl, Madame.« Die Magd deutete eine Verbeugung an, ohne ihre Arbeit zu unterbrechen.

Um ihre Gestalt waberte Staub in der Luft, und Anna verließ den Salon wieder. Im Esszimmer mochte sie nicht allein an einem Tisch sitzen, der für zwölf Personen gedacht war. Es blieb nur das kleine Zimmer, in dem die wenigen Bücher standen, die sie aus Amsterdam mitgebracht hatten. Der Raum war nicht mehr als eine Kammer.

Außer einem Bücherschrank standen dort ein Sessel, ein kleiner Tisch mit vier dünnen Beinen, und an der Wand hing ein Bild mit einer antiken Ruine auf einem Berg. Eine wahre Scheußlichkeit, von der Anna nicht wusste, wie sie in die Wohnung gekommen war. Sie hatte das Teil jedenfalls nicht aus dem Magazin heraufbringen lassen. Ein Schultertuch lag auf der Sessellehne. Anna nahm es und hängte damit das Bild zu. Sie klingelte nach der Magd und ließ sich von ihr Tee und ein Butterhörnchen bringen. Das Hörnchen schmeckte wie Pappe.

»Ist das auch frisch?«, fuhr sie die Magd an, als die an ihre Arbeit im Besuchersalon zurückkehren wollte.

»Wurde heute Morgen gebracht, Madame.« Das Mädchen deutete einen Knicks an.

»Bring mir ein gekochtes Ei.« Anna wedelte sie mit der Hand hinaus und versuchte einen zweiten Biss. Das stammte unmöglich vom heutigen Tag. Sie probierte einen weiteren Happen. Sie hatte das Gebäck verzehrt, als das gekochte Ei gebracht wurde, in zwei Hälften geschnitten und mit einer sauer eingelegten Gurke verziert. Das Eigelb war in der Mitte noch weich, wie Anna es mochte.

Sie schlang die erste Hälfte hinunter, bei der zweiten ließ sie sich mehr Zeit. Danach schaute sie sinnend zum Fenster hinaus in einen Junimorgen, der ein sonniger Tag zu werden versprach. Statt auf den lieblichen Park, der sich auf der anderen Seite des Schlosses befand, blickte sie auf den Exerzierplatz. Mehrere Dutzend Soldaten waren mit geschulterten Gewehren unterwegs. In ihren blauen Röcken und mit den hohen Mützen sahen sie eindrucksvoll aus. Anna wusste, dass sie wegen ihrer Größe in dieses Regiment geholt worden waren. Von den Potsdamern wurden sie die Langen Kerls genannt.

Die Männer marschierten in Reihen über den Platz, trugen das Gewehr mal auf der linken, mal auf der rechten Schulter. Eine Weile sah sie ihnen zu, aber dann schlug die Uhr der Nicolaikirche neun. Um diese Zeit galt ein Besuch nicht mehr als verfrüht. Anna sprang auf und eilte in den Besuchersalon zurück.

Der war dreimal so groß wie die Bibliothekskammer, besaß drei Fenster zum Park, durch die Sonnenlicht fiel. Die Einrichtung war hell und freundlich, birkengrüne Vorhänge umrahmten die Fenster. Im Kamin brannte jetzt ein Feuer, denn durch die dicken Mauern des Schlosses drang von außen kaum Wärme. Stattdessen wurden die Räume schnell klamm. Auf dem Tisch stand eine Vase mit rosafarbenen Rosen. Die Knospen begannen eben, sich zu öffnen.

Anna setzte sich auf eine Chaiselongue und griff nach ihrem Stickzeug. Eigentlich hasste sie Sticken – dieses ewige Gestocher mit einer Nadel, um am Ende ein paar Blüten auf Stoff zu haben oder ein anderes Muster, das jeder nur mäßig talentierte Maler besser hinbekäme. Für eine Dame in ihrer Position gehörte es sich jedoch, sich mit Handarbeiten zu beschäftigen. Sie fädelte deshalb in mehreren Versuchen einen roten Faden ein. Während sie das Garn durch den Stoff zog, lauschte sie mit einem Ohr zur Tür, ob ein Besucher nahte.

Bisher waren noch nicht viele Leute gekommen. Die Frauen eines Arztes, eines Steuer- und Postinspektors und von ein oder zwei anderen niederen Beamten. Kein Mitglied des Hofes hatte seine Karte abgeben lassen.

Die Zeit verging, die Sonne wanderte, die Schatten im Zimmer wurden kürzer. Der Kamin hatte den Raum erwärmt, und Anna tupfte sich mit einem Taschentuch über die Stirn. Die Stickerei lag unbeachtet neben ihr auf der Chaiselongue.

Sie ärgerte sich, weil nicht einmal Nynke da war, um ihr die Zeit zu vertreiben. Es gehörte sich nicht für ihre unverheiratete Schwester, allein durch die Stadt zu stromern. Oder sich auf einer Baustelle unter lauter Männern aufzuhalten.

Es wurde später Nachmittag, bis Nynke zurückkehrte. Ihre Wangen waren vom langen Aufenthalt an der frischen Luft gerötet, die Augen blitzten. Zur Begrüßung umarmte sie ihre Schwester.

»Es ist einfach wunderbar, was sich auf der Baustelle tut. Man hat das Gefühl, als ob alle Gesetze der Natur aufgehoben wären. Dein Mann macht das Unmögliche möglich. Du musst furchtbar stolz auf ihn sein.«

»Das bin ich.« Anna reckte sich, erreichte aber nicht die Höhe ihrer Schwester.

»Dann verstehe ich nicht, warum du nicht kommst, um mit eigenen Augen zu sehen, was Jan vollbringt?«

»Ich habe dich nicht gebeten, meine Ehe zu kommentieren.«

»Es scheint dir nicht gut zu bekommen, den ganzen Tag in der Wohnung zu sitzen.« Nynke wollte sich umdrehen und in ihr Zimmer gehen.

Annas Stimme hielt sie zurück. »Ich bin noch nicht fertig!«

»Wie sprichst du mit mir?« In Nynke stieg Wut auf. »Du bist meine jüngere Schwester, nicht mein Vater.«

»Du weißt ganz offensichtlich nicht, was sich gehört. Deshalb muss ich es dir sagen!« Anna holte Luft. »Statt dich zu benehmen, wie es sich für unsereins gehört, treibst du dich herum, als wärst du ein Weib aus dem niederen Volk. Wie willst du je eine respektable Partie machen, wenn du dich derartig danebenbenimmst?« Anna kam in Fahrt. »Ich bin für deinen Ruf verantwortlich, und ich werde nicht zulassen, dass du damit Schindluder treibst. Ich arbeite hart daran, dass wir in der Potsdamer Gesellschaft geachtet werden. Das lasse ich mir von dir nicht kaputtmachen.«

»Ich tue nichts, was ich nicht vor Gott und mit meinem Gewissen vereinbaren kann.«

»Das war noch nie eine Messlatte, auf die man sich verlassen konnte.«

»Gottes Gebote sind für dich nichts, worauf du dich verlassen kannst?«

»Dein Gewissen meine ich«, giftete Anna. »Niemand besucht mich, und es gibt auch niemand seine Karte hier ab. Das ist nur deine Schuld.«

»Du gehst auf Besuche. Erst gestern warst du bei der Ehefrau dieses Steuerinspektors.«

»Niemand, der zählt! Dieses Weib kann uns nicht voranbringen. Aber alle Leute, die Zugang zum Hof haben, meiden mich wie die Pest.«

Die Stimme ihrer Schwester wurde schrill. Nynkes Ärger war inzwischen einer kalten Entschlossenheit gewichen. Je mehr Anna sich aufregte, desto ruhiger wurde sie.

»Mein Mann ist der Kastellan dieses Schlosses! Er ist quasi der Hof!«

»Das ist der Posten einen subalternen Beamten. Der Hof … Ich frage mich, wer dir diesen Floh ins Ohr gesetzt hat. Du tust gerade so, als wäre Jan der königliche Oberkämmerer.«

»Warum nicht …«

Nynke lachte auf.

KAPITEL X

Jan schlug sich auf die Seite seiner Frau und beschnitt Nynkes Freiheiten. Sie sollte Anna nicht mehr so oft allein lassen und sie bei ihren gesellschaftlichen Bemühungen unterstützen. Nynke war sich nicht sicher, ob Jan ihr dabei verstohlen zugezwinkert hatte.

Vorerst nützte ihr das nichts: Sie musste mit ihrer Schwester einen Morgenbesuch bei der Witwe eines Justizrats machen. Die Frau war unbestimmbaren Alters und hatte schlaffe, faltige Haut, die an einen gerupften Vogel erinnerte. Sie war dürr und bewegte sich mit einem Stock, dabei verzog sie das Gesicht, als litte sie Schmerzen. Der Salon, in den eine ähnlich vertrocknete Magd sie führte, war überhitzt und übervoll mit Möbeln. Überall lagen Spitzendeckchen, darauf standen Zinnteller und anderer Kleinkram, der Nynke einen Schauder über den Rücken jagte.

Sie fragte sich, warum Anna Kontakt mit derartigen Personen pflegte? So verzweifelt konnte sie bei ihren Bemühungen um ein gesellschaftliches Leben doch nicht sein?

Möglichst weit entfernt vom bullernden Ofen saß sie auf der Kante eines harten Sessels und balancierte eine Tasse dünnen Tee auf den Knien. Sie hatte nicht vor, einen Schluck davon zu trinken.

Die Witwe und Anna plauderten über die Preise auf dem Markt – alles wurde immer teurer –, das Wetter – für die Jahreszeit war es nicht angemessen – und über Musik, von der beide nichts verstanden. An den richtigen Stellen nickte Nynke oder schüttelte den Kopf, und das schien als Beitrag zur Unterhaltung auszureichen.

Die Minuten krochen dahin, bis vorsichtig an die Tür gepocht wurde. Nynke atmete auf, jede Unterbrechung dieses quälenden Besuchs war ihr willkommen. Anna und die Witwe schauten auf.

Durch die einen Spalt geöffnete Tür drückte sich ein Mann in den Dreißigern, der nur der Sohn der Witwe sein konnte. Zu groß war die Ähnlichkeit zwischen beiden. Er war ebenfalls hager, und über seinem ungeschickt geknüpften Halstuch zeichnete sich ein vorspringender Adamsapfel ab.

»Das ist mein Sohn Johann Albrecht«, sagte die Witwe und an ihn gewandt: »Setz dich zu uns, mein Lieber.«

Als einziges Sitzmöbel war der Sessel neben Nynke frei. Dort nahm der Sohn Platz. Seine Knie stachen in die Höhe, und er wusste nicht, wohin mit seinen Händen. Schließlich presste er sie zwischen die Beine.

Nynke warf ihm einen Seitenblick zu und fühlte wiederum seinen auf sich ruhen. Schnell schaute sie wieder weg.

»Johann hat die Rechte studiert wie mein seliger Gatte und ist derzeit im Steueramt beschäftigt. Aber das ist nur der Anfang. Ich bin mit dem früheren Vorgesetzten meines seligen Gatten noch gut bekannt, der hat meinem Jungen eine glänzende Zukunft versprochen.«

Der so Gepriesene wand sich. »Sie übertreiben, Frau Mama. Ich bin zufrieden, wenn ich dereinst zum Justizrat ernannt werde. Man darf seine Sinne nicht zu hoch erheben, das erspart manche Enttäuschung.«

Was Nynke für unerträglich feige hielt, entlockte der Witwe ein Lachen. »Das ist mein Junge. Ein kluger Gedanke folgt auf den nächsten.«

Anna stimmte zu. Eine derartige Selbstverleugnung hätte Nynke ihr gar nicht zugetraut. Das anschließende Gespräch plätscherte dahin. Johann Albrecht trug wenig dazu bei, obwohl seine Mutter immer wieder versuchte, ihm mehr als einsilbige Antworten zu entlocken. Er kaute an jedem Wort wie an einer zähen Kost. Dafür fühlte Nynke ständig seinen Blick auf sich ruhen.

Sie versuchte, Annas Aufmerksamkeit auf sich zu lenken, um sie zum Aufbruch zu bewegen. Aber die Schwester bemerkte entweder nichts davon oder wollte es nicht. Endlich erhob sich Johann Albrecht und gab vor, sich wieder zu seiner Arbeit begeben zu müssen.

»Er ist so fleißig, mein lieber Junge. Da gräbt ihm niemand das Wasser ab«, sagte seine Mutter, nachdem er das Zimmer verlassen hatte.

Nynke stellte ihre Teetasse auf den Tisch und rieb sich die verschwitzten Hände am Rock ab. Wenn das ihr tägliches Schicksal werden sollte, bliebe ihr nur, eine Reisekiste zu packen, Pitter zu nehmen und ihr Glück anderswo zu suchen.

Endlich sah Anna die Zeit gekommen, sich zu verabschieden. Nynke murmelte hastig ein paar höfliche Worte in Richtung der Witwe und atmete tief ein, sobald sie auf der Straße standen und die Haustür sich hinter ihnen geschlossen hatte.

»Das ist das gesellschaftliche Leben, nach dem du dich so sehr sehnst?«, fragte sie Anna, als sie nebeneinander zurückgingen. Gegen die Sonne hatten sie Schirme aufgespannt.

»Doch nicht diese Witwe. Aber sie kann nützlich sein, mir die Türen zu weiteren Häusern zu öffnen. Außerdem hat sie einen Sohn.«

»Der Kerl ist eine wandelnde Steuerakte.«

»Er ist jedenfalls ein aufmerksamer Mensch, sehr höflich und eine angenehme Erscheinung. Außerdem …«

»Wenn linkisches Schweigen neuerdings höflich ist, stimme ich dir zu.« Nynke konnte ein Kichern nicht unterdrücken.

»Außerdem«, sprach Anna unbarmherzig und streng weiter, »ist er unverheiratet.«

»Das wundert mich nicht.« In diesem Moment begriff Nynke. »Das meinst du nicht ernst! Nicht diesen Menschen!

Unfassbar, dass du mich herschleppst, weil du glaubst, ich könnte an fleischgewordener Langeweile Gefallen finden.«

»Deine Ausdrucksweise lässt zu wünschen übrig, Schwester. Ich bitte um etwas mehr Petitesse.«

Nynke frage sich, was das Wort in diesem Zusammenhang aussagen solle. Wahrscheinlich hatte Anna sich mehr vom Klang als von der Bedeutung leiten lassen.

Sie sprach weiter: »Der Sohn ist eine gute Partie und nicht zu wählerisch. Er könnte durchaus dazu gebracht werden, Gefallen an dir zu finden, ich müsste nur ein oder zwei Worte seiner Mutter gegenüber erwähnen.«

»Ich kann niemals dazu gebracht werden, Gefallen an dem zu finden. Schlag dir das aus dem Kopf.« Nynke wählte mit voller Absicht Worte, die ihre Schwester als unpassend empfand.

»Aber heiraten musst du. In jedem ihrer Briefe fragt Mama, ob ich in dieser Hinsicht etwas zustande …«

»Wie bitte?«, fuhr Nynke dazwischen. »Ihr schreibt über meine Heirat? In den Briefen an mich kommt kein Wort davon vor.«

Anna biss sich auf die Unterlippe. »Mama hat mich vor unserer Abreise aus Amsterdam gebeten, einen guten Ehemann für dich zu finden. Das liegt ihr sehr am Herzen, dass du dein Glück findest. Es ist nun einmal so, dass die verheirateten Schwestern für die anderen nach einem Ehemann Ausschau halten.«

»Du bist drei Jahre jünger als ich.«

»Aber ich bin verheiratet. Darum zählt das Alter nicht.«

»Für mich zählt es!«

Nynke machte danach jedes weitere Gespräch unmöglich, indem sie zwei Schritte vor Anna ging.

KAPITEL XI

»Nein! Anhalten!«, schrie Jan. Er rannte mit fliegenden Rockschößen über die Baustelle. Dorthin, wo die beiden Rammen in Betrieb waren.

Arbeiter waren damit beschäftigt, Stämme aufzurichten und sie dann an langen Seilen in der Waagerechten zu halten. Mithilfe von Pferden wurden die Rammen gespannt. Auf Jans Ruf hin unterbrachen alle ihre Arbeit. Einer der Stämme geriet aus dem Gleichgewicht und krachte auf die Erde. Mensch und Tier schraken zusammen. Verletzt wurde zum Glück niemand, nur die Pferde wollten flüchten, und ihre Führer hatten alle Mühe, sie zu halten. Der zweite Stamm wankte, fiel aber nicht.

»Dyballa, zu mir!«, schrie Jan.

Der Vorarbeiter hatte es übernommen, die Arbeiten an den Rammen einzuteilen und zu beaufsichtigen. Unter seiner Verwaltung stand auch das inzwischen kräftig angewachsene Lager der für die Gründung vorgesehenen Stämme. Der Mann schlenderte heran. Im Mundwinkel wippte ein Grashalm, auf dem er kaute. Er machte eher den Eindruck, sich auf einer Landpartie als an seinem Arbeitsplatz zu befinden.

»Was wird gewünscht?«, nuschelte er, als er vor Jan stand.

»Dass Er seine Arbeit sorgfältig ausführt! Er weiß, dass alles von der Gründung der Häuser abhängt!« Jan schrie. Speicheltropfen sprühten von seinen Lippen, als er es bemerkte, verstummte er.

»Ich lasse mir nichts nachsagen«, schnappte Dyballa.

»Dann soll Er genau hinschauen. Da …« Jan deutete auf den aufrecht stehenden Stamm. »Der ist schief und krumm.

Die Stämme müssen gerade sein, damit sie dicht nebeneinander eingerammt werden können. Dieser …« Jans ausgestreckter Finger zitterte in der Luft, »… hätte aussortiert gehört.«

Er besah sich danach den auf dem Boden liegenden Stamm. Der war weniger krumm, hätte aber ebenfalls beiseitegelegt werden müssen. Dyballa versuchte, die Schuld auf die Arbeiter zu schieben, die die falschen Hölzer genommen hätten, obwohl er es ihnen anders gesagt habe.

»Diese pflichtvergessenen Kerle«, schloss er und schüttelte sogar die Faust gegen die Männer. »Wenn ich meine Augen nicht überall habe. Kein Verlass ist auf die. Zu dumm zum …«

»Seine Verantwortung«, schnitt ihm Jan das Wort ab. »Diese Stämme müssen weg. Verarbeite Er sie zu Feuerholz.«

Die Männer ließen die Seile los, auch der zweite Stamm krachte zu Boden. Zusammen zogen sie erst den einen, dann den anderen von der Baustelle. Jan schaute sich in der Zwischenzeit mit Dyballa im Schlepptau im Holzlager um. Zwischen geraden Stämmen lagen etliche, die nicht gut gewachsen waren. Das erkannte er mit bloßem Auge, dazu musste er nicht einmal eine Messlatte anlegen, obwohl er sie unter dem Arm trug. Er befahl, die unbrauchbaren auszusortieren, und markierte alle eigenhändig mit weißer Farbe.

»Die waren noch gar nicht durchgesehen«, verteidigte sich Dyballa. »Die aussortierten liegen da, die guten dort.« Er deutete auf zwei weitere Stapel.

Jan nahm diese ebenfalls in Augenschein. Von den guten ließ er eine Handvoll wegschaffen, aber im Großen und Ganzen war an Dyballas Auswahl nichts auszusetzen. Seine Wut auf den Mann minderte das nicht, und er zischte ihn an: »Er wird nicht mehr für das Sortieren der Stämme verantwortlich sein. Das wird ab sofort mein Bruder Dirck übernehmen.«

»Ich bin der Vorarbeiter. Das wird nicht wieder passieren.«

»Weil ich Ihm eine andere Arbeit zuweisen werde.« Jan

überlegte krampfhaft, welche Aufgabe er Dyballa anvertrauen konnte. In Amsterdam hätte er einen Vorarbeiter wie diesen davongejagt, aber er war nicht sicher, ob er auf dieser Baustelle das Recht dazu hatte. Die Männer kamen alle vom König, der auch für ihre Bezahlung sorgte. Schließlich befahl er ihm, die Arbeit an den Kalksteinblöcken, die auf die eingerammten Pfähle gelegt wurden, zu beaufsichtigen. Dabei wäre er in Dircks Nähe, und der würde ein Auge auf ihn haben.

»Ich erwarte, dass Er diese Aufgabe mit aller Sorgfalt ausführt.«

»Auf mich kann sich der Herr Baumeister verlassen.«

Später besprach sich Jan mit seinem Bruder.

»Ich frage mich die ganze Zeit, wie viele der schiefen Stämme er im Boden versenken ließ, ohne dass wir es bemerkten? Wir müssten sie alle wieder rausziehen.«

»Das kannst du nicht«, antwortete Dirck. »Niemand kann das.«

»Aufgraben.«

»Auch dann nicht. Diese Stämme sind viele Ellen lang.«

»Der Gedanke bereitet mir Leibschmerzen. Dyballa schiebt die Schuld auf die Arbeiter.«

»Kann das nicht stimmen?«, fragte Dirck zum Erstaunen seines Bruders. »Kannst du ihm Fehler nachweisen?«

»Dieser Mensch …«

»Wenn du ihm vorwirfst, deine Arbeit zu hintertreiben, musst du ihm das nachweisen. Du kannst den Mann nicht leiden, ich auch nicht. Das allein ist kein Grund.«

Das waren ungewohnte Töne seines jüngeren Bruders, und sie stimmten Jan nachdenklich. »Lass uns die Hölzer kontrollieren. Ich will sehen, ob es weitere Probleme gibt.«

Sie gingen hin und kletterten auf den Holzstapeln herum. Es war nicht ungefährlich, und Dirck geriet einmal mit dem

Fuß in eine Spalte. Er klammerte sich an seinem Bruder fest und konnte sich wieder befreien. Sie fanden Stämme mit morschen Stellen und andere, die beim Transport Schaden genommen hatten, sowie etliche schief gewachsene. Sie alle hatte der Vorarbeiter Dyballa aussortiert. Jan kam ins Grübeln. Hatte er dem Mann unrecht getan? Hatten die Arbeiter die Stämme von einem falschen Stapel genommen?

KAPITEL XII

In der Nacht stand Nynke leise auf. Der Mond war fast voll und schickte seinen silbernen Schein zum Fenster hinein. Sie entzündete keine Kerze. Pitter blinzelte auf seiner Stange mit einem Auge und schlief weiter. Sie nahm eine Mappe bestehend aus zwei Pappdeckeln und huschte aus dem Raum.

Unter der Türritze von Jans Arbeitszimmer schimmerte Licht. So war es jede Nacht. Die Baustelle verlangte ihrem Schwager alles ab. Wenigstens eine kleine Aufgabe wollte sie ihm abnehmen. Deshalb pochte sie sacht an die Tür und wartete nicht auf eine Aufforderung zum Eintreten, sondern schlüpfte hinein.

»Jan? Störe ich dich?«, fragte sie leise.

»Komm nur her«, flüsterte er zurück und winkte sie an seine Seite, ohne von seiner Arbeit aufzusehen.

Der Hocker, auf dem sie bei ihrem ersten nächtlichen Besuch im Arbeitszimmer gesessen hatte, stand seitdem unter dem Tisch. Nynke zog ihn heran und ließ sich darauf nieder. Die Mappe legte sie auf den Boden.

»Es ist nicht gut, wenn du jede Nacht hiersitzt«, begann sie.

»Ich muss. Tagsüber werde ich auf der Baustelle gebraucht, für die Planung bleibt mir nur die Nacht. Die ersten Bewohner sollen vor dem Winter in die Häuser einziehen. Da, lies das!« Jan schob ihr ein Schreiben hin.

»Das hat der König geschrieben«, flüsterte Nynke ehrfürchtig, nachdem sie einen Blick auf die Unterschrift geworfen hatte.

»Zumindest stammt es aus seiner Kanzlei, und er hat es unterschrieben. Ihm geht es nicht um ein oder zwei Häuser, die ich fertigstellen soll. Er schreibt von Straßenzügen, die in diesem Jahr errichtet werden sollen.« Er raufte sich die Haare.

»Lass mich dir helfen!« Nynke strich sie wieder glatt und dann glitt ihre Hand über seine Wange.

»Liebend gern. Es hilft mir schon, wenn du neben mir sitzt und mein Jammern anhörst. Danach sind meine Gedanken viel klarer und die Ideen besser.«

»Ich habe an handfestere Hilfe gedacht, Schwager.« Nynke beförderte die Mappe auf den Tisch und öffnete sie. Darin lagen einige Blätter.

Jan erkannte eine Zeile Häuser. Die Umrisse waren grob gezeichnet, Türen und Fenster nur angedeutet. Trotzdem bestand kein Zweifel daran, dass es sich um die holländischen Häuser handelte. Detailreich waren allein die Giebel gestaltet. Jeder unterschied sich von den anderen.

»Ich habe mir Gedanken über die Giebel gemacht. Die sind sehr prägend für unsere Häuser. Sie entscheiden darüber, ob ein Haus als holländisch angesehen wird. Deshalb sollten sie besonders … also … schau, ob du was davon verwenden kannst.«

Je länger sie sprach, desto vermessener kam Nynke ihre Idee vor, und sie geriet ins Stottern.

»Das hast du gezeichnet?«

»Anna hat mir geholfen. Diese ganzen Details hat sie nach meinen Vorgaben gezeichnet. Sie hat dafür viel mehr Talent als ich. Gefällt es dir?«

»Es sieht hübsch aus«, antwortete Jan. Er gähnte verhalten.

»Dir fällt nichts anderes ein als hübsch? Ich habe gedacht …« Nynke schluckte ihre aufkeimende Empörung hinunter. »Das haben wir für dich gemacht, damit du dir die Planung für die Giebel ersparen kannst. Wir wollten dir helfen.«

»Das weiß ich doch.« Jan legte einen Arm um ihre Schultern und drückte sie kurz an sich. »Ich weiß, wie viel Mühe du dir gegeben hast. Ihr beide euch gegeben habt.«

»Aber …?«

»Nichts aber. Das sind wunderbare Ideen, und die Häuser werden damit sehr holländisch aussehen. Wie in Amsterdam.«

»Wir haben uns an denen der Prinsengracht orientiert. Da sind wir oft spazieren gegangen.«

»Ich erkenne viele der Giebel wieder.« Jan tippte auf einen, dann auf einen zweiten und dritten. »Diesen … und diesen … und diesen … Sie würden sich sehr gut in Potsdam machen.«

»Du sprichst im Konjunktiv.«

»Nynke.«

»Keine Ausflüchte, Schwager. Sag mir ehrlich, was an meiner Idee falsch ist.«

Jan seufzte und suchte eine Weile nach Worten: »Das sind wahnsinnig schöne Ideen, und es schmerzt mich, sie nicht bauen zu können. Nicht bei dem Tempo, das der preußische König fordert. Ich habe nicht die Zeit, jedes Haus mit einem individuellen Giebel zu versehen. So schön das wäre, aber diese Verzierungen und Musterungen zu mauern, nimmt viel Zeit in Anspruch.«

»Oh«, machte Nynke. Daran hatte sie nicht gedacht.

»Ich fürchte, uns bleibt nichts anderes übrig, als alle Häuser mit einem einheitlichen Giebel zu versehen.«

Nynke war enttäuscht. Sie fing sich aber schnell und begutachtete die Zeichnungen. »Ein einheitlicher Giebel kann auch schön sein. Dieser zum Beispiel.« Dabei tippte sie auf das Papier.

Natürlich hatte sie von allen den aufwendigsten ausgewählt. Um das Giebelfenster herum gab es ein Gesims aus gekalktem Stein. Diesen würden die Steinmetze herstellen. Der obere Abschluss musste aus dem gleichen Stein geschlagen, und der gesamte Giebel in verschiedenen Mustern gemauert werden.

»Der ist schön, aber wir müssen es einfacher halten. Der König …«

»Immer der König …«

»Er ist nun einmal ungeduldig, und er bewilligt mir die Bauplätze, das Baumaterial und die Gelder. Wir müssen ihm gehorchen und dürfen ihn nicht gegen uns aufbringen. Ich kann diesen Giebel bauen.« Er zeigte auf einen, der nur über einen Rundbogen an jeder Seite verfügte. Keine Muster mussten gemauert werden, kein Steinmetz wäre nötig.

»Oh, der …«

»Etwas anderes lassen der knappe Zeitplan und das Budget nicht zu. Ich verspreche dir aber, all diese schönen Giebel mauern zu lassen, sobald es möglich ist. Deine Pläne werde ich dem König vorlegen. Er wird gar nicht anders können, als deine Giebel für seine holländischen Häuser zu wollen. Sie machen aus dem Viertel etwas Besonderes. Dann wird seine Majestät mir auch die Zeit bewilligen, die ich dafür benötige. Verstehst du das?«

Nynke nickte langsam. Es kam ihr vor, als hätte der preußische König die ganze Zeit mit ihnen am Tisch gestanden und das Gespräch gelenkt. Jan zog sie an seine Brust.

»Du hast dir so viel Mühe gegeben. Deine Giebel werden gebaut werden, das verspreche ich dir. Baumeister-Ehrenwort.«

Er ließ Nynke wieder los, und sie lachten beide.

»Du bist noch wach?«, flüsterte Jan, als er das Schlafzimmer betrat und seine Frau im Bett sitzend vorfand.

»Ich habe auf dich gewartet.« Sie gähnte hinter vorgehaltener Hand.

»Das musst du nicht, wenn du müde bist.« Jan setzte sich auf den Bettrand und schüttelte die Pantoffeln von den Füßen. Weste, Halstuch und die Hose mit den Strümpfen folgten, ehe er auf seiner Seite des Bettes unter die Decke kroch. Er legte sich an den Rand, ließ so viel Platz wie möglich zwischen sich und seiner Frau. Er hatte ein schlechtes Gewissen, weil er eben noch seine Schwägerin im Arm gehalten hatte. Anna schob sich zu ihm unter die Decke, ihr Fuß berührte sein Bein.

»Anders bekomme ich dich nicht zu sehen, weil du kaum zu Hause bist und dich in den wenigen Stunden in deinem Arbeitskabinett vergräbst, statt dich um deine Frau zu kümmern.« Wie eine Katze schmiegte sie sich an ihn.

Jan machte sich steif. »Ich habe dir und Nynke für die Giebel zu danken, die ihr für mich entworfen habt. Nynke hat sie mir vorhin gegeben. Sie sind sehr schön geworden.«

»Sie hat mir keine Ruhe gelassen, bis ich zum Zeichenstift griff. Ich freue mich, wenn du etwas damit anfangen kannst.« Sie hielt ihm ihr Gesicht zum Kuss hin.

Er berührte mit den Lippen zart ihre Wange. Sie drehte den Kopf und nahm seinen Mund gefangen. Ihre Zunge drängte sich vor. Jans Verstand setzte aus, und sein Körper übernahm die Kontrolle.

Hinterher schmiegte Anna den Kopf in seine Armbeuge. »Ich bin nicht nach Potsdam gekommen, um dich nicht mehr zu sehen.«

»Liebes!« Er tippte ihr auf die Nase, strich mit der Fingerkuppe über ihre Wange. »Das wird vorübergehen, wenn die Planungen abgeschlossen sind. Ende des Jahres.«

»Das ist noch lange hin.«

»Ich bitte um deine Geduld.«

»Die fällt mir schwer. Die Tage ohne dich wollen einfach nicht vergehen. Die Potsdamer schneiden mich immer noch.«

»Du wirst doch eingeladen und empfängst auch Besucher?« Er wusste, wie wichtig ihr das war.

»Nicht in den wirklich bedeutenden Häusern.«

»Das kommt. Schließlich sind wir noch nicht lange hier.«

»Du bist der Kastellan dieses Schlosses, die Leute müssten sich um unsere Bekanntschaft reißen. Aber diese Preußen …«

»Das ist ein Posten in der Verwaltung und kein Hofamt.«

»Es ist Ehre damit verbunden. Du stehst dem König nah.«

»Nicht näher als viele andere.« Jan gähnte.

»Du musst dich in den Salons sehen lassen. Du bist der Schlosskastellan. Das öffnet uns Türen, die uns sonst verschlossen bleiben. Morgen begleitest du Nynke und mich.«

»Nein!« Jan fuhr zurück. Seine köstliche Trägheit nach dem Liebesspiel verflog. »Ich muss auf die Baustelle.«

»Wie sollen wir je einen Sohn haben, wenn du nie da bist?«, warf Anna ihm vor.

»Wir haben gerade alles dafür getan, einen zu zeugen.« Der abrupte Themenwechsel verwirrte ihn.

»Ich möchte Kinder.«

»Ich auch. Wir sind erst kurz verheiratet. Das wird schon.«

»Du wohnst mir nur noch alle paar Wochen bei. In Amsterdam war das anders. Jetzt hockst du lieber mit meiner Schwester in deinem Arbeitskabinett. Das war vorhin nicht das erste Mal. Glaubst du, ich weiß nichts davon?«

»Nynke hilft mir. Wir arbeiten gut zusammen. Du bist meine Frau, dich liebe ich.«

»Hoffentlich vergisst du es nie.«

»Nie. So wahr mir Gott helfe.«

Annas anschmiegsame Laune war wiederhergestellt.

KAPITEL XIII

Nach der Sache mit den Stämmen fand Jan nichts weiter an Dyballa auszusetzen. Der Mann hatte seine Arbeiter im Griff, war fleißig und anstellig. Alle Anweisungen führte er ohne Widerspruch aus. Das änderte nichts daran, dass Jan ihn nicht mochte und ihm nicht vertraute. An den Rammen ließ er ihn nicht arbeiten, dort führte Dirck die Aufsicht.

Auf die eingerammten Stämme wurde eine Lage Kalksteinblöcke gelegt, auf diese wiederum Querbalken, die die Sohle bildeten. Die Arbeiter ächzten und stöhnen unter den strengen Blicken des Vorarbeiters. Nicht überall konnten sie Pferde einsetzen, um die Steine zu bewegen, sondern mussten mit Muskelkraft und Hebelwirkung arbeiten.

»Es ist was zu sehen«, sagte Dyballa, als bei allen Häusern der ersten Zeile des ersten Karrees diese Arbeiten beendet waren. Normalerweise vermied er es, ohne Grund das Wort an Jan zu richten, aber nun trieb ihn der Stolz auf das Erreichte an.

Jan nickte mit einem knappen Lächeln. »Das ist schon was anderes, eine ganze Häuserzeile auf einmal wachsen zu sehen, als ein einzelnes Haus. Wir können alle mit dem zufrieden sein, was wir geschaffen haben.«

»Ich werde die Richtschnüre für die Maurer spannen.«

»Das machen wir morgen zusammen«, bestimmte Jan. »Schicke Er die Männer nach Hause. Sie haben ihren Feierabend redlich verdient. Er auch.«

»Wir haben noch stundenlang Tageslicht.« Dyballa schaute sich um.

»Es wird gemacht, wie ich es bestimmt habe.«

»Er ist der Baumeister.«

Die Richtschnüre entschieden darüber, ob eine Wand gerade oder schief gemauert wurde, zwei sich im rechten Winkel trafen oder aus der Flucht liefen. Diese Arbeit wollte Jan seinem Vorarbeiter nicht ohne Aufsicht anvertrauen, aber er hatte Berichte für den König zu schreiben, mit denen er bereits einen Tag im Rückstand war. Gleichzeitig ahnte Jan, dass er Dyballa wieder einmal vor den Kopf gestoßen hatte.

Nachdem die Richtschnüre der ersten Häuserzeile zu seiner Zufriedenheit gezogen waren, legten er und Dirck den Grundstein. Alle Arbeiter waren dazu in ihrem Sonntagsstaat erschienen. Der Potsdamer Bürgermeister und andere Honoratioren der Stadt gaben sich ebenfalls die Ehre. Natürlich waren auch Anna und Nynke gekommen; seine Frau in einem hellblauen Kleid, in dem sie wie eine Elfe wirkte, die knapp über dem Boden schwebte. Nynke war in einem hellen Bronzeton erschienen und sah sehr viel handfester aus, und sie zog Jans Blick ebenso oft auf sich wie Anna. Pitter thronte an diesem Tag nicht auf ihrer Schulter, was Jan schade fand. Es hätte ihre Persönlichkeit unterstrichen. Vom Hof waren einige Beamte und Militärs gekommen, hielten sich aber abseits, als wäre es unter ihrer Würde, sich mit den übrigen gemein zu machen. Jan bedauerte die Abwesenheit des Königs, aber seine Majestät lag unpässlich zu Bett, und die Ärzte hatten ihm streng verboten, es zu verlassen. Friedrich Wilhelm musste wirklich krank sein, wenn er auf andere hörte. Jan hatte auch dem Architekten Peter de Gayette eine höfliche Einladung gesandt, entdeckte ihn aber nicht unter den Anwesenden.

In einem schmalen gemauerten Schacht versenkten die Boumann-Brüder eine in ein Lederfutteral eingeschlagene Gründungsurkunde, einen Geländeplan mit der Position aller Häuser und stellvertretend für sie den Bauplan dieses ersten Hauses. Unter dem Applaus der Zuschauer mauerte Jan mit seinem Bruder den Schacht zu, dann reichte er das Werkzeug an Dyballa weiter, der die ersten Steine setzte. Im Anschluss daran wurden Bier- und Weinfässer zu einem Umtrunk angestochen. Abends musste Jan von seinem Vorarbeiter und Adrian den Ouden nach Hause gebracht werden.

Ungeachtet seines Kopfschmerzes stand er früh am nächsten Morgen auf der Baustelle, um die Maurerarbeiten zu überwachen.

Alle Häuser der ersten Zeile wuchsen zügig in die Höhe. Im gleichen Maße verkleinerten sich die Stapel der angelieferten Steine, und daraus zog Jan nicht wenig Befriedigung. Es ging voran. Obwohl die meisten Häuser Wand an Wand standen, hatte er sich aus Gründen des Brandschutzes dazu entschlossen, sie als Einzelgebäude auszuführen und keine gemeinsamen Wände geplant.

Jeden Abend war zu sehen, was am Tag geschafft worden war. Jans Zeitplan hinkten sie um ein Dutzend Tage hinterher, aber das tat seiner Zufriedenheit keinen Abbruch, da auch der König bei einer erneuten Besichtigung sich lobend über den Fortschritt geäußert hatte.

Als Einziges könnte ihm das Wetter einen Strich durch die Planung machen, aber bisher war auf einen feuchten, nicht allzu warmen Sommer ein kühler, trockener Herbst gefolgt. Solange es keinen Frost gab, arbeiteten sie weiter.

Auf der Baustelle erschwerte inzwischen ein Wald aus Gerüsten die Übersicht, und bei den ersten beiden Häusern errichteten die Zimmerleute unter Anton van Ridders Anleitung die Dachstühle. Jan hatte gleich mehrere Dachdecker mit ihren Gehilfen verdingt, damit es auch hier zügig weiterging. In behelfsmäßigen Baracken und ledernen Zelten hatten Tischler die Arbeit aufgenommen. Unter ihren kundigen Händen entstanden Türen, Fensterrahmen und Geländer. Besonders geübte Maurer setzten die Klinkerfassaden vor die Häuser. Dyballa legte hier ein strenges Augenmerk an und ließ einmal eine halbe Wand wieder einreißen, weil die Fugen zu ungleichmäßig geraten waren. Ihr Murren half den Arbeitern nicht, Jan gab seinem Vorarbeiter recht.

Am Rand der Baustelle hatten ein paar Frauen eine Garküche eingerichtet und versorgten die Arbeiter mit warmer Suppe und Brot. Eine Schankwirtschaft lieferte dazu Bier in Fässern.

Nynke kam beinahe jeden Tag und brachte den Boumann-Brüdern ein Mittagessen. Häufig setzte sie sich zu den beiden, knabberte an einer Brotscheibe und ließ sich berichten. An den meisten Tagen saß Pitter auf ihrer Schulter. Auf der Baustelle kannte ihn jeder. Lachend hatten die Männer seinen kehligen Rufen gelauscht oder versucht, ihn mit schwieligen Fingern am Bauch zu kitzeln. Pitter hatte sich auf Papageienart bedankt und in mehr als einen davon gehackt. Seiner Beliebtheit tat das keinen Abbruch. So regelmäßig, wie Nynke sich auf der Baustelle zeigte, so selten ließ Anna sich sehen. Jan versetzte das einen Stich, er hätte sich gewünscht, seine Frau würde sich mehr für seine Arbeit interessieren und weniger die feine Dame spielen, aber das verschloss er tief in seinem Herzen. Nicht einmal sein Bruder ahnte etwas davon.

KAPITEL XIV
1734

»Es schneit! Jan, schau doch nur, es schneit.« Nynke stand im Flur und blickte in den Schlosshof hinunter. Es war einer der Tage, an denen dort die Soldaten im Fackelschein exerzierten.

Jan trat neben sie. Er legte einen Arm um ihre Hüfte, und gemeinsam blickten sie hinunter. Dicke Flocken fielen vom Himmel. Im Schlosshof wurden sie unter den Soldatenstiefeln sofort zu Matsch zertreten. Der fallende Schnee dämpfte jedoch den Lärm der Pfeifen und Trommeln.

»Du bist früh auf«, stellte Jan fest.

»Wie kann ich im Bett liegen, wenn es draußen schneit?« Nynke lachte. »Ich fühle mich an Amsterdam erinnert, wo wir auf den zugefrorenen Grachten Schlittschuh gelaufen sind und uns die Flocken aufs Gesicht haben fallen lassen.«

»Bis hier die Havel zufriert, braucht es etliche Tage strengen Frosts.«

»Das weiß ich doch.«

Jan ließ sie los. »Ich esse schnell ein Butterbrot, ehe ich mich auf den Weg mache.«

»Ich komme mit.«

»Auf keinen Fall. Du wirst nur kalte Füße bekommen und danach eine Erkältung. Auf der Baustelle ist bei diesem Wetter kaum etwas zu tun.«

Er drehte sich von Nynke weg und glaubte aus dem Augenwinkel eine Bewegung an der Tür seines Schlafzimmers zu sehen. Als er genauer hinschaute, war sie geschlossen. Wahrscheinlich hatte er es sich nur eingebildet.

Auf der Straße stellte Jan fest, dass der Schnee in der Nacht knöcheltief gefallen war, dazu fuhr ihm ein scharfer Ostwind in den Mantel. Nicht einmal seine Ohren waren unter der fellbesetzten Kappe sicher. Die ersten Arbeiter trafen gerade ein, Anton van Ridder an der Spitze.

»Heute werden wir nicht arbeiten können. Bei dem Frost bindet kein Mörtel, und auf den Gerüsten ist es bei dem Schnee viel zu gefährlich.« Jan ballte die Fäuste in seinen Lederhandschuhen.

»Wir Zimmerleute können auf zwei Häusern die Dachstühle errichten. Die Balken sind vorbereitet, dabei müssen wir nichts mauern«, bot Anton an und hauchte beim Sprechen auf seine kalten Finger.

»Habe ich nicht gerade gesagt, es ist gefährlich? Da kommst du mir so. Willst auch noch ganz nach oben steigen«, wies Jan ihn zurecht.

»Lass es uns wenigstens versuchen. Die Balken ziehen wir mit dem Flaschenzug hoch.«

»Den Schnee können sie vorher wegfegen«, mischte sich Dyballa ein. Seine kräftige Gestalt wirkte mit Schnee auf Mütze und Schultern noch gedrungener. »Es sind alles erfahrene Männer.«

»Der Schnee fällt schneller, als sie ihn fortfegen können.«

»Die Männer brauchen das Geld. Viele haben Familien.«

»Gerade weil sie Familien haben, kann ich es nicht zulassen. Die Ofensetzer, Maler, Fliesenleger und Tischler können innen weiterarbeiten. Draußen will ich niemanden sehen, bis ich etwas anderes anordne. Hält sich jemand nicht daran, kann er sein Werkzeug nehmen und gehen.«

»Auf preußischen Baustellen bestimmt der Vorarbeiter, wann gearbeitet wird, aber hier ist ja alles anders«, brummte Dyballa vor sich hin. Dann drehte er sich um und herrschte die Männer an, nach Hause zu gehen.

Sie murrten, zerstreuten sich aber.

Der Schneefall und die Kälte hielten nicht an, einige Tage später lagen die Temperaturen wieder oberhalb des Gefrierpunktes, und das Weiß war geschmolzen. Jan ließ die Männer die Arbeiten wieder aufnehmen. Die Zimmerleute hatten sich um Anton van Ridder versammelt und bereiteten die Aufrichtung der beiden Dachstühle vor. Die Maurer kletterten auf die Gerüste, Träger schleppten Steine heran. Die üblichen Kommandos und Flüche wurden gerufen.

Das Wetter spielte mit, bis zum Jahresende gab es keine weiteren Unterbrechungen mehr. Sie stellten das erste Haus im Februar fertig. Bei einigen anderen fehlte kaum noch etwas – ein paar Zimmer weißen, die Dielen ölen oder letzte Handgriffe am gemauerten Herd in der Küche.

Die kleine Häuserzeile ließ erahnen, wie die fertigen Karrees einmal aussehen würden. Jan war stolz auf seine Häuser.

Sie hatten einen Giebel erhalten, den Jan und Nynke geplant hatten, es war sogar Zeit gewesen, die Fenster und Türen mit hellen Gesimsen zu verzieren. Die Küchen beherrschte ein gemauerter Herd, in den guten Stuben im ersten Stock standen Kachelöfen. Die Dielen glänzten frisch poliert, überall roch es nach Holz. In den unteren Stockwerken waren rote Ziegelsteine am Boden verlegt, die gleichen, mit denen die Häuser verblendet waren. Dirck gesellte sich zu seinem Bruder.

»Das verdanken wir dir«, sagte er leise. »Dank genialer Planung hat es auf der Baustelle nicht einen Tag Stillstand gegeben. Nicht einmal, als der Schnee lag. Ich hätte das nicht fertiggebracht.«

»Es hat mich viele Nächte gekostet.« Das Lob seines Bruders machte Jan verlegen. »Zusammen mit Nynke. Sie hat mir manch wertvollen Gedanken eingegeben. Wo bleibt sie eigentlich? Sie wird sich doch das hier nicht entgehen lassen?«

Jan reckte den Hals und sah in diesem Moment einen Pferdekarren sich nähern. Hoch aufgetürmt waren Kisten und Kästen festgebunden, und obendrauf saßen drei Mädchen. Ihr Lachen schallte herüber. Der Wagenlenker ging nebenher. Ihn begleiteten eine Frau und ein Junge. Anton van Ridder mit seiner Familie. Hinter dem Wagen kam Nynke, und bei ihr untergehakt – Anna. Jans Herz machte einen Sprung.

Dirck hatte den kleinen Zug auch erspäht. Ein Lächeln glitt über sein Gesicht. Die Arbeiter jubelten, als der Karren vor dem ersten holländischen Haus hielt. Der Junge wollte seine Schwestern vom Wagen heben, aber sie kletterten ohne seine Hilfe hinunter. Sie kicherten und strahlten.

Anna und Nynke gesellten sich zu Jan und seinem Bruder. Jan legte seiner Frau einen Arm um den Leib.

»Ich freue mich, dass du gekommen bist«, sagte er leise zu ihr.

Die Familie van Ridder stellte sich vor dem Haus auf, der Größe nach wie die Orgelpfeifen. Dirck zog einen Schlüssel aus der Tasche, und wie auf Kommando verstummten die Arbeiter.

»Ich bin nicht der Mann für lange Reden, aber einige Worte will ich doch sagen: Das erste Haus ist fertig. Das erste in einer langen Reihe. Das ist ein Grund zu großer Freude für uns alle. Unser guter Kollege und Freund Anton van Ridder mit seiner Familie wird in diesem Haus leben. Sie haben seit unserer Ankunft in Potsdam in zwei kleinen Zimmern einer Pension gewohnt, und nun haben sie ein ganzes Haus wie zuvor in Amsterdam. Eine Küche, damit Margot van Ridder wieder richtig für die Familie kochen kann, genügend Schlafkammern für alle und eine Stube, in der wir mit Anton zusammen eine Pfeife rauchen werden.« Dirck holte Luft.

»Du bist kein Mann vieler Worte!«, rief jemand aus den Reihen der Arbeiter in die Pause hinein.

Der Redner grinste und hob den Schlüssel. »Bin ich auch nicht. Deshalb ist es nun genug, und ich übergebe den Schlüssel an die neuen Bewohner dieses Hauses und die ersten Bewohner des holländischen Stadtviertels.« Mit einer leichten Verbeugung überreichte er Anton van Ridder den handlangen Schlüssel.

Feierlich nahm dieser ihn entgegen und stieg die wenigen Stufen zur Haustür hoch. Seine Familie folgte ihm. Bevor er den Schlüssel ins Schloss steckte, drehte er sich noch einmal um. »Es gibt heiße Suppe und ein paar Fässer Bier für alle.«

Erneut brach Jubel aus. Diesmal viel lauter. Die Arbeiter drängelten sich um die Garküche, hinter der zwei Frauen mit großen Kellen in den Händen standen. Eine dritte bewachte mehrere Fässer Bier, bei ihr war der Andrang noch größer. Margot van Ridder war mit den Töchtern im Haus verschwunden, der Junge trug eine Kiste hinterher, unter deren Gewicht er wankte. Anton hatte sich bei den Arbeitern eingereiht. Sie klopften ihm beim Essen auf die Schultern und lachten.

Jan und Dirck holten sich ebenfalls Suppe und etwas zu trinken.

»Ich habe das Haus gesehen, können wir nun wieder gehen? Meine Füße werden kalt«, sagte Anna.

»Wir holen uns Suppe. Die wärmt dich von innen.« Nynke zog ihre Schwester mit sich fort.

Gleich darauf hielt jede eine dampfende Schale in den Händen. Karotten, Kohl, Pferdebohnen, Räucherspeck, Petersilie und Bohnenkraut schwammen in der fettigen Brühe. Alles schmeckte fad und verkocht. Nynke störte sich nicht daran, sondern löffelte tapfer ihre Schale aus, Anna dagegen verzog das Gesicht.

»Wie kannst du das essen?«, fragte sie leise. Sie bedachte nicht nur ihre Schwester mit einem zweifelnden Blick, sondern auch Jan und Dirck. Die beiden hatten ihre Schalen geleert und tranken Bier.

»Weil ich mich so über das Haus freue, das würzt diese Suppe. Komm, wir holen uns was zu trinken. Wenn wir schon einmal hier sind, probieren wir alles.«

»Du spinnst!« Ob ihrer Verblüffung vergaß Anna das vornehme Reden.

»Nun komm schon.«

»Auf keinen Fall!« Anna flüchtete sich an die Seite ihres Mannes.

Bei der Hüterin der Fässer hatte Nynke keine Mühe, zwei kleine Becher Bier zu erhalten. Das Getränk schäumte über den Rand und floss ihr auf die Finger. Anna stand zwischen Jan und Dirck, lehnte sich leicht an die Schulter ihres Mannes. Nynke streckte ihr einen Becher hin.

»Nimm schon. Einen Schluck wirst du doch probieren können.«

»Das gehört sich nicht.«

»Du beleidigst die Leute, wenn du ihr Getränk verschmähst. Die Familie van Ridder hat das extra für uns besorgt.«

»Jan?«, sagte Anna flehentlich.

Stattdessen antwortete Dirck. »Du bist die Einzige, die Theater macht. Schau dich um, sogar die Kinder halten mit.«

Anna zog die Augenbrauen zusammen, und auf ihrer Stirn erschien eine unschöne, steile Falte. Sie setzte den Becher an den Mund und stürzte das Bier in einem Zug hinunter. Nynke nippte vorsichtig. Zuerst versanken ihre Lippen im Schaum, sie schmeckte gar nichts. Dann strömte die Flüssigkeit in ihren Mund, und sie war überrascht von der Herbheit. Weil die Farbe entfernt an Honig erinnerte, hatte sie ein süßes Getränk erwartet. Der zweite Schluck schmeckte besser. Der dritte auch, und als sie den Becher geleert hatte, hätte sie gern einen zweiten getrunken. Nach einem Blick auf die angeekelte Miene ihrer Schwester, verwarf sie diesen Gedanken.

KAPITEL XV

Am 26. März 1734 hatte König Friedrich Wilhelm eine Specification für den Bau weiterer elf Häuser unterzeichnet. In einem ununterbrochenen Strom wurden über die Havel Ziegelsteine, Dachsteine, Stützbalken, Dachbalken und Stämme für die Gründung geliefert.

Auf der Baustelle waren Dutzende Arbeiter beschäftigt. Gearbeitet wurde von Sonnenauf- bis Sonnenuntergang. In etlichen nächtlichen Sitzungen hatten Jan und Nynke einen Plan für den Ablauf festgeschrieben.

Die Umsetzung tagsüber stellte sich als Herausforderung dar. Die Baustelle hinkte dem Zeitplan schon wieder um mehrere Tage hinterher. Dafür sorgte eine Vielzahl von Kleinigkeiten: Für wenigstens zwei Tage des Verzugs war eine Ramme verantwortlich, bei der eines der Spannseile gerissen war. Die herumschnellenden Enden hatten den Vorarbeiter Dyballa von den Füßen gehauen. Er hatte Abschürfungen an der Brust und am linken Oberarm davongetragen. Sie mussten auf ein neues Seil warten, und gemeinsam mit Dyballa hatte Jan entschieden, vorsorglich auch alle anderen auszutauschen, ehe noch eines riss und es dann nicht so glimpflich endete. Diesmal glaubte Jan nicht daran, dass der Vorarbeiter die Ramme sabotiert hatte, weil die Folgen ihn selbst trafen.

Mit den Missgeschicken ging es danach weiter: Es wurden Stämme geliefert, die nur noch als Feuerholz taugten oder zu kurz waren. Dann wieder traf der georderte Mörtel nicht rechtzeitig ein. Die Tagelöhner, die die Steine schleppten, kamen und gingen, scheinbar wie es ihnen gefiel. An manchen Tagen wunderte sich Jan, dass die Maurer überhaupt einen Stein auf den anderen setzten, und er fühlte sich um ein Dutzend Jahre gealtert, seit er nach Potsdam gekommen war, und nicht nur die zwei, die es tatsächlich waren. Trotzdem wuchsen die elf Häuser in die Höhe, und bei den beiden ersten wurden die Giebel hochgemauert, um danach die Dachstühle aufzurichten.

»Das sind … das sind doch …« Mit Pitter auf der Schulter stand Nynke vor den neuen Häusern und starrte nach oben. Der Maurer Huibrecht Ketel winkte ihr zu.

Sie musste Jan finden. Mit wehenden Röcken lief sie los. Pitter wurde von dieser Eile völlig überrascht und verlor das Gleichgewicht. Erst flatterte er hilflos mit den Flügeln, dann suchte er sein Heil im Flug.

Nynke fand ihren Schwager bei der Garküche, wo er auf einer Holzbank saß und tief über seine Schale gebeugt Suppe löffelte. In der anderen Hand hielt er einen Kanten Brot.

»Die Giebel«, rief Nynke, als sie vor ihm stehen blieb.

Jan schaute auf.

»Du baust die Giebel.«

»Ohne ist es kein vollständiges Haus. Es würde ja reinregnen. Setz dich neben mich.« Er legte den Löffel auf die Schale und klopfte auf die Bank.

Nynke ließ sich nieder, stützte einen Arm auf dem Tisch auf. »Es sind unsere Giebel.«

»Deine. Du hast diese schöne Idee gehabt.«

Sie wusste vor Freude nicht, was sie erwidern sollte. In diesem Moment kam Pitter geflogen und enthob sie einer Antwort, als er auf dem Tisch landete. Auf der Baustelle kannte jeder den Papagei, ebenso die Frauen in der Garküche. Trotzdem rief sein Auftauchen regelmäßig Entzücken hervor. Die Köchin ließ ihre Kelle los und guckte verklärt.

Pitter schaute Nynke mit einem Auge an, als nehme er es ihr übel, dass er von ihrer Schulter gefallen war. Weil sie ihm keine Beachtung schenkte, begann er, Brotkrümel mit seiner dicken, platten Zunge vom Tisch zu tupfen.

Die Garfrau kam hinter ihrem Kessel hervor. »Der Vogel. Er frisst die Krümel. Wie niedlich! Nein, aber auch wirklich.«

»Fass ihn nicht an, gute Frau. Er ist imstande und hackt dir den Finger ab«, warnte Jan sie.

»So ein lieber Vogel. Das macht er doch nicht.«

»Der ist ein arger Schlawiner.«

»Darf ich ihm Brot hinstreuen? Das schmeckt ihm.«

Nynke schaute auf. Die Köchin hielt das Brot schon in der Hand. Sie zeigte der Frau, wie sie einen Brocken auf die Fingerspitze nehmen musste, damit Pitter ihn sich dort wegpflückte.

»Seine Zunge! Oh wie niedlich.« Sie hielt ihm einen zweiten Brocken hin. Gleich darauf einen dritten.

Jan war inzwischen aufgestanden, und zusammen gingen er und Nynke zurück zur Baustelle. Pitter blieb bei der Garküche. Es dauerte allerdings nicht lange, da kam er auf Nynkes Schulter geflogen und zupfte sie am Ohrläppchen.

»Landrotten! Landrotten!«, krächzte er zufrieden.

Nynke kraulte ihn mit der Fingerspitze am Bauch. »Du Gierschlund.«

Wenig später standen sie vor dem Haus und betrachteten den Giebel.

Nynke konnte sich gar nicht daran sattsehen und war stolz darauf, wie es eine ihrer Ideen in die Wirklichkeit geschafft hatte.

»Bekommen alle elf Häuser diesen Giebel?«

»Wo denkst du hin. Ich habe noch zwei weitere Formen ausgewählt. Aus deinen Zeichnungen. Das sollen holländische Häuser werden, die stehen nicht da wie Soldaten in ihren Uniformen.«

»Oh, Jan! Noch mehr meiner Giebel?«

»Natürlich.«

»Hast du nicht gesagt, die Baustelle sei mehrere Tage im Rückstand? Kostet dich das nicht noch mehr Zeit?«

»Das ist es mir wert. Ich will nicht nur schneller und schneller bauen. Es soll gut werden. Auch in ein- oder zweihundert Jahren sollen die Menschen noch von den holländischen Häusern in Potsdam sprechen und gern darin wohnen.«

»Ich könnte dich küssen.« Nynke wandte sich Jan lachend zu.

»Warum tust du es nicht?« Er grinste breit.

»Was sollen die Leute denken?«

»Ich bin dein Schwager.«

»Mein allerliebster Schwager.« Kurz umarmte Nynke ihn.

»Landrotten! Landrotten!«, protestierte Pitter, hielt sich aber auf seinem Platz.

»Meister Boumann, kommen Sie. Das müssen Sie sich ansehen.« Dyballa winkte und wirkte sichtlich aufgeregt.

Hinter vorgehaltener Hand gähnte Jan. Er war gerade auf der Baustelle eingetroffen – etwas später als gewöhnlich. Als Ehemann einer jungen, hübschen Frau war seine Nacht kurz gewesen. Er verspürte wenig Laune, sich mit seinem Vorarbeiter auseinanderzusetzen, aber er konnte auch nicht so tun, als hätte er den Ruf nicht gehört. Also blieb er stehen und wartete, bis Dyballa ihn einholte.

»Was gibt es?«, fragte er nach einer knappen Begrüßung.

»Da vorn ist es.« Der Mann strebte zum Lagerplatz, wo Ziegelsteine, Dachsteine und Holz zu ordentlichen Stapeln aufgeschichtet lag.

»Hier.«

Sie standen an einer Stelle, wo offensichtlich einmal Ziegel gelegen hatten. Jan wurde ungeduldig. Auf ihn wartete Arbeit, und er vergeudete seine Zeit mit dem Vorarbeiter. »Ich sehe nichts.«

»Das ist es gerade. Hier sollten Steine liegen. Für die Häuser nehmen wir die Steine weiter vorn weg. Immer hübsch eine Reihe nach der anderen. Es waren Diebe am Werk. Als ich das Lager gestern kontrollierte, waren die Steine noch da.«

Jans Trägheit löste sich auf wie Morgennebel. »Weiß Er sicher, dass hier Steine liegen sollten?«

»Ich kenne mich auf meiner eigenen Baustelle aus. Das Lager kontrolliere ich jeden Tag. Gestern waren die Steine noch da. Die Lieferung habe ich in der Woche zuvor selbst entgegengenommen.«

»Hört das nie auf?« Die Worte waren heraus, bevor Jan darüber nachgedacht hatte.

»Was hört nie auf?«

»Die Schwierigkeiten. Kaum ist an einer Stelle der Deckel drauf, springt an einer anderen ein neuer Teufel aus der Kiste. Er muss in der Nacht Wachen aufstellen.«

»Die Männer arbeiten zwölf bis dreizehn Stunden, da können sie in der Nacht nicht mehr wachen. Schreiben Sie eine Eingabe an seine Majestät und bitten Sie um Soldaten.«

»Auf keinen Fall«, widersprach Jan sofort. »Seine Majestät darf hiervon nichts erfahren, wenn wir uns nicht seinen Zorn zuziehen wollen.« Es widerstrebte ihm, sich mit seinem Vorarbeiter gemein zu machen, aber im Augenblick saßen sie im selben Kahn. »Stelle Er zwei Männer ein. Ich bezahle sie.«

»Zwei werden nicht reichen. Der Platz ist unübersichtlich.«

»Dann drei oder vier. Das darf nicht noch einmal vorkommen. Er ist mir verantwortlich.«

Dyballa öffnete den Mund, um zu protestieren, aber Jan ließ ihn nicht zu Wort kommen. »Er ist nun einmal der Vorarbeiter.«

»Die Wächter werden bei Sonnenuntergang ihren Dienst antreten.«

Dyballa hielt Wort. Als die Sonne blutrot hinter dem Horizont versank, marschierten drei kräftige Kerle auf die Baustelle. Sie sahen aus, als würden sie erst zuschlagen und dann fragen. Für einen Nachtwächter mochte das angehen, dennoch kamen sie Jan suspekt vor. Er akzeptierte sie jedoch und versprach jedem einen Extragroschen, wenn sie einen Dieb fingen.

In den folgenden Nächten blieb alles ruhig.

KAPITEL XVI

Die gute Stube im Haus van Ridder wirkte noch kahl. Auf den Dielen fehlten Teppiche und an den Wänden die Bilder. Aber die Einrichtung bot bereits einen Eindruck zukünftiger bürgerlicher Wohlhabenheit. Margot van Ridder hatte eine weiße Spitzendecke auf den Tisch gelegt und das gute Geschirr hervorgeholt. Sie hatte es aus Amsterdam mitgebracht und seither wie ihren Augapfel gehütet, aber wenn die Schwestern van Lohuijsen zu Besuch kamen, war das Beste gerade gut genug.

Nynke war dies peinlich. Für sie mussten auch keine Cremetörtchen vom Hofkonditor geholt werden. Statt des schwarzen, bitteren Kaffees hätten ihr heiße Milch oder Minztee besser geschmeckt.

Schreie vor dem Haus ließen die Frauen ihr Gespräch unterbrechen. Alle blickten zu den beiden Fenstern, von denen erst eines von einem hübschen hellblauen Vorhang umkränzt war. Den anderen musste Margot noch nähen. Das Geschrei wurde immer lauter.

Nynke ging zum Fenster und öffnete einen Flügel. Sie lehnte sich hinaus, um nach der Ursache zu sehen.

»Erkennst du etwas?«, fragte Margot von Ridder.

»Auf der Baustelle muss etwas passiert sein. Es sind Leute auf der Straße. Sie reden wild durcheinander.«

»Wenn etwas mit Anton ist … Oh Gott!« Margot knetete die Hände.

»Wir schauen nach«, schlug Nynke vor.

Sie legten sich Schultertücher um und eilten auf die Gasse.

Anton van Ridder kam ihnen entgegen. Margot warf sich in seine Arme und überschüttete ihn mit Küssen. Anna und Nynke eilten die Straße entlang. Gleich darauf entdeckten sie die Ursache der Unruhe: Ein Baugerüst war teilweise eingestürzt. Die Männer mühten sich, die zersplitterten Balken und Bretter beiseitezuräumen. Einer stieß Anna grob zur Seite.

»Ist jemand verschüttet?«, fragte Nynke mit zitternder Stimme.

»Zwei!«, lautete die Antwort. Sie kam von einem schmächtigen Arbeiter, der kaum das Jünglingsalter hinter sich gelassen hatte. Eine blutige Schramme zog sich über seinen linken Handrücken, und er schleppte einen Balken, unter dessen Gewicht er schier zusammenbrach.

»Um Himmels willen!« Nynke griff zu und half ihm mit dem Holz. Sie kümmerte sich nicht darum, dass sich ein Splitter in ihren Handballen bohrte.

»Nynke!«, kreischte Anna.

Gemeinsam mit dem schmächtigen Jungen zerrte Nynke den nächsten Balken beiseite. Viele Hände packten zu, und die Teile des Gerüsts waren schnell fortgeräumt.

Einer der darunterliegenden Männer erhob sich stöhnend. Er blutete am Kopf und klagte über Schmerzen im linken Knie. Zwei andere stützten ihn und führten ihn zu einem Bretterstapel, auf den er sich setzte. Von der Garküche kam eine beleibte Frau gerannt. Mit einem schmutzigen Tuch tupfte sie Blut aus dem Gesicht des Verletzten, dabei murmelte sie ein Gebet an die gebenedeite Jungfrau Maria.

Der andere Verschüttete rührte sich nicht. Jan stieg über einen Balken hinweg und kniete neben ihm nieder.

»Er lebt.«

Die Umstehenden atmeten auf. Der Verletzte sah friedlich aus. Keinerlei Blut bedeckte ihn, nur die Kleidung war schmutzig, der Arbeitskittel zerrissen. Bei jedem Atemzug entwich seinem Brustkorb ein pfeifendes Geräusch. Jan berührte den Mann vorsichtig an der Schulter.

»Fitz?«, sagte er. »Fitz!«

»Was ist mit ihm?«, wollte Nynke wissen.

»Ich weiß es nicht.«

»Wir müssen ihn zu einem Arzt bringen.«

Als Jan gemeinsam mit zwei anderen Arbeitern versuchte, ihn auf eine Tür zu heben, stöhnte und kreischte er so voller Schmerz, dass sie ihn lieber liegen ließen.

»Ein Arzt muss herkommen. Jemand muss einen holen.« Jans Blick fiel dabei auf den schmächtigen Jüngling, mit dem Nynke die Balken beiseitegeräumt hatte und der nun neben ihr stand.

Der lief los und kam bald darauf mit einem Arzt wieder. In der Zwischenzeit hatte Jan den Kopf des Verletzten auf seine zusammengeknüllte Jacke gebettet, dessen Halstuch gelockert und den Kittel aufgeknöpft. Das Hemd darunter war mit Schnüren verschlossen, von denen er etwa die Hälfte geöffnet hatte, als der Arzt kam.

Es war zu erkennen, dass der Verletzte schwere Prellungen auf der Brust hatte, die sich bereits zu verfärben begannen. Der Arzt kümmerte sich nicht darum. Er bewegte seine Gliedmaßen. Beim rechten Arm schrie Fitz wie ein waidwundes Tier, beim Bein schlug er nach seinem Peiniger. Als der ungerührt mit seiner Untersuchung fortfuhr, fiel Fitz wieder in Ohnmacht.

»Was gebrochen«, kommentierte der Arzt. »Das Bein ist offen. Hier kann ich nichts für ihn tun, der Mann muss nach Hause ins Bett. Legt ihn auf eine Tür.«

»Der Mann hat Schmerzen«, widersprach Nynke. Sie schluckte wegen der Gefühllosigkeit des Arztes.

»Auf die Tür muss er trotzdem. Wie heißt er?«

»Friedrich Nickol. Wir nennen ihn nur Fitz.«

»Der Kerl ist ein zäher Bursche. Ein paar Schmerzen wird er aushalten. Ist das dein Mann? Dann kannst du mitkommen.«

»Ich bin seine Schwägerin.« Nynke zeigte auf Jan.

»Nichts für ungut, aber in dem Fall können Sie nicht mitkommen.«

Fitz wurde auf eine Tür gelegt. Er kam kurz zu sich und schrie vor Schmerzen, ehe er erneut das Bewusstsein verlor. Vier Männer fassten an den Ecken an und folgten dem Arzt. Nynke wollte mit ihnen gehen, aber Jan hielt sie fest.

»Bleib, das ist nichts für dich. Der Arzt wird sich um Fitz kümmern. Er ist bei ihm in guten Händen.«

»Das sehe ich anders!«, widersprach sie aufgebracht. »Jeder kann erkennen, dass dies ein übler Knochenbrecher ist, der nicht einmal taugt, um Pferde zu behandeln. Du musst etwas tun.«

»Ich kann nicht.« Jan sprach leiser und zog sie ein paar Schritte beiseite. »Die Männer sind auf der Baustelle selbst für sich verantwortlich, und das ist ihr Arzt. Einen anderen können sie sich nicht leisten, wenn sie überhaupt einen zurate ziehen.«

»Man muss doch etwas tun.« Nynkes Empörung hatte sich nach dieser Erklärung verstärkt.

»Du kannst nichts tun. Mich schmerzt es ebenso wie dich, und ich würde ihm gern eine bessere Behandlung zukommen lassen. Aber ich muss die Männer gleich behandeln, und wenn ich einem einen Hofmedicus bezahle, muss ich es für alle tun.«

»Wie ist es überhaupt zu dem Unfall bekommen?«, fragte sie nun.

»Wahrscheinlich zu viele Männer auf dem Gerüst oder die Streben nicht richtig vertäut. Oder beides. Der arme Fitz stand wohl genau davor, als es zusammengebrochen ist. Ich selbst habe es nicht gesehen.«

»Wo ist der Vorarbeiter?« Nynke wusste, dass Dyballa die

Leitung über die Maurer hatte, aber bemerkt hatte sie ihn zwischen den Männern nicht.

»Der besucht auf ein paar Tage einen kranken Verwandten.«

»Also kann er nichts damit zu tun haben?«

»Kann er nicht. Es war einfach ein Unfall.«

Tags darauf war Dyballa wieder da. Die Männer umringten ihn und redeten auf ihn ein.

»Jetzt reicht es mir aber!«, schimpfte der. »Seid ihr Männer oder Memmen? Das Gerüst habt ihr selbst aufgebaut. So was passiert. Dass es den Fitz schlimm getroffen hat …« Dyballa zuckte mit den Schultern. »Er ist nur ein Tagelöhner. Keiner von uns. Wer jetzt nicht sofort an seine Arbeit geht, bekommt für diesen Tag keinen Lohn.«

»Das liegt an den Holländern. Die bringen Unglück«, murrte jemand aus der Gruppe, aber Dyballa konnte den Sprecher nicht ausmachen.

»Rede frei heraus und tritt vor, damit ich dich sehen kann«, rief er.

Niemand meldete sich. Er hatte nichts anderes erwartet.

»Ich sage es noch einmal: Geht an eure Arbeit.«

»Hast dich vom Holländer kaufen lassen. Oder woher rührt dein plötzliche Eifer?«

Diesmal erkannte Dyballa den Sprecher. Er fuhr unter die Männer und packte ihn am Kragen. Seine Faust krachte auf dessen Nase. Sogleich schoss Blut hervor. Der zweite Faustschlag traf das Kinn. Dann ließ er den Kerl fallen. Die anderen waren zurückgewichen. Der Geschlagene spuckte einen Zahn aus. In seinem Blick loderte Wut, während Dyballa mit gekreuzten Armen verächtlich auf ihn hinuntersah.

»Das passiert Leuten, die mich beleidigen. Überlegt also gut, was ihr sagt.«

»Was ist hier los?«

Jan Boumann hatte sich durch die Männer gedrängt. Der Baumeister runzelte die Stirn und presste die Lippen zu einem schmalen Strich zusammen.

»Die Männer reden. Sie sind in Sorge wegen des Unfalls und wollen nicht an die Arbeit gehen. Abergläubisches Pack.« Dyballa beobachtete die Miene des Holländers genau. Was hatte der Baumeister von seinem Wortwechsel mit den Arbeitern gehört?

Jan Boumann wandte sich an die Männer. »Was habt ihr als Grund für diese Arbeitsverweigerung vorzubringen? Sprecht ganz offen.«

Natürlich sagte niemand etwas, sondern alle schauten zu Boden. Der Niedergeschlagene hatte sich wieder aufgerappelt und sich mit einem schmutzigen Hemdärmel das Blut abgewischt. Er sah nun aus, als hätte er sein Gesicht wie ein Hund in eine Schüssel blutiger Fleischstücke getaucht. Die Feiglinge, dachte Dyballa. Bei ihm riskierten sie eine große Klappe, und jetzt kuschten sie. Gleichzeitig atmete er auf, die verräterische Bemerkung hatte der Baumeister offenbar nicht gehört.

»Wenn ihr euch Sorgen um euren Kollegen Fitz macht«, sprach Jan Boumann wieder, »verspreche ich euch, für ihn zu tun, was in meiner Macht steht. Meine Schwägerin Fräulein van Lohuijsen will sich seiner annehmen. Ihr kennt sie alle.«

Erst herrschte erneut Schweigen unter den Männern. Dann begannen einige leise miteinander zu reden. Sie gestikulierten, gelegentlich nickte einer.

»Die Frau mit dem grauen Vogel«, hörte Dyballa jemanden sagen. Es klang respektvoll.

Schließlich drehten sich die Ersten um und schlurften an die Arbeit. Andere folgten. Zuletzt standen nur noch der Vorarbeiter und Jan Boumann beieinander.

»Ich hätte sie dazu gebracht, die Arbeit wieder aufzunehmen«, sagte der Vorarbeiter.

»Daran zweifle ich nicht.« Der Baumeister lüftete kurz seinen Hut zum Abschied.

Zum Feierabend nahm Dyballa den ältesten Maurer beiseite und fragte, was das am Morgen hatte werden sollen. Warum machten sie sich mit einem Tagelöhner gemein, der so dämlich war, sich von einem Gerüst begraben zu lassen?

»Die Männer sind unruhig. Viele glauben nicht, dass die Häuser wirklich stehen bleiben werden und dass es auf sie zurückfallen könnte, während der holländische Baumeister seinen Hintern rettet.« Er zuckte mit den Schultern. »Sie sind eben so, glauben an Vorzeichen und so was.«

»Ich sage dir eines, ich kann nicht gebrauchen, dass mir die Männer misstrauen. Ihr ebenso wenig. Die Boumann-Brüder sind nicht dumm. Wenn ich nicht mehr zwischen euch und Jan Boumann stehe ...« Das ungesagte Ende des Satzes hing bedeutungsschwer in der Luft.

Der grauhaarige Maurer erwiderte nichts mehr darauf.

KAPITEL XVII

Nynke bekam das Bild, wie der verletzte Fitz auf einer Tür davongetragen wurde und der Arzt hinterherging, nicht aus dem Kopf. Sie sorgte sich, ob der Mann die notwendige Pflege erhielt. Deshalb klopfte sie nun energisch an die Tür des Arztes und fragte dessen Bedienstete nach dem verletzten Arbeiter.

Die Frau schüttelte den Kopf und wollte die Tür wieder schließen, aber Nynke stellte den Fuß dazwischen.

»Ich muss wissen, wie es dem Mann geht. Er wurde gestern auf der Baustelle beim Nauener Tor schwer verletzt. Er muss hier sein.«

»Hier ist niemand. Der Herr Doktor behandelt seine Patienten nicht im Haus, sondern geht zu ihnen.«

»Wo ist der Medicus jetzt?«

»Bei einem Patienten.«

Nynke stampfte mit dem Fuß auf.

»Auf mich wartet Arbeit, ich kann nicht an der Tür stehen und Maulaffen feilhalten. Komme Sie später wieder.«

»Wie viel später?«

»Wenn der Doktor wieder da ist.«

Nynke hatte den Fuß von der Schwelle genommen, und die Tür wurde geschlossen. Die Höflichkeit hätte geboten, sie hereinzubitten, damit sie im Haus wartete. So konnte Nynke nichts weiter tun, als die Straße entlangzuflanieren. Sie war gerade am Ende angelangt, als sie den Arzt aus der anderen Richtung kommen sah.

Vor seiner Tür traf sie mit ihm zusammen. Er erkannte sie erst, als sie nach Fitz fragte.

»Den haben wir nach Hause gebracht. Ich habe seinen Arm und das Bein geschient.«

»Sieht Er jeden Tag nach ihm und wechselt seine Verbände?«

Der Arzt zuckte die Schultern. Nynke wurde klar, dass sie nichts mehr erreichen konnte. Ihr blieb nur noch, sich den Weg zu Fitz' Wohnung beschreiben zu lassen.

Die Erklärung des Arztes reichte nicht aus, sie musste zweimal nachfragen, bevor sie endlich in einer schmalen Gasse stand und an eine Tür pochte, die noch nie Farbe gesehen hatte. Dahinter war Kindergeschrei zu hören und die schrille Stimme einer Frau. Nynke hörte das Klatschen einer Hand auf ein Kindergesicht und gleich darauf Weinen.

Ihr öffnete eine hagere Frau, die nicht so alt sein konnte, wie sie aussah. Ihre geröteten Hände trocknete sie an ihrer Schürze ab. Auch die Ärmelsäume waren feucht, und sie wischte sich mit dem Unterarm einige verschwitzte Haarsträhnen aus dem Gesicht.

»Die Wäsche ist noch nicht fertig. Erst nach dem Mittagsläuten.« Die Frau klang nicht mehr schrill, sondern müde.

»Ich bin nicht wegen der Wäsche hier, sondern möchte schauen, wie es deinem Mann geht.« Nynke wurde schmerzlich bewusst, dass sie mit leeren Händen vor der Frau stand, statt einen Korb mit dringend benötigten Lebensmitteln und ein paar abgelegten Kleidungsstücken mitzubringen.

»Was hat Sie mit meinem Mann zu schaffen?«

»Ich war auf der Baustelle, als er diesen schrecklichen Unfall erlitt. Der Baumeister Jan Boumann ist mein Schwager, und ich wollte mich erkundigen, ob ich etwas für dich und deine Familie tun kann. Vor allen Dingen für deinen Mann. Hat er noch starke Schmerzen?«

»Weiß ich nicht.«

»Lass mich rein, und ich frage ihn selbst.« Nynke versuchte, an der hageren Frau vorbei in die Behausung zu spähen, aber ihr Blick verlor sich im Dämmerlicht eines schmalen Ganges. Die lauten Kinderstimmen waren verstummt.

»Das ist mir nicht recht, dass Fremde ins Haus kommen.«

Es kostete Nynke einen Taler, damit die Frau sie hineinließ. In dem düsteren Flur empfing sie kühle Luft und ein Geruch nach feuchter Erde. Der verletzte Fitz hielt sich mit dem Rest seiner Familie im einzigen Raum des Hauses auf.

In einem riesigen über dem Feuer hängenden Kessel blubberte es gräulich, und ein halbwüchsiges Mädchen stand mit einer Latte daneben. Als Nynke hinter der Frau eintrat, begann das Kind hastig im Kessel zu rühren, aber sie war nicht schnell genug, die Mutter hatte ihre Nachlässigkeit bemerkt. Sie klatschte eine Ohrfeige auf die Wange der Tochter.

»Rühren sollst du! Faules Ding.«

Im Raum herrschten ein Durcheinander und eine drangvolle Enge, dass es Nynke nicht gelang, die genaue Zahl der Kinder zu erkennen. Sie kamen ihr wie ein Dutzend vor, obwohl es unmöglich so viele sein konnten. Sie sah nicht zum ersten Mal die Behausung einer armen Familie und wusste, dass es weit elendere Hütten gab, dennoch bedrückte es sie. Es gab nur einen Hocker im Raum, auf dem ein schmaler Junge bäuchlings lag, um ihn gegen die Eroberungsversuche eines jüngeren Bruders zu verteidigen.

Kleinere Kinder saßen unter dem Tisch und in den Ecken, in einem Korb lag ein Säugling. Große, dunkle Augen in einem schmalen Gesicht, das viel zu alt wirkte. Er hielt einen Daumen im Mund und saugte hingebungsvoll daran.

Fitz hockte auf einer Bank, hatte sein verletztes Bein hochgelegt und die Arme auf dem Tisch abgestützt. Es steckte in einem schmutzigen Verband wie auch der rechte Arm. Er schaute aus vollkommen ausdruckslosen Augen zu Nynke auf.

Mit dem gesunden Bein trat er seinen Sohn vom Hocker und bot ihr diesen Platz an. Sie blieb stehen.

»Ich will dich fragen, wie es dir geht?«

»Muss.«

»Hast du Schmerzen?«

»Was denkt Sie, wie es mit einem gebrochenen Arm und einem gebrochenen Bein geht? Ich hätte Lust, herumzuspringen wie diese Bengel.« Er hustete und hielt dabei den verletzten Arm mit der gesunden Hand umfasst.

»War der Medicus heute schon hier?«

»Der Quacksalber.« Noch mehr Husten. »Der lässt sich hier nicht blicken. Ist auch besser so.«

»Es muss doch für dich gesorgt werden. Ich werde den Arzt herschicken.«

»Bloß nicht. Was glaubt Sie denn, wovon wir den bezahlen sollen? Von dem bisschen, was das Weib fürs Waschen bekommt? Das reicht nicht zum Leben, und mein Lohn fällt nun weg.«

»Ich stehe den ganzen Tag über den Kessel gebeugt und höre nichts als dein Gemecker«, giftete seine Frau. Sie stand neben ihrer Tochter beim Feuer und wandte ihnen den Rücken zu.

»Ich sorge für einen Arzt. Das Bein muss geschient werden und der Arm auch, damit alles gut zusammenwächst. Einstweilen ist das für dich.«

Nynke legte einen weiteren Taler vor Fitz auf den Tisch und verabschiedete sich.

Sie hatte es eilig, der dumpfen Atmosphäre in dieser Behausung zu entkommen, und atmete auf, sowie sie auf der Gasse stand. Gedankenverloren eilte sie in Richtung Stadtmitte. Sie fragte sich, welchen Arzt sie zu Fitz schicken konnte?

Vor der Kommandantur der königlichen Leibgarde verhielt Nynke ihren Schritt. Die war in einem eingeschossigen lang gestreckten Gebäude neben dem Schloss untergebracht.

Ein Herr überholte sie und strebte dem Eingang zu. Er trug den blauen Rock der Leibgarde, lüpfte den Hut und neigte grüßend den Kopf. Automatisch erwiderte Nynke seinen Gruß. Seine Hand streckte sich nach der Türklinke, als sie sich einen Ruck gab.

»Gestattet der Herr mir eine Frage?« Ihr Herz pochte heftig in ihrer Brust, und ihr holländischer Akzent war stärker zu hören als gewöhnlich.

Der Blaurock drehte sich um. »Leutnant von Heyneke, zu Ihren Diensten, Mademoiselle.«

Seine Stimme klang angenehm weich, und Nynke sah zum ersten Mal in sein Gesicht. Es wirkte schmal und kantig mit einer geraden Nase und dünnen Lippen, viel zu scharf für die weiche Stimme.

»Es tut mir leid, aber ich weiß mir keinen anderen Rat. Ich brauche einen Arzt.«

»Mademoiselle hat ein Leiden? Ich schicke auf der Stelle nach einem Medicus. Benötigt Mademoiselle einen Stuhl? Ein Glas Wein zur Stärkung?« Die Bestürzung auf seiner Miene ließ den Leutnant nicht anziehender wirken.

»Nein, nein. Nicht ich brauche den Arzt, sondern ein armer Mann, der einen Unfall hatte. Er hat ein verletztes Bein und einen gebrochenen Arm, aber der Arzt hat ihn damit einfach nach Hause geschickt und kümmert sich nicht mehr um ihn.«

»Ein armer Mann?«

Eifrig nickte Nynke. »Er hat eine Frau und viele Kinder. Hat die Garnison einen Arzt?«

»Zu unserem Regiment gehört selbstverständlich ein Leibmedicus.«

»Dieser ist bestimmt ein freundlicher Herr wie der Herr Leutnant selbst mit einem mildtätigen Herzen. Kann er nicht einmal nach dem Verletzten sehen?« Nynke biss sich auf die

Lippe, wegen des Unfugs, den sie plapperte. »Ich kann auch dafür bezahlen.«

»Der Medicus gehört unserem Regiment an. Er ist nicht für Zivilpersonen bestimmt, sondern nur für die Gesundheit der Gardesoldaten. Er kann sich nicht einfach um andere Männer kümmern. Es tut mir leid.« Der Leutnant griff wieder nach der Türklinke.

»Nein!«, rief Nynke aus. Lauter als beabsichtigt. »Es muss doch jemanden geben, der den guten Fitz behandelt. Der Mann arbeitete schließlich für den König.«

Leutnant von Heyneke ließ die Türklinke wieder los. »Für Seine Majestät?«

»Auf der Baustelle, wo die holländischen Häuser errichtet werden, die dem König sehr am Herzen liegen«, bestätigte Nynke.

»Wenn das so ist, sieht es anders aus. Wo wohnt der Mann?«

Nynke beschrieb es und ließ sich nicht davon aufhalten, dass die Miene des Leutnants immer verschlossener wurde, je weiter sich ihre Beschreibung von den besseren Wohngegenden Potsdams entfernte. Er blieb aber bei seinem einmal gegebenen Versprechen, und Nynke bedankte sich herzlich.

KAPITEL XVIII

Die Bautätigkeit war rege in Potsdam, da hatte man ihm nichts Falsches erzählt. Das Bündel mit seinen gesamten Habseligkeiten über der Schulter, stand Matthias Thämelt am Ufer der Havel und schaute sich um. Für ein paar Groschen hatte er sich auf einem der Lastkähne von Rathenau mitnehmen lassen. In Potsdam gebe es Arbeit für einen fleißigen Mann, hatte es geheißen, deshalb hatte er sich von Hamburg aus auf den Weg gemacht, war seit Wochen unterwegs, hatte mal hier und dort einige Tage gearbeitet, immer mit dem Ziel, in Potsdam bei der Entstehung eines ganzen Stadtviertels sein Wissen und Können in die Waagschale zu werfen.

Nachdem er sich mühsam durchgefragt hatte und auf die Baustelle der holländischen Häuser verwiesen worden war, stand er vor dem jungen Mann, den man ihm als Baumeister bezeichnet hatte. Der Mann war mit Sicherheit jünger als er selbst, und Matthias konnte kaum glauben, dass es sich dabei um den Baumeister für die Errichtung eines ganzen Stadtviertels handeln sollte. Er hatte einen gesetzten älteren Herrn mit einem gewaltigen Backenbart erwartet, der einen zusammengerollten Plan unter dem Arm und eine Messlatte in der Hand trug. Dieser Herr hatte die Ärmel hochgekrempelt und staubige Stiefel. Statt einer Messlatte hielt er einen Meißel und erklärte einem Maurer etwas über das Anpassen und Zerteilen der Klinkersteine.

Matthias wartete, dass der Baumeister ihn bemerkte. Unterdessen schaute er sich um. Von dem Stadtviertel mit holländischen Häusern, das hier entstehen sollte, stand eine Zeile. An der zweiten wurde gearbeitet. Ihm hatte man von vier Karrees erzählt. Die waren allenfalls zu ahnen, und darüber freute er sich. Das konnte Arbeit für Jahre bedeuten. Der Baugrund kam ihm feucht vor, und er fragte sich, wie der holländische Baumeister die Häuser gegründet hatte. Er musste trotz seiner Jugend sein Metier verstehen, wenn er damit zurechtkam.

Der Baumeister überließ dem Maurer Hammer und Meißel und richtete sich auf. Sein Blick fiel auf Matthias.

»Was kann ich für dich tun?«, sagte er. Sein Gesichtsausdruck war offen und freundlich, sein Akzent wies ihn als einen Fremden aus.

»Ich suche Arbeit«, erwiderte Matthias geradeheraus.

»Arbeit gibt es genug. Mir ist ein Helfer im Tagelohn ausgefallen.«

»Tagelöhner?« Matthias' Mundwinkel sanken herab. So hatte er sich das nicht vorgestellt.

»Nein. Ich sehe, du bist kein Tagelöhner.« Der junge Baumeister betrachtete ihn forschend. »Einen Helfer kann ich überall finden. Hast du Erfahrung auf dem Bau? Als Maurer oder Tischler?«

»Ich habe auf Baustellen gearbeitet. Zuletzt war ich in Hamburg und habe dort an der Errichtung eines neuen Kontors gearbeitet. Ich habe auch Referenzen.«

»Warum bist du nicht da geblieben?«

»Meine Heimat ist die Mark Brandenburg, da zieht es mich wieder hin. Das Kontor war außerdem fertig. Das meiste jedenfalls. Auf die feine Innenarbeit, wie Decken bemalen oder Treppengeländer schnitzen, verstehe ich mich nicht. Ich kann Klinkerfassaden mauern.« Es stimmte weder das eine noch das andere, aber Matthias würde sich hüten, den wahren Grund seines Fortgangs – Flucht traf es eher – aus Hamburg preiszugeben. Mauern konnte er tatsächlich, da hatte er die Wahrheit gesagt.

»Es kann jeder kommen und behaupten, Erfahrung zu haben. Klinker mauern, eh.« Jan Boumann musterte ihn.

»Was verlierst du, wenn du mich auf die Probe stellst?« Da der Baumeister ihn mit Du angesprochen hatte, nahm Matthias sich diese Freiheit ebenfalls heraus. »Es geht doch um mehr als den Bau eines Hauses.«

»Ein ganzes Stadtviertel mit über einhundertzwanzig Häusern.« Nun klang der Baumeister stolz. »Häuser im holländischen Stil. Ich bin dazu eigens mit meinem Bruder aus Amsterdam hergekommen.«

»Der preußische König hat eine Vorliebe für alles Holländische, das wird im Land erzählt. Müssen auch alle deine Arbeiter Holländer sein?« Das wäre schlecht für ihn und seine Geldbörse. Im Kopf rechnete Matthias sich geschwind aus, dass seine Barschaft noch für fünf Tage reichte, dann musste er eine Arbeit gefunden haben oder zum Dieb werden.

»Nur ich, mein Bruder und noch drei andere sind Holländer. Der Rest Potsdamer. Was weißt du über …«

Auf Matthias prasselten eine Reihe Fragen nieder, um sein Wissen zu testen. Die Beantwortung fiel ihm leicht, obwohl er kein Maurer war, sondern an der Königlich Preußischen Sozietät der Wissenschaften in Berlin die Naturwissenschaften und Mathematik studiert hatte. Er arbeitete jedoch seit Jahren auf Baustellen und hatte alles gelernt, was er wissen musste, um als Maurer durchzugehen, sogar einen Gesellenbrief besaß er, aber der Meister, dessen Unterschrift darauf stand, hatte nie gelebt. Der Brief hatte ihn einiges an Talern gekostet, deren Investition sich bisher gelohnt hatte. Am Ende war Jan Boumann mit ihm zufrieden, und nachdem sie sich über den Lohn einig geworden waren, gaben sie einander die Hand und besiegelten ihre Vereinbarung.

Am nächsten Tag nach dem Morgenläuten begann Matthias' Arbeit, die zunächst darin bestand, all das zu tun, was ihm die anderen Maurer auftrugen. Steine schleppen, Mörtel anmischen, die Messlatte halten, fegen und aufräumen. Er nahm alles klaglos hin. Er war der Neue, und die anderen testeten, wie weit sie bei ihm gehen konnten. Er arbeitete hart, überhörte spitze Bemerkungen und blieb für sich.

Er kletterte behände auf den Baugerüsten herum, bewahrte die Kollegen mehrmals vor Fehlern beim Messen und verhinderte, dass sie die Arbeit mehrerer Tage wieder abreißen mussten. Bis Jan Boumann nach einer Woche genug davon hatte und seinen neuen Maurer auf ein Gerüst schickte, einen Giebel zu mauern.

»Wer hat eigentlich gesagt, dass du dich an den Klinkern vergreifen sollst? Hatte ich dir nicht aufgetragen, Mörtel anzurühren und den Männern auf die Gerüste zu bringen?«, schrie jemand, als Matthias auf einem schmalen Brett kniete und ein Schachbrettmuster mauerte.

Er blickte nach unten und erkannte den stiernackigen älteren Maurer, der ihn von Beginn an zum Gelächter der anderen drangsaliert hatte. Sein Hemd war am Hals geöffnet, und neben fischbleicher Haut war ein Wald krauser, dunkler Haare zu sehen. Matthias schluckte staubigen Speichel und wählte seine Worte sorgfältig.

»Du hast deinen Spaß gehabt. Nun ist gut damit. Ich sollte hier raufgehen. Außerdem bin ich als Maurer eingestellt.« Er dachte gar nicht daran, zu sagen, dass der Baumeister persönlich ihm die Arbeit zugewiesen hatte. Hinter Jan Boumann wollte er sich nicht verstecken.

»Du kommst sofort runter.«

»Hast du an meiner Arbeit etwas auszusetzen?«

»Runter mit dir! Oder ich komme rauf, und dann wünschst du dir, dich hier nie verdingt zu haben.« Der Kerl stellte einen

Fuß auf die unterste Leitersprosse, um seiner Ankündigung die Tat folgen zu lassen.

»Ich komme ja schon«, gab Matthias nach.

»Wie kommst du also dazu, eine Kelle in die Hand zu nehmen, ohne dass ich es dir erlaubt habe?«

»Ich wurde als Maurer eingestellt und mache die Arbeit eines solchen. Mörtel anrühren – dafür kannst du ab sofort einen Tagelöhner nehmen. Ich mache da oben weiter.«

»Du kannst deine Sachen packen. Der Dyballa lässt das nicht durchgehen.«

»Mich hat Jan Boumann eingestellt, und nur er wirft mich raus.«

»Deine großen Töne sparst du dir besser.«

Eine Faust schoss vor. Darauf hatte Matthias gewartet. Er fing sie in der Luft ab und verdrehte den Arm. Der andere war stark, aber er hatte die Überraschung auf seiner Seite. Der Stiernackige ging in die Knie, keuchte und verzog vor Schmerzen das Gesicht. Matthias drückte noch ein wenig fester zu. Einen Fingerbreit mehr, und er würde dem Kerl den Arm auskugeln. Eines der nützlichsten Dinge, die er in Hamburg gelernt hatte.

»Wenn ich dich loslasse, gehe ich wieder auf das Gerüst und mache mit meiner Arbeit weiter. Für deinen Mörtel suchst du dir einen Tagelöhner. Ich lasse mich nicht mehr von dir herumschicken. Von niemandem.«

»Du bist …«, begann der andere.

Matthias verstärkte den Druck. »Du hast es immer noch nicht verstanden. Ich arbeite als Maurer.«

»Lass mich los.« Dicke Schweißperlen flossen über den Stiernacken.

»Maurer.«

»Schon gut, Mann. Du bist Maurer.«

Matthias ließ los. Der Stiernackige fiel in den Staub und

umklammerte stöhnend seine Schulter. Er betrachtete misstrauisch die Hand, die Matthias ihm versöhnlich hinstreckte.

»Tut mir leid, Mann. Aber du hast nicht hören wollen«, sagte der.

»Wo hast du diesen Griff gelernt? Das war verdammt unfair von dir.«

»Du hast geglaubt, mich leicht dranzukriegen. Da kommt der Vorarbeiter. Hoch mit dir, oder soll er dich so sehen?«

Nun ließ sich der Mann helfen. Sein rechter Arm hing herunter, als gehöre er nicht zum Körper. Matthias kannte diese Schmerzen. Er hatte sie selbst erleiden müssen und sich danach geschworen, nie wieder so hilflos zu sein.

Der Vorarbeiter ging vorbei und kümmerte sich nicht um sie. Von diesem Tag an wurde Matthias auf der Baustelle respektiert.

KAPITEL XIX

Nynke besuchte Fitz und seine Familie, und jedes Mal ging es dem Verletzten schlechter. Der offene Beinbruch wollte nicht heilen. Die Wunde schwärte und roch faulig, Fitz' Augen glänzten fiebrig, und auf seiner Stirn sammelte sich der Schweiß. Nynke schickte nach dem Garnisonsarzt Dr. Bendler, der ein fähiger Mann im Alter ihres Vaters war und angesichts der Entwicklung mit dem Kopf schüttelte.

»Da ist der Brand drin«, sagte er bei seinem dritten Besuch. »Es gibt nur eines, was ich noch tun kann.«

»Was ist das?«, wollte Nynke voller Hoffnung wissen.

»Amputieren.«

Dieses Wort verursachte ihr Schwindel. Sie musste sich an der Tischkante festhalten.

Fitz stemmte sich auf der Eckbank in eine halb sitzende Position. »Wie soll ich mit einem Bein mein Weib und die Kinder ernähren? Niemand wird mir eine Arbeit geben.«

»Du wirst dein Leben verlieren. Ist es da nicht besser, ein Bein zu geben?«, erklärte der Garnisonsarzt sanft.

Fitz schüttelte den Kopf. Er verkroch sich weiter in seine Ecke, sowie der Arzt eine Bewegung in seine Richtung machte. Er wollte nichts von dem hören, was dieser ihm zu sagen hatte. Dr. Bendler redete wohl eine halbe Stunde auf ihn ein, ehe er aufgab und sich verabschiedete. Danach versuchte es Nynke, ohne Erfolg. Sie wurde nach wenigen Augenblicken zum Gehen genötigt.

Ein Dutzend Tage später besuchten Nynke und der Garnisonsarzt den Verletzten erneut. Sie fanden Fitz im Fieber liegend und ohne Bewusstsein vor. An seiner Seite saß seine Frau und wischte ihm mit einem feuchten Lappen über das Gesicht. Von den fünf Kindern war nur der Säugling in seiner Kiste anwesend. Nynke fiel fast der Korb mit dem mitgebrachten Brot, der Räucherwurst und einigen für die Kinder gedachten Honigkuchen aus der Hand, als sie Fitz sah. Der Arzt verbarg seinen Schreck besser und eilte mit zwei großen Schritten an die Seite des Kranken.

»Wie lange ist er schon ohne Bewusstsein?«

»Seit gestern.«

»Und das hohe Fieber?«

»Eine Handvoll Tag länger.«

»Wieso hast du nicht nach mir geschickt?«

»Damit Ihr ihm das Bein abschneidet? Das wollte er auf keinen Fall zugeben.« Sie wrang den schmutzigen Lappen über einer Schüssel aus und wischte ihrem Mann erneut das Gesicht ab.

Dr. Bendler drängte sich an ihr vorbei, riss Fitz die Decke weg und entfernte den Verband am Bein. Sofort füllte fauliger Geruch den Raum, und Nynke benötigte eine gehörige Portion innere Stärke, um nicht zu würgen.

»Schlimm«, murmelte der Arzt und drückte auf das faulige Fleisch. Sein Daumen versank drin wie in einem Kissen.

Bei diesem Anblick drehte sich Nynke erneut der Magen um.

»Ihr müsst ihm helfen. Bitte, Herr Medicus.« Verstohlen wischte sich die Ehefrau eine Träne aus dem Augenwinkel. »Was soll ich denn ohne ihn machen? Mit fünf Kindern, das Jüngste noch nicht einmal ein Jahr alt.«

»Hier versagt jede ärztliche Kunst.«

»Wenn Ihr ihm jetzt das Bein abnehmt? Hauptsache, er bleibt mir erhalten.«

»Dazu ist es zu spät. Der ganze Schenkel ist brandig bis in die Hüfte hinein. Es reicht nicht mehr, oberhalb des Knies zu amputieren. Er hätte mich vor Wochen schneiden lassen sollen.« Der Arzt zog ein spitzengesäumtes Taschentuch aus seiner Rocktasche und reichte es Nynke, ohne sich nach ihr umzusehen.

»Ihr müsst doch etwas tun können«, flehte Fitz' Ehefrau. »Ich mache auch alles, was Ihr verlangt.« Sie versuchte ein verführerisches Lächeln, das ihr mit dem tränenüberströmten Gesicht zu einer schiefen Grimasse geriet.

»Bete, gute Frau. Das ist alles, was du noch für ihn tun kannst. Bete um ein gnädiges Ende, dass er sich nicht lange quälen muss, sondern sanft hinübergleitet.«

Dr. Bendler bot Nynke den Arm und geleitete sie aus der Stube und dem Haus. Draußen atmete sie tief ein und schämte sich für ihre Erleichterung, der Siechenkammer entronnen zu sein. Schweigend leitete sie der Arzt um den in der Gasse liegenden Unrat herum. Höflich verabschiedete er sich vor dem Schloss von ihr.

Nynke wollte sich in ihr Zimmer schleichen und allein sein, aber Anna fing sie ab. Mit in die Hüfte gestemmten Händen stand sie in der Tür des Salons.

»Dein Vogel ...«, begann sie.

Nynke winkte ab, aber davon ließ Anna sich nicht aufhalten. »Endlich bekomme ich einmal Besuch, aber dann fliegt dein Pitter einen Angriff. Er stürzt sich aus einer Ecke herab, weil er es auf einen Keks abgesehen hatte. Wie erschrocken wir alle waren. Ich saß schneller wieder allein hier, als ich denken konnte. Geradezu geflohen sind die beiden Damen.«

Unter normalen Umständen hätte Nynke die Vorstellung eines angreifenden Pitter zum Lachen gereizt. Der Graupapagei war ein geschickter Kletterer, aber kein gewandter Flieger. Dass er im Flug angriff ... Diesmal stand ihr nicht der Sinn danach.

»Wie du meinst«, sagte sie nur und wollte in ihrem Schlafzimmer verschwinden.

»Du hättest hier sein müssen«, schimpfte Anna weiter. »Jeder geht seine eigenen Wege, ohne ein Fitzelchen Rücksicht auf mich zu nehmen.«

»Du hörst dich an, als wärst du doppelt so alt, wie du in Wirklichkeit bist.«

»Ich versuche, ein gesellschaftliches Leben für uns aufzubauen. Dafür solltest gerade du mir dankbar sein, statt dich auf der Baustelle herumzutreiben.«

Nynke reichte es. »Wenn du es genau wissen willst, ich habe einen Mann besucht, der sterben wird. Der Arzt kann ihm nicht mehr helfen. Er hinterlässt eine Frau und fünf Kinder. Wir können nur noch beten, dass ihm ein schneller und gnädiger Tod beschieden ist. Es ist der Mann, der den Unfall hatte, als wir bei van Ridders waren.«

»Oh«, machte Anna und fuhr nach einem Augenblick des Nachdenkens fort: »Ich werde ihn in mein Abendgebet einschließen. Dabei sah er nicht schwer verletzt aus. Nicht auf den Tod verletzt, meine ich. Nur ein Arm und ein Bein gebrochen.«

»Ein Bruch war offen, und die Wunde ist brandig geworden.« Nynke verschonte ihre Schwester mit den weiteren Details.

»Wir werden für eine anständige Beerdigung sorgen. Mehr können Leute seines Standes nicht von uns erwarten«, bestimmte Anna.

Ein ganz und gar nicht zum Anlass passendes Strahlen überzog jetzt ihr Gesicht, und Nynke fiel es nicht schwer, den Grund aus ihr herauszulocken.

Anna war sich sicher, schwanger zu sein. Seit so vielen Monaten wartete sie darauf und war jedes Mal enttäuscht gewesen, wenn wieder ihre Regelblutung eingesetzt hatte. Aber nun …

»Sie hat das zweite Mal ausgesetzt«, flüsterte Anna.

Freud und Leid waren zwei Schwestern, die sich Wohnung, Bett und Tisch teilten, so eng zusammen lagen sie. Nynke umarmte Anna und drückte sie fest an sich. Sie hatte den Kummer mit ihr geteilt und dabei mehr Details aus dem intimen Eheleben ihrer Schwester erfahren, als sie je hatte wissen wollen.

»Ich bin froh für dich. Du hast es dir so sehr gewünscht, und nun endlich! Weiß Jan es schon?«

»Du bist die Erste.« Anna löste sich aus ihren Armen und wirkte auf einmal scheu.

»Er wird sich freuen.«

»Er arbeitet immer so viel.«

»Trotzdem wünscht er sich sehnlich, Vater zu werden. Du wirst es sehen. Und ich werde Tante.« Nynke war dieser Gedanke gerade gekommen. »Tante.« Sie ließ das Wort auf der Zunge zergehen. »Ich verspreche dir, du wirst mit dem Kind keinen Moment Ruhe vor mir haben.«

»Das will ich doch auch gar nicht.« Jetzt umarmte Anna ihre Schwester. »Tatsächlich weiß ich nicht genau, wie es weitergeht.«

»Du schonst dich und freust dich.«

Die Schwestern saßen eine lange Zeit zusammen und malten sich das Leben mit einem Kind aus. Darüber vergaß Nynke jedoch nicht den Tod des armen Tagelöhners. In der Ruhe ihres Schlafzimmer und mit Pitter auf der Schulter heckte sie einen Plan aus, wie den Arbeitern bei Unfällen besser geholfen werden konnte. Sie wusste, dass das in Jans Sinne war, denn Fitz' Leid nagte an ihm genauso wie an ihr.

* * *

Um sieben Uhr morgens saß Friedrich Wilhelm seit einiger Zeit hinter seinem Schreibtisch und beschäftigte sich mit Berichten und Bitten seiner Untertanen. Beim Lesen tippte er mehr als einmal ärgerlich auf das Papier vor ihm, wenn der Inhalt nicht seinen Vorstellungen entsprach. Obwohl er sich unermüdlich plagte, sich um alles kümmerte, gab es immer wieder Dinge … Mit schnellen Schwüngen schrieb er ›cito, cito‹ an den Rand, was ›Tempo, Tempo‹ bedeutete. Die Leute sollten sich anstrengen und ihm nicht mit Ausflüchten kommen.

Sie waren wie Kinder, die der steten Anleitung des Vaters bedurften. Der Vater war er, und er wollte nur das Beste für alle. Wie Kinder aber so sind, wollten sie sich lieber dem Spaß statt dem Fleiß hingeben, und dann musste der Vater streng werden.

Durch die geöffneten Fenster drangen die Kommandos der exerzierenden Garde der Langen Kerls in sein Arbeitskabinett herein. Der König gönnte sich einen Augenblick Muße und trat ans Fenster, um seine Lieblinge zu betrachten. Sie marschierten über den Schlosshof. Die Schilde ihrer Grenadiersmützen und die Uniformknöpfe blitzten im Sonnenlicht. Die aufgepflanzten Bajonette ragten bedrohlich in die Luft. Wer solche Kerle an seiner Seite hatte, musste nicht Tod noch Teufel fürchten. Friedrich Wilhelm beobachtete einen in Vollendung ausgeführten Linksschwenk, bevor er an seinen Schreibtisch zurückkehrte, um sich der trockenen, aber so überaus notwendigen Verwaltung zu widmen. Lieber würde er unten auf dem Hof stehen und seine Soldaten drillen.

Er schrieb erneut ›cito, cito‹ an den Rand, bevor er sich dem nächsten Anliegen zuwandte.

»Allergnädigster König und Kurfürst von Gottes Gnaden«, las er. Es handelte sich also um die Bittschrift eines Untertanen. Wahrscheinlich wieder jemand, der für sich oder seinen Sohn um einen Posten bat, der ein sicheres monatliches Salär bei wenig Arbeit versprach. Die jungen Männer sollten in die Armee eintreten, da wurden Kerle aus ihnen. Friedrich Wilhelm las dennoch gewissenhaft weiter.

Eine gewisse Nynke van Lohuijsen wandte sich an ihn, die sich als Schwägerin Jan Boumanns andiente. Er erinnerte sich nicht an die Frau, las aber aufmerksamer. Auf etlichen Folioseiten legte sie ihm einen Plan dar, der ihm ein Schnaufen entlockte. Immerhin hatte sie sich viele Gedanken gemacht und alles genau aufgeschrieben. Auch die Kosten und die Vorteile. Gewinn war mit ihrer Idee keiner zu machen, aber das war bei einem Weib nicht anders zu erwarten. Friedrich Wilhelm tauchte die Feder ins Tintenfass und schrieb »abgelehnt« auf ihr Gesuch.

KAPITEL XX

Der zweiundzwanzigjährige preußische Kronprinz, seit zwei Jahren verheiratet und Kommandant des Kronprinzenregiments mit gewöhnlichem Aufenthaltsort in Nauen, war ein schlanker junger Mann, der in der Nähe seines königlichen Vaters und im Potsdamer Stadtschloss schlecht schlief. Zwischen ihm und Friedrich Wilhelm bestand keinerlei Ähnlichkeit, weder im Aussehen noch im Charakter; beide hatten sich nicht selten einen anderen Vater oder anderen Sohn gewünscht. Gott hatte aber entschieden, dass sie miteinander auskommen mussten.

Das Arbeitskabinett des Königs suchte der junge Fritz daher nur auf, wenn sein Vater sich dort nicht aufhielt. Im Schein eines dreiarmigen Kerzenleuchters arbeitete er sich durch die Stapel auf dem königlichen Schreibtisch. Böse Zungen nannten es Spionieren, Fritz rechtfertigte sein Tun damit, sonst von vielen Dingen im Königreich Preußen keine Kenntnis zu erhalten, obwohl sie ihm nützlich wäre. Manches Mal hatte er seinen Vater auf diese Weise mit Wissen verblüfft, und das war es wert.

In einem Stapel stieß er auf ein Gesuch, auf das der König »abgelehnt« geschrieben hatte. Fritz las das Schreiben durch. Von einer Krankenstube war dort die Rede, für die Arbeiter auf den königlichen Baustellen in Potsdam. Es war alles genau aufgeführt, die Kosten berechnet und die Vorteile erläutert. Als er nachschaute, erkannte er, dass das Gesuch von einer Dame stammte, und die Mühe, die sie sich gemacht hatte, nötigte ihm Respekt ab. Gewinn ließ sich mit ihrer Idee keiner erwirtschaften, und das war wohl der Grund, warum der König es abgelehnt hatte. Fritz erkannte sofort, was für eine gute Maßnahme eine Krankenstube wäre.

Das Gesuch steckte in seiner Rocktasche, als er das Kabinett auf leisen Sohlen verließ. In seinen eigenen Räumen zog er es wieder hervor. Die Regimenter hatten ihre Ärzte, warum also nicht eine Krankenstube für die königlichen Bauarbeiter? Wie ließ sich trotz königlicher Ablehnung die Krankenstube in Potsdam einrichten? Seine eigene Schatulle musste für die Kosten aufkommen. Das wäre nicht weiter schwierig zu bewerkstelligen. Die Kosten waren nicht allzu hoch, und im Zweifel würde Wilhelmine ihm beispringen. Seine ältere Schwester hatte trotz ihrer Spottsucht ein gutes Herz und hielt zu ihm. Schwieriger schien es, die Abrechnungen und Berichte über die Arbeit der Krankenstube an seinem Vater vorbeizulotsen. Gegenüber Fräulein von Lohuijsen, die er sich als eine ältliche Dame vorstellte, wollte er nicht als Förderer der Krankenstube in Erscheinung treten. Sie sollte an eine königliche Wohltat glauben. Sein Vater würde die Krankenstube auch gutheißen, sähe er erst einmal ihren Nutzen und dass sie ihn keinen Taler kostete.

Eine verzwickte Sache. Die Hände auf dem Rücken gefaltet, schritt er in seinem Wohnzimmer auf und ab. Es war kein besonders großer, schmuckloser Raum, den er gern ein wenig gemütlicher eingerichtet hätte, aber der König hielt eine schlichte Unterkunft für seinen ältesten Sohn für angemessen. Einem ungepolsterten Holzstuhl versetzte Fritz bei seiner Wanderung einen Tritt, dass der gegen eine Tischkante knallte. Der Kronprinz zuckte zusammen. Es war durchaus vorgekommen, dass sein Vater auf solche Unmutsäußerungen hin die Gerte gezückt hatte, um ihm Anstand beizubringen. Seit sie sich miteinander ausgesöhnt hatten, kam dergleichen nicht mehr vor, aber alte Gewohnheiten ließen sich nicht leicht abstreifen.

Ein zweiter Tritt schob den Stuhl wieder vom Tisch fort. Er wollte zwei sich widersprechende Dinge. Unter philosophischen Aspekten ließ sich darüber hervorragend diskutieren, aber er benötigte eine praktische Lösung.

Endlich fiel ihm etwas ein. Fritz schlug sich mit der flachen Hand vor die Stirn, weil er nicht früher darauf gekommen war. Er setzte sich hin und schrieb mehrere Briefe, unter anderem an Wilhelmine und an seine Frau, die in Nauen zurückgeblieben war.

KAPITEL XXI

Anna stand zum wiederholten Male auf, schaute erst aus einem, dann aus dem anderen Fenster. Nynke beobachtete ihre Schwester von der Chaiselongue aus. Es hätte nicht viel gefehlt, damit Annas Unruhe sich auf sie übertrug. Mehrmals war sie nahe daran, die Schwester zu ermahnen, sich hinzusetzen. Im letzten Moment hatte sie die Worte stets in ihrem Inneren verschlossen und Annas Unruhe auf deren Zustand geschoben. Nach bald zwei Jahren Ehe war Anna endlich in der Hoffnung.

Seitdem sprach sie ihr gegenüber von nichts anderem mehr. Sie klang nicht, als würde es noch wenigstens sieben Monate dauern, bis das Kind auf die Welt kam, sondern als wäre es schon in der nächsten Woche so weit. Nynke hatte ihrer Schwester dazu geraten, möglichst bald eine Hebamme zurate zu ziehen und Jan endlich davon zu erzählen.

Anna setzte sich und griff nach ihrer Stickerei. Ohne die Nadel einmal durch den Stoff geführt zu haben, legte sie sie beiseite und sprang auf. Diesmal ging sie zur Tür, öffnete diese und schaute hinaus. Gleich darauf kam sie wieder zurück.

»Was hast du denn?« Diesmal konnte Nynke sich nicht länger zügeln. Sie hörte selbst, wie ungeduldig sie klang.

»Ich dachte, ich hätte etwas gehört.« Anna warf ihr einen strengen Blick zu.

»Was denn?«

»Dass jemand gekommen ist.«

»Um diese Zeit?«

»Jan. Er kann zu jeder Zeit kommen.«

»Da hast du recht.«

Das Gespräch erstarb wieder. Nynke versuchte, sich auf das Buch ›Twee-en tachtig-jarig leeven‹ des niederländischen Moraldichters Jacob Cats zu konzentrieren, das ihre Mutter aus Amsterdam geschickt und ihr ans Herz gelegt hatte. Sie hatte noch keine Seite gelesen, als Anna erst die Beine in die eine Richtung übereinanderschlug und dann in die andere, ehe sie wieder aufsprang und zum Fenster eilte.

»Wonach hältst du Ausschau? Von dieser Seite wird Jan bestimmt nicht kommen.«

»Das weiß ich selbst«, schnappte Anna. »Ich habe so ein Gefühl. Ein ganz komisches, als drohe eine Gefahr.« Sie sah kläglich drein und hielt die Hände vor den Leib, als müsse sie das Ungeborene schützen.

Nynke setzte eine mitfühlende Miene auf. »Es wird alles gut gehen.«

»Ich mache mir einfach Sorgen. Verstehst du das denn nicht? Den ganzen Tag fühle ich mich, als stünde uns etwas bevor. Oder Jan. Deshalb wäre ich wirklich froh, wenn er zu Hause wäre.«

»Er wird schon kommen. Hast du dich lockerer geschnürt?«, erkundigte sich Nynke.

»Ich habe mich so gut wie gar nicht mehr geschnürt.« Zum Beweis zog Anna an ihrem Kleid, um zu zeigen, wie weit es war.

Der Abend schritt fort. Jan kam nicht nach Hause, und Anna rang die Hände, hatte die ersten Tränen vergossen und war dabei, sich in eine Hysterie hineinzusteigern, weil ihrem Ehemann bestimmt ein Unglück zugestoßen sei. Er sei in die Havel gerissen worden, unter ein Schiff geraten und elendig ertrunken.

»Jan ist bestimmt nicht in die Nähe der Havel gegangen. Dazu hat er gar keinen Grund.«

Dann sei er eben in eine tiefe Grube auf der Baustelle gefallen und verschüttet worden, lamentierte Anna weiter.

»Es gibt keine Gruben auf der Baustelle. Die Häuser haben doch keine tiefen Keller«, belehrte Nynke sie.

»Was weiß denn ich. Es ist ihm etwas zugestoßen, das spüre ich.« Jetzt vergoss Anna Tränen.

Nynke setzte sich neben die Schwester und nahm sie in den Arm. Sie streichelte Annas Schultern und redete beruhigend auf sie ein.

Langsam machte sie sich auch Sorgen um den Schwager. Normalerweise hätte Jan längst nach Hause kommen sollen. Das Abendessen war vorübergegangen, ohne dass eine von beiden Frauen Hunger verspürt hätte. Vor den Fenstern versank die Sonne, und es wurde Zeit, im Zimmer die Kerzen anzuzünden.

»Es kann nicht mehr lange dauern, bis Jan kommt. Du wirst sehen, gleich steht er in der Tür, und dann lachen wir alle über unsere Sorgen.«

Anna hörte nicht auf, in ihren Armen zu weinen. »Es ist etwas passiert. Das spüre ich«, schluchzte sie. »Eine Ehefrau weiß es einfach. Davon verstehst du natürlich nichts.«

»Nein, das ist …«

Anna steigerte sich weiter in ihr Schluchzen hinein. Ihr Gesicht war rot, und sie bekam kaum noch Luft. Nynke wusste nichts anderes zu tun, als ihren Rücken zu streicheln und darauf zu hoffen, dass es von selbst vorüberging.

Irgendwo im Schloss schlug eine Uhr Mitternacht. Jeder einzelne Schlag ging Nynke durch Mark und Bein. Niemand konnte noch davon ausgehen, dass Jan auf der Baustelle aufgehalten worden war. Anna schrie auf, ein hoher, heller Ton.

»Beruhige dich doch«, flüsterte Nynke. »Ich lasse zu Dirck schicken. Vielleicht weiß er etwas. Oder Jan ist sogar bei ihm, und sie haben die Zeit vergessen.« Das war zwar noch nie vorgekommen, aber sie wollte sich an jeden Hoffnungsschimmer klammern.

»Glaubst du mir endlich?«, heulte Anna und zog die Nase hoch.

»Natürlich. Ich habe nie gesagt, dass ich dir nicht glaube.«

»Ich werde meinen Mann nie mehr wiedersehen. Unser Kind wird seinen Vater nie kennenlernen.«

»Es ist gut, Anna. Noch ist gar nichts erwiesen. Ich glaube auch, dass etwas geschehen ist, aber du tust gerade so, als wäre Jan tot.«

Damit hatte sie genau das Falsche gesagt. Anna steigerte sich in einen Heulkrampf hinein. Dann krümmte sie sich auf einmal zusammen.

»Au«, jammerte sie tränenerstickt.

Nynke war alarmiert. »Was ist mit dir?«

Anna stöhnte. Die Hände fuhren über ihren Leib, wühlten sich durch ihre Röcke.

»Anna …?«

Die Schwester zog die Hände wieder hervor. Ihre Finger glänzten blutig.

»Ach, du lieber Heiland!« Nynke sprang auf. »Ich schicke nach einer Hebamme. Du musst ruhig liegen bleiben. Bewege dich keinen Fingerbreit, ich bin gleich wieder da.«

Anna lag wie ausgegossen auf der Chaiselongue, Tränen liefen ihr über die Wangen. Die Hände hielt sie auf ihren Leib gepresst.

Nynke scheuchte eine Magd aus dem Bett und schickte sie nach einer Hebamme, ein Knecht sollte Dirck Boumann bitten, sich um den Verbleib seines Bruders zu kümmern. Wenn einer Anna in diesem Zustand beruhigen konnte, wäre es Jan. Dirck musste ihn finden und herbringen.

Als Nynke zu ihrer Schwester zurückkehrte, lag die noch genauso auf der Chaiselongue, wie sie sie verlassen hatte. Sie stöhnte. Nynke hatte Wolltücher mitgebracht, von denen sie eines Anna zwischen die Beine schob, um das Blut aufzusaugen. Sie streichelte die Wange ihrer Schwester und redete besänftigend auf sie ein, aber Anna wollte sich nicht beruhigen. Sie schluchzte weiterhin und murmelte halberstickte, unverständliche Worte. Nynke meinte mehrmals »mein Kind« zu verstehen.

Sie war froh, als die Hebamme eintraf. Die war eine recht junge Frau mit einem fröhlichen Gesichtsausdruck, die sich nicht daran zu stören schien, mitten in der Nacht herbeigeholt worden zu sein. Sie erfasste die Lage mit einem Blick, kniete neben Anna nieder und wollte deren Hände sanft vom Leib lösen.

»Nein, nein«, stöhnte Anna und umklammerte ihren Bauch fester.

»Sie müssen, Kindchen. Ich bin Hebamme, und wenn mit Ihrem Ungeborenen etwas ist, muss ich Sie abtasten, um herauszufinden, wie ich Ihnen helfen kann. Ich heiße Thea, und ich werde mich gut um Sie kümmern.« Wieder griff sie nach Annas Händen, und diesmal fielen sie herab, als hätten sie jede Verbindung zum Körper verloren.

Nynke nahm eine Hand. Sie war eiskalt und schweißfeucht. Trotzdem ließ sie sie nicht wieder los. Anna sollte ihre Nähe spüren und wissen, dass sie in dieser schweren Stunde nicht allein war. Thea schob die Röcke hoch, betrachtete das blutige Tuch zwischen den Beinen der Schwangeren und tastete zum Schluss Annas Bauch ab. Sie legte ein metallenes Rohr an, um auf die Geräusche im Körperinneren zu lauschen. Nachdem sie es an vier verschiedenen Stellen ausprobiert hatte, schaute sie Nynke an und schüttelte leicht den Kopf.

»Ich höre keine Herztöne«, flüsterte sie.

»Vielleicht war die Schwangerschaft zu wenig weit fortgeschritten«, gab Nynke genauso leise zurück.

»Welcher Monat?«

»Der zweite, höchstens der dritte. Sie hat davon gesprochen, dass ihre Regelblutung zum zweiten Mal ausgesetzt hat.«

»Dann kann ich weder etwas hören noch tasten.« Thea klang ruhig und freundlich. Dabei schaute sie drein, als tue es ihr ganz besonders leid. »Ist es sicher, dass eine Schwangerschaft bestand? Die Regelblutung kann schon einmal aus anderen Gründen ausfallen.«

»Sie war sich sicher. Morgens wurde ihr immer schlecht. Sie wünscht sich so sehr ein Kind. Können Sie gar nichts machen? Die Blutung stillen, und dann ist alles wieder gut?«

Erneut schüttelte Thea den Kopf. »Das ist eine Fehlgeburt. In den ersten Monaten einer Schwangerschaft passiert es häufig, dass sich die Kleinen nicht richtig einnisten und dann abgehen. Da kann niemand etwas tun. Es ist Gottes Wille. Es fühlt sich an wie eine starke Regelblutung.«

Die Hebamme nahm das Stoffstück zwischen Annas Beinen fort und begutachtete es.

»Sehen Sie etwas?«

»Man kann nichts sehen. Es ist einfach Blut.«

»Aber wenn da ein kleines Kind ist …?« Nynke konnte den Satz nicht vollenden.

»Da ist kein kleines Kind. Nicht, was Sie sich vorstellen.« Ein trauriges Lächeln huschte über Theas Gesicht. »Das kleine Wesen ist allerhöchstens so groß wie mein kleiner Finger. Trotzdem brauche ich heißes Wasser und mehr Tücher. Dann waschen wir Ihre Schwester und betten sie. Sie sollte jetzt schlafen.«

Anna ließ nicht erkennen, ob sie von diesem leisen Gespräch etwas mitbekommen hatte oder nicht.

Mitten in die Waschung hinein platzte Dirck. Nynke sprang auf und schob ihn energisch aus dem Raum.

»Was ist los?«, wollte er auf dem Flur wissen. Eine Laterne baumelte in seiner Rechten. »Wieso lässt du mich mitten in der Nacht holen? Und was ist mit Anna?«

Mit wenigen Worten berichtete Nynke es ihm. Am Ende sah Dirck nicht aus, als hätte er alles verstanden, aber er stellte keine Fragen, sondern erklärte knapp, er habe seinen Bruder wie jeden Abend auf der Baustelle zurückgelassen. Danach habe er nichts weiter von Jan gesehen.

Nynkes letzte Hoffnung fiel wie ein Kartenhaus in sich zusammen.

»Ich suche ihn«, versprach Dirck und eilte mit wehenden Rockschößen davon.

KAPITEL XXII

Um diese Nachtzeit war niemand mehr auf den Straßen Potsdams unterwegs. Dircks Laterne warf zuckende Schatten auf Hauswände und ließ ihn teils übergroß erscheinen. Er schaute nicht nach dem Schattenspiel, alle seine Sinne waren auf den Weg vor ihm gerichtet.

Er erreichte die ersten fertiggestellten holländischen Häuser. Nirgendwo brannte ein Licht. Kurz erwog er, Anton van Ridder zu wecken, damit dieser bei der Suche half. Er verwarf den Gedanken gleich wieder. Statt des Zimmermanns würde ihm viel wahrscheinlicher seine Frau Margot die Tür öffnen, sich aufregen, und morgen wären die Ereignisse dieser Nacht Gesprächsthema in Potsdam. Er eilte weiter auf die Baustelle.

»Jan«, rief er leise. »Wo bist du?«

Er lauschte einen Augenblick in die Stille und machte sich dann wieder auf die Suche. Er schaute in halbfertigen Häusern und unter Treppen, hielt seine Laterne in die Höhe, um auf die Gerüste zu leuchten. Es gab viele Orte, an denen sein Bruder verletzt liegen konnte. Entsprechend lange brauchte Dirck, bis er alles abgesucht hatte. Jan war hier nirgendwo, dessen war er sich sicher.

Es blieb der Lagerplatz in der Nähe der Havel. Dorthin wandte er sich. Drei Männer sollten Wache halten. Dirck rief sie an, als er sich näherte, aber niemand zeigte sich. Dieses faule Pack, dachte er. Lässt sich bezahlen und verschläft die Arbeit. Er rief erneut und hörte diesmal eine schwache Antwort.

»Ja? Ist da wer?«, fragte er und hob seine Laterne. Die Kerze darin war weit heruntergebrannt, schwamm im Wachs und würde bald ausgehen.

Erneut hörte er ein Geräusch.

»Jan? Bist du das?« Er lief los, in die Richtung, aus der er den Ruf gehört hatte. Die Laterne in seiner Hand schwankte wild hin und her.

Auf einmal erlosch die Flamme. Dirck blieb stehen und fluchte. Im ersten Moment sah er gar nichts, aber dann gewöhnten sich seine Augen an die Dunkelheit. Die Laterne nützte ihm nichts mehr, er warf sie weg.

»Jan?«, rief er wieder.

Die Antwort ließ keinen Zweifel mehr daran, dass es sein Bruder war. Gleich darauf fand er ihn an einem umgestürzten Stapel Steine lehnend. Dirck kniete neben ihm nieder.

»Mann, was machst du hier, statt zu Hause bei deiner Frau zu sein? Da ist die Hölle los.«

Jan mühte sich mit verzweifelter Anstrengung, auf die Füße zu kommen. Allein schaffte er es nicht, Dirck musste ihn unter den Schultern fassen und ihm aufhelfen.

»Was ist mit Anna?«, keuchte Jan, als er endlich stand.

»Ich weiß nicht genau. Irgendeine Frauensache. Nynke war ganz aufgeregt. Sag mir lieber, was mit dir ist. Warum bist du hier?«

»Da kamen zwei Kerle, die hatten ganz schwarze Gesichter. Erst haben sie mich angerempelt und dann nach allen Regeln der Kunst verprügelt. Einem habe ich den Kiefer gebrochen, glaube ich«, erzählte Jan und klang dabei beinahe stolz. »Aber allein gegen zwei …«

»Klar doch.«

»Einer hat mir was über den Schädel gezogen, und dann weiß ich nichts mehr, bis ich deine Stimme gehört habe. Zwischendurch bin ich wohl ein paarmal aufgewacht und wieder weggetreten. Ich muss zu Anna. Lass uns gehen.« Jan versuchte sich an einem hinkenden Schritt und wäre beinahe wieder gestürzt.

Dirck legte sich einen seiner Arme um die Schultern und stützte ihn. Gemeinsam machten sie sich auf den Weg.

An der Wohnungstür empfing Nynke die Brüder Boumann im Morgenmantel. Sie legte einen Finger an die Lippen und deutete hinter sich. Jan stützte sich an der Wand ab und mühte sich aus seinen Stiefeln. Dirck wollte es ihm gleichtun, aber daran hinderte ihn Nynke, indem sie ihm zur Tür zurückdrängte.

»Was ist passiert?«, wollte sie leise wissen.

In wenigen Worte berichtete Dirck, wie er seinen Bruder gefunden und was dieser ihm erzählt hatte. »Das war dieser Vorarbeiter Dyballa, ich sage es dir«, schloss er.

»Jan hätte ihn doch erkannt.«

»Der Kerl war es natürlich nicht selber. Der hat zwei Schläger gedungen.« Nynke sah nicht überzeugt aus, deshalb sprach Dirck hastig weiter: »Ich werde ihm draufkommen, das verspreche ich dir, und dann wird er büßen. Seine Tage auf der Baustelle sind gezählt.«

Nynke wünschte es sich ebenso wie Dirck, aber sie hielt den Vorarbeiter für zu klug.

»Was ist mit Anna?«, fragte Dirck.

»Sie schläft jetzt. Ich weiß nicht genau, was passiert ist. Den ganzen Tag hat sie sich Sorgen gemacht und sich aufgeregt. Als Jan nicht nach Hause kam, ist es immer schlimmer geworden. Du gehst besser.«

Danach kümmerte sich Nynke um die Verletzungen ihres Schwagers, wusch sie mit kaltem Wasser aus und strich eine Salbe aus Schweinefett und Kräutern auf die Abschürfungen, die er sich beim Sturz zugezogen hatte. Dort, wo er einen Schlag auf den Hinterkopf erhalten hatte, hatte sich eine große Beule gebildet. Der linke Fuß war verstaucht, den umwickelte Nynke fest mit einem Leinenstreifen und erzählte Jan dabei haarklein, was mit Anna passiert war und dass die Hebamme sich nicht sicher war, ob es sich um eine Fehlgeburt oder eine normale … Nynke stockte. Sie war es nicht gewohnt, mit einem Mann über diese Dinge zu sprechen.

»Ich weiß nach zwei Jahren Ehe darüber Bescheid.« Jan saß blass auf einem Stuhl, hatte den verstauchten Fuß auf einen Schemel gelegt. »Ein Kind. Wir hätten ein Kind bekommen.«

»Die Hebamme war sich nicht sicher.«

»Aber Anna.«

»Nun …« Nynke fühlte sich hin und her gerissen. Anna tat ihr leid.

In den folgenden Tagen hatte Nynke kein leichtes Los. Anna lag matt und melancholisch im Bett und weigerte sich, einen Fuß herauszusetzen. Sie musste sich außerdem um Jans Verletzungen kümmern. Zum Glück heilten die schnell, am meisten hatte sein Stolz gelitten, weil er so leicht zum Opfer geworden war. Sie kam nicht aus der Wohnung, und alles, was sie für die Errichtung der Krankenstube hatte erledigen wollen, blieb liegen. Sie hatte es kaum fassen können, als die königliche Genehmigung ihrer Idee eingetroffen war.

Nachdem es Jan endlich gelungen war, seine Frau aus dem Bett zu locken, schlich Anna wie ein Schatten ihrer selbst durch die Räume und behauptete, nie wieder fröhlich werden zu können. Wenn die Mutterschaft mit so viel Leid und Unglück verbunden sei, wolle sie es lieber nicht mehr versuchen, verkündete sie tonlos.

»Aber Liebes«, Nynke nahm sie in den Arm, »du hast dir doch so sehr Kinder …«

»Sprich nicht weiter, ich bitte dich. Ein solches Unglück ertrage ich nicht ein zweites Mal.«

»Es wird nicht immer so sein. Du darfst dich davon nicht niederdrücken lassen. Das erlaube ich einfach nicht.«

»Du bist lieb zu mir. Jan auch. Aber ach …« Anna liefen Tränen über die Wangen.

»Wenn du nicht wieder froh werden willst, muss ich Mama nach Amsterdam schreiben, wie krank du bist. Dann wird sie sich verpflichtet fühlen, hierherzukommen, um dir beizustehen. Willst du das?«, fragte Nynke streng, als ihr nichts mehr einfiel, um die Schwester aufzumuntern.

»Auf keinen Fall! Mama soll sich keine Sorgen machen.« Anna gelang ein kleines Lächeln. Ein erster Hoffnungsschimmer.

* * *

Während Nynke mit Krankenpflege beschäftigt war, wollte Dirck sich nicht damit zufriedengeben, dass Jan das Opfer von zufällig vorbeikommenden Halsabschneidern geworden war. Die Wächter waren nicht wieder aufgetaucht, und das war für ihn ein Indiz dafür, dass der Überfall auf seinen Bruder nicht von Unbekannten verübt worden war. Beweise hatte er nicht, aber er gedachte, sie zu finden, und heftete sich an Wolfhardt Dyballas Fersen. Der Vorarbeiter ging nach der Arbeit zu einem winzigen Häuschen, in dem er mit seiner greisen Mutter wohnte. Mehr Familie schien der Mann nicht zu haben. Jedenfalls keine Ehefrau.

Jan wäre sein Tun nicht recht, er glaubte an das Gute im Menschen und traute nur den wenigsten Schandtaten zu. Bei ihm war das anders. Deswegen wurde Dirck wachsam, als er an einem Sonntagabend beobachtete, wie der Vorarbeiter bei Dunkelheit noch einmal das Haus verließ. Vorsichtig folgte er dem Mann, hielt sich immer im Schatten. Sein Weg führte in das holländische Viertel. Vor dem Haus der Familie van Ridder blieb Dyballa stehen. Drinnen war alles dunkel. Was hatte der Kerl mit Anton zu schaffen? Der Freund war doch nicht etwa …? Dirck hielt die Luft an.

Gerade als er glaubte, es nicht länger aushalten zu können, machte sich Dyballa mit hochgeschlagenem Kragen und tief in die Stirn gezogener Kappe wieder auf den Weg. In der Nähe des Lagers rief er die beiden neu eingestellten Wächter an. Sie kamen zwischen den Steinstapeln hervor und sprachen einen Augenblick mit Dyballa. Verstehen konnte Dirck sie nicht, aber aus den Handbewegungen schloss er, dass der andere sich erkundigte, ob etwas vorgefallen war. Die Wächter schüttelten den Kopf und verabschiedeten sich. Danach folgte Dirck dem Vorarbeiter zurück zu dessen Haus.

Dyballa verschwand darin, und alsbald lag das Haus in Dunkelheit. War er an der Nase herumgeführt worden? Dirck schleuderte seine Samtkappe zu Boden und musste dann eine Weile herumtasten, um sie wiederzufinden.

Er gab nicht auf, beobachtete den Vorarbeiter genau und lauerte weiter in der Dunkelheit vor dessen Haus. Eine Handvoll Tage später wurde seine Geduld belohnt, denn er konnte beobachten, wie Dyballa sich in einem Gasthaus mit drei Männern traf. Sie sahen nicht aus wie ehrbare Leute. Gemeinsam stemmten sie fleißig Krüge. Dirck saß in einer anderen Ecke der Gaststube, aber es war zu laut, als dass er ein Wort verstehen konnte. Huibrecht Ketel kam zufällig herein und gesellte sich zu ihm. Dirck gab eine Runde aus und deutete auf den Tisch, an dem Dyballa saß.

»Den einen davon kenne ich«, behauptete der Maurer. »Der arbeitet für diesen de Gayette.«

»Bist du sicher?«

»Wenn ich es dir sage.«

»Woher weißt du das?«

»Ich habe im letzten Jahr die Baustelle dieses Architekten beobachtet. Es ist immer besser, seine Feinde zu kennen. Die anderen habe ich allerdings noch nie gesehen.«

»Mensch, Huibrecht.« Dirck schlug ihm auf den Rücken.

Dann fuhr er verstohlen fort. »Das ist der Beweis. Wir haben diesen Dyballa. Ich werde ihn Jan auf einem Silbertablett servieren.«

»Einen Beweis nenne ich das noch nicht, aber eine erste Spur. Ich treffe mich jedenfalls nicht mit denen abends in einem Gasthaus. Das riecht.« Huibrecht erhob sich und holte eine neue Runde Starkbier.

KAPITEL XXIII

Nynke machte sich auf die Suche nach Stephan Findeiß. In der Garnison hatte man ihr seinen Namen und den des Arztes genannt, der Fitz zuerst behandelt hatte. Letzteren wollte sie auf keinen Fall fragen, deshalb blieb nur der Bader Stephan Findeiß. In der Nähe des Kellertors brauchte sie nicht lange nach dem Haus zu suchen, in dem er sein Handwerk ausübte. Als sie davorstand, war es nicht das, was sie erwartet hatte.

Es war drei Stockwerke hoch, aber schmal, nur ein Fenster neben der Tür, und der Putz, der einmal die Fassade bedeckt hatte, war zum größten Teil abgesprungen. Aus Mauerritzen quollen Moos und Gras, alle Fenster schienen innen mit Decken verhängt und sahen aus, als wären sie seit Längerem nicht geöffnet worden. An der Tür blätterte die Farbe ab, und bei einer Treppenstufe wackelte die Steinplatte.

Nynke betätigte den Türklopfer. Ein hohler Ton erklang, und sie lauschte auf Geräusche aus dem Inneren. Dort blieb alles ruhig, als wäre niemand zu Hause.

»Sie müssen kräftiger klopfen«, sagte jemand hinter ihr. »Obwohl Sie nicht aussehen wie die, die sonst den Bader aufsuchen.«

Nynke drehte sich um. Auf der Gasse stand eine nach vorn gebeugte Frau, die trotz des sommerlichen Wetters mehrere Schichten dunkler Kleidung übereinander trug. Ihr Haar bedeckte ein Kopftuch, aus einem faltigen Gesicht blickten Nynke erschöpfte Augen an. Die Frau konnte in den Zwanzigern, den Vierzigern oder Fünfzigern sein, es ließ sich nicht schätzen.

»Ich bin keine Patientin. Ich muss Herrn Findeiß in einer anderen wichtigen Angelegenheit sprechen«, sagte Nynke.

»Hat sich wohl was zuschulden kommen lassen, der Gute. Herr Findeiß hat ihn lange keiner mehr genannt. In der Gegend heißt er nur der Knochenbieger-Stoffel. Zu sehen ist jedenfalls nichts.« Das vermummte Weib richtete den Blick unverhohlen auf Nynkes Leib.

Die spürte, wie sie rot wurde. Wortlos drehte sie sich um und betätigte erneut den Türklopfer.

»Kräftiger!«, schnarrte das Weib. »Mit der Faust, wenn Sie dafür nicht zu vornehm sind.«

Zum Glück schlurfte die Frau weiter, und Nynke ließ den Türklopfer noch einmal mit aller Gewalt niedersausen. Diesmal verursachte er einen satten Ton, der gewiss im ganzen Haus zu hören war. Wieder lauschte sie, und es schien ihr, als regte sich im Inneren etwas. Sie hatte sich nicht getäuscht, denn hinter der Tür näherten sich schleppende Schritte, und dann wurde geräuschvoll ein Riegel zurückgezogen.

»Was soll dieser Lärm? Ich komme ja schon«, krächzte eine raue Männerstimme.

Der Bader war kleiner als Nynke und trug eine schmuddelige Mütze, die ihm bis auf die Augenbrauen heruntergerutscht war, und einen ebensolchen Morgenmantel, als wäre es nicht bereits Nachmittag. Die großporige Haut an Nase und Wangen war von roten Äderchen durchzogen. Sein Gesicht wirkte aufgequollen, und bei jedem anderen hätte Nynke einen Säufer dahinter vermutet. Dafür sprach auch der Branntweindunst, der dem Mann entströmte. Dieser Herr war jedoch Bader, deshalb redete sie sich ein, dass sie ihn bei einer Behandlung gestört hatte und der Schnaps zur Desinfektion verwendet worden war.

Stephan Findeiß musterte sie genauso ungläubig wie sie ihn. »Sie wünscht?«

»Sind Sie der Bader Stephan Findeiß?«

»Wer will das wissen?«

»Nynke van Lohuijsen ist mein Name.«

»Kommen Sie morgen früh wieder. Ich behandle jetzt niemanden.« Der Mensch wollte die Tür schließen. Seine Hand auf der Klinke zitterte.

»Ich bin nicht krank«, sagte Nynke schnell.

»Warum kommt Sie dann und stört meine Ruhe?«

Die Tür war noch einen Spaltbreit offen. Nynke stemmte die Rechte dagegen.

»Mein Schwager ist Jan Boumann, und er baut für den König ein Stadtviertel mit holländischen Häusern.«

»Was hat das mit mir zu tun?« Stephan Findeiß klang zwar nach wie vor, als wünschte er sie zum Teufel, machte jedoch keinen Versuch, die Tür mit Gewalt zu schließen.

»Erst einmal nichts«, beantwortete Nynke seine Frage. Sie ärgerte sich aber über seine unfreundliche Redeweise ihr gegenüber und war selbst nicht länger bereit, ihm allzu höflich zu begegnen. »Ich bin gekommen, um Ihm einen Vorschlag zu machen. Es soll Sein Schaden nicht sein.«

»Nur bin ich nicht neugierig. Also nehme Sie Ihren Vorschlag und gehe Sie wieder dahin, wo Sie hergekommen ist.«

»Man hat Ihn mir benannt.«

»Ich habe schon bessere Witze gehört.«

Sie seufzte hörbar. »Will Er sich nicht wenigstens anhören, was ich zu sagen habe? Das verpflichtet Ihn zu nichts.«

»Sie ist eine ganz Hartnäckige. Also gut, komme Sie rein.«

Im Inneren des Hauses fiel Nynke sofort ein muffiger Geruch nach abgestandener Luft und Feuchtigkeit auf. Der Flur war dunkel, und sie wäre beinahe über eine Schüssel auf dem Boden gestolpert. Ein Teil des Geruchs stammte von dort, denn in der Schüssel gammelte Milch vor sich hin.

»Hat Er eine Katze, Herr Findeiß?«, fragte sie.

»Manchmal. Sie kommt und geht. Ich betrachte sie nicht als mir gehörig.«

»Er muss regelmäßig frische Milch in ihre Schale gießen, dann kommt sie öfter.«

»Sage Sie mir nicht dauernd, was ich zu tun habe«, blaffte er und schmetterte die Haustür ins Schloss.

Im Flur wurde es dunkel. Unwillkürlich streckte Nynke die Hände aus, berührte rechts und links feuchte Wände.

»Zweite Tür!«, kommandierte der Bader hinter ihr.

Die Tür führte zu etwas, was einmal die gute Stube des Hauses gewesen war. Vor etlichen Jahren. Die beiden Fenster gingen zur Rückseite hinaus und waren tatsächlich mit Decken verhängt. Durch Löcher und Risse fielen Lichtstreifen, die ein durchgesessenes Sofa, einen Sessel und eine Fußbank enthüllten. In einer Ecke schien ein Schrank zu stehen, aber das konnte Nynke nicht genau erkennen. In einem Fleck aus Licht standen auf einem Tisch beim Sessel ein Glas und eine Karaffe mit einer klaren Flüssigkeit. Der Bader schob sich an ihr vorbei und sank in die Polster. Er schenkte sich zwei Fingerbreit ein. Nynke begrub ihre Vorstellung, der Alkohol habe bei einer Behandlung zur Desinfektion gedient.

Zum Setzen bliebe für sie nur das wenig vertrauenswürdige Sofa. Sie stellte sich in die Mitte des Raumes. Stephan Findeiß schien das nicht zu stören, er trank einen großen Schluck aus seinem Glas und schenkte sich erneut ein. Nach dem zweiten Schluck leckte er sich über die Lippen, als habe er eine Delikatesse gekostet, und stellte das Glas auf den Tisch zurück.

»Nun heraus mit der Sprache, was führt das Fräuleinchen zu mir?«

»Ich sagte schon, dass mein Schwager von seiner Majestät König Friedrich Wilhelm den Auftrag zum Bau eines Stadtviertels erhalten hat.« Der Bader saß reglos im Sessel, und

Nynke war sich nicht sicher, ob er sie überhaupt gehört hatte. Sie sprach schnell weiter: »Ich soll eine Krankenstation für die Bauarbeiter einrichten. Dafür brauche ich jemanden, der etwas von der Wundbehandlung versteht. Ihn!« Das letzte Wort stieß Nynke mit einiger Verzweiflung heraus.

Ein meckerndes Lachen war die Antwort. Es verstummte erst, als Findeiß sich verschluckte. Er hustete und keuchte und spuckte am Ende einen Schleimbatzen auf die Dielen neben dem Sessel. Nynke würgte.

»Der König weiß nichts von meiner Existenz. Spaß beiseite, und jetzt sage Sie mir, was Sie wirklich will.«

»Was ich gesagt habe: einen Arzt oder Bader für meine Krankenstation. Er ist doch Bader?«

»Ja, aber deine Krankenstation kannst du dir untern Hut stecken.«

»Er muss mich nicht duzen«, sagte Nynke so würdevoll wie möglich.

»Ihre Krankenstation kann Sie sich sonst wohin stecken. Ich werde bei solchen verrückten Ideen nicht mitmachen. Verlasse Sie mein Haus.« Stephan Findeiß hatte langsam gesprochen und jedes Wort betont.

»Warum wollen Sie nicht mitmachen? Der König zahlt dafür ein Honorar.«

»Ich bin Ihr keine Rechenschaft schuldig.«

»Zeige Er mir wenigstens, wie man Wunden behandelt und Kranke pflegt. Oder trinke Er weniger Alkohol, dann kann er auch seinen Beruf besser ausüben und muss nicht in diesem Loch leben.«

»Jetzt reicht es mir aber!«, schrie der Bader und patschte mit der flachen Hand auf die Sessellehne. »Verlasse Sie mein Haus und komme Sie mir nie wieder unter die Augen! Was niemand braucht, ist eine vornehme Dame, die Krankenpflegerin spielen will, um sich die Zeit zu vertreiben. Und die, wenn sie keine

Lust mehr hat, wieder in ihr nichtssagendes Leben verschwinden wird. Nicht mit mir!«

»Er kennt mich noch nicht einmal eine Stunde und bildet sich ein Urteil über mich«, empörte sich Nynke.

»Ich kenne Frauen Ihres Schlages nur zu gut.« Mit zitternder Hand schenkte er sich erneut Schnaps ein, diesmal füllte er das halbe Glas. Dann war die Karaffe leer. Das Zittern hielt an, als er das Glas zum Mund führte, während des Trinkens verschwand es. Danach schaute er auf. »Sie ist ja immer noch da! Teufel auch, wann verschwindet Sie endlich?«

Er machte Anstalten, das Glas nach Nynke zu werfen. Ihm ein vernünftiges Wort zu entlocken, geschweige denn ihn zur Mithilfe zu bewegen, schien ihr aussichtslos. Bevor er das Glas warf, trat Nynke den Rückzug an. Geräuschvoll schloss sie die Tür hinter sich und atmete tief durch.

Für ihre Krankenstube kamen weder der Medicus, der mit Fitz so roh umgegangen war, noch der Bader Findeiß, auch Knochenbieger-Stoffel genannt, infrage. Ein verletzter Arbeiter würde seine letzte Kraft aufbieten, um zu fliehen, sähe er sich einem von beiden gegenüber. Einzig und allein der Garnisonsarzt Dr. Bendler blieb übrig.

Nynke suchte ihn auf und redete mit Engelszungen auf ihn ein, bis er am Ende nicht mehr anders konnte, als sich zur Mitarbeit bereit zu erklären. Bei der Überredung half ihr, zuvor in Erfahrung gebracht zu haben, dass er keineswegs auf die Behandlung der Gardesoldaten beschränkt war, sondern dass sich die bessere Gesellschaft Potsdams allein seinen Händen anvertraute. Nynke hätte jubeln mögen, aber natürlich beherrschte sie sich in seiner Anwesenheit. Sie dankte ihm artig und mit einem kleinen Knicks und wollte sich verabschieden.

»Nicht so schnell, verehrte junge Mademoiselle van Lohuijsen«, hielt er sie zurück. Er gehörte zu den wenigen Potsdamern, denen die Aussprache ihres Nachnamens keine Mühe bereitete.

»Ja?« Fragend schaute Nynke ihn an. Sie befand sich mit ihm auf Augenhöhe, der Arzt war vielleicht sogar einen Fingerbreit kleiner als sie.

»Sie wollen von mir auch etwas über die Einrichtung der Krankenstube, die Pflege Erkrankter oder Verletzter lernen und über die Behandlung einfacher Wunden, wenn ich Sie richtig verstanden habe.«

»So steht es in meiner Order«, bestätigte Nynke.

»Dann arbeiten Sie am besten einige grundlegende Werke dazu durch. Das ist beileibe keine Lektüre für ein vornehmes Fräulein, aber Sie scheinen mir alles andere als eine gewöhnliche Vertreterin Ihres Standes zu sein. Ich werde Ihnen die entsprechenden Werke leihen.« Der Arzt suchte aus einem Regal ein halbes Dutzend Bücher hervor, schmale und stärkere, die er Nynke in die Hand drückte.

»Danke«, murmelte sie etwas überwältigt und war froh, eine Tasche mitgebracht zu haben, in der zumindest die dünneren Bücher Platz fänden. Die anderen müsste sie wie ein Student unter dem Arm tragen.

»Das wird für die ersten Grundlagen reichen.«

»Und die weiteren Grundlagen?«, wagte Nynke sich vor.

»Dafür gibt es weitere Fachliteratur.« Dr. Bendler deutete auf den Bücherschrank, dessen Türen sich nicht mehr schließen ließen. »Sie müssen nicht so schauen, Mademoiselle van Lohuijsen, Sie wollen ja kein Studium der Medizin absolvieren.«

»Wie habe ich denn geschaut?«

»Auf jeden Fall erschrocken.«

»Ich war es auch«, gab Nynke mit einem Lachen zu.

Später musste sie feststellen, dass es schon die Grundlagenwerke in sich hatten. Sie im Bett vor dem Einschlafen zu lesen

– wie sie es vorgehabt hatte – reichte nicht aus. Sie verstand dann nur ungefähr jedes vierte Wort und bekam keinen Sinn in das Gelesene. Sie musste am Tisch sitzen wie ein Bub hinter seinem Pult und eifrigen Gebrauch von einem lateinischen Wörterbuch machen, um eine Vorstellung von dem zu bekommen, was sie erwartete.

Bisher war es ihr am schwersten erschienen, die Erlaubnis des Königs für die Krankenstube zu erhalten, nun erwies sich das als der leichtere Teil. Es reichte nicht aus, eine Liege aufzustellen und heißes Wasser und saubere Tücher bereitzuhalten. Für eine fachgerechte Wundversorgung bedurfte es einiger Arzneien und ausreichend sauberen Verbandmaterials. Die Liste dessen, was sie beschaffen musste, wurde immer länger.

Darüber verging beinahe der ganze August, ehe die Krankenstube ihre Pforten öffnete. Einstweilen war sie nur ein mit dem Nötigsten ausgestatteter Bretterverschlag, aber an der Tür hatte Dirck ein Schild mit der Aufschrift ›Königliche Krankenstube‹ angebracht. Er und Jan waren vom ersten Augenblick begeistert gewesen von ihrer Idee und davon, dass sie sie allein in die Tat umgesetzt hatte. Die beiden hatten ihr auf die Schulter geklopft und sie famos genannt. Nynke machte das stolz.

KAPITEL XXIV

An einem sonnigen Tag Ende August verdunkelte eine Silhouette das durch die Tür in die Krankenstube hereinströmende Licht. Nynke sprang von dem Schemel auf, auf dem sie gesessen und in Dr. Bendlers Büchern gelesen hatte. Sie warf das Buch auf den Tisch, und vor lauter Hast fiel der Schemel hinter ihr um. Pitter, der auf der Lehne eines Stuhls saß, gab ein Krächzen von sich.

»Verzeihung, ich will nicht stören«, begann der Besucher. Er hielt seine rechte Hand hoch. »Das ist doch hier die Krankenstube?«

Nynke nickte. Sie scheuchte Pitter von der Stuhllehne, der diesen Platz nur widerwillig räumte und auf den Tisch hüpfte.

»Ein possierliches Tierchen«, meinte der Mann.

Als possierlich hatte ihn noch niemand bezeichnet. Dick, fremd, gefährlich oder angriffslustig hatte sie gehört.

»In de Wanten! Luie vent! Luie vent!«, kommentierte Pitter und reckte sich.

»Nun ist aber gut«, befahl Nynke dem Papagei. Sie wandte sich ihrem Besucher zu. Er war eine gute Handbreit größer als sie, von stattlichem Wuchs und schaute sie offen und interessiert an. Seine rechte Hand war in ein Tuch eingeschlagen, und er hielt sie mit der Linken.

»Ich übersetze das nicht«, sagte Nynke schnell, als sie sein fragender Blick streifte.

»Also spricht er nicht über Rosen oder andere Blumen.« Der Mann lachte. »Wirklich possierlich.«

Pitter hatte inzwischen das Buch entdeckt, aber bevor er seinen Schnabel hineinschlagen, die Seiten zerfetzen oder Stücke aus dem Ledereinband herausbeißen konnte, brachte Nynke es im Schrank in Sicherheit.

»Ich habe Sie mit dem Vogel schon mehrfach auf der Baustelle gesehen, aber mich nie zu fragen gewagt, um was für ein Tier es sich handelt«, sagte der Mann, nachdem er auf dem Stuhl Platz genommen hatte.

»Das ist eine Krankenstube. Was ist Ihm passiert?«, wollte Nynke wissen und ging auf seinen Plauderton nicht ein. Sie konnte sich nicht erinnern, ihn unter den Arbeitern gesehen zu haben.

»Ein Hammerschlag«, lautete die Antwort. »Ich war es auch noch selbst. Meine Dummheit.« Er schenkte ihr ein zerknirschtes Lächeln, während er das Tuch von seiner rechten Hand wickelte und ihr einen geschwollenen, langsam blau anlaufenden Daumen hinhielt. »Ich hätte besser den Hammer nicht in die Linke genommen, aber es war eng, und ich dachte …«

So inbrünstig sie auf den ersten Patienten gewartet hatte, so unsicher war sie nun wegen seiner Behandlung. Der Mann schien keine großen Schmerzen zu leiden, immerhin unterhielt er sich mit ihr und lächelte dabei. Lohnte es sich, deswegen nach Dr. Bendler zu schicken? Nynke biss sich auf die Unterlippe. Er streckte ihr die Hand hin, und sie besah sich den Daumen genauer.

»Der Nagel wird abgehen. Ziemlich sicher. Bis dahin reicht mir ein Verband, damit ich weiterarbeiten kann«, sagte er in ihre Überlegungen hinein.

»Er wird doch Schmerzen haben.«

»Das schon, aber ich kann nicht meinem Ruf schaden und wegen einer Lappalie die Arbeit unterbrechen.«

»Er hat einen Ruf als fleißiger Arbeiter oder als harter Kerl zu verlieren?« Nynkes Worte begleiteten ein gewisses Lächeln.

»Die Frage habe ich wohl verdient. Dabei wollte ich nicht aufgeblasen klingen.«

»Das hat Er auch gar nicht.«

»Darüber bin ich froh.« Der Mann grinste sie von unten herauf an. »Matthias Thämelt mein Name. Maurer auf der Baustelle seiner Majestät zur Errichtung eines holländischen Stadtviertels. Ich weiß, dass der Baumeister Jan Boumann Ihr Schwager ist, aber Ihren werten Namen kenne ich nicht.«

»Nynke van Lohuijsen.«

»Hat dieser possierliche Vogel auch einen Namen?«

»Pitter«, antwortete sie automatisch. »Das Beste wird sein, ich behandele jetzt Seinen Daumen.«

Er streckte ihr die Rechte hin. Das malträtierte Glied hatte eine dunkelrote Färbung angenommen und wirkte, als müsse darin ein Pochen zu fühlen sein, aber Nynke traute sich nicht, es zu berühren. Sie wollte Matthias Thämelt nicht mehr Schmerzen zufügen, als er ohnehin haben musste und tapfer weglächelte.

Sie schluckte und kramte aus dem Schrank eine kühlende Salbe und einen schmalen Verband. Sie strich die Salbe auf ein kleines Tuch, das sie um den Daumen legte und anschließend verband.

»Wann soll ich zum Verbandswechsel wiederkommen?«, fragte Matthias.

»In vier Tagen«, antwortete Nynke das Erste, was ihr einfiel. »Außer Seine Schmerzen nehmen zu, dann muss Er zu Dr. Bendler gehen. Er wird nichts dafür bezahlen müssen, es ist vereinbart, dass die Arbeiter auf den königlichen Baustellen für Verletzungen bei der Arbeit umsonst behandelt werden.«

»Sehr großzügig von Seiner Majestät. Wir sehen uns in vier Tagen, Fräulein van Lohuijsen.« Matthias Thämelt neigte den Kopf vor ihr und war zur Tür hinaus.

»Landrotten! Landrotten! Bezetten uitkijk! Sneller!«, rief Pitter ihm hinterher.

Ihr erster Patient. Nynke sank auf den Stuhl, den eben Matthias Thämelt geräumt hatte. So musste sich Jan gefühlt haben, als das erste Haus des holländischen Viertels fertig geworden war. Stolz und Freude durchströmten sie und überlagerten die Sorge, nicht alles richtig gemacht zu haben. Matthias hatte es ihr einfach gemacht, nicht geklagt oder sich über ihre Unerfahrenheit mokiert. Er schien überhaupt ein angenehmer Zeitgenosse zu sein. In ein paar Tagen käme er wieder zum Verbandswechsel.

Wie Jan musste sie Berichte über jeden Patienten und alle Vorkommnisse in der Krankenstube schreiben und eine monatliche Zusammenfassung an Kronprinz Friedrich richten. Ihm hatte der König die Aufsicht übertragen. Darüber hatte Nynke sich gewundert, denn der Kronprinz hielt sich für gewöhnlich als Kommandant seines Regiments in Nauen auf. Doch wer war sie, die Launen der hohen Herren zu hinterfragen? Sie musste ihre Berichte gewissenhaft erstellen, und darin wollte sie nicht säumig sein.

KAPITEL XXV

Obwohl bald andere Männer zu Nynke in die Krankenstube kamen, blieb ihr niemand so gut im Gedächtnis wie ihr erster Patient. Nicht nur, weil er der Erste gewesen, sondern auch seine fröhlichen Augen und seine gebildete Ausdrucksweise waren ihr noch gut erinnerlich. Darin unterschied er sich von vielen Männern, deren Wunden sie danach verband.

Sein Daumen musste gut verheilt sein, jedenfalls kam er nicht wieder. Nicht einmal ein Verbandswechsel schien nötig gewesen zu sein. In einem Winkel ihres Herzens bedauerte sie das. Gern hätte sie noch einmal mit ihm geplaudert. Auf der Baustelle sah sie ihn gelegentlich unter den Maurern oder auf einem Gerüst knien. Er mauerte die Giebel, die sie entworfen und Jan ausgesucht hatte. Das schaffte eine Verbundenheit, die ihre Haut prickeln und ihre Gedanken Purzelbäume schlagen ließ. Mitunter kreuzten sich ihre Blicke, und er nickte ihr leicht zu.

Nach einem dieser flüchtigen Momente stand Nynke vor der Krankenstube und zog das kurze Hölzchen aus dem Türriegel. Sie wog ihn einen Augenblick in der Hand, ehe sie eintrat. Die Tür ließ sie offen stehen und setzte sich an den Tisch.

Eine Weile saß Nynke dort und ordnete ihre Gedanken, aber weil kein Patient kam, zog sie die Lade auf und holte das Schreibzeug heraus. Sie hatte einen Bericht an Dr. Bendler zu verfassen, den dieser gegenzeichnen und ihre Arbeit gutheißen musste. Sie hatte auch noch zwei der Bücher zu lesen, die der Arzt ihr gegeben hatte. Je mehr Nynke über die Behandlung von Verletzungen und Krankheiten hörte oder las, desto besser erkannte sie, wie wenig sie wusste. Es gab genug zu tun.

Sie stockte mitten in der Bewegung, als sie zum Tintenfass greifen wollte. Da lag ein Zettel in der Schublade, der gestern nicht dort gewesen war. Sie faltete ihn auseinander, und kaum hatte sie die ersten Worte gelesen, wusste sie, von wem die Nachricht stammte. Gierig las sie weiter.

Es begann mit einer Entschuldigung für das Eindringen in die Krankenstube, aber der ›unwürdige Verfasser‹ dieser Zeilen habe sich keinen anderen Weg gewusst, ihr diese zukommen zu lassen. Nynke musste bei diesen Worten schmunzeln. Danach folgte die Beschreibung der Heilung seines Daumens, die dank kundiger Behandlung von zarter Hand vollendet war. Diesmal spürte Nynke, wie sie rot wurde. Der Brief endete mit der Hoffnung auf eine Antwort und ohne Unterschrift.

Nynke zögerte nicht, sie schrieb sofort zurück und ließ ihren Brief am Abend in der Lade neben dem Tintenfass liegen. Am Morgen darauf war er verschwunden.

Auf diese Weise entwickelte sich zwischen ihr und Matthias Thämelt ein Briefwechsel, in dem sich bald die Beschreibung ihres jeweiligen Alltags mit vielfältigen Gedanken abwechselte. Dabei offenbarte der Maurer eine Tiefe der Gefühle und eine Fülle an Wissen, die für einen Handwerker außergewöhnlich war.

Begierig wartete sie auf seine Nachrichten und schaute am Morgen zuerst in die Schublade. Wenn sie nichts fand, griff Enttäuschung nach ihren Gedanken; lag dort aber ein Brief, machte ihr Herz einen Hüpfer. Matthias' Worte waren ihr kostbarer als jedes ihrer wenigen Schmuckstücke.

Die Nachrichten versteckte sie in einer Schachtel im Sekretär in ihrem Schlafzimmer.

* * *

Das Jahr 1734 neigte sich dem Ende entgegen, und Jan blickte stolz auf das zweite Jahr seiner Baumeistertätigkeit in Potsdam. Das erste Karree der holländischen Häuser war fertiggestellt.

Beinahe fertiggestellt.

Es fehlten nur ein paar Kleinigkeiten. Fensterläden, Innentüren oder die Luken, die die unter der Küche liegenden Keller verschlossen. Trotzdem blieb Jan ehrlich und verschwieg diese Details in seinem Jahresbericht für den preußischen König nicht. Er zählte jedes einzelne Haus auf, das in diesem Jahr errichtet worden war, penibel schlüsselte er die Kosten auf. Denn es war ihm gelungen, unter den von der königlichen Baukommission veranschlagten Summen für die einzelnen Häuser zu bleiben. Hierzu hatte er ein strenges Spardiktat verordnet, und es hatte sich ausgezahlt, die Baustelle nachts bewachen zu lassen. Es war zwar kein Dieb erwischt worden, aber auch kein Baumaterial mehr verschwunden. Bei der bekannten Sparsamkeit des preußischen Königs hoffte er, damit punkten zu können.

Einige Zeit überlegte er, ob er die segensreiche Arbeit in der Krankenstube erwähnen sollte. Seit es sie gab, hatte sich der Krankenstand massiv verringert. Er gönnte Nynke ihren gerechten Anteil am königlichen Wohlwollen. Er hätte es auch gern gesehen, wenn seine Frau sich dort nützlich machte. Das war ein anderes Thema. Nach der Fehlgeburt hatte Anna ihr seelisches Gleichgewicht noch nicht wiedergefunden.

Jan trank einen Schluck mit Wasser verdünnten Weins und entschied, in seinem Bericht nichts über die Krankenstube zu schreiben, weil das Nynke sicher nicht recht wäre. Seine Schwägerin war bescheiden.

Schließlich schickte er eine dicke Akte in die königliche Kanzlei.

KAPITEL XXVI

1735

Im nebeligen Februar des Jahres 1735 erlaubte das Wetter auf der Baustelle nur eingeschränkte Arbeiten im Inneren der Häuser. Es waren kaum halb so viele Menschen wie gewöhnlich beschäftigt. Dennoch wollte Nynke die Krankenstube offen halten. Sie begann ihre Arbeit üblicherweise früh am Morgen, aber diesmal war augenscheinlich jemand vor ihr gekommen. Gewöhnlich warteten Patienten vor der Tür, jetzt lag der kleine Holzstab, mit dem der Riegel befestigt wurde, am Boden, und die Tür war nur angelehnt. Mit Pitter auf der Schulter stutzte und lauschte Nynke. Von drinnen war nichts zu hören.

Nynke fühlte ihr Herz klopfen und wünschte sich ausnahmsweise keinen Papagei auf der Schulter, sondern einen Hund an ihre Seite.

»Landrotten!«, krächzte Pitter und schüttelte sich.

Nynke hob das Querholz auf und drehte es zwischen den Fingern. Pitter schnappte es ihr weg, und sein kräftiger Schnabel verwandelte es im Nu in Splitter.

»In de Wanten!«, kommandierte er, nachdem er den letzten Span hatte fallen gelassen.

»Du hast recht, nichts wird besser, wenn ich wie ein ängstliches Küken vor der Tür stehe. Hoffentlich schläft nur ein Mann auf der Liege seinen Rausch aus.«

»Bezetten uitkijk!«

Entschlossen versetzte Nynke der Tür einen Stoß. Sie schwang nach innen auf, dann stieß sie gegen ein Hindernis. Sie drückte dagegen, und es gelang ihr, beiseitezuschieben, was die Tür blockiert hatte. Endlich ging sie ganz auf. Nynke bot sich ein Anblick … Sie keuchte auf. Die Tür war vom Stuhl blockiert gewesen. Der Hängeschrank baumelte, halb von der Wand gerissen, nur noch an einem Haken. Eine seiner Türen hatte sich geöffnet, und der Inhalt war über den Boden verstreut. Glasflaschen waren zerplatzt, Tinkturen im Holzboden versickert. Ihr Geruch hatte sich zu einem Gestank vermischt, der den Rachen reizte. Damit nicht genug: Ein Regal war abgeräumt, Binden lagen abgewickelt und verschmutzt auf der Erde. Eines der Kissen von der Liege war aufgerissen, Häcksel und Federn im Raum verteilt. Sogar der schwere Tisch war verschoben. Einzig der halbhohe Schrank stand unversehrt und verschlossen in seiner Ecke.

Fassungslos betrachtete Nynke das Durcheinander. Sie verstand nicht, wie dieses Chaos entstanden war. Der Wind konnte es nicht gewesen sein; der hätte vielleicht die Tür aufdrücken, sie aber niemals wieder schließen können. Da hatte jemand in unbändiger Wut ganze Arbeit geleistet. Aber wie hatte er die Krankenstube verlassen und den Stuhl von innen vor die Tür legen können? Pitter drückte sich eng an ihr Ohr, wie er es nur tat, wenn er sich unwohl fühlte.

»Fräulein von Lohuijsen?«

Nynke wirbelte herum und fand sich Matthias Thämelt gegenüber. An ihr vorbei spähte er in die Krankenstube. Pitter musste die Flügel ausbreiten, um sich auf ihrer Schulter zu halten.

»Wie ist das passiert?«

»Ich habe es so vorgefunden.«

»Da hat jemand richtig gewütet. Oder etwas gesucht. Können Sie erkennen, ob etwas fehlt?«

»Wie denn?« Nynke betrat endlich die Krankenstube und deutete auf das Chaos.

»Auf jeden Fall ist niemand mehr hier.« Matthias kam herein und stellte den Stuhl wieder auf.

Ein Fauchen ertönte. Nynke zuckte zusammen. Pitter krächzte vor Schreck und flog auf. Er landete auf dem Hängeschrank, der endgültig von der Wand brach und mit Getöse zu Boden rauschte. Pitter flog krächzend wieder auf. Von irgendwoher ertönte erneut ein Fauchen. Pitter landete auf dem Tisch und äugte starr mit einem Auge in die Ecke, in der der Schrank stand.

Matthias stampfte mit dem Fuß auf. »Zeig dich!«, verlangte er.

Das Fauchen erklang erneut. Diesmal wurde klar, dass es unter dem Schrank hervorkam, und Matthias ging einen Schritt darauf zu.

»Komm raus da!«, verlangte er und klatschte in die Hände.

Pitter machte sich noch schlanker. Die Flügel hatte er leicht angehoben, um jeden Moment losfliegen zu können.

»Seien Sie vorsichtig«, warnte Nynke und wagte sich einen Fußbreit vor.

Unbeirrt stampfte Matthias auf den Schrank zu, und als er davor stand, schoss etwas darunter heraus und zwischen seinen Beinen hindurch. Pitter flog auf. Der pelzige Eindringling verschwand unter der Liege. Nynke versuchte zu erkennen, was sich da verborgen hielt.

Pitter hatte sich auf den halbhohen Schrank gerettet. Matthias wandte sich der Liege zu. Das Tier darunter schrie. Es klang wie ein Kleinkind in höchster Not. Nynke gellte es in den Ohren. Matthias grinste, und das lockte trotz des infernalischen Kreischens auch ein Lächeln auf Nynkes Gesicht.

Mit hochgerecktem Schwanz raste der Eindringling auf Nynke zu, halb unter ihren Röcken hindurch und zur Tür hinaus. Energisch schloss Matthias die Tür hinter ihm und lehnte den Stuhl dagegen.

»Diesen pelzigen Kerl wären wir los«, sagte er und grinste.

»Ohne Sie …«, begann Nynke.

»… hätten Sie das auch geschafft. Ich habe kaum etwas anderes getan, als Ihren Papagei aufzuregen. Geht es ihm gut?«

»Er beruhigt sich gleich wieder«, erwiderte Nynke. »Pitter, mein Lieber«, schmeichelte sie und lockte ihn mit einer Nuss. »Komme her zu mir. Das böse Vieh ist weg.«

Ihre ruhige Stimme oder der Leckerbissen wirkten Wunder. Pitter landete auf der Stuhllehne und ließ sich die Nuss geben. Er knabberte sie geräuschvoll.

»Puh, was war das nur?«, fragte Nynke und schaute sich um.

»Eine Katze. Was haben Sie denn gedacht?«

»Ich weiß nicht. Ein Einbrecher.« Sie lachte verlegen auf. »Obwohl es hier nichts zu stehlen gibt.«

»Die Katze muss rein-, aber nicht wieder rausgekommen sein. In ihrer Panik hat sie alles verwüstet. Dann kam Pitter, und wir haben alles noch schlimmer gemacht.«

»Es wird eine Menge Arbeit, alles sauber zu machen und wieder herzurichten.« Nynke fragte sich, wie sie das allein schaffen sollte. Sie wäre tagelang beschäftigt.

Matthias kam dieser Gedanke ebenfalls. Er bot seine Hilfe an und wollte sich auch etwas einfallen lassen, um die Tür besser zu verschließen.

Stundenlang arbeiteten sie Seite an Seite, fegten Glasscherben zusammen, scheuerten und schrubbten, bis ihre Hände von der heißen Lauge rot wurden, aber die Krankenstube war wieder sauber. Die Überreste des Hängeschranks trug Matthias zur Tür hinaus. Er war der Meinung, nicht einmal der geschickteste Tischler könnte ihn wieder zusammensetzen. Ein neuer musste her, darum wollte er sich kümmern.

»Das müssen Sie nicht«, sagte Nynke.

»Ich will es gern.« Matthias legte ihr zwei Finger unter das Kinn und hob es leicht an.

Nynke ließ es geschehen, aber dann war der Moment vorüber, und er hatte die Hand fortgenommen. Hastig verabschiedete er sich und eilte zur Tür hinaus.

KAPITEL XXVII

Die Baustelle seines holländischen Stadtviertels ging in das dritte Jahr, und gerade einmal das erste Karree war fertiggestellt. König Friedrich Wilhelm runzelte die Stirn. Bereits vor Sonnenaufgang saß er vollständig angekleidet an seinem Schreibtisch. Eines der Dinge, mit denen er sich am liebsten beschäftigte, war das holländische Stadtviertel. Jeden Bericht Jan Boumanns arbeitete er sorgfältig durch. Er kam voran, sein junger Baumeister – das musste er zugeben. Jedoch nicht so zügig, wie er es sich wünschte. Da musste er für Abhilfe sorgen. Der Holländer musste sich mehr anstrengen. Er hatte ihn nicht zum Faulenzen kommen lassen.

Friedrich Wilhelm folgte der Devise, seinen Untertanen ein strenger Herr zu sein wie ein Vater gegenüber seinen Söhnen. Deshalb rief er einen Schreiber aus dem Vorzimmer herein und diktierte diesem einen Brief an Jan Boumann. Er forderte größere Anstrengungen, weil er endlich angemessene Fortschritte sehen wollte.

»Sonst verlassen wir diese Welt, ehe die holländischen Karrees annähernd fertiggestellt sind.«

Der Schreiber hielt in seinem Tun inne und schaute ihn erschrocken an.

»Was ist Ihm?«, blaffte Friedrich Wilhelm.

»Soll ich das auch schreiben, Euer Majestät?«

»Er soll schreiben, was wir diktieren.«

»Auch den letzten Satz, Euer Majestät?«

»Alle Sätze.«

Der Schreiber tauchte die Feder ins Tintenfass. Die Worte

flossen aus Friedrich Wilhelm nur so heraus. Der Brief wurde zwei Folioseiten lang. Zufrieden setzte der König sein Signum darunter.

* * *

Nynke sah ihren Schwager mit einem Stapel Unterlagen auf den Armen den Flur entlanggehen. Er steuerte sein Kabinett an. Sie öffnete ihm eilig die Tür.

»Danke«, murmelte Jan und ließ die Papiere auf seinen ohnehin überquellenden Schreibtisch gleiten.

Ein Brief segelte zu Boden, Nynke hob ihn auf. Dabei fiel ihr Blick auf die beiden beschriebenen Blätter und die Unterschrift. Die Worte »wir erwarten höchste Anstrengungen« und »Sonst verlassen wir diese Welt, ehe die holländischen Karrees annähernd fertiggestellt sind« fielen ihr ins Auge.

»Wer hat dir geschrieben?«

»Das war der König. Oder einer seiner Schreiber. Unserem verehrten Herrscher geht es wieder einmal nicht schnell genug. Dabei ist das erste Karree fertig.«

»Und deshalb will er diese Welt verlassen?«

»Was redest du da?«

»Das steht hier.« Nynke hatte Mühe, ein Lachen zu unterdrücken, als sie Jan den Satz vorlas.

Er gab sich diese Mühe nicht. »Das? Ich habe keine Ahnung, wie das in den Brief gekommen ist.«

»Ist der König krank?«

»Natürlich nicht. Jedenfalls weiß ich nichts darüber. Der König ist fleißig wie eh und je und treibt seine Untertanen an. Ich stecke mitten in den Planungen für das zweite Karree. Mehr Handwerker kann ich nicht verdingen, sonst treten sie sich gegenseitig auf die Füße, statt zu arbeiten. Die Holländer strömen auch nicht in den Scharen herbei, die der König sich wünscht.«

Das stimmte. Viele der Häuser standen nach ihrer Fertigstellung leer, weil keine Siedler aus Holland kamen. Sie wurden dann an niedere Offiziere oder an hugenottische Familien, meist Samtmacher oder Garnweber, vergeben.

Mehr Sorgen als die fehlenden holländischen Siedler bereitete Nynke der müde Tonfall ihres Schwagers. Jan war gerade einmal dreißig Jahre alt, da sollte er nicht so klingen. Der auf seinen Schultern lastende Druck war zu groß für einen einzelnen Mann.

Häufig genug vergrößerte Anna seinen Kummer noch, statt ihn aufzumuntern. Seit ihrer Fehlgeburt im letzten Jahr weinte sie viel und sprach bisweilen davon, gar nicht wieder schwanger werden zu wollen. Nynke strich Jan eine Haarsträhne aus der Stirn, die sich aus seinem Zopf gelöst hatte.

»Der König«, sagte sie leise. »Immer der König. Er weiß genau, dass du dein Möglichstes tust. Es wäre nicht nötig, dir solche Briefe zu schicken.«

»Er ist unser aller Herrscher, deshalb kann er nie zufrieden sein mit uns.« Die Haarsträhne war Jan wieder ins Gesicht gefallen. Diesmal strich er sie selbst zurück und befestigte das Haarband im Nacken neu.

»Du musst es nur sagen, wenn ich dir von diesem Schreibkram etwas abnehmen soll.«

»Du hast mit der Krankenstube genug zu tun«, widersprach Jan. »Ich kann dir nicht meine Pflichten aufbürden.«

»Dann brauchst du einen Gehilfen.« Nynke sagte das, als wäre ihr die Idee gerade gekommen, dabei hatte sie schon länger darüber nachgedacht. Sie hatte sich sogar erkundigt, wo ein Helfer für einen Baumeister zu finden sei, und deshalb an die Brandenburgische Sozietät der Wissenschaft nach Berlin geschrieben und eine aufmunternde Antwort erhalten. Sie hatte natürlich nicht als Fräulein Nynke van Lohuijsen hingeschrieben, sondern sich dafür den nichtssagenden Namen Carl Müller ausgedacht. »Ein Gehilfe nimmt dir die Schreibarbeiten ab. Du lässt ihn an deinen Erfahrungen teilhaben und bildest ihn zum Baumeister aus.«

Jan sah skeptisch drein. »Ein Gehilfe? Ich habe Dirck. Außerdem einen Vorarbeiter.«

»Dem ihr beide nicht traut.«

»Seine Pflicht erfüllt er«, musste Jan zugeben.

»Jedenfalls habe ich mich erkundigt. Die Absolventen der Brandenburgischen Sozietät der Wissenschaft eignen sich sehr gut für deinen Zweck. Zusätzlich haben sie mir weitere Akademien genannt, bei denen du dich umhören kannst. Bis hin zur Royal Society in London«, sprudelte Nynke heraus.

Jan wusste vor Überraschung nichts zu sagen und brauchte eine Weile, ehe er seine Gedanken sortiert hatte. »Anscheinend hast du schon alles geregelt«, sagte er endlich.

Nynke senkte den Kopf. »Ich dachte, ein Gehilfe wäre genau, was du benötigst, damit du weniger Arbeit hast. Dirck nimmt dir auf der Baustelle viel ab, aber du kannst ihn keinen Bericht schreiben oder eine Rechnung prüfen lassen.«

»Das kann ich wirklich nicht.«

Beide erinnerten sich lachend an den einzigen Wochenbericht, den Dirck je verfasst hatte. Er war nicht nur mit holländischen Wörtern durchsetzt und voller Schreibfehler gewesen, sondern auch völlig unverständlich für jeden, der nicht täglich auf der Baustelle arbeitete. Jan hatte den Bericht korrigiert und Nynke ihn ins Reine geschrieben.

»Ich wollte dir mit einem Gehilfen nicht vorgreifen. Die letzte Entscheidung darüber triffst natürlich du.« Nynke beobachtete die Miene ihres Schwagers genau. Sie hatte nicht mit ihren Erkundigungen herausplatzen wollen. Das Gespräch hatte sie mit dem Ziel begonnen, ihn selbst auf die Idee mit dem Gehilfen zu bringen. Das hatte sie gründlich verdorben.

»Zeig mir, was die Sozietät dir aus Berlin geschrieben hat.«

Nynke holte den Brief aus ihrem Zimmer und gab ihn Jan zu lesen.

»Carl Müller.« Er grinste sie an.

»Mir ist kein anderer Name eingefallen.«

Jan vertiefte sich in das Schreiben, in dem gleich ein Absolvent der Sozietät als möglicher Gehilfe vorgeschlagen wurde.

»Du musst den dort genannten jungen Herrn nicht nehmen, wenn er dir nicht zusagt, sondern kannst leicht einen anderen finden.« Nynke musste daran denken, wie wenig gern sie sich von ihrer Schwester einen Ehemann aussuchen lassen wollte. So musste es Jan nun gehen.

»Was spricht gegen diesen Herrn? Weißt du etwas über ihn, was in diesem Brief nicht steht?«

»Natürlich nicht.«

»Ich schaue mir den jungen Mann an und schreibe auch an die anderen Adressen. Du hast ganz recht mit deiner Idee, mir einen Gehilfen zu verschaffen.« Jan lächelte und sah nicht mehr so müde aus.

KAPITEL XXVIII

Sie lehnte in der Tür der Krankenstube, als Geschrei laut wurde. Sofort reckte Nynke sich und spähte nach der Ursache. Es schien von der Baustelle der zweiten Stadterweiterung zu kommen.

»Verschwinde!«, hörte sie mehrfach, dazu unverständliche Schreie.

Sie ergriff eine schwarze Ledertasche, in der sich Verbände und Salben befanden, die sie stets bereithielt, und machte sich auf den Weg. Unterdessen hörte sie mehrmals »Gib's ihm!« und »Immer feste druf!«. Nach einem Unglück hörte sich das nicht an, aber ihre Neugier war geweckt, und hinter einem Haus, bei dem das Dach eingedeckt wurde, bog sie ab und eilte mit wehenden Röcken durch einen schmalen Gang. Dann sah sie es: De Gayettes Arbeiter hatten einen lockeren Kreis gebildet, in dessen Mitte ein Mann einen zweiten im Schwitzkasten hielt. Der so Gebeutelte versuchte unterdessen, seinem Peiniger mit Tritten und Schlägen gegen die Beine zu Fall zu bringen. Ein Halstuch, zwei Strickmützen und ein Schuh lagen im Dreck.

Der nächste Schlag traf ein Bein, der Mann aus dem Schwitzkasten kam frei. Gleich darauf rollten beide auf dem Boden.

Nynke drängte sich in den Kreis der Zuschauer. »Hört auf! Sofort aufhören! Was sollen diese Kindereien?«, schimpfte sie.

Ihre helle Stimme übertönte mühelos die Rufe der Arbeiter. Die verstummten, auch die beiden Streitenden schauten hoch. Der Anblick einer Frau, die empört auf sie herabblickte, mit einer Hand den Rock gerafft hielt, während an der anderen eine schwere Tasche baumelte, ließ sie ihren Zank im Nu vergessen.

Sie sprangen auf und klopften sich verlegen Staub aus den Kitteln. Beide bluteten aus der Nase, bei einem schwoll ein Auge zu, und er spuckte einen Zahn aus, der andere rieb sich das Kinn und schonte einen Fuß.

Ein älterer Mann packte die beiden bei ihren Kitteln und schüttelte sie. »Vor einer Dame! Dass ihr euch nicht schämt.«

»Der hat angefangen«, sagte einer und zog Blut und Schleim durch die Nase hoch.

Der Beschuldigte wollte protestieren, aber der Alte ließ ihn nicht zu Wort kommen. »Ist mir egal. Ihr verdient es, mit den Köpfen zusammengeschlagen zu werden. Wegen eurer Dummheit.« Er machte Anstalten, seiner Ankündigung Taten folgen zu lassen.

Die Männer duckten sich, und Nynke protestierte, dass sie verletzt seien und ihnen nicht noch mehr Schmerzen zugefügt werden dürften. Sie nahm sich ihrer Blessuren an. Bei dem Zahn könne sie nichts machen, das Blut aus der Nase sollten beide laufen lassen, bis es von selbst aufhörte.

»Nicht hochziehen«, sagte sie streng. »Das schadet mehr, als es nützt. Ein kalter Lappen im Nacken kann helfen.«

Für das geschwollene Auge empfahl sie ebenfalls einen kalten Lappen, und ein blauer Fleck am Kinn würde eben zehn Tage lang anzeigen, was sein Träger hatte einstecken müssen.

»Sie sind schwer in Ordnung, Fräulein Netta«, nuschelte der mit der frischen Zahnlücke.

»Fräulein von Loheim«, korrigierte ihn der andere.

»Vielen Dank auch.« Nynke musste grinsen. Dann fiel ihr Blick auf Matthias Thämelt, der zwischen den Arbeitern stand. Wo kam er auf einmal her? Sie ahnte nicht, dass er ihr gefolgt war, als sie in Richtung zweite Stadterweiterung eilte. Zwischen de Gayettes Männern wollte er sie nicht allein lassen.

Und da näherte sich schon der Architekt – Gewitter im Gesicht.

»Wir sollten lieber gehen«, sagte Matthias leise.

Nach einem Blick auf de Gayette hielt auch Nynke das für eine gute Idee und wollte ihre schwere Tasche greifen.

»Die nehme ich.« Matthias war schneller. Er trug die Tasche, als wöge sie nicht mehr als eine Taube, und ging neben ihr her.

»Das sind keine schlechten Kerle«, sagte er. »Manchmal sticht sie der Hafer, und es reicht ein falsches Wort.«

Vor der Tür der Krankenstube verabschiedete sich Matthias, indem er Nynke kräftig die Hand schüttelte. Sie massierte ihre zusammengedrückten Handknochen und schaute ihm nach, als er sich mit langen Schritten entfernte. Später sortierte sie die Utensilien in ihrer Tasche und fand einen zusammengefalteten Bogen Papier, auf dem ihr Name stand.

Sie wusste sofort, dass an diesen Zeilen etwas anders sein würde als an denen der vorangegangenen Wochen und Monaten. Ihr Herz klopfte heftig, derweil sie den vierfach übereinanderliegenden Papierbogen entfaltete. Seine schwungvolle Handschrift kam zum Vorschein.

»Liebes Fräulein van Lohuijsen«, begann der Brief, »ich frage ganz unverblümt, ob Sie gewillt sind …«

Nynkes Herz klopfte einen Trommelwirbel. Sie überflog den Rest des Briefes, in dem sie um die Ehre eines gemeinsamen Spaziergangs gebeten wurde.

Sie presste das Papier an ihre Brust.

KAPITEL XXIX

Die Branntweinflasche kreiste in der Runde der holländischen Arbeiter, in die Matthias hineingeraten war. Er spürte, wie ihm der Alkohol die Welt durch eine dicke Scheibe zeigte. Alles wirkte verschwommen und weit weg. Das große Wort führte der Maurer Huibrecht Ketel, der am meisten getrunken hatte. Bis er sich auf einmal mitten im Satz unterbrach, aufsprang und aus der Gaststube stürmte.

Matthias beobachtete durch das Fenster, wie der Maurer einem Mann auf die Schulter schlug, der mit dem Rücken zu ihnen stand. Gleich darauf brachte Huibrecht ihn herein. Nun erkannte er den Vorarbeiter Wolfhardt Dyballa. Der Holländer schubste ihn auf einen Stuhl an ihrem Tisch und knallte einen Zinnbecher vor ihm hin, füllte ihn mit Branntwein.

»Schaut, wer auf der Gasse vorbeigegangen ist«, nuschelte der Maurer. »Der gute Wolfhardt. Trink ein Glas mit uns oder auch zwei oder drei.«

Alle hoben ihre Becher. Matthias nahm nur einen kleinen Schluck. Dyballa leerte seinen bis auf den Grund. Sofort wurde er wieder vollgeschenkt.

»Worauf trinken wir?«, wollte der Vorarbeiter wissen.

»Dass wir zusammensitzen und aller Streit zwischen uns begraben sein soll«, antwortete Dirck.

»Hatten wir Streit?«

»Ist doch egal. Einen Grund, den Becher miteinander zu heben, finden wir immer.«

Erneut wurde getrunken. So ging das noch mehrmals, und Wolfhardt Dyballas Augen wurden zusehends glasiger, seine

Sprache verwaschener. Die Holländer schienen dafür nüchterner zu werden, sogar Huibrecht zeigte keine Anzeichen von Trunkenheit mehr, obwohl er zuvor volltrunken gewirkt hatte. Die erste Flasche Branntwein hatte längst eine zweite abgelöst.

»Du bist hinüber, Freundchen«, sagte Dirck, als dem Vorarbeiter der Kopf auf die Tischplatte zu sinken drohte. »Erzähl mal, wie das ist auf der Baustelle? Was machst du da nachts?«

»Nachts!« Dyballa stierte vor sich hin.

»Nachts eben, wenn du hingehst …«, half Matthias aus. Ihm war längst klar, was gespielt wurde.

»… wenn ich hingehe, weil noch was zu erledigen ist«, lallte der Vorarbeiter.

»Was ist denn zu erledigen, Freund, während wir anderen in unseren Betten liegen?« Dirck zog den vornüber sinkenden Oberkörper des Betrunkenen zurück. »Erzähl es uns doch mal. Wie verstehen nämlich wirklich nicht, was du da immer machst.«

»Niemand darf es wissen. Ihr nicht, der Baumeister nicht.«

»Wir sagen es nicht weiter.«

Sie steckten alle verschwörerisch die Köpfe zusammen, schenkten Dyballa Branntwein ein. Der verschüttete beim Trinken die Hälfte. Dann war es so weit: Der Vorarbeiter erzählte, wie er sich mit Peter de Gayette verbündet hatte, um dem holländischen Baumeister zu schaden. Der Errichtung der holländischen Häuser sollte verhindert oder wenigstens verzögert werden, deshalb hatte er die Stämme falsch markiert, die Wachen erst zum Diebstahl und dann zur Flucht angestiftet, er hatte dafür gesorgt, dass Jan auf offener Straße zusammengeschlagen worden war. Das berichtete er mit einem gewissen Stolz.

Dirck ballte die Faust, aber Adrian legte eine Hand darauf. »Denk daran, was wir besprochen haben«, flüsterte dieser.

Langsam öffnete Dirck die Faust.

Dyballa benötigte keine Ermunterung mehr, sondern erzählte weiter. Dass im Jahr zuvor das Gerüst eingestürzt sei, habe nur daran gelegen, dass er des Nachts heimlich die Verankerungen gelockert habe.

»Jetzt reicht es mir aber!« Dirck sprang auf. »Weißt du eigentlich, dass ein Mensch deswegen gestorben ist? Kümmert dich das gar nicht?«

Sie waren inzwischen die einzigen Gäste in der Stube, und der Wirt ermahnte sie streng, keinen Ärger zu machen.

»Bestimmt nicht, Meister«, sagte Matthias. Er war noch nicht da gewesen, als dieser Unfall passiert war, aber er hatte davon gehört. Jetzt zu erfahren, dass dieser Vorarbeiter ... Er packte den Mann am Kragen. »Wir werden uns vor der Tür weiterunterhalten.«

Sie schleiften Dyballa hinaus. Er hing in ihrem Griff wie eine übergroße Puppe. Draußen lehnten sie den Betrunkenen an einen Baumstamm. Genüsslich holte Dirck aus und schlug dem Vorarbeiter in den Magen. Der klappte vornüber und wäre gefallen, hätten ihn Adrian und Anton nicht an den Schultern gehalten. Nach Dirck schlug Huibrecht zu. Ins Gesicht. Seine Hand war blutig, als er sie sinken ließ.

»Was soll ...?«, nuschelte Dyballa und spuckte seinen Zahn aus.

Matthias fühlte sich angewidert und trat einen Schritt zurück.

»Ich werde dir sagen, was du tun wirst.« Dirck brachte seinen Mund dicht an Dyballas Ohr. »Du wirst deine Sachen packen und dich auf der Baustelle nicht mehr blicken lassen. Für Verräter ist dort kein Platz. Sehe ich deine Kehrseite noch einmal, kannst du dich darauf vorbereiten, vor deinen himmlischen Richter zu treten.«

»Ich habe ... der Architekt ... Es war doch der Herr de ...« Der Vorarbeiter stolperte über den französischen Namen. »Der wollte das alles.«

»Du hast willig mitgemacht«, beschied Huibrecht ihm und unterstrich seine Worte mit einem weiteren Faustschlag.

»Das reicht jetzt! Der Mann hat genug.« Matthias ging dazwischen, zog den Maurer weg. Er stellte sich zwischen Dirck und den Vorarbeiter. »Ihr seid nicht besser als er, wenn ihr weitermacht.« Drohend blickte er sich um, hatte die Fäuste erhoben, war bereit, Dyballa zu verteidigen.

»Schwingst du dich zu seinem Helfer auf?«, höhnte Dirck. »Erwarte keine Dankbarkeit.«

»Ich verteidige jeden, der es nötig hat. Was immer er getan hat, rechtfertigt nicht, dass ihr ihn totschlagt.«

»Für den lohnt sich das nicht«, gab Dirck nach. »Lasst ihn in Ruhe.«

Adrian und Anton traten einen Schritt zurück. Der Vorarbeiter sackte zusammen.

Sie ließen Dyballa liegen und gingen weg. Matthias schaute sich ein paarmal um, bis er sah, wie der Vorarbeiter mühsam aufstand und in die andere Richtung davonhumpelte. Er atmete auf, einen Mann hilflos auf der Gasse liegen zu lassen hätte ihm nicht gefallen.

»Das war nicht richtig«, sagte er.

Dirck drehte sich zu ihm um. »Wir mussten die Wahrheit aus ihm herauskriegen. Der Kerl ist glatt wie ein Fisch, der hätte sich nüchtern nie verraten.«

»Wir hätten ihn nicht auch noch zusammenschlagen müssen. Das war nicht recht.«

»Er hat es verdient.«

»Dennoch ist es nicht an uns, über ihn zu richten«, stellte Matthias klar.

»Aber es war recht, meinen Bruder auf der Straße zusammenschlagen zu lassen?«

»In der Bibel predigt Jesus von Liebe, nicht von Rache.«

»Komm mir doch nicht so.«

Die anderen Holländer waren weitergegangen. Dirck und Matthias standen sich auf der Straße gegenüber. Der jüngere der Boumann-Brüder hielt die Arme vor der Brust verschränkt.

»Es hätte gereicht, ihn nach seinem Geständnis aus der Stadt zu vertreiben. Nichts macht ungeschehen, was deinem Bruder geschehen ist.« Matthias erinnerte sich, wie ihm Ähnliches passiert war. Wie hilflos und gedemütigt er sich gefühlt und sich nach Rache gesehnt hatte.

»Wir Holländer halten zusammen. Ich weiß nicht, wie das bei euch ist. Was jemand meinem Bruder antut, das tut er auch mir an. Wenn du nicht weiter auf unserer Seite stehst und nicht dein Maul hältst ... Jan darf hiervon nie was erfahren. Er ist dafür zu weich.«

»Von mir erfährt niemand etwas«, antwortete Matthias und meinte es auch so.

KAPITEL XXX

Der Treffpunkt war ein verlassenes Haus vor der Stadtgrenze Potsdams in der Nähe des Dorfes Glienicke. Nynke erreichte ihn gegen drei Uhr am Nachmittag als Erste. Auf ihrer Schulter thronte Pitter und betrachtete die Welt mit seinem altklugen Blick. Vor der frühsommerlichen Sonne schützte Nynke sich mit einem hellgelben Sonnenschirm, dessen Farbe abgestimmt war auf die gelb-grauen Streifen ihres Kleides. Für den Spaziergang hatte sie derbe Schuhe gewählt.

Lange hatte Nynke sich nicht mehr so viele Gedanken um ihre Garderobe gemacht wie an diesem Tag. Sie kraulte Pitters Brust und schaute sich um. Gegen die Sonne kniff sie die Augen zusammen, in der Ferne verschwamm die Gegend im sommerlichen Dunst. Davor näherte sich eine Gestalt. Noch konnte Nynke sie nicht erkennen, aber ihr Herz schlug schneller.

Es war Matthias. Er entschuldigte sich zungenfertig, weil er sie hatte warten lassen. Vor Aufregung verstand Nynke kaum jedes dritte Wort, und der Sinn seiner Rede ging völlig an ihr vorbei. Es war lang her, dass ein Mann mit ihr hatte spazieren gehen wollen.

»Eine hübsche Idee, den Papagei mitzubringen, dass ich ihn einmal kennenlernen kann.«

»Landrotten! Geen vermoeidheid! Landrotten!«, antwortete Pitter und legte den Kopf schief.

»Was hat er gesagt?«

Nynke spürte Hitze in ihre Wangen steigen. »Ich … Pitter hat seine eigene Art, sich auszudrücken. Das möchte ich nicht wiederholen.«

»Er flucht also. Wollten Sie das sagen?«

Mit immer noch heißen Wangen nickte Nynke.

»Dann will ich Sie nicht länger quälen. Gehen wir.« Er bot ihr den Arm.

Nebeneinander wanderten sie den Weg entlang. Pitter wechselte auf Nynkes andere Schulter. Er wollte lieber auf der Seite sitzen, auf der Matthias nicht ging. Dafür kam ihm nun ihr hölzerner Schirmstock zu nahe. Er hackte danach und nahm es völlig ungerührt hin, dass Nynke dies nicht dulden wollte. Sie pikste ihn zweimal mit dem Zeigefinger in den Bauch. Als er ein drittes Mal nach dem Stock hackte und ihn beinahe erwischt hätte, scheuchte Nynke den Graupapagei von ihrer Schulter.

»Er wird wegfliegen«, sagte Matthias besorgt.

»Das täte diesem Schelm gut, mal für sich selbst sorgen zu müssen. Er hat bereits einen meiner Sonnenschirme zerstört, weil er daran klettern und den Stock zernagen musste. Noch einmal dulde ich das nicht.«

»Sein Schnabel sieht wirklich kräftig aus.«

»Er soll mit einem Hieb einen Finger abbeißen können. Wurde behauptet, gesehen habe ich es nicht, und eigentlich traue ich ihm so etwas nicht zu.«

»Wo haben Sie ihn her? Das ist doch ein eher ungewöhnliches Haustier für eine junge Frau.«

Pitter hatte sich auf einem Apfelbaum niedergelassen und wetzte seinen Schnabel an dem Ast, auf dem er saß. Um die beiden Menschen kümmerte er sich augenscheinlich nicht, aber Matthias schaute sich immer wieder nach ihm um.

»Er weiß, woher er sein Futter bekommt, und fliegt mir nicht weg. Außerdem beobachtet er uns genau, auch wenn er so tut, als interessiere er sich nur für seinen Ast. Vorher war er viele Jahre bei einem holländischen Seemann, aber der konnte ihn nicht behalten. Schleim hatte sich auf seine Lunge gelegt, und er nicht mehr lang zu leben, deshalb suchte er ein gutes Zuhause für Pitter. Mir ist ein Graupapagei lieber als ein Schoßhund«, erklärte Nynke.

»Wo kommt Pitter ursprünglich her?« Matthias schaute sich wieder nach dem Papagei um.

»Aus dem Gebiet des Flusses Kongo, wo die Menschen ganz schwarz sind.«

Der Weg machte eine Biegung. Kaum waren Nynke und Matthias dahinter verschwunden, überholte sie Pitter im Gleitflug. Diesmal wählte er einen hohen Ahornbaum als Sitzplatz aus. Von dort schaute er auf die Menschen herunter.

»Einen Taler für seine Gedanken«, sagte Matthias.

»Sie sind ein Verschwender.«

»Allmählich glaube ich Ihnen, dass er nicht wegfliegen wird.«

Pitter folgte ihnen eine Weile von Baum zu Baum, bis er sich wieder auf Nynkes Schulter niederließ. Sie wechselte den Schirm in die andere Hand, um weiteren Konflikten vorzubeugen. Nun gingen sie und Matthias unter dem Schirm, und weil er einen guten Kopf größer war als sie, musste sie ihn unbequem hochhalten. Lachend nahm er ihn ihr ab.

Sie wanderten zwischen Feldern und Wiesen und Waldrainen entlang. Manchmal sahen sie in der Ferne die Häuser eines Dorfes oder einzelnen Gehöftes. Längst hatte Nynke die Orientierung verloren, aber sie vertraute darauf, dass Matthias sich auskannte.

Auf einer Wiese am Waldrand legte er seinen Rock auf den Boden, damit Nynke darauf Platz nahm. Pitter watschelte durch das hohe Gras, was ihm nicht leichtfiel, da die Halme seinen Kopf überragten. Er kämpfte sich tapfer durch. Nynke gab ihm Nüsse, die sie in einem Beutelchen mitgebracht hatte. Sanft pickte er ihr die begehrte Leckerei aus den Fingern. Sie gab Matthias einen Nusskern. Der bot ihn Pitter auf der flachen Hand dar. Mit schief gelegtem Kopf hielt der Papagei inne, dann ging er auf Matthias zu.

Die Grashalme schlugen über seinem Kopf zusammen. Etliche fällte er mit dem Schnabel, aber sowie er einen beseitigt hatte, schnellten ein halbes Dutzend neue an seine Stelle. Er plusterte die Flügel auf, aber auch das verschaffte ihm nur wenig Platz.

»So muss es jemandem gehen, der auf dem Grund eines Sees wandelt.« Matthias beobachtete Pitter derart fasziniert, dass Nynke neidisch werden könnte.

»Möchten Sie das? Sehen, was sich auf dem Grund eines Sees verbirgt?«

»Wir reisen um die Welt, bauen Kirchen, die in den Himmel ragen, berechnen den Lauf der Sterne und die Geschwindigkeit des Windes, aber die Welt unter Wasser bleibt uns zum größten Teil verborgen. Wir wissen nichts über das Leben der Fische, die wir seit Jahrhunderten fangen.« Er reichte Pitter einen weiteren Nusskern, und diesmal zögerte der Papagei nicht.

Das waren hochfliegende Pläne für einen Maurer. Kluge Gedanken noch dazu. Nynke war nicht sicher, ob ihr Schwager Jan, den sie für einen wissbegierigen Menschen hielt, je auf diese Weise über die Welt nachgedacht hatte. Offenbar war an Matthias mehr dran, als es den Anschein hatte. Sie ließ Pitter auf ihren Arm steigen und hielt ihn ihrem Begleiter hin, damit der Papagei zu ihm hinüberkletterte.

»Landrotten! Landrotten!«, beschwerte der sich und wich zurück.

»Ich denke, er bezeichnet uns als Landratten«, sagte Matthias und grinste dabei. »Aus seiner Sicht hat er recht damit.«

»Da kann ich Ihnen nicht widersprechen, fürchte ich.« Nynke schnalzte lockend mit der Zunge. »Nun geh schon. Du bekommst noch eine Nuss.«

Pitter schaute aus, als wollte er den Kopf schütteln. Stattdessen wich er auf die vertraute Schulter zurück, schmiegte sich an Nynkes Wange.

»Keine Vertraulichkeiten beim ersten Kennenlernen. Ihr Vogel folgt gesunden Grundsätzen. Ich werde mir alle Mühe geben, sein Vertrauen zu erringen. Und das seiner Herrin.«

Nynke wusste nicht, wohin sie bei diesen sanften Worten schauen sollte.

Matthias warf einen Blick in den Himmel. »Heiliger Jesus, wir haben die Zeit verplaudert. Sehen Sie.«

Über dem Wald hatten sich dunkle Wolken aufgetürmt. Der auffrischende Wind rauschte in den Bäumen, und in der Luft lag eine bleierne Schwere aus Staub.

Matthias sprang auf und streckte ihr die Hand hin. Der Papagei spürte die veränderte Stimmung und trat von einem Bein aufs andere.

»Es zieht ein Gewitter auf. Wir sollten uns besser beeilen«, erklärte Matthias, nachdem er seinen Rock vom Boden aufgeklaubt und ausgeschüttelt hatte.

Waren sie auf dem Hinweg gedankenverloren geschlendert, beeilten sie sich nun, zurückzukommen. Pitter schmiegte sich an Nynkes Ohr.

Die ersten dicken Tropfen fielen auf den Weg und ließen kleine Fontänen hochspritzen.

»Verdammt!«, fluchte Matthias und entschuldigte sich gleich darauf.

Immer mehr Tropfen fielen und legten sich kühl auf Nynkes Haut. »Wir können uns dort unterstellen.« Sie deutete auf einen einzeln stehenden Baum.

»Da nicht. Nicht bei Gewitter unter einer Eiche. Buchen sollst du suchen.«

Wie um Matthias' Worte zu bekräftigen, zuckte ein erster Blitz über ihren Köpfen, gefolgt von einem Donner. Nynke schrak zusammen, dann spürte sie kräftige Finger ihre umschließen. Sie spannte den Sonnenschirm auf, dessen Seide im Nu durchnässt war.

Eine Buche war weit und breit nicht zu sehen, aber sie fanden Schutz unter demselben Apfelbaum, auf den sich früher am Nachmittag Pitter geflüchtet hatte. Dessen Blätter durchdrangen nur einzelne Tropfen. Nynke schüttelte den nutzlosen Schirm und strich sich eine feuchte Haarsträhne aus dem Gesicht. An ihre mühsam aufgesteckte Frisur wollte sie lieber nicht denken und auch nicht Matthias' Entschuldigungen hören. Noch während sie ihn dies wissen ließ, entluden sich die Wolken ihrer gesamten Regenlast auf einmal. Das Wasser strömte mit einer Heftigkeit zur Erde, der die Blätter des Apfelbaums nicht gewachsen waren. Matthias zog Nynke in seine Arme, um ihr wenigstens etwas Schutz zu bieten. Sie barg das Gesicht an seiner Brust. Das verhinderte nicht, dass ihr nach wenigen Augenblicken das Kleid nass auf der Haut klebte. Auf ihrer Schulter bohrte ihr Pitter seine Krallen ins Fleisch. Sie konnte die Furcht des Papageis förmlich spüren.

»Ich kann nicht mehr nasser werden«, erklärte sie in Matthias' Hemd hinein.

»Ich schon lange nicht mehr.« Er reckte den Kopf und spähte unter dem Baum hervor. »Rundherum alles schwarz. Der Regen wird so bald nicht aufhören.«

»Ich bin dafür, weiterzugehen. Worauf sollen wir warten, wenn wir nicht mehr nasser werden können?«

Matthias stimmte zu, und Hand in Hand machten sie sich auf den Rückweg. Pitter gab keinen Laut von sich, sondern hockte als Elendshäufchen auf Nynkes Schulter. Ihr rann das Wasser aus den Haaren in den Nacken und den Rücken hinunter. Die Füße rutschten in den durchweichten Schuhen, und ihr Kleid war bis über die Knie schlammbespritzt. Blitze und Donner zuckten am Himmel, und Nynke schrak jedes

Mal zusammen. Matthias' Hand, die ihre fest umschloss, stärkte ihren Mut.

Der Regen ließ nach, als sie noch einige Dutzend Schritte von der Potsdamer Stadtmauer entfernt waren. Als sie bei der Ruine ankamen, bei der sie sich getroffen hatten, tröpfelte es nur noch.

Vor dem Berliner Tor löste Nynke ihre Hand aus Matthias' Griff. Gleich dahinter trennten sie sich, denn Nynke erachtete es für besser, nicht mit einem Mann und nass wie eine ersäufte Katze in der Stadt gesehen zu werden. Inzwischen lachte wieder die Sonne hinter den Wolken hervor, und sie spannte den Schirm auf. Von dessen Rändern tropfte es, aber die Seide hatte wunderbarerweise gehalten.

Sie schlich sich durch einen Seiteneingang ins Stadtschloss und in die Wohnung Boumann. Die Schuhe ließ sie draußen stehen und huschte auf Strümpfen in ihr Schlafzimmer. Die Tür gab nur ein leises Knarren von sich.

Aufatmend lehnte sich Nynke von innen dagegen. Das wäre geschafft. Sie musste die nassen Sachen loswerden und die Haare trocknen. Das Kleid war wahrscheinlich verdorben.

Pitter kletterte freiwillig auf seine Stange und schüttelte sich dort Wassertropfen aus dem Gefieder. Er sah aus wie ein gerupftes Huhn und hatte wenig Ähnlichkeit mit dem übermütigen Graupapagei, den Nynke sonst kannte. Kläglich schaute er zu ihr, ehe er sich zu putzen begann.

Ein Klopfen an der Tür unterbrach Nynkes Gedanken.

»Bist du da? Mir war, als hätte ich jemanden kommen gehört.«

Anna.

Im ersten Moment wollte Nynke sich taub stellen, aber schnell wurde ihr bewusst, wie albern das wäre. Ihre Schwester würde sich mit Schweigen nicht zufriedengeben. Sie öffnete die Tür.

»Ich bin in das Gewitter gekommen.«

»Das sehe ich. Und ich frage mich, wo du überhaupt gewesen bist? Warum hast du den Regen nicht im nächsten Haus abgewartet?«

In Potsdam hätte ihr jeder die Tür geöffnet und sie vor dem Unwetter in Sicherheit gebracht. Die Wahrheit konnte Nynke auf keinen Fall erzählen, deshalb schwieg sie und knöpfte ihren Oberrock auf, ließ ihn zu Boden gleiten. Die beiden Unterröcke folgten.

»Hilf mir mal«, verlangte sie, als sie mit klammen Fingern am geschnürten Mieder des Oberteils herumfingerte und Schwierigkeiten mit den Schleifen hatte.

Anna reichte Nynke ein großes, weiches Tuch, um sich abzutrocknen, dann Wäsche und einen Morgenmantel. Sie hieß sie vor dem Frisiertisch Platz nehmen und zog die Nadeln aus der verunstalteten Frisur.

»Ich nehme es hin, dass du mir nicht sagen willst, wo du gewesen bist, und hoffe für dich, dass du die Grenzen des Anstands nicht überschritten hast. Gutheißen kann ich dein Tun nicht. Sollte mir Gerede zu Ohren kommen …«

»Ich bin in ein Gewitter gekommen, wie soll ich da die Grenzen des Anstands überschreiten? Regen wäscht rein und macht nicht schmutzig. Und Pitter war die ganze Zeit dabei.« Im Spiegel beobachtete Nynke, wie der Papagei bei der Nennung seines Namens kurz sein Putzen unterbrach. Als nichts Spannendes passierte, fuhr er damit fort.

Anna nahm einen Kamm und entwirrte Nynkes Haare. Sie ging dabei nicht feinfühlig zu Werke. Nynke ertrug es klaglos.

»Das muss am Feuer trocknen«, bestimmte Anna.

Der einzige Raum, in dem um diese Jahreszeit ein Feuer im Kamin brannte, war der Salon. Dorthin setzte sich Nynke. Wenn sie es sonst für überflüssig hielt, im Juni ein Feuer zu unterhalten, genoss sie jetzt dessen Wärme. Anna leistete ihr nicht Gesellschaft. Dafür betrat sie einige Zeit später hinter ihrem Mann den Salon.

Jan sah aus, als hätte er sich nur ungern bei der Arbeit stören lassen. Steif saß er auf der Kante eines Sofas, Anna schmiegte sich an seine Seite. Diese Zurschaustellung ehelichen Glücks nervte Nynke, und sie schaute aus dem Fenster. Die Magd servierte Kaffee und Marzipanpralinen, von denen Anna sich zwei in den Mund steckte. Nynke gelüstete es weder nach Pralinen noch nach Kaffee, aber sie ließ sich eine Tasse einschenken und nippte an dem Gebräu.

»Ich kann nicht gutheißen, wenn du ein Geheimnis aus deinen Unternehmungen machst. Darin stimme ich ganz und gar mit Anna überein.« Danach verstummte Jan wieder, als hätte er einer Pflicht Genüge getan.

KAPITEL XXXI

Für die Zeit des Mittagsläutens an diesem zweiten Donnerstag im Juni 1735 hatte sich Rudolf Ammer angekündigt. Die Glocken waren verstummt, und der Absolvent der Sozietät der Wissenschaften hatte sich nicht bei Jan vorgestellt. Der Baumeister war Nynkes Rat gefolgt und hatte nach Berlin geschrieben, um unter den Absolventen der Sozietät einen Gehilfen zu suchen. Das Ergebnis eines längeren Briefwechsels war Rudolf Ammer gewesen, der seinen Lebenslauf und seine Zeugnisse geschickt hatte. Der Mann hatte in Berlin Ingenieurwesen studiert und bot genau das Wissen, das Jan bei seinem künftigen Gehilfen für förderlich hielt. Deshalb war man übereingekommen, dass Ammer sich persönlich in Potsdam vorstellen solle.

Jan zog seine Taschenuhr hervor und kontrollierte die Zeit. Sie zeigte halb eins. Als Treffpunkt war die Krankenstube ausgemacht gewesen. Jedermann auf der Baustelle wusste, wo sie sich befand.

Nynke stand in der Tür und spähte umher. Sie lächelte ihm zu. Jan trat zu ihr.

»Es ist weit über die Zeit«, sagte sie. »Hoffentlich ist nichts passiert?«

Das war seine Schwägerin, wie er sie kannte. Immer sorgte sie sich um andere. Er hatte daran gedacht, dass der Absolvent die Baustelle nicht fand oder jemand Unhöfliches war, der generell zu spät kam. Er zog erneut seine Taschenuhr hervor. Es fehlten noch zwanzig Minuten an der nächsten vollen Stunde. Jan nahm sich vor, diese Zeit noch zu warten und sich dann wieder an seine Arbeit zu begeben.

»Vielleicht hat es ein Missverständnis über den richtigen Tag gegeben?«, vermutete Nynke.

»Ganz bestimmt nicht«, widersprach Jan, und die Schärfe in seiner Stimme zeigte das Ausmaß seines Ärgers an. »Ich habe ihm diesen Tag genannt, und er hat ihn mir bestätigt.«

»Ein Missverständnis auf seiner Seite.«

»Ich weiß nicht, was an einem festen Datum mit Tageszeit missverständlich sein soll.«

»Wenn er sich einen falschen Tag oder eine falsche Zeit gemerkt oder aufgeschrieben hat? Das ist mir schon passiert.« Nynke schaute ihn herausfordernd an.

»In dem Fall können wir hier lange stehen.«

»Ich schicke Herrn Ammer zu dir, wenn er noch kommt.«

»Ich werde mich bemühen, diesen schlechten Start nicht in meine Beurteilung einfließen zu lassen.«

»Das ist der Schwager, den ich schätze.«

Diese warmen Worte taten Jan wohl. Er wartete bis zur vollen Stunde, ehe er sich mit einem Handkuss von seiner Schwägerin verabschiedete und zurück zu seiner Arbeit ging.

Rudolf Ammer kam nicht. Nicht am verabredeten Tag und auch nicht am nächsten. Danach gab Jan es auf, weiter über den jungen Mann nachzudenken. Vor ihm stapelte sich zu viel Arbeit, als dass er seine Gedanken damit beschäftigen konnte. Während er im Lager die Listen der vorhandenen Ziegel und Bauhölzer mit dem tatsächlich vorhandenen Material verglich, sah er seinen Konkurrenten Peter des Gayette vorübergehen. In seiner Begleitung befand sich ein unscheinbarer junger Mann mit einem runden Gesicht und geröteten Wangen.

Grüßend zog er seinen Hut. Der Architekt erwiderte die Geste. Der junge Herr zog ebenfalls seinen Hut und bewegte die Lippen. Danach sah Jan die beiden die Köpfe zusammenstecken. Er drehte sich brüsk weg.

»Herr Jan Boumann?«, sagte jemand neben ihm. Eine unbekannte Stimme. »Herr de Gayette hat Sie mir benannt.«

Er schaute auf. Der junge Herr stand vor ihm und lächelte verlegen.

»Der bin ich. Mit wem habe ich das Vergnügen?«

»Rudolf Ammer.«

Jan hielt seine Gesichtszüge eisern unter Kontrolle und schwieg.

»Ich schulde Ihnen eine Erklärung.«

»Darauf bin ich gespannt.«

»Den Tadel habe ich verdient.« Das Rot auf Ammers Wangen vertiefte sich. »Als ich in Potsdam eintraf und nach der königlichen Baustelle fragte, wies man mich nicht hierher, sondern ...«

Jan konnte sich denken, wohin man ihn gewiesen hatte. Harsch unterbrach er den jungen Mann. »Dies ist die königliche Baustelle für die holländischen Karrees.«

»Die Vielzahl königlicher Baustellen in Potsdam war mir nicht bewusst. Als ich vor Herrn de Gayette stand und das Missverständnis aufgeklärt war, stellte sich heraus, dass auch der ehrenwerte Herr de Gayette einen Gehilfen suchte. Ich zeigte ihm meine Zeugnisse und Empfehlungen, und er sagte zu, es mit mir zu versuchen.«

»Da hatten Sie nichts Eiligeres zu tun, als unsere Vereinbarungen zu brechen?«

»Sie müssen das verstehen, Herr Boumann. Peter de Gayette ist ein bekannter Architekt. Sein Gehilfe zu sein, ist eine Ehre. Ich muss an mich denken und mein Fortkommen. Es bringt mir mehr Reputation ein, für jemanden wie ihn tätig zu sein als für Sie. Er zahlt auch mehr, als wir vereinbart hatten, und ich muss eine alte Mutter und drei unverheiratete Schwestern unterstützen. Das werden Sie gewiss verstehen, Herr Boumann.«

»Sie haben entschieden, ein Angebot Herrn de Gayettes anzunehmen. Das muss ich hinnehmen. Mehr aber auch nicht. Sie sind ein freier Mann und nehmen die Arbeit an, die Ihnen am ehesten zusagt. Ich wünsche Ihnen Glück.«

Jan versagte es sich, ihm die Hand hinzustrecken. Er war enttäuscht von Rudolf Ammer und dachte, dass es zu de Gayette passte, seine Suche nach einem Gehilfen auf diese Weise zu hintertreiben.

»Wenn Sie das so sehen, bleibt mir nurmehr, mich zu bedanken und mich zu verabschieden.« Rudolf Ammer deutete eine Verbeugung an.

Jan erwiderte diese nicht und fuhr fort, seine Listen zu kontrollieren. Er hörte Ammer sich entfernen.

KAPITEL XXXII

Der erste Spaziergang mit Matthias war der Auftakt zu einer Reihe weiterer gemeinsamer Unternehmungen gewesen. Sie erkundeten die Umgebung Potsdams oder ließen sich von einem Fischer gegen geringes Entgelt über die Seen bis nach Glienicke rudern. Matthias schleppte Körbe für Picknicks auf grünen Wiesen herbei, oder er sprach davon, einen Einspänner zu mieten und einen der Weinberge bei Werder zu besichtigen.

»Wir werden einen ganzen Tag unterwegs sein«, wandte Nynke gegen diesen Plan ein.

»Wir machen es am Geburtstag der Prinzessin Wilhelmine. Sollen die anderen singen und beten, wir feiern auf unsere eigene Weise.«

»Es wird Gerede geben.«

»In dem Weinberg kennt uns niemand. Oder ich gebe dich einfach als meine Schwester aus. Oder noch besser als meine Ehefrau.« Matthias schaute sie schelmisch an. Sie waren längst bei der vertraulichen Anrede des Du gelandet.

Nynke wusste vor Verlegenheit nicht, was sie sagen und wohin sie blicken sollte. Sie erlaubte ihm während der gemeinsamen Spaziergänge, ihre Hand zu halten. Für alles Weitere fühlte Nynke sich nicht bereit.

Aus dem geplanten Ausflug zum Weinberg wurde nichts. Matthias hätte einen Bauernwagen, gezogen von einem – wie er sich ausdrückte – Karrengaul bekommen können. Aber es kam für ihn nicht infrage, seiner Nynke dieses unedle Gefährt zuzumuten. Ihr schoss erneut die Röte ins Gesicht.

In Amsterdam war Antje van Eijnders Nynkes Vertraute gewesen. Die Freundin, bei der sie ihre geheimen Gedanken sicher aufgehoben wusste. Die sich nicht gescheut hatte, ihr die Augen über den ehemaligen Verlobten zu öffnen, als Nynke noch seinen Beteuerungen von Arbeit und Verpflichtungen vertraute. Bei ihrer Abreise aus Amsterdam hatten sie sich weinend in den Armen gelegen.

In Briefen berichteten sie einander seitdem von ihrem Leben. Nynke hörte alle paar Wochen etwas von der Freundin, die an der Seite ihres Ehemannes, eines Amsterdamer Bankiers, ein großes Haus führte. Die ihrem Mann Zwillinge geboren hatte, zwei Söhne, und die bei der zweiten Schwangerschaft auf eine Tochter hoffte. Die immer begierig war, alles über die Krankenstube zu hören. Sie schrieb wiederum von ihrem Mann, der sie mit Zärtlichkeit umgab.

Nynke wollte der Freundin in der Ferne anvertrauen, was sie mit Matthias verband, aber als sie den Brief begann, fehlten ihr nach wenigen Zeilen die Worte. Was sie zu Papier gebracht hatte, drückte nicht im Mindesten aus, was sie hatte schreiben wollen. Sie wusste kaum selbst, welche Gefühle sie beherrschten. Der Brief geriet zu unverständlichem Geschmiere und Gekleckse. Sie wünschte sich jemanden an ihre Seite, dem sie ihr Innerstes anvertrauen konnte, um sich über sich selbst klar zu werden. Eine Freundin wie Antje hatte Nynke in Potsdam bisher nicht gefunden.

Anna konnte diese Vertrauensperson nicht sein. Die Schwestern waren sich nie so nah gewesen, dass sie einander ihre Geheimnisse gestanden hätten. Annas Sucht nach Aufnahme in die Potsdamer Gesellschaft, die Nynke stets verlachte, hatte ihr mit Melisande de Roucy seit einigen Wochen eine Busenfreundin beschert, Nynke dagegen kannte die Arbeiter auf der Baustelle mit Namen.

»Geen vermoeidheid! In de Wanten!«, unterbrach Pitter

ihre Gedanken und zwickte sie in die Handkante, weil er endlich an die Weintraube wollte, die sie gedankenverloren zwischen ihren Fingern hielt.

»Du hast recht.« Nynke gab ihm die Traube und sah zu, wie der Papagei sich geschickt darüber hermachte und auch jeden Tropfen heruntergelaufenen Saft mit seiner dicken, vorn platten Zunge vom Tisch tupfte.

Halbherzig besuchte Nynke Margot van Ridder, die seit über zwei Jahren in ihrem neuen Haus lebte und wieder schwanger war. Anna kam nicht mit. Seit sie ihr Kind verloren hatte, reagierte sie entweder mit Wut oder mit Heulkrämpfen auf andere Frauen in der Hoffnung.

»Hast du das alles direkt aus Holland?« Nynkes Handbewegung umfasste den gesamten Raum, in dem sie mit Margot bei Gebäck und Tee saß.

Die Hausherrin strahlte. »Anton hat erlaubt, alles direkt in Amsterdam zu bestellen. Ich habe mich gefühlt wie die Frau eines Großkaufmannes, als ich die Liste schrieb.«

Die Einrichtung im Hause van Ridder hatte nichts mehr mit den Möbelstücken gemein, mit denen die Familie damals eingezogen war.

»Man kann sich wie in Amsterdam fühlen. Es fehlt nur die Gracht vor der Tür«, äußerte Nynke lobend.

»Das ist mir wichtig. Wir sprechen auch mit den Kindern nur Holländisch. Sie sollen ihre Heimat nicht vergessen. Das Deutsche können sie in der Schule und auf der Straße lernen.« Margot strahlte. »Ich wünsche mir wirklich, dass mehr Holländer herkommen, wo die Männer all die schönen Häuser für sie gebaut haben. Die Kinder könnten mehr Freunde haben. Und überhaupt Kinder ...« Die siebenfache Mutter beugte sich vor und senkte die Stimme. »Warum stellt sich bei Jan und Anna kein Nachwuchs ein? Es wäre an der Zeit, dass Anna nach ihrer Fehlgeburt wieder was Kleines erwartet. Stimmt etwas nicht zwischen den beiden?«

»Dazu kann ich nichts sagen.« Nynke trank einen Schluck Tee. Sie verspürte keine Lust, die Ehe ihrer Schwester mit Margot van Ridder zu diskutieren.

»Und bei dir?«, fragte die andere weiter. »Fühlst du dich zu niemandem hingezogen? Das wäre schade. Du hast so viel zu geben, und jeder Mann kann froh sein, dich zur Frau zu bekommen. Das meine ich so, wie ich es sage.«

»Das … ich weiß nicht …«, stotterte Nynke.

»Also gibt es jemanden, an den du dein Herz verloren hast?«

»Das habe ich nicht gesagt.«

»Ich sehe es dir an. Es ist bestimmt ein vornehmer Potsdamer Herr. Hat Anna dich mit ihm bekannt gemacht? Sie hat viele Bekannte in den vornehmen Kreisen. Mir liegt daran nichts, aber bei ihr ist das anders.«

»Anna hat nichts damit zu tun.«

»Dann ist der Mann nicht standesgemäß? Mir kannst du es sagen, ich verrate dich nicht. Jeder braucht einen Menschen, dem er sich anvertrauen kann. Gerade in deiner Lage hast du eine Vertraute nötiger denn je. Ich kann Briefe für dich besorgen.« Margot hatte ihren Stuhl näher herangerückt. Ihre Knie berührten sich beinahe.

»Da gibt es niemanden. Was du von mir denkst!« Nynke schob ihren Stuhl ein Stück zurück.

»Ich weiß, was ich sehe. Du strahlst, wie nur verliebte Frauen es fertigbringen. Oder Schwangere.«

Nynke stand auf. »Ich kann nicht länger bleiben, Margot. Eigentlich bin ich nur gekommen, um zu fragen, ob du etwas brauchst, und schon viel zu lang geblieben.«

Margot brachte sie zur Tür, verabschiedete sich mit einer herzlichen Umarmung und einem Kuss auf Nynkes Wange. »Ich bin auf deiner Seite, wenn du eine Freundin brauchst.«

»Danke, das vergesse ich dir nicht.«

Schnellen Schrittes lief Nynke die Straße entlang. Es war ein Fehler gewesen, zu Margot zu gehen, das hatte sie in dem Moment gewusst, in dem die andere mit ihren Fragen angefangen hatte. Sie konnte nicht die gewünschte Vertraute sein.

KAPITEL XXXIII

»Endlich ist es vorbei.« In Melisande de Roucys Worten, in Annas Ohr geflüstert, schwang ein Gähnen mit. Sie war in ein Kleid aus pfirsichfarbener Seide nach der neuesten Mode gewandet. Sie trug nie etwas anderes als die neueste Mode, und bisher hatte Anna sie auch noch nie zweimal im selben Kleid gesehen.

In Melisande hatte sie die Freundin gefunden, nach der sie sich so lange gesehnt hatte. Eine junge Frau aus gutem Hause, Tochter des reichsten Potsdamer Kaufmanns Frieder Thieslohe, genauso alt wie sie selbst und mit dem aus Frankreich stammenden Tanzmeister Gerard de Roucy verheiratet. Melisande trug immer ein Lächeln im Gesicht. Nicht selten erstickten ihre Worte in Gekicher und waren kaum zu verstehen. Ihre ansteckende Fröhlichkeit hatte Anna aus dem tiefen Tal herausgeholt, in das sie nach der Fehlgeburt gefallen war. Immer öfter erlebte sie Tage, in denen sie nicht einmal an das Kind dachte, das sie jetzt im Arm hätte halten können.

Sie stimmte der Freundin aus ganzem Herzen zu. Der Vortrag über den Planeten Erde, die Sterne und den Mond, den der hochgeschätzte Gelehrte und Ehemann einer Dame des Literaturzirkels eben zwei Stunden lang gehalten hatte, war ermüdend gewesen. Was so verheißungsvoll geklungen hatte, entpuppte sich als strohtrockene Worthülse.

Die beiden jungen Frauen hatten höflich applaudiert. Anna schielte unauffällig zu den anderen Damen des Literaturzirkels, die ebenfalls höflichen Applaus spendeten. Nur die Ehefrau des Gelehrten klatschte begeistert in die Hände.

Melisande und Anna beobachteten, wie der Herr mit der Hausherrin sprach. Seine Miene wechselte von freundlich zu erfreut, während die würdige Matrone mit viel Handgefuchtel auf ihn einsprach.

»Hoffentlich lädt sie ihn nicht zu einem weiteren Vortrag ein«, kommentierte Melisande flüsternd.

»Dann liege ich mit Kopfschmerzen zu Bett.«

»Kopfschmerzen sind ansteckend, ich nämlich auch.«

Beide kicherten verhalten.

Später schlenderten sie untergehakt auf dem Weg nach Hause durch die Brandenburger Straße.

»Weißt du noch, wie wir uns kennengelernt haben?«, fragte Anna. »Ein Vierteljahr ist das her und war genau hier.«

»Nein, da drüben.« Melisande zeigte auf die andere Straßenseite.

»Egal. Jedenfalls hast du herumgehinkt, wie ich es nie zuvor gesehen hatte. Danach auch nie wieder.«

»Weil ich einen Stein im Schuh hatte. Einen verdammt spitzen, wenn du erlaubst. Wie soll ich da gehen, ohne zu hinken?«

»Ich habe befürchtet, du hast dir mindestens den Fuß gebrochen, so wie du gejammert hast.«

Sie lachten bei der Geschichte, die sie sich seit ihrem Kennenlernen bestimmt ein halbes Dutzend Mal erzählt hatten.

»Zum Glück bist du mir zu Hilfe gekommen.« Melisande drückte den Arm der Freundin.

»Den Stein hättest du auch allein entfernen können.«

»Ich setze mich nicht wie ein Bauernlümmel auf die Straße und ziehe mir einen Schuh aus. Was hätten die Leute von mir denken sollen. Gerard hätte sich für mich in Grund und Boden geschämt.«

Anna hatte die Gequälte zu einem Mäuerchen geführt, damit sie sich setzte, und die Sache mit dem Schuh geregelt. Sie hatte einen spitzen Stein darin gefunden – einen sehr kleinen.

Melisande hatte behauptet, ihr Strumpf müsse blutig sein, bei so vielen Schmerzen. Anna hatte keinen einzigen Tropfen entdecken können. Ihr hatte es dennoch einen Tag später einen Dankesbrief und eine Einladung eingetragen. Melisande verschaffte ihr Zugang zu den besseren Potsdamer Kreisen.

Anna erwiderte beflissen jede Freundlichkeit, die ihr die andere erwies, um die Bekanntschaft nicht wieder abreißen zu lassen. Bis sie mit der Zeit bemerkte, wie gern sie Melisande hatte und dass sie sich eine Woche ohne zwei oder drei Begegnungen mit ihr nicht mehr vorstellen mochte. Sie ging im Hause de Roucy ein und aus und verkehrte sogar im Handelshaus Tieslohe. Melisande freute sich, wenn sie ihr Trauben schenkte, obwohl es nicht die Zeit ihrer Reife war, oder kleine emaillierte Teller, an die sie ihr Herz hängte, die aber keinerlei Nutzen hatten. Anna hatte inzwischen sechs Stück davon in einer Vitrine ausgestellt. Sie plauderten über Mode, zeigten sich gegenseitig ihre Stickereien und hatten gemeinsam mit zwei anderen Damen diesen Literaturzirkel ins Leben gerufen.

KAPITEL XXXIV

Julius von Heyneke, Leutnant der Leibgarde, interessierte sich nicht für Literatur. In seinem Leben hatte er nicht mehr als zwei Dutzend Gedichte gelesen und keines mit Genuss. Er las Dienstanweisungen, Beschwerden, Gesuche um Gnade, Listen über Uniformen und Ausrüstungen der Grenadiere der Leibgarde. Das gehörte zu seinen Pflichten. Warum er trotzdem in einem Literaturzirkel gelandet war, wusste er nicht zu sagen. Es konnte sein, dass er die Frau des Regimentsarztes Dr. Bendler begleitet hatte, weil der Arzt verhindert gewesen war. Seine Gattin war genau die Sorte Dame, die an einem solchen Zirkel Gefallen fand, wo alle durcheinanderredeten und niemandes Wort galt.

Nach dem ersten Mal war er fest entschlossen gewesen, nicht mehr hinzugehen. Irgendwie war er wieder dort gelandet. Seit drei Wochen nahm er regelmäßig teil und hatte den Tanzmeister Gerard de Roucy kennengelernt, den er für einen einigermaßen angenehmen Menschen hielt.

Dieser Herr war mit einer etliche Jahre jüngeren und hübschen Frau verheiratet, die er zärtlich umsorgte. Schritt er durch einen Raum, wirkte es, als schwebe er in Tanzschritten durch die Menge, die ihm stets Platz machte. Er fand selbst im größten Gedränge seinen Weg, und alle Blicke folgten ihm. Julius folgten nur die seiner Soldaten, wenn er ihnen auf dem Kasernenhof den Marsch blies. Sonst fiel er niemandem auf, das war schon in seiner Kindheit zwischen seinen Geschwistern so gewesen. Dennoch winkte ihm jetzt der Tanzmeister von der anderen Straßenseite aus zu.

Julius wich einem Fuhrwerk aus und eilte auf den Herrn zu. Sie schüttelten einander die Hände.

»Haben Sie Zeit für einen Kaffee, oder ruft Sie die militärische Pflicht?«

»Etwas Zeit habe ich.«

»Dann kommen Sie.« De Roucy führte ihn in das einzige, nach Pariser Vorbild neu eröffnete Kaffeehaus Potsdams. Es befand sich im ehemaligen Gewölbe eines Silberschmieds, bot niedrige Stühle und Tische und keine Annehmlichkeiten. Die Stühle waren ungepolstert, durch die kleinen Fenster drang nur wenig Licht, auf dem Boden lagen alte Binsen, und die Luft roch nach Rauch. Dennoch war kaum ein Tisch unbesetzt. Sie fanden noch einen nah an der Wand. Der Kaffee wurde in winzigen Tassen serviert, und auf Nachfrage konnte man ein unwesentlich größeres Glas Süßwein bekommen.

De Roucy spreizte den kleinen Finger, wenn er Glas oder Tasse hob, und nippte nur an den Getränken. Nach Julius' erstem Schluck war die halbe Tasse leer.

»Der Kaffee ist hier stärker, als ihn meine Köchin zu Hause kocht. Melisande mag ihn weicher, er zerrüttet sonst ihre Nerven, sagt sie. Was soll ich anderes tun, als mich ihrem Wunsch beugen und für ein richtig belebendes Getränk ins Kaffeehaus zu gehen? Das ist die Last der Ehe.«

»Eine süße Last«, kommentierte Julius gutmütig. Er fragte sich, warum der andere ihn eingeladen hatte.

Der Tanzmeister hob sein Süßweinglas und betrachtete den Inhalt im Schein der auf dem Tisch stehenden Kerze. Er stellte das Glas wieder zurück, ohne davon getrunken zu haben.

Als Gerard de Roucy mit seinem Anliegen nicht herausrückte, hielt Julius es nicht länger aus. »Darf ich die Frage stellen, warum Sie mir auf der Straße gewunken haben?«

»Warum nicht?«

»Sie müssen doch ein Anliegen an mich haben.«

»Muss es immer für alles einen Grund geben?«, fragte de Roucy zurück. »Ich sah ein bekanntes Gesicht und habe gewunken. Nun freue ich mich, mit Ihnen hier zu sitzen. Das ist alles.«

Der Tanzmeister orderte ein neues Glas Süßwein. Danach hingen sie beide eine Weile ihren Gedanken nach.

»Vielleicht haben Sie ein Anliegen an mich, Monsieur le Militaire?«, sagte auf einmal de Roucy.

In einem ersten Impuls wollte Julius die Frage verneinen, aber was dann seinen Mund verließ, war etwas ganz anderes: »Da gäbe es tatsächlich eine Sache, bei der Sie mir raten können.«

Der Tanzmeister beugte sich vor, hielt eine Hand hinter sein Ohr.

»Für mich ist es an der Zeit zu heiraten, aber ich bin mir nicht sicher, welche Frau ich wählen soll.« Julius' Vater hatte ihm nahegelegt, eine Familie zu gründen und in ein gesetztes Leben einzutreten.

»Sie haben die Wahl zwischen mehreren Damen? Alle Wetter, Monsieur, ich habe Sie eher für eine stille Weide gehalten. Sagt man hier so?«

»Stilles Wasser«, verbesserte Julius. »Ich habe noch kein Auge auf eine bestimmte Dame geworfen, geschweige denn auf mehrere. Ich benötige einen Rat allgemeiner Art, welche eine passende Dame sein könnte. Sie mit Ihrer Erfahrung ...«

»Weil ich Franzose bin, meinen Sie?«

Julius fühlte sich ertappt. Genau das hatte er gedacht, aber er schüttelte entschieden den Kopf. »Weil Sie selbst eine liebreizende Gattin gefunden haben.«

»Meine kleine Melisande. Sie ist wie Samt und Seide. Edelster Südwein, nicht wie dieses klebrige Zeug.« De Roucy hob dennoch sein Glas und leerte es in einem Zug. »Ich soll Ihnen raten, wie Sie eine Dame für sich gewinnen?« Der Tanzmeister stützte das Kinn in eine Handfläche und schaute seinen Gesprächspartner von unten herauf an. »Dazu gehört sprühende Laune. Die Damen lieben Lachen und Fröhlichkeit. Und erzählen Sie um Himmels willen nichts vom Militär, dafür interessiert sich die holde Weiblichkeit nicht.«

»Ich meine eher eine ernsthafte junge Dame, die das Herz auf dem rechten Fleck und keine flatterhaften Neigungen hat.«

»Das ändert nichts. Alle Damen möchten umgarnt werden.« Der Tanzmeister gab seine Pose auf und lehnte sich im Stuhl zurück. »Ich sehe schon, Sie sind nicht der Mann für Erklärungen, ich muss es auf mich nehmen, Sie mit einer jungen Dame bekannt zu machen. Vertrauen Sie mir. Nun muss ich aber weiter. Au revoir, Monsieur.«

Er griff nach seinem federgeschmückten Hut und war zur Tür hinaus, ehe Julius begriff, dass er mit der Rechnung zurückgelassen wurde.

Mit zusammengebissenen Zähnen zahlte er dem Wirt die verlangten Münzen in die Hand.

KAPITEL XXXV

»Du bist so ein süßer Vogel. Mein lieber, lieber Pitter.« Melisande hielt dem Papagei zwischen zwei Fingerspitzen ein Bröckchen Kuchen hin.

Der so Gelockte saß auf dem Tisch und schaute über die beiden Teller und die Kuchenplatte, als falle es ihm schwer zu entscheiden, was davon seinem Schnabel mundete.

»Komm zu mir, lieber Pitter. Gurr, gurr«, lockte Melisande wieder.

Pitter machte zwei unentschlossene Schritte auf sie zu. Anna beobachtete ihre Freundin mit fasziniertem Erstaunen. Dass die einen derartigen Narren an dem Papagei gefressen hatte, verstand sie nicht. Aber natürlich sagte sie nichts dagegen und schritt auch nicht ein, obwohl sie genau wusste, dass Pitter keinen Kuchen fressen sollte und Nynke ihr Tun nicht guthieß. Kuchen bekam ihm nicht, und das lag nach Meinung ihrer Schwester an den darin verbackenen Eiern. Keinem Vogel konnte guttun, worin sein Nachwuchs ausgebrütet wurde. Anna leuchtete das ein, aber um nichts in der Welt wollte sie ihre Freundin kritisieren.

Den Kuchenbrocken verschmähte der schlaue Papagei, klaute stattdessen eine Rosine von Melisandes Teller. Das versetzte diese in Entzücken. Von der Kuchenplatte in der Tischmitte pulte sie weitere Rosinen aus dem Kuchen und kümmerte sich nicht um die Krümel, die sie auf der Tischdecke verbreitete. Pitter ließ sich gnädig herab, Rosinen von den Fingern der jungen Frau zu picken.

»Du bist so ein Süßer. Gurr, gurr«, sagte sie dabei.

Wie eine Taube angesprochen zu werden, störte den Papagei nicht. Als er die letzte Rosine verzehrt hatte, stieg er auf Melisandes Arm und putze seinen klebrigen Schnabel an ihrem Ärmel ab.

»Er sitzt auf meinem Arm! Schau doch nur«, entzückte sich die.

»Ich sehe es.« Anna lächelte. Auf ihrem eigenen Arm hatte Pitter noch nie gesessen. Sie hatte auch noch nie den Versuch gemacht, ihn mit Rosinen oder anderen Leckerbissen zu locken.

»Ich habe meinen Papa gebeten, mir einen Papagei zu besorgen«, erzählte Melisande weiter. »Er hat es rundheraus abgelehnt. Wenn ich ein Schoßtier wolle, könne ich einen kleinen Hund haben, hat er gesagt. Was soll ich mit einem Hund, wenn ich einen Papagei will?«

»Ein Graupapagei ist nicht leicht zu besorgen. Pitter stammt aus einem weit entfernten Land.«

»Die Beziehungen meines Vaters umspannen die ganze Welt, und ich wäre auch geduldig gewesen. Er will nicht, dass ich etwas habe, an dem ich mich freuen kann. Das ist überaus grausam von ihm.«

»Dein Vater liebt dich.«

»Das habe ich bisher auch immer gedacht. Will deine Schwester den lieben Pitter vielleicht verkaufen? Ich verspreche ihr, immer gut mit ihm zu sein.«

Anna wiegte den Kopf. »Ich glaube nicht. Sie liebt ihn.«

»Wenn ich ihr viel Geld bezahle? Obendrein schenke ich ihr einen Hund. Sie mag doch auch Hunde?«

»Nynke mag alle Tiere.«

»Dann ist ja alles gut.«

Pitter war inzwischen auf Melisandes Schulter geklettert und putzte sich.

»Ich kann mir keinen Preis vorstellen, zu dem sie ihn hergeben würde.«

Melisande schob schmollend die Unterlippe vor. Nach einem kurzen Augenblick überzog ein strahlendes Lächeln ihr Gesicht. »Ich weiß einen Weg. Wir müssen Pitter nur dazu bringen, ein Ei zu legen und einen kleinen Papagei für mich auszubrüten.«

Anna verschluckte sich beinahe an der Marzipanpraline, an der sie kaute. In manchen Dingen war Melisande erschreckend naiv.

»Laut meiner Schwester ist Pitter ein männlicher Papagei, der keine Eier legt. Außerdem braucht auch ein Papageienweibchen ein Männchen, damit aus den Eiern ein Kleines schlüpft.« Deutlicher wollte Anna nicht werden, weil sie auch nicht genau wusste, was zwischen Vögeln passieren musste, damit sie Küken bekamen.

* * *

Nynke bewahrte inzwischen einen ganzen Stapel Briefe von Matthias in ihrem Schlafzimmer auf. Längst ließen sie sich nicht mehr im Sekretär verbergen. Sie füllten ihre Hutschachtel und waren in den Laden ihrer Kommode versenkt.

Jedem Brief fieberte sie noch genau mit der gleichen Spannung entgegen wie den ersten. Die klugen Gedanken, die Matthias äußerte, hatten ihr einen Einblick in sein Inneres erlaubt. Sie fühlte sich ihm so nah wie keinem Menschen zuvor, als wären sie zwei Hälften einer Seele. Ihr Herz begann schneller zu schlagen, wenn Jan oder Dirck zufällig seinen Namen erwähnten, weil sie über die Arbeiter auf der Baustelle sprachen. Am liebsten würde sie den ganzen Tag von Matthias reden, um immer wieder den Klang seines Namens zu hören.

Nynke nahm seinen letzten Brief und las ihn erneut durch. Er hatte gestern am gewohnten Platz in der Krankenstube gelegen. Matthias berichtete darin von seiner Lehrzeit bei einem Maurermeister in Lychen. Er schilderte so lebendig, wie schief und krumm er seine ersten Steine aufeinandergesetzt hatte und wie erbost der Meister darüber gewesen war. Nynke sah es vor sich, als hätte sie danebengestanden. Sie wollte alles wissen, was er in seiner Kindheit und Jugend getan hatte, wie er mit seinen Geschwistern aufgewachsen war und in einer Dorfschule mit achtzig anderen Kindern das Buchstabieren gelernt hatte.

Sie beschrieb ihm ihr Leben in Amsterdam. Von den Schiffen, die aus aller Welt in den Hafen einliefen, und dass sich Ladungen auf den Molen stapelten, die so exotisch waren, dass es keinen Namen für sie gab. Sie berichtete von den vielen Windmühlen an den Kanälen und den Tulpenfeldern, die sich nach der großen Hysterie und dem Zusammenbruch vor rund hundert Jahren wieder im ganzen Land auszubreiten begannen. Die Farben der Tulpen im frühlingshaften Sonnenschein. Nynke hatte immer gedacht, dass ihr für derartige Schilderungen die Worte fehlten, aber wenn sie an Matthias schrieb, flossen sie nur so aus ihrer Feder.

»Hier bist du also. Was machst du?«, sagte auf einmal Anna in ihrem Rücken.

Nynke fuhr wie ertappt herum. Es war ihr noch gelungen, Matthias' Brief und ihre Antwort unter den die Krankenstube betreffenden Papieren verschwinden zu lassen.

»Kannst du nicht anklopfen?«, maulte sie Anna an.

»Das habe ich, aber du hast mich nicht gehört.«

»Ich war beschäftigt.«

»Womit?«

»Berichte für die Krankenstube schreiben.«

»Du schreibst reichlich viele Berichte.« Anna sah skeptisch drein und versuchte, an Nynke vorbei auf deren Schreibtisch zu spähen.

»Es ist eine Menge Arbeit, weil ich jeden Bericht erst Dr. Bendler schicken muss und er daran nicht selten Korrekturen anbringt. Schließlich habe ich in der Krankenpflege noch einiges zu lernen.« In Wahrheit hatte sie das Gefühl, der Arzt las ihre Berichte kaum, weil er immer nur unverständlich vor sich hinmurmelte, wenn sie ihn wegen bestimmter Details daraus fragte. Sie konnte Anna aber unmöglich die Wahrheit erzählen.

»Für diesen Tag hast du genug gelernt. Zieh dich an, wir sind mit Melisande verabredet. Ich will sie nicht warten lassen.«

Die Verabredung mit Annas Freundin hätte Nynke vergessen. Vor über einer Woche hatten sie sie getroffen. Weil ihr keine Ausrede einfiel, stand sie auf und suchte Hut und Handschuhe zusammen, legte sich ein Schultertuch um und griff nach ihrem Sonnenschirm. Zum Schluss wollte sie Pitter auf ihre Schulter klettern lassen.

»Du lässt ihn besser hier.«

»Draußen ist herrliches Wetter. Es würde ihm guttun.«

»Wir treffen Melisande.«

»Stört sie sich neuerdings an Pitter?«

Anna druckste mit der Antwort herum. »Eher das Gegenteil. Es ist wirklich besser, Pitter und Melisande begegnen sich nicht.«

Nynke glaubte zu verstehen. Sie küsste den Papagei auf die Stirn und hakte die zierliche Kette an seinem Fußring fest. »Du musst hierbleiben, mein Lieber«, sagte sie. Pitter schaute sie an, als hätte er jedes Wort verstanden.

Sie stiegen zu Melisande und deren Mann in die Kutsche, und dann ging es vor die Tore Potsdams. Das Ziel war eine Mühle mit einem Ausschank, bei der bereits eine Reihe Kutschen warteten. Die Insassen flanierten vor der Mühle. Auf der Wiese standen Tisch, Bänke und eilig herbeigetragene Stühle. Mägde schleppten Bierkrüge und Gläser mit Süßwein. Brot- und Käsebretter wurden gebracht, und jeder griff mit bloßen Händen, wonach ihm der Sinn stand.

Nynke entdeckte einige Mitglieder des Literaturzirkels. Eine ältere Frau winkte ihnen enthusiastisch zu. Angesichts dieser Ansammlung von Menschen war sie froh, Pitter daheimgelassen zu haben.

»Was ist das für ein Fest?«, fragte sie leise ihre Schwester.

Melisande hatte sie trotzdem gehört. »Kein Fest. Ein Manöver.«

»Darunter stelle ich mir eine Übung von Soldaten vor«, erwiderte Nynke trocken. »Allerdings sehe ich keinen einzigen.«

Von Melisande brachte ihr das einen giftigen Blick ein und Applaus des Tanzmeisters, der erklärte: »Die Übung findet in den Wäldern statt, aber später werden die Soldaten auf der Wiese exerzieren. Das wird ein Spaß.«

Sie mussten nicht mehr lange warten, bis die Soldaten zwischen den Bäumen hervortraten und sich blockweise aufstellten. In ihren roten, blauen, grünen und weißen Röcken mit silbernen oder goldenen Litzen boten sie einen farbenfrohen Anblick. Die Gesichter der Männer sahen dagegen müde aus. Von den morgendlichen Übungen im Schlosshof war Nynke daran gewöhnt, aber die Eheleute de Roucy betrachteten sie mit blitzenden Augen. Besonders Melisande verlieh ihrer Begeisterung lautstark Ausdruck. Unauffällig schob sich Nynke einen Schritt zur Seite, um diesem schrillen Wortgeplätscher wenigstens teilweise zu entkommen. Von Gerard de Roucy erntete sie dafür einen wissenden Blick.

Die Beziehung zwischen diesen beiden nicht nur vom Alter her unterschiedlichen Eheleuten verstand Nynke nicht. Der Tanzmeister behandelte seine Frau wie ein naives Ding, wirkte mehr wie ein gegenüber seiner Tochter nachsichtiger Vater. Melisande ließ es sich gefallen, schaute mit Augenaufschlag auf ihren Mann, der eine halbe Handbreit kleiner war als sie. Nynke wusste jedoch, dass sie Anna gegenüber kein Blatt vor den Mund nahm, was die Schwächen ihres Gatten betraf.

Die Soldaten waren in Formation angetreten. Unter den Offizieren erblickte Nynke zu Pferd Julius von Heyneke im blauen Rock der Garde der Langen Kerls. Als sein Blick über die Zuschauer streifte, verweilte er einen Augenblick auf Nynke, und dann nickte er ihr fast unmerklich zu. Weniger zurückhaltend war Melisande, die ihm zuwinkte und der Umgebung verkündete, diesen Herrn kenne sie aus dem mit ihrer besten Freundin gegründeten Literaturzirkel. Glücklicherweise hörte ihr niemand zu.

Die erste Reihe der Soldaten kniete sich hin, die zweite stand tief, die dritte leicht gebeugt, die vierte hoch aufgerichtet. Auf ein Signal hin legten sie die Gewehre an. Dann krachte eine Salve, die die Zuschauer zusammenzucken oder aufschreien ließ. Nynke presste sich die Hände auf die Ohren, die nach dem Lärm klingelten.

»Wunderbar. Das sind Kerle«, kommentierte de Roucy.

Nynke war froh, Pitter nicht mitgenommen zu haben. Die Schüsse hätten ihn maßlos erschreckt. Es krachten noch mehrere Salven, die Luft war rauchgeschwängert, und es roch faulig nach Schwefel. Längst hatte Nynke genug von diesem Ausflug, aber das Ehepaar de Roucy zeigte keine Neigung zum Aufbruch. Der Tanzmeister holte eine neue Runde Süßwein für die Damen und für sich ein Glas Rotwein, das eher einem Bierkrug glich. Nynke benetzte nur die Lippen. Sie fürchtete, zu viel von dem klebrigen Zeug am Nachmittag stiege ihr zu Kopf.

Dann war das Manöver zum Glück beendet. Die Soldaten lösten ihre Reihen auf, stellten die Gewehre zusammen, holten Vorräte aus ihren Tornistern und lagerten sich auf die Wiese. Die Offiziere übergaben die Pferde an ihre Burschen und mischten sich unter die Zuschauer. Sie plünderten die Brotkörbe, die Wurst- und Käsebretter.

Leutnant Julius von Heyneke kam auf sie zu. Sein längliches Gesicht war staubig, das Haar in Unordnung geraten, am linken Ärmel war eine Litze abgerissen, und er roch nach Pferd, Schweiß und Schwefel. Trotzdem strahlte er die Zufriedenheit eines Menschen aus, der eine Aufgabe erfolgreich abgeschlossen hatte. Er wirkte so fröhlich, wie Nynke ihn noch nie erlebt hatte.

KAPITEL XXXVI

»Diese ... diese ... in der Hölle sollen sie verbrennen! Ich kann es einfach nicht mehr sehen.« Dirck warf einen Graphitstift zu Boden, dass er mehrfach brach. Den Foliobogen, den er in der Hand hielt, zerriss er.

»Was ist mit dir los?«, wollte Jan wissen und schaute von dem Plan auf, mit dessen Hilfe er ein neues Haus einmaß.

»Ich will das alles nicht mehr. Es ist mir ein Graus.«

»Was denn?«

»Ich bin Zimmermann«, schrie Dirck. »Ich will die Arbeit eines Zimmermanns machen.«

Jan seufzte. Es war nicht das erste Mal, dass sein Bruder auf diese Weise schimpfte, seit er ihn zum Vorarbeiter ernannt hatte.

»Es reicht mir, immer mit diesen Listen zu hantieren. Den Leuten die Steine in die Hände zu zählen. Wer bin ich denn?«

»Du bist der Vorarbeiter all dieser Männer.« Jan machte eine die Baustelle umfassende Handbewegung. »Du musst ihnen ihre Arbeit zuweisen und sie kontrollieren. Du zahlst ihnen am Samstag ihren Lohn aus und sorgst für einen reibungslosen Ablauf. Als Vorarbeiter gehört es nicht zu deinen Aufgaben, auf dem Gerüst zu stehen und einen Dachstuhl aufzurichten.«

»Aber ich bin Zimmermann, Bruder! Ein guter.«

»Der beste, den ich kenne.«

»Ich bin nicht wie du. Ich brauche den Geruch frisch geschlagenen Holzes. Wie hältst du das aus? Mit all diesem Zeug? Wann hast du das letzte Mal einen Hammer in der Hand gehabt und einen Nagel eingeschlagen?« Dircks Augen blitzten wüst.

So sehr wie an diesem Tag hatte sich der Bruder noch nie echauffiert. Er kam Jan vor wie ein Pulverfass, das jeden Augenblick in die Luft fliegen konnte. Ein falsches Wort und … Jan seufzte erneut, diesmal unhörbar. Er wollte diplomatisch vorgehen, obwohl er ahnte, darin nicht geschickt zu sein. »Ich habe dich zum Vorarbeiter ernannt, weil dein Wort bei den Männern Gewicht hat. Weil ich dir vertraue, und du mein Bruder bist. Wen hätte ich sonst nehmen sollen?«

»Jemand anderes.« Dirck klang trotzig.

»Du bist am besten geeignet.«

»Das ist mir egal. Ich will als Zimmermann arbeiten.«

»Wenn soll ich dann nehmen? Anton?«

Dirck lachte auf. »Der ist zu gutmütig.«

»Das sehe ich genauso«, stimmte Jan zu. »Huibrecht will es noch weniger als du. Also bleibt nur Adrian.«

Der stille Adrian den Ouden blieb meist für sich, mied alle Auseinandersetzungen und zog sich zurück, wenn es laut wurde. Schwer vorstellbar, dass die Arbeiter seinen Worten folgten. Darin waren sich die Boumann-Brüder einig.

»Dirck«, begann Jan, »ich verspreche dir, nach einem Vorarbeiter Ausschau zu halten. Bis ich jemanden gefunden habe, brauche ich dich. Du sollst auch wieder mehr Zimmermannsarbeit machen, ich kümmere mich ab sofort um die Auszahlung der Löhne.« Der Gesichtsausdruck seines Bruders bestätigte ihm, die richtigen Worte gefunden zu haben. Wie er diese zusätzliche Aufgabe bewältigen sollte, wusste er noch nicht. Irgendwo würde er die notwendige Zeit finden.

»Bin ich nun deine Frau, oder bin ich es nicht?«, verlangte Anna zu wissen. Sie saß vor ihrer Frisierkommode und flocht ihr langes, blondes Haar für die Nacht. Sie hatte ihr Kleid abgelegt und trug einen Morgenmantel über ihrem Nachthemd.

Hinter einem faltbaren, mit chinesischen Motiven bemalten Sichtschutz stand Jan und kleidete sich ebenfalls für die Nacht. Weste, Hose und Hemd lagen über die Wand geworfen. Er war mit seinen Strümpfen beschäftigt und balancierte auf einem Bein. Er hielt in seinem Tun inne.

»Wie kommst du darauf? Natürlich bist du meine Frau.«

»Ich bin mir da nicht sicher.« Anna wurde lauter. »Du kümmerst dich um alle, als wären sie deine engsten Verwandten. Nimm zum Beispiel Nynke …«

»Neben Dirck ist sie in Potsdam meine engste Verwandte. Sie lebt in meinem Haushalt. Wie sollte ich mich nicht um sie kümmern? Kann es sein, dass du überreizt bist? Vielleicht hast du dir etwas eingefangen?«

»Rede mir keine Krankheit ein. Du schaffst es nicht einmal mehr, mich anzuschauen, wenn ich mich für die Nacht fertig mache, sondern versteckst dich.«

»Ich ziehe mich ebenfalls für die Nacht um.« Jan beeilte sich, aus seinen Strümpfen zu kommen, knäulte sie in eine Ecke und trat hinter der Wand hervor.

Anna saß mit einem geflochtenen und einem sich wieder auflösenden Zopf auf dem Frisierschemel, aber sie hatte sich vom Spiegel weggedreht. Ihr zartes Gesichtchen überzog eine Röte, und die Hände hatte sie zu Fäusten geballt. Sie sah weniger denn je aus wie die zweiundzwanzig Jahre, die sie zählte, sondern wie ein trotziges, halb so altes Kind. Er hatte gehofft, sie hätte sich von der Fehlgeburt vollständig erholt. In diesem Moment war er sich nicht mehr sicher.

»Als ob wir dafür eine Wand zwischen uns brauchen. Wir sind Mann und Frau«, setzte Anna hinzu.

»Wenn dich die Wand stört … Ich habe nicht dafür gesorgt, dass sie in unserem Schlafzimmer steht.«

»Ich habe sie herbeischaffen lassen, damit die Ecke nicht so kahl aussieht«, entgegnete Anna heftig. »Sie ist mit hübschen

Motiven bemalt. An ein Versteck für dich dachte ich dabei nicht.«

Jan fand die Chinesen schrecklich, aber er wusste, dass Anna solche Bilder gefielen, und als Ablage für seine Kleidung war der Wandschirm praktisch. Er ahnte jedoch, dass dies nichts war, was sie hören wollte, und schwieg deshalb.

Sie schaute ihn herausfordernd von unten herauf an. »Warum sagst du nichts? Bist du nicht meiner Meinung?«

»Ich bin ganz und gar deiner Meinung, dass es sich um eine hübsche Faltwand handelt und du recht daran getan hast, sie in unser Schlafzimmer zu stellen.«

»Warum nur glaube ich das nicht?«

»Anna, meine Liebe, wenn ich nichts sage, machst du mir Vorwürfe; wenn ich dir zustimme, ist es auch nicht recht, und was du mir erst an den Kopf wirfst, wenn ich dir widerspreche, wage ich nicht zu denken. Sag einfach, was du von mir möchtest, denn ich bin müde.«

»Ich frage mich, ob du das zu Nynke auch schon mal gesagt hast?«

»Natürlich nicht. Du bist meine Frau, und Nynke ist meine Schwägerin. So etwas sage ich nicht zu ihr«, stellte Jan klar.

»Warum kommt es mir dann immer öfter so vor, als verbringst du lieber Zeit mit allen anderen als mit mir? Sie geht in deinem Kabinett ein und aus. Mit ihr hockst du stundenlang beieinander. Ihr steckt ständig die Köpfe zusammen.«

»Sie hilft mir«, antwortete Jan und ahnte, dass diese Antwort seine Frau nicht zufriedenstellen würde.

»Ich sehe doch, wie du sie ansiehst. Wie ihr mit den Köpfen auseinanderfahrt, sobald ich dein Arbeitskabinett betrete. Du kannst den Blick nicht von ihren hübschen Rundungen lassen!« Anna schrie die letzten Worte heraus und warf in einem Anfall plötzlicher Wut die Haarbürste nach ihm.

Jan wich mühelos aus und hob die Bürste auf. Er strich durch die weichen Borsten. »Nynke ist meine Schwägerin, und ich habe sie nie anders angeschaut, als es sich ziemt«, sagte er streng. »Warum streiten wir überhaupt?«

»Weil ich es nicht ertragen kann, dich zu verlieren!« Immer noch schrie Anna. »Weil ich nicht verstehen kann, warum du all diese Zeit mit ihr verbringst? Ich bin die Hübschere von uns beiden. Nynke ist nichts als ein Mauerblümchen. Mit mir machst du auf einem Ball Furore.«

»Deswegen habe ich dich geheiratet.« Jan näherte sich seiner Frau und wollte sie in die Arme nehmen. Es fühlte sich für ihn schal an, aber ihm fiel nichts anderes ein, um sie zu beruhigen. Zunächst schlug sie nach ihm und wehrte sich. Sie landete einen schmerzhaften Treffer auf seinem Oberarm. Er verzog keine Miene, und gegen seine Kraft kam sie nicht an. Ihr Widerstand erlahmte, bis sie in seinen Armen lag. Er senkte den Mund auf ihren.

Zuerst verweigerte sie den Kuss, aber dann gab sie nach und öffnete gierig die Lippen. Sie schlang die Arme um seinen Nacken und presste ihn fest an sich.

»Anna«, protestierte er zwischen zwei Küssen.

»Du bist mein Mann. Das werde ich dir beweisen. Mach mir ein Kind. Heute klappt es, das habe ich im Gefühl«, triumphierte sie.

KAPITEL XXXVII

In ihrem Zimmer hörte Nynke die Schwester schreien. Sogar Pitter, der bereits mit dem Kopf unter dem Flügel auf seiner Stange geschlafen hatte, wachte auf und schaute sich erschrocken um. Sie verstand ihren Namen. Das Schlafzimmer ihrer Schwester und ihres Schwagers lag direkt nebenan. Nynke tat etwas, das sie zuvor noch nie gemacht hatte: Sie nahm ein Glas und drückte es an die Wand, an die andere Seite presste sie ihr Ohr. Das Glas verstärkte die Stimmen nebenan, und sie verstand jedes Wort.

Anna klang schmerzhaft schrill, Jan bedächtig. Nynke fühlte das Blut in ihre Ohren steigen, und der Spruch ›Der Lauscher an der Wand hört seine eigene Schand‹ kam ihr in den Sinn.

Der Streit endete mit wilden Küssen, und gleich darauf hörte sie zwei Körper aufs Bett fallen. Spätestens jetzt sollte sie ihren Lauschposten verlassen, das wusste sie, aber sie drückte weiterhin das Glas an die Wand. Vernahm, wie Jan seinen ehelichen Pflichten nachkam, ihre Schwester lustvoll stöhnte und kleine Schreie ausstieß.

Nynke presste die Hände auf ihre erhitzten Wangen. Sie schämte sich und fühlte sich gleichzeitig erregt.

* * *

»Irgendwer hat mich bei der städtischen Baukommission angezeigt.« Jan stützte den Kopf in die Hände.

Vor ihm auf dem Tisch sah Nynke ein Schreiben, das ihr einen offiziellen Charakter zu tragen schien. Die Abrechnungen und Fertigstellungsbescheinigungen, die sie für ihn ins Reine geschrieben hatte und ihm zur Unterschrift vorlegen wollte, landeten achtlos auf dem Tisch. »Du baust für den König. Die Baukommission kann dir gestohlen bleiben. Schick diesen Wisch weiter an das königliche Kabinett, und diese Herren werden den eingebildeten Baukommissionisten gehörig auf die Finger klopfen.«

»So einfach ist es leider nicht.«

»Warum nicht?« Nynke setzte sich ihm gegenüber.

»Sie werfen mir vor, bei der Statik der Häuser säumig gewesen zu sein und dadurch Gefahr für die Bauarbeiter und die späteren Bewohner heraufzubeschwören. Sie drohen mit einem Baustopp und wollen die fertigen Häuser sperren. Dahinter steckt de Gayette. Der findet immer was, um mir eine reinzuwürgen.«

Nynke wusste, dass es bei der Statik um die Standfestigkeit der Häuser ging, und diese mittels komplizierter Berechnungen ermittelt wurde. Dazu bedurfte es besonderer Fertigkeiten, die durch ein Zertifikat nachgewiesen sein mussten. Der Architekt Peter de Gayette verfügte darüber. Jan, der in Holland Zimmermann gelernt hatte, durfte zwar die Tragfähigkeit eines Dachstuhls berechnen, aber nicht die für ein ganzes Haus. Kleinliche Vorschriften, die in Preußen existierten.

»Schreib trotzdem an den König, damit er dieser Baukommission die Flötentöne beibringt. Du hast die Berechnungen von Peter de Gayette machen lassen. Das weiß ich genau. Ich suche sie dir sofort raus, und wir setzen ein Schreiben auf, das sich gewaschen hat.«

»Ach Nynke.« Jan versuchte ein Lächeln, das recht kläglich geriet. »Du wärst mindestens ein ebenso guter Baumeister wie jeder Mann. In Preußen gelten die Vorschriften für Bauten auch für solche des Königs. So ist das nun einmal. Ich habe statische Berechnungen von de Gayette machen lassen. Du hast völlig recht. Aber nicht für alle Häuser. Nur für ungefähr zwei Dutzend. Von jedem Typ ein paar, und sie waren für Häuser gleicher Art alle identisch.«

»Die Häuser sind ja auch alle gleich, wie sollen die Berechnungen da unterschiedlich sein?« Nynke schüttelte den Kopf.

»Darauf kommt es der Baukommission nicht an. Ich muss für jedes Haus eine Berechnung vorlegen können. Und wenn es zwanzigmal die gleiche ist, nur immer mit einer anderen Bezeichnung des Hauses.«

»Du sollst zwanzigmal oder mehr für etwas bezahlen, was diesen Architekten nur ein Schulterzucken kostet und was er seinen Gehilfen Ammer schreiben lässt? Irrsinnig!«

»Preußisch.« Diesmal geriet Jans Lächeln schon weniger schief. »Ums Geld ging es mir dabei nicht einmal. Soll de Gayette es haben, wenn es ihm zusteht. Mir saß die Zeit im Nacken. Für jede Berechnung hat der Mann zwischen fünf und acht Tagen benötigt. Er ist jedes Mal auf die Baustelle gekommen, hat sich alles zeigen lassen und nachgemessen. Sein Assistent stand einen Schritt hinter ihm und war knallrot im Gesicht. Ich hätte beide liebend gern vom Gerüst geschubst.«

Die Vorstellung, wie der friedfertige Jan den hochnäsigen Architekten nebst Rudolf Ammer in den Staub warf, amüsierte Nynke. Jan sah weniger erfreut aus. Sie legte eine Hand auf seine.

»Was wirst du tun?«

Jan zog seine Hand weg. »Die fehlenden Berechnungen nachliefern und mit der Kommission verhandeln, dass sie Milde walten lassen und die Arbeiten nicht einstellen. Ich werde gleich morgen Dirck beauftragen, die Berechnungen erstellen zu lassen. Ich werde auch diesen Knüppel zwischen meinen Beinen überstehen wie die vorherigen auch.«

»Ich helfe dir. Du darfst nicht zögern, mich einzuspannen.«

Jan lächelte sie an. »Jeder Baumeister sollte eine treue Seele wie dich an seiner Seite haben. Aber du hast deine eigene Aufgabe. Mit der Krankenstube hast du eine gute Sache für die Männer begonnen. Das sollte es auf jeder Baustelle geben. Ich muss aufpassen, dass du dir nicht zu viel aufbürdest, statt dich noch zusätzlich einzuspannen.«

»Dann erlaubst du mir ein offenes Wort, Schwager?«

»Nur zu.«

»Anna wünscht sich ein Kind. Die Fehlgeburt hat uns allen einen gehörigen Schrecken eingejagt. Wir müssen ihn überwinden. *Ihr* müsst es. Anna braucht Kinder, um glücklich zu werden. Du musst die Nächte nicht mehr durcharbeiten ...« Nun versagte Nynke doch die Stimme.

»Fürwahr ein offenes Wort.«

»Ich weiß, was zwischen Mann und Frau passiert. Immerhin war ich verlobt und dem natürlichen Lauf der Dinge nach hätte ich verheiratet sein sollen. Mama hat mich über alles aufgeklärt, was eine Braut wissen muss.«

»Hm mhm.« Jans Miene war abweisend geworden.

»Ich will mich nicht einmischen. Aber Annas Elend rührt mich.«

»Ein offenes Wort gegen ein offenes Wort, Schwägerin. Ich tue meinen Teil dazu.«

Nynke war erleichtert. »Ich hatte die Befürchtung, ein Gram steht zwischen euch.«

»Wie kommst du darauf?«

»Wahrscheinlich eine dumme Idee, aber manchmal kommt es mir vor, als redest du mit ihr nur das Nötigste. Vergiss es einfach – ich weiß ja nicht, was ihr miteinander sprecht, wenn ich nicht dabei bin. Ich hätte gar nicht davon anfangen sollen.« Nynke floh aus dem Arbeitskabinett.

KAPITEL XXXVIII

Der Literaturzirkel fand am zweiten Mittwoch im September in der Boumann'schen Wohnung statt, weswegen Nynke sich vor der Teilnahme nicht drücken konnte. Schicksalsergeben wartete sie in einem schlichten grünblauen Nachmittagskleid mit Anna zusammen auf das Eintreffen der Gäste. Die Schwester hatte sich stundenlang mit ihrer Toilette beschäftigt und trug ein apricotfarbenes, mit Rüschen und Spitze verziertes Kleid im Stil von Melisande de Roucy. Zu deren dunklen Haaren hätte es erheblich besser gepasst als zu Annas blonden Locken. Es verbot sich aber, ihr das zu sagen, denn Melisandes Kleidungsstil war einer Beurteilung nicht zugänglich.

Die erste Besucherin war die Gattin des gelehrten Herrn, der kaum verständlich über das Wesen der Planeten, des Mondes und der Sterne gesprochen hatte. Der Herr befand sich in ihrem Schlepptau, und Nynke argwöhnte, es sei ein weiterer seiner Vorträge geplant, obwohl laut Anna die Äneis mit verteilten Rollen gelesen werden sollte.

Kurz darauf traf Melisande mit ihren Ehemann ein. In ihrer Begleitung betrat Julius von Heyneke im blauen Uniformrock der Garde die Wohnung. Er schaute sich um wie jemand, der versehentlich auf ein fremdes Fest geraten war. Als er sie erblickte, glitt ein erleichtertes Lächeln über seine Züge. Er verbeugte sich steif vor ihr und hauchte einen Kuss auf ihren Handrücken.

»Ich freue mich, Sie zu sehen, Mademoiselle van Lohuijsen. Sie bringen frischen Glanz in den Literaturzirkel.« Das ungeschickte Kompliment stieß Nynke vor den Kopf. Der Leutnant redete ohnehin weiter: »Über Dr. Bendler höre ich hin und wieder von Ihrer Krankenstube.«

»Nur Gutes, hoffe ich.«

»Das Allerbeste. Die Krankenstube sei ein wahrer Segen für alle königlichen Baustellen in Potsdam. Ich bewundere die Kraft, die Sie das hat erreichen lassen.«

Inzwischen waren die meisten Mitglieder des Literaturzirkels eingetroffen, und Anna klatschte in die Hände. In loser Ordnung standen Sofas, Sessel und Stühle im Raum, auf denen die Besucher Platz fanden. Julius von Heyneke kam neben Nynke auf einem hölzernen Stuhl zu sitzen, den auch ein Kissen nicht bequem machte. Sein Oberkörper ragte weit über die Lehne hinaus, und die Knie zeigten nach oben.

»Ich muss mich für diesen unbequemen Stuhl entschuldigen, aber es ist kein anderer mehr im Haus«, flüsterte sie ihm zu.

»Es ist das Los der Langen Kerls, nicht immer zu allen Möbeln zu passen. Machen Sie sich um mich keine Gedanken, Mademoiselle.« Er schaute Nynke schräg von oben herab an.

»Dem Namen machen Sie jedenfalls alle Ehre.« Der Leutnant überragte sie um etwa zwei Handbreit.

»Für die Garde muss man mindestens sechs preußische Fuß hoch sein. Die Preußen haben große Füße.«

Einer weiteren Antwort wurde Nynke enthoben, denn in diesem Augenblick rauschte Melisande auf sie zu. Sie erhob sich wieder von ihrem Sitz, um sich Annas Freundin zu widmen, und war nicht einmal traurig darüber, dem linkischen Leutnant zu entfliehen. Über dem Arm der jungen Frau baumelte ein Korb von beachtlicher Größe. Den Henkel schmückte eine riesige blaue Schleife, passend zum Kleid der Trägerin, und über den Rand quollen Weintrauben.

»Wo ist denn der liebe Pitter? Ich habe Leckereien für ihn mitgebracht, Obst und Nüsse, und hatte mich so darauf gefreut, dass er uns heute Nachmittag die Ehre gibt.«

»Viele fremde Menschen in einem Raum machen ihn nervös. Dann kann er laut und lästig werden. Er flötet und krächzt und redet Unsinn, wenn er sich aufregt.« Nynke lächelte unverbindlich. Anna wäre die Anwesenheit des Papageis peinlich, und sie wollte Pitter die Aufregung ersparen.

»Das hört sich immer so putzig an, wenn er redet.«

»Ja sicher.«

»Ich glaube allerdings, er sagt nicht wirklich feine Sachen. Anna wollte es mir nicht übersetzen.« Melisande plauderte ohne Punkt und Komma. »Kann ich ihn nicht wenigstens sehen und ihm seinen Korb geben und erleben, wie er sich über sein Geschenk freut.«

Pitter würde den Inhalt verputzen, bis ihm schlecht wurde, und obendrein den Korb zerlegen. Leckereien durfte er nur wohldosiert erhalten, aber jemand wie Melisande verstand das nicht.

»Er hat vorhin geschlafen«, sagte Nynke deshalb.

»Oh, da dürfen wir ihn nicht stören. Geben Sie ihm das mit einem dicken Kuss von mir. Ich komme in der nächsten Woche wieder und frage ihn, wie es geschmeckt hat.«

»Das will ich sehr gern machen.« Sie nahm Annas Freundin den Korb ab und stellte ihn auf ein niedriges Schränkchen.

Die restlichen Mitglieder des Literaturzirkels waren eingetroffen und hatten ihre Plätze gefunden. Der einzige freie Stuhl war der neben Leutnant von Heyneke, von dem Nynke zuvor aufgestanden war. Sie setzte sich wieder dorthin und verschränkte die Hände im Schoß.

»Ich konnte nicht umhin, einiges von dem zu hören, was Sie mit Madame de Roucy besprochen haben«, begann wieder der Leutnant. »Ein interessantes Haustier haben Sie, wie mir scheint. Ein Hund kann es jedenfalls nicht sein.«

»Ein Graupapagei. Das ist ein Vogel aus dem südlichen Afrika.«

»Außergewöhnlich für eine außergewöhnliche Dame.«

Das Kompliment klang so schief – der Leutnant konnte nicht viel Übung darin haben, Frauen zu schmeicheln. Nynke quittierte es mit Schweigen.

»Ich würde dieses Wunderwesen gern sehen, aber natürlich seinen Schlaf nicht stören. Vielleicht darf ich noch einmal wiederkommen?«

»Vielleicht.«

Anna teilte die Texte aus. Leutnant von Heyneke bekam eine Rolle, Nynke nicht, worüber sie nicht traurig war. Das Lesen begann, und der linkische Leutnant erwies sich als überraschend guter Vorleser. Er hatte eine angenehme Stimme und las mit passender Betonung. Vor allen Dingen verhaspelte er sich nicht einmal, und das war bei den anderen längst nicht so. Melisande etwa stotterte in einem fort und bekam keinerlei Rhythmus in die Verse.

Dem Lesen folgte ein Imbiss, bestehend aus drei verschiedenen Sorten Pasteten und ebenso vielen Kuchen, dazu Süßwein, Tee und Portwein für die Herren. Der Gelehrte sprach Letzterem eifrig zu, Julius von Heyneke begnügte sich mit Tee. Nynke fand das den ersten angenehmen Zug an ihm. Nach dem Imbiss sollte über das Gelesene disputiert werden, und der gelehrte Herr begann mit einem Vortrag zur Komposition des Epos, obwohl er zunächst nicht müde wurde, zu betonen, dass dies nicht sein Fachgebiet sei. Nynke vermochte nurmehr den ersten Sätzen zu folgen, ehe sie ihre Gedanken schweifen ließ.

»Vielleicht möchte Fräulein van Lohuijsen uns ihre Meinung mitteilen. Bisher haben wir von ihr noch nichts zu unserem Thema gehört«, sagte auf einmal der Gelehrte.

Nynkes Kopf flog herum. Sie fixierte den Mann, und wenn Blicke töten könnten, hätte sie ihn zumindest verletzt. Worüber er zuletzt doziert hatte, davon hatte sie kein Wort gehört.

»Ich denke, dass meine Meinung angesichts Ihrer Weisheit nur unbedeutend sein kann«, wehrte sie tugendhaft ab.

»Gerade in den Meinungen, die ihre Besitzer für unbedeutend halten, stecken oft interessante Gedanken.« Der Mensch ließ nicht locker.

Alle Antworten, die Nynke in den Sinn kamen, klängen patzig, deshalb schwieg sie und biss sich auf die Unterlippe. Die ungeteilte Aufmerksamkeit des Literaturzirkels war auf sie gerichtet, und niemand schien gewillt zu sein, ihr beizuspringen. Nie wieder, schwor Nynke sich innerlich, würde sie Anna zu Gefallen bei diesem Kreis anwesend sein.

»Mademoiselle van Lohuijsen hat sich gemeinsam mit ihrer Schwester aufopfernd um unser Wohl bemüht, und das kommt in der Äneis kläglich zu kurz. Sie haben Platten mit Köstlichkeiten herumgereicht, bei den Getränken blieben keine Wünsche offen. Ich wünschte, die Helden hätten jemanden wie Mademoiselle van Lohuijsen an ihrer Seite gehabt. Sie hätten weniger darben müssen. Was nützt es, nach langer Irrfahrt ein verheißenes Land zu finden, wenn man sich bis dahin von Brei und Salzfisch ernähren muss?«

»Mir scheint, Sie verwechseln da etwas mit der Odyssee, junger Freund«, wies der Gelehrte den Leutnant zurecht.

»Und mir scheint, in der Odyssee geht es darum, den Weg nach Hause zu finden, während Äneas nach Sizilien gekommen ist.«

Der Gelehrte brummelte etwas in seinen Bart hinein, ließ aber Nynke in Ruhe. Leutnant von Heyneke zwinkerte ihr zu. Das war der zweite Pluspunkt des Tages, den er auf seinem Konto verbuchen konnte. Diesmal lächelte sie dankbar zurück. Bei der Verabschiedung beugte er sich über ihre Hand und wirkte dabei wieder linkisch.

KAPITEL XXXIX

»Puh!«, rief Anna aus, nachdem alle Gäste gegangen waren. Sie ließ sich rückwärts in einen Sessel fallen und griff nach einem der übrig gebliebenen Törtchen. »Ich weiß wirklich nicht, warum dieser Herr jedes Mal mitkommen muss. Eigentlich gehört nur seine Frau unserem Literaturzirkel an. Aber seit seinem kreuzlangweiligen Vortrag über die Planeten und das Gedöns schleppt sie ihn immer wieder an.«

»Gibt es niemanden, der sie beiseitenehmen kann, um ihr diskret zu bedeuten, ihn zu Hause zu lassen?« Nynke schenkte sich Tee ein, der mittlerweile kalt war und bitter schmeckte. Sie trank ihn trotzdem.

»Ich werde nicht diejenige sein. Damit am Ende alle mit dem Finger auf mich zeigen und es wieder heißt, die Holländer maßen sich Dinge an.«

»Deine Freundin Melisande?«

»Sie hat ein viel zu weiches Herz dafür. Zum Glück war Leutnant von Heyneke da und ist dir beigesprungen.«

»Zum Glück.«

»Bist du ihm dankbar?«

»Noch dankbarer wäre ich, wenn das gar nicht nötig geworden wäre. Es war nett von ihm – natürlich«, setzte Nynke hinzu, als sie den durchdringenden Blick ihrer Schwester auf sich ruhen fühlte.

»Er hat wirklich angenehm gelesen. Ich hoffe, wir werden lange das Vergnügen seiner Gegenwart erleben.«

»Hm«, machte Nynke unbestimmt. »Am besten werde ich

Pitter sein Geschenk bringen, damit du Melisande berichten kannst, wie sehr er sich darüber gefreut hat.«

»Sie hat ihn wirklich gern.«

Nynke sagte nichts mehr, sondern verließ mit dem Geschenkkorb in der Hand den Salon. Sie hielt Melisande nicht für fähig, echte Zuneigung zu einem Tier zu empfinden. Für sie war Pitter ein Hätschelwesen, von dem sie sich wegen seiner Exotik Aufmerksamkeit der Potsdamer Gesellschaft versprach. Bis sie einmal eine seiner Hinterlassenschaften wegputzen musste …

* * *

Dass Jan mit der Baukommission zu einer Einigung gekommen war, merkte Nynke daran, dass Ende September eine dicke zusammengenähte Akte mit der Aufschrift ›Statische Berechnungen der Häuser …‹ – es folgte eine lange Aufzählung von Nummern ›erstellt durch den Architekten Peter de Gayette zu Potsdam im September 1735‹ – ankam. Der Akte war ein Schreiben beigelegt, das die Rechnung enthielt. Jedes Haus war in einer Spalte erfasst, die Summen waren alle verschieden, und was am Ende herauskam, ließ in Nynke die Lust erwachen, einen von Pitters Flüchen auszusprechen. Der Papagei saß auf einem Schrank und äugte zu ihr herunter.

»Luie vent! In de Wanten! Luie vent!«, kommentierte er.

Dankbar sah Nynke zu ihm auf. Sie kontrollierte penibel, ob die statischen Berechnungen für alle aufgezählten Häuser vorhanden waren, denn nur zu gern hätte sie ein paar Posten von der Rechnung gestrichen. Leider hatte Peter de Gayette sich keinen Schnitzer erlaubt. Jan nahm ihr die Akte aus der Hand und murmelte etwas, das wie ein knapper Dank klang. Sie drang nicht weiter in ihn, sondern erkundigte sich anderntags bei Dirck, wie er mit der städtischen Baukommission verblieben war.

Der wiegte den Kopf. »Hat Jan dir nichts gesagt?«

»Er schien nicht darüber sprechen zu wollen.«

»Dann weiß ich nicht, ob ich befugt bin, es dir zu erzählen.«

»Ich erfahre es, und wenn ich zu Peter de Gayette gehen muss.«

»Das würdest du nicht tun.«

»Doch.«

»Erpresserin.« Dirck gab nach und berichtete ihr, dass die Kommission unnachgiebig geblieben war. Als einziges Zugeständnis hatten sie sich abringen lassen, nachträgliche Berechnungen anzuerkennen.

»Eine Strafzahlung haben sie Jan wegen seiner Nachlässigkeit aufgebrummt. Für ihre Akten haben sie einen Bericht verfasst, den er unterzeichnen musste. Was darin genau steht, weiß ich auch nicht. Ich schätze jedoch, sie werden ihm keine gute Referenz ausstellen, falls er jemals woanders etwas bauen will.«

»Das wird der König tun.«

»Wenn der König überhaupt Referenzen ausstellt.«

»Jan darf sich Königlicher Baumeister nennen.«

Nynke ließ es keine Ruhe, und zwei Wochen später schrieb sie eine Note an den preußischen König, in dem sie den Fall so akkurat schilderte, wie sie es vermochte. Da Friedrich Wilhelm als sparsam und ungeduldig bekannt war, vergaß sie nicht, die zusätzlichen Kosten dieses umständlichen Verfahrens und den Zeitverlust zu erwähnen. Den einzigen Profiteur, Peter der Gayette, der sich ebenfalls Königlicher Baumeister nennen durfte, erwähnte sie mit keinem Wort, aber jeder, der zwischen den Zeilen zu lesen verstand, musste auf seinen Namen kommen. Nachdem sie die Note eigenhändig einem Schreiber der Hofkanzlei übergeben hatte, fühlte sie sich erleichtert. Erst später kamen ihr Zweifel, ob ihr Handeln im Sinne des Schwagers gewesen war. Jan hatte die Angelegenheit offensichtlich auf kleiner Flamme halten wollen. Sie hatte das zunichtegemacht.

Je länger die Antwort auf sich warten ließ, desto mehr sah Nynke sich als Mittelpunkt eines Vorgangs, bei dem alle mit dem Finger auf sie zeigten. Der Brief, der kurz vor Weihnachten eintraf, ärgerte sie ebenso sehr wie die Entscheidung der Kommission, aber sie spürte, dass sie es damit gut sein lassen musste. In gewundener Sprache wurde ihr erklärt, dass sie sich als Weibsperson aus diesen Dingen heraushalten solle.

KAPITEL XL

Julius von Heyneke hielt sein Wort und besuchte Nynke in der Krankenstube. Zur verabredeten Zeit verdunkelte sein Schatten die Eingangstür. An diesem Tag hatte Nynke Pitter mitgenommen, und er saß auf dem Regal und zernagte einen armdicken Buchenast. Auf dem Boden hatte sich ein Häufchen Späne angesammelt. Der Blick des Leutnants fiel zuerst darauf.

»Ellendige Landrotten!«, begrüßte Pitter ihn und fuhr mit seiner Tätigkeit fort.

»Ich übersetze es nicht«, sagte Nynke sofort.

»Dann frage ich auch nicht.« Julius von Heyneke streckte ihr einen Strauß Chrysanthemen entgegen. »Vielleicht hätte ich Ihrem Papagei auch etwas mitbringen sollen, damit er mich freundlicher begrüßt.« Danach schaute der Leutnant sich um. »Das ist also aus der Krankenstube geworden, für die Sie vor Jahren bei mir um Dr. Bendlers Hilfe gebeten haben. Sie können sehr stolz darauf sein. Dr. Bendler ist immer voll des Lobes für Sie, und in Potsdam wird nicht wenig darüber geredet.«

»Sie übertreiben.«

»Gewiss nicht. Ihre Krankenstube ist bemerkenswert und einzigartig.«

»Ich wünschte mir, dass es auf jeder Baustelle eine gäbe. Die Arbeiter verletzten sich oft, und dann wäre es gut, wenn sie behandelt werden können.«

»Das machen alles Sie?«

»Nur die leichten Fälle und Verbandswechsel. Für alles andere lasse ich Dr. Bendler kommen, ich bin schließlich keine Ärztin.«

»Das geht ja nicht für eine Frau.« Der Leutnant hatte inzwischen auf dem Stuhl Platz genommen, auf dem sonst ihre Patienten saßen.

Pitter hatte seinen Standort gewechselt und hockte jetzt auf dem Tisch, an dem sie ihre Berichte zu schreiben pflegte. Mit schräg gelegtem Kopf beobachtete er Nynke und ihren Besucher. »In de Wanten! Sneller!«

»Man könnte meinen, er versteht jedes Wort und will sich an unserem Gespräch beteiligen.«

»Er plappert nur nach, was er oft genug gehört hat. Früher lebte er bei einem Seemann.«

»Dann kann ich mir vorstellen, was er sagt, und verstehe voll und ganz, wenn Sie das nicht übersetzen wollen.« Julius von Heyneke schenkte ihr einen dieser Blicke, bei denen sie nie wusste, ob er verlegen war oder es seiner umständlichen Art entsprach. Leichtigkeit und eine Flinkheit der Gedanken, die sie sich von einem Mann wünschte und die Matthias in so überreichem Maße besaß, fehlten ihm.

Er sprach weiter: »Stellen Sie sich vor, Mademoiselle van Lohuijsen, ich bin zu Ihnen gekommen, weil ich mich an der Hand verletzt habe.« Er streckte ihr seine Rechte hin. »Was machen Sie?«

»Wie haben Sie sich denn verletzt?«

»Ich habe mir mit dem Hammer auf den Zeigefinger geschlagen.«

»Sie führen den Hammer mit der linken Hand?«

Der Leutnant war verwirrt. »Wie ... wie meinen Sie?«

»Sie können sich nur auf den rechten Zeigefinger schlagen, wenn Sie den Hammer in der linken Hand halten. Ansonsten ist es umgekehrt.«

Sofort hielt er ihr die andere Hand hin. Nynke tat so, als inspiziere sie eine Verletzung und befand, es sei nicht weiter schlimm. Er solle die Stelle kühlen und den Finger ein paar Tage nicht bewegen.

»Das muss sich nicht Dr. Bendler anschauen?«

»Zu mir kommen Bauarbeiter und keine Wehleider. In Ihrem Regiment ist das vielleicht anders?«

»Wer sich da auf den Finger haut, zieht sich den Spott seiner Kameraden zu, und wer damit zum Regimentsarzt ginge, wäre für alle Zeiten unten durch.«

»Deshalb ist das hier eine Krankenstube und keine Arztpraxis«, stellte Nynke richtig. »Aber da Sie nun schon einmal hier sind, kann ich Ihnen etwas Beinwellpaste auf die Verletzung geben und einen Verband machen.« Es kam ihr reichlich albern vor, aber wenn der Offizier daran Vergnügen fand, spielte sie eben mit.

»Bitte sehr, für einen Verband.« Der Leutnant zog ein zusammengelegtes Taschentuch aus seiner Rocktasche.

Es entfaltete sich in Nynkes Hand zu enormer Größe. Sie machte sich daran, es um seinen Zeigefinger zu wickeln. Unterdessen wurde die Tür der Krankenstube geöffnet.

»Habe ich richtig gesehen und …« Matthias spähte herein. Seine Miene wechselte von freudig zu ausdruckslos, als er den Leutnant bemerkte.

Nynke spürte seine Enttäuschung wie einen körperlichen Schmerz. Das Lächeln verschwand aus seinem Gesicht, als hätte jemand eine Kerze ausgeblasen. Sie wollte seine Hände ergreifen, ihn an ihren ersten Spaziergang erinnern und an die schönen Gedanken, die er ihr in seinen Briefen offenbart hatte, aber sie konnte nichts anderes tun, als die Herren einander vorzustellen.

»Sehr angenehm, der Herr Leutnant.« Matthias tippte sich an seine Kappe. »Ich dachte, … Eigentlich ist es egal, was ich dachte.«

»Kann ich Ihnen helfen?«, presste Nynke heraus.

»Ich denke nicht.«

»Mann, ich kann doch wohl erwarten, dass Sie Höflichkeit gegen Mademoiselle von Lohuijsen walten lassen«, mischte sich der Leutnant ein. Er war aufgestanden, und seine Hand lag auf dem Degengriff.

»Ich wüsste nicht, was Sie das angeht.« Matthias bedachte den Offizier mit einem vernichtenden Blick. »Wollen Sie gegen mich blankziehen? Ihre kostbare Etikette so weit vergessen?«

»Ich fordere nichts als Höflichkeit gegen Mademoiselle van Lohuijsen.«

»Alles, wie es ihr zusteht.« Matthias' Kopf verschwand, und die Tür wurde geräuschvoll geschlossen.

Julius von Heyneke lockerte die Degenhand, und Nynke fragte sich, was gerade geschehen war. Die Luft zwischen beiden Männern hatte sich auf einmal zum Schneiden dick angefühlt.

»Ungehobelter Klotz«, schimpfte der Offizier. »Was ist von einem Bauarbeiter auch anderes zu erwarten?«

»Er hat wohl nicht erwartet, ein Mitglied der königlichen Garde vorzufinden, dem ich einen nicht verletzten Finger verbinde«, sagte Nynke spitz. »Das ist auch wirklich zu albern.«

»Sie haben recht, Mademoiselle van Lohuijsen.« Julius von Heyneke nahm den provisorischen Verband wieder ab und stopfte das Tuch in seine Tasche. »Ich werde Sie nach Hause begleiten.«

»Das ist nicht nötig.«

»Draußen ist es dunkel.«

»Ich bin den Weg schon oft im Dunkeln gegangen.«

»Aber es gehört sich nicht, dass ich mich auf diese Weise davonstehle.«

»Ich bin wirklich schon oft im Dunkeln allein heimgegangen«, wiederholte Nynke mit mehr Nachdruck. Sie brauchte ihre ganze Überzeugungskraft und etliche Zeit, um den Leutnant loszuwerden. Als er endlich weg war, schloss sie aufatmend die Tür hinter ihm.

Sie hatte Berichte zu schreiben, aber die konnten warten. Nynke spähte zur Tür hinaus, und als vom Leutnant keine Spur mehr zu sehen war, verließ sie die Krankenstube.

Ihr Weg führte sie am Schloss vorbei und in eine schmale, kaum beleuchtete Gasse. Sie huschte einen Gang entlang, der sie auf die Rückfront eines bestimmten Hauses brachte. Ihr Blick suchte zwei dunkle Fenster, in der Hand wog sie die Kiesel, die sie unterwegs aufgehoben hatte. Sie nahm den ersten kleinen Stein und warf. Zielte zu flach, und er prallte an der Mauer ab. Mehr als ein leises Klackern war nicht zu hören. Mit dem zweiten Kiesel traf Nynke eines der beiden Fenster.

Sie hielt den Atem an und wartete. Was sie tat, gehörte sich nicht für eine junge Frau. Es war Sache der Männer, Steine an die Scheibe der Angebeteten zu werfen. Ihr Kiesel blieb ohne Reaktion. Sie warf deshalb noch einen zweiten und dritten. Dieser Letzte war größer als die vorherigen, er klackerte erst laut gegen das Glas und fiel dann mit einem vernehmbaren Geräusch zu Boden. Nynke drückte sich in den Schatten und wartete.

Wenn Matthias das nicht gehört hatte, war er wohl nicht zu Hause. Enttäuscht wollte sie sich abwenden, als sie eine Bewegung an der Gardine erahnte. Mit angehaltenem Atem blieb sie stehen. Ein Fensterflügel schwang auf, und dann erschien sein Kopf in der Öffnung. Er schaute sich um.

»Matthias«, flüsterte Nynke und trat einen Schritt aus dem Schatten heraus.

»Was wollen Sie?« Das klang nicht ermutigend. Dass er sie auf einmal wieder mit Sie ansprach, war wohl seinem Ärger geschuldet.

»Mit dir reden.«

»Wo haben Sie Ihren Offizier gelassen?«

Nynke seufzte. »Das ist nicht mein Offizier.«

»Das sah für mich ganz anders aus.«

Eine Antwort hielt sie nicht für nötig. Sie drehte sich um und trat in den Schatten zurück. Ging langsam an der Wand des Nachbarhauses entlang auf den schmalen Gang zu. Hinter sich hörte sie, wie das Fenster wieder geschlossen wurde. Dafür wurde gleich darauf die rückwärtige Tür des Hauses aufgerissen. Eilige Schritte ließen ihr Herz höher schlagen.

Matthias holte sie ein, ehe sie die Gasse erreicht hatte. In der Düsternis des Ganges konnte sie sein Gesicht nicht erkennen, nur seinen schweren Atem hören.

»Dieser Mann. Wie kannst du? Mir schreibst du Briefe voller Gefühl und hinter meinem Rücken turtelst du mit dem.«

Sein Tonfall war immer noch anklagend, aber dass er sie wieder vertraulich ansprach, gab Nynke Hoffnung. Ärgerlich war sie dennoch auf ihn. Wie konnte er von ihr denken, sie habe mit jemandem wie dem Leutnant …? »Ich habe ihm die Krankenstube gezeigt. Seinen Bemühungen verdanke ich es, dass Dr. Bendler sich zur Mitarbeit bereit erklärte und ich sie überhaupt eröffnen konnte. Ich weiß nicht, was in dich gefahren ist.«

»Deshalb verbindest du ihm einen Finger, der so heil ist, wie es nur eben geht.«

»Ich wollte nett sein.«

»Das wiederum war sehr gut zu sehen.«

»Matthias?« Nynke fühlte sich langsam verzweifelt. War er nur heruntergekommen, um ihr Vorwürfe zu machen? »Warum willst du mir nicht zuhören.«

»Weil ich Augen im Kopf habe.«

»Die auf den Anschein hereingefallen sind.«

»Was gab es da falsch zu verstehen?«

»Alles.« Nynke verließen die Kräfte, und sie sank gegen die Wand. Sie stieß sich die Schulter, und ihr entfuhr ein leiser Aufschrei.

»Nynke, um Himmels willen. Was ist mit Ihnen?«

»Mir ist übel von deinem dummen Gerede.« Sie rieb sich die Schulter und eilte davon.

KAPITEL XLI

Die Baracke, in der die Krankenstube in der ersten Zeit untergebracht war, hatte Nynke im Winter des Jahres 1735 gegen eine Werkstatt im Erdgeschoss eines der schmalen holländischen Häuser getauscht. Die Fenster schlossen dicht, und in einer Ecke verbreitete ein Ofen wohlige Wärme. Sie musste nicht mehr fürchten, ungebetenen tierischen Besuch zu bekommen. Gemeinsam mit Dr. Bendler, Jan und Dirck hatte sie über diesen Umzug entschieden, da kaum holländische Siedler kamen und viele der für sie errichteten Häuser leer standen.

Vor ihr auf dem Stuhl saß Dorothea Menke, die Betreiberin einer Garstube auf der Baustelle, die von jedermann nur Frau Dorchen genannt wurde. An diesem Morgen ließ der Schmerz ihre ohnehin scharf geschnittenen Gesichtszüge verstärkt hervortreten. Sie hatte ihre rechte Hand aus einem schmuddeligen Lappen gewickelt und hielt sie Nynke hin. Die Finger zitterten.

»Frau Dorchen.« Sanft griff Nynke nach der Hand.

Unübersehbar steckte unter dem Nagel des Mittelfingers ein Holzsplitter. Es war nur wenig Blut ausgetreten, aber der Splitter reichte beinahe bis zum Nagelbett. Der Schmerz musste heftig sein und hatte die ansonsten nicht zimperliche Frau Dorchen kleinlaut werden lassen.

»Du musst das rausziehen. So kann ich nicht arbeiten, und die Männer brauchen ihr Mittagessen«, verlangte sie.

Der Splitter musste entfernt werden, daran bestand kein Zweifel. Unglücklicherweise war er in Höhe des Nagels abgebrochen und ragte kaum heraus. Das machte es schwierig, ihn mit einer Pinzette zu fassen. Nynke überlegte, nach Dr. Bendler zu schicken.

»Nun mach schon«, verlangte Frau Dorchen erneut.

»Es wird wehtun, wenn ich an den Splitter rühre.«

»Es tut auch jetzt weh.«

»Vielleicht sollte ich besser Dr. Bendler ...«

»Bei ihm spüre ich dann keinen Schmerz?«

»Das nicht. Aber er ist Arzt und weiß besser, was zu tun ist.«

»Rausziehen. Was anderes gibt es nicht. Das sage ich dir, Frau Nynke. Auf den Medicus pfeife ich, Hauptsache dieses Ding kommt endlich raus.«

Nicht völlig überzeugt griff Nynke nach der Pinzette. Der Nagel war sehr kurz, und der Splitter stand nur wenig über. Sie suchte nach der besten Stelle, um anzusetzen.

»Was gibt das hier? Wir verlangen eine Erklärung.«

Die Worte ließen Nynke und Frau Dorchen zusammenzucken. Ihr fiel fast die Pinzette aus der Hand. Neben der Tür stand der preußische König in einem schmucklosen grauen Rock. Dazu trug er braune Hosen. Man hätte ihn für den Schreiber eines Handelskontors halten können. Von ihrem Schwager wusste Nynke, dass Friedrich Wilhelm dafür bekannt war, einfach gekleidet durch Potsdam zu spazieren, in Häuser einzutreten, um in fremde Töpfe zu schauen. Dennoch starrten sie und Frau Dorchen ihn mit schreckgeweiteten Augen an.

»Die Sprache verloren?« In der Rechten hielt Friedrich Wilhelm eine Reitgerte und schlug damit gegen seinen Stiefel.

»Euer Majestät.« Nynke versank in einen Hofknicks.

Wenig elegant tat Frau Dorchen es ihr nach. Die verletzte Hand hielt sie sorgfältig neben sich in die Luft.

»Wir haben nicht mit Euch gerechnet, Euer Majestät. Verzeiht, dass Ihr uns überrascht seht, aber natürlich seid Ihr mir jederzeit in der Krankenstube willkommen. Wollt Ihr sehen, was daraus geworden ist, und Euch nach Dr. Bendlers und meiner Arbeit erkundigen?« Nynke verharrte weiter im Hofknicks und blickte zum preußischen König hoch. Es tat ihr um Frau Dorchen leid, deren Behandlung nun warten musste.

»Welche Arbeit in welcher Krankenstube?« Der König schaute sich um.

»Die Krankenstube für die Arbeiter auf Euren Baustellen in Potsdam. Euer Majestät haben sie genehmigt.«

»Wir haben nichts genehmigt.« Die Gerte schlug weiter gegen den königlichen Stiefel.

Nynke kam sich vor wie ein Delinquent in einer hochnotpeinlichen Befragung, der etwas gestehen sollte, von dem er nichts wusste. Wieso erinnerte sich der König nicht an die Krankenstube? Vorsichtig setzte sie ihre Worte: »Alle Gelder für die Krankenstube kommen aus Eurer Schatulle. Ich sende regelmäßig von Dr. Bendler gegengezeichnete Berichte …«

»An uns jedenfalls nicht. Wir wissen auch, dass wir noch keinen Taler für das hier gezahlt haben. Es verlassen nicht einfach so Gelder unsere Kanzlei. Wer bekommt diese Berichte?«

»In der Genehmigung wurde ich angewiesen, regelmäßig an den gnädigen Herrn Kronprinz zu berichten, weil ihm die Aufsicht obliege.«

»Fritz also. Da wird uns einiges klar. Was macht Sie da?« Die Reitgerte deutete auf Frau Dorchen. »Ist das Ihre Helferin? In einer Krankenstube braucht es einen Arzt, nicht nur Weiber.«

»Dr. Bendler betreut die Krankenstube.«

»Fähiger Mann.«

»Ich weiß nicht, was ich ohne ihn täte. Das ist Frau Dorchen, die sich an der Hand verletzt hat«, sagte Nynke mühsam. Sie zog die Betreiberin der Garküche aus ihrer gebeugten Stellung hoch.

König Friedrich Wilhelm warf einen Blick auf den rot geschwollenen Finger und verzog das Gesicht. »Sieht nicht gut aus. Ein Arbeiter auf unseren Baustellen ist dieses Weib aber nicht.«

»Sie betreibt eine Garküche und versorgt die Männer auf Euren Baustellen. Ich denke, es ist recht, sie zu behandeln.« Nynke betrachtete den vor ihr stehenden preußischen König, den sie wenigstens um einen halben Kopf überragte. Sie verschwieg ihm, dass inzwischen die Kinder und Ehefrauen der Arbeiter in die Krankenstube kamen und sich für einige Groschen von Dr. Bendler und ihr behandeln ließen. In ihren Berichten erwähnte sie das ebenfalls nie.

»Dann behandele Sie dieses Weib.«

»Ich war gerade dabei, über den besten Weg zu entscheiden und ob es nötig ist, nach Dr. Bendler zu schicken.«

»Ziehe Sie den Splitter raus. Was soll dabei der Medicus?« Friedrich Wilhelm beugte sich über Frau Dorchens Hand, die auf dem Tisch lag.

Nynke tastete nach der Pinzette. Sie nickte Frau Dorchen zu. Der König packte deren Arm. Nynke fasste mit der Pinzette zu und zog. Frau Dorchen schrie auf. Dann war es vorbei. Blut quoll unter dem verletzten Nagel hervor. Der Splitter war kleiner, als Nynke gedacht hatte. Sie ließ ihn samt Pinzette in eine Tonschale fallen.

»Sie muss tapfer sein, Frau«, riet der König. »Den Finger in warmem Wasser baden, damit die Haut weiß wird. Der Nagel kann abgehen. Dafür braucht man keinen Medicus.« Nach diesen Ratschlägen verließ der preußische König die Krankenstube.

Frau Dorchen starrte ihre Hand an.

KAPITEL XLII

1736

»Ich danke dir. Wirklich, ich bin dir aufrichtig dankbar.« Dirck schlug seinem Bruder auf die Schulter. Er gab sich keine Mühe, seine Kraft zu zügeln, und Jan knickte unter dem Schlag ein wenig ein.

»Ich hatte dir versprochen, du musst nur so lange mein Vorarbeiter sein, bis ich einen würdigen Ersatz gefunden habe. Erinnerst du dich? Nun ist es so weit.«

Beide Boumann-Brüder schauten auf Matthias Thämelt. Vor lauter Verlegenheit wusste der nicht, wohin mit seinen Händen. Er ließ sie erst seitlich herabhängen, verschränkte sie dann vor dem Bauch und hakte zuletzt die Daumen in die Taschen seiner Hose.

»Dir danke ich auch«, sagte Dirck zu ihm und grinste breit. »Es ist zu spät, aber hast du dir gut überlegt, was du dir da ans Bein bindest? Die Männer werden mit jeder Kleinigkeit kommen, um sich bei dir zu beschweren. Am Abend klingeln dir davon die Ohren.«

»So schlimm wird es schon nicht werden.«

»Schlimmer. Denn damit ist es nicht getan. Du bist auch verantwortlich für das alles hier.« Dirck drehte sich um und ergriff einen Packen, den er vor dem Gespräch zurechtgelegt hatte.

Wie Nynke mit ihrer Krankenstube war auch Jan mit seinen Unterlagen und einem großen Zeichentisch in eines der leer stehenden holländischen Häuser gezogen. Dort plante er, organisierte die Abläufe auf der Baustelle, dort schrieb er seine Berichte und bewahrte alle Akten auf. Im selben Raum stand auch ein kleinerer Schreibtisch für den Vorarbeiter. Von diesem hatte Dirck den Packen fortgenommen, den er Matthias entgegenstreckte. Obenauf lag ein Schlüssel.

»Das sind Berichte und Listen und Unterlagen, die du alle führen musst. Abschriften sind wöchentlich an den Baumeister Jan Boumann zu richten. Dazu gehört auch der Schlüssel für diese Folterkammer, in der du von nun an mehr Zeit verbringen wirst als draußen bei den Häusern.«

Matthias sah erschrocken und Dirck schadenfroh drein.

»Mein Bruder übertreibt maßlos«, mischte sich Jan ein. »Um dich zu erschrecken, hat er alle Papiere zusammengesucht, die je vom Vorarbeiter erstellt worden sind. Ich wette, es sind noch etliche von Wolfhardt Dyballa dabei.«

»Da halte ich dagegen«, kam es sofort von Dirck.

»Ich werde zurechtkommen, obwohl ich mir so viel Papierkram nicht vorgestellt hatte.« Matthias nahm an sich, was Dirck ihm hinhielt. Er balancierte die Unterlagen in einer Armbeuge und hielt den oben aufliegenden Schlüssel hoch. »Den halte ich in Ehren. Euch beiden danke ich für das Vertrauen, das ihr mir entgegenbringt. Dessen will ich mich würdig erweisen.«

»Davon bin ich überzeugt«, bekräftigte Jan. »Diese Unterlagen ...«

»Wollen wir wetten.« Dirck streckte dem Bruder die Hand hin.

»Ich wollte sagen, dass Matthias diese Unterlagen nicht alle am ersten Tag durcharbeiten muss, sondern sich damit Zeit lassen kann.«

»Du willst nur die Wette nicht verlieren.«

»Nur dass ich mich gar nicht daran erinnern kann, eine eingegangen zu sein.« Jan verschränkte die Hände auf dem Rücken, zeigte auf diese Weise an, die ausgestreckte Rechte seines Bruders auf keinen Fall ergreifen zu wollen.

Dirck grinste.

Matthias, der den Schlüssel in seine Rocktasche hatte gleiten lassen, schob die Unterlagen in eine extra mitgebrachte Ledertasche. »Ich werde mich gleich an die Arbeit machen und einige dieser Papiere durcharbeiten, um mit einen Überblick zu verschaffen.«

»Du kannst jederzeit zu mir kommen, wenn dir etwas unklar ist«, bot Jan an.

»Zu mir auch, aber ich hoffe, du wirst davon keinen Gebrauch machen.« Dirck lachte.

Kaum hatte Matthias das Baumeisterkabinett verlassen, umarmte er seinen Bruder erneut. »Ab morgen werde ich wieder auf die Gerüste steigen und dir die Dachstühle so schön aufrichten, dass du dich ärgern wirst, mich jemals von dort runtergeholt zu haben. Mit Matthias Thämelt hast du den Richtigen ausgewählt. Die Männer achten ihn. Du hättest nicht so lange warten müssen.«

»Ich musste mir mit ihm erst sicher sein. Seit Wochen steckt eine Traurigkeit in ihm, die ich mir nicht erklären kann. Dass sich dies nicht auf seine Arbeit auswirkt, dessen musste ich mich erst versichern.«

»Nun bist du es?«

»Was immer seine Seele beschwert, wirkt sich auf seine Arbeit nicht aus.«

* * *

Nynke stand im Esszimmer und arrangierte Blumen in einer Vase. Normalerweise gehörte das zu Annas Aufgaben, aber die war wieder einmal mit dem Literaturzirkel beschäftigt. Dieser nahm einen immer größeren Anteil im Leben ihrer Schwester ein. Derart zeitig im Frühjahr gab es nicht viel Blühendes, was sich in einer Vase arrangieren ließ. Der Strauß bestand aus Tulpen, Osterglocken und ergrünenden Zweigen.

Unzufrieden mit dem Ergebnis nahm Nynke alles wieder aus der Vase und begann von Neuem. Ihr fehlte Annas Talent, die Blumen so zu stecken, dass es wie zufällig aussah und doch jede sich am einzig möglichen Platz befand. Bei ihr sah es immer künstlich aus. Rote Tulpen, gelbe und rosafarbene – wie sollte sich daraus etwas machen lassen? Sie ersetzte eine rosa Tulpe durch eine rote und betrachtete das Ergebnis.

»Das sieht sehr hübsch aus«, sagte Jan hinter ihr.

Nynke drehte sich um. Die Osterglocke, die sie gerade in die Vase stecken wollte, fiel ihr aus der Hand. Ihr Schwager hob sie auf und gab sie ihr zurück.

»Ich weiß nicht. Es wird nie so, wie ich es mir vorstelle. Wie der Strauß aussähe, wenn Anna ihn in die Vase gesteckt hätte.«

»Du musst nicht immer so streng mit dir sein. Das wird dich unglücklich machen.«

»Wirke ich so auf dich? Unglücklich?« Nynke steckte die restlichen Blumen in die Vase, wie sie ihr in die Finger kamen.

»Du wirkst auf mich wie eine ernsthafte junge Frau.« Jan sprach bedächtig, betonte jedes Wort. »Der Mann, der dich einmal heiraten wird, kann von Herzen froh sein. Mach dir nur keine Gedanken, weil bisher niemand um deine Hand angehalten hat. Es wird sich alles zu seiner Zeit finden. Ich jedenfalls werde dich nie drängen. Das sollst du wissen.«

Dieser Themenwechsel erstaunte Nynke, aber dem Tonfall ihres Schwagers hörte sie an, dass ihm dies schon länger auf der Seele gebrannt hatte. Sie musste sofort an Matthias denken, den sie seit ihrem dummen Streit nur aus der Ferne gesehen hatte. Dass er zum Vorarbeiter befördert worden war, hatte sie von Jan und Dirck gehört. Er schrieb ihr keine Briefe mehr. Sie hatte es mehrfach versucht, die richtigen Worte hatten nie auf das Papier gewollt. Die Erklärung für ihr Verhalten hatte aufrichtig und stolz klingen sollen, sie hatte sich nicht grundlos aufgeregt, weil sie ihn mit einer anderen Frau hatte sprechen sehen. Diesen Schuh musste er sich anziehen. Eine Entschuldigung wäre eher seine Sache als ihre.

Wenn er es nicht für nötig hielt, sagte das auch etwas aus. Dieser Trotz hatte ihr über die vergangenen Wochen geholfen und ließ sie jetzt ihrem Schwager fest in die Augen blicken.

»Ich mache mir keine Sorgen«, sagte sie entgegen der Wahrheit.

»Ich bin sicher, dass es in Potsdam eine Reihe von Männern gibt, die deinen Wert zu erkennen vermögen.«

»Du übertreibst.«

»Bestimmt nicht.« Jan küsste sie zart auf die Wange.

KAPITEL XLIII

Seit der Herr Julius von Heyneke Jans Arbeitskabinett betreten und um eine Unterredung gebeten hatte, hatten sie alle angemessenen Höflichkeiten ausgetauscht. Der Besucher hatte eine Erfrischung in Form eines Glases Rheinwein akzeptiert, bisher aber nicht davon getrunken. Stattdessen räusperte sich der Leutnant zum wiederholten Male. Jan hatte sein eigenes Glas auch unberührt gelassen. Er fragte sich, was seinen Besucher herführte. Sie kannten einander flüchtig von den wenigen Malen, als er an Annas Literaturzirkel teilgenommen hatte, aber sie befanden sich auf keinem Fuß miteinander, der diesen Besuch angezeigt scheinen ließ. Der Leutnant musste ähnlich empfinden, denn er räusperte sich wieder.

»Nun rücken Sie heraus mit dem Grund Ihres Kommens. Ich verspreche Ihnen – ach, sagen Sie es einfach.«

»Das ist … Nun …« Von Heyneke griff nach seinem Glas, führte es aber nicht zum Mund, sondern hielt sich nur daran fest.

Wie es der Mann mit seinem steifen Gehabe je zum Leutnant der Garde gebracht hatte, war Jan schleierhaft. Aber vielleicht gab er sich in der Garnison und bei der Erfüllung seiner Pflicht weniger umständlich.

»Dieses Gespräch sollte ein Mann nur einmal in seinen Leben führen«, begann von Heyneke. »Ich stehe in meinen einunddreißigsten Lebensjahr, bekleide bei der Garde den Rang eines Premierleutnants und darf hoffen, weiter aufzusteigen. Ich habe keine Schulden, jedenfalls nicht mehr, als in der Garde geduldet wird, und bin weder dem Spiel noch dem Trunk verfallen. Meine Familie besitzt ein Gut in Pommern, wo mein Vater Pferde für die Armee züchtet, aber weil ich einen älteren Bruder habe, der das Gut erben wird, blieb für mich eine Laufbahn bei der Armee. Mein jüngerer Bruder strebt eine geistige Position an.«

»Sehr schön. Ihr Vater ist bestimmt stolz auf seine Söhne«, warf Jan ein.

»Was ich damit sagen will, ist, dass ich mich in gesicherter Position befinde, um einer Ehefrau zu bieten, was sie vernünftigerweise erwarten kann. Einer Ehefrau wie Ihrer Schwägerin.«

Jan verstand sofort. »Nynke! Sie sind wegen Nynke gekommen.«

»So ist es.« Von Heyneke sah erleichtert aus, nachdem er den Zweck seines Besuches enthüllt hatte, und trank endlich einen Schluck Wein.

Dafür knäuelten sich Jans Gedanken. Es war erst wenige Tage her, dass er mit Nynke über einen Ehemann gesprochen hatte. Mit keinem Wort hatte sie ihm zu verstehen gegeben, dass es einen Bewerber gab. Ihm war es eher so erschienen, als liege ihr der Gedanke an eine Heirat fern. Aber Nynke hatte ihre Gefühle schon immer gut verbergen können.

»Es gehört sich, dieses Gespräch mit dem Vater der Dame zu führen, aber in diesem speziellen Fall … weil er in Holland ist, denke ich … Sie sind der nächste männliche Verwandte, es ist hoffentlich nicht vermessen, meine Werbung an Sie heranzutragen?«

»Ja, das ist es wohl. Nicht vermessen, meine ich.« Jan kratzte sich am Kopf.

»Ich bin froh, dass Sie das so sehen. Ihre Schwägerin habe ich einige Male getroffen. Ihre Art sagt mir zu. Die sehr jungen Frauen, die immer lachen und scherzen, bereiten mir Kopfschmerzen, weil ich nie weiß, was ich ihnen antworten soll.«

Das glaubte Jan sofort. Er leerte sein Weinglas mit zwei großen Schlucken in der Hoffnung, der Wein werde ihm helfen, seine Überraschung zu verwinden. Vergebens.

»Sie sind sich einig geworden mit meiner Schwägerin?«

»Wo denken Sie hin! In dieser Sache will ich nichts falsch machen. Das verehrte Fräulein van Lohuijsen weiß von nichts. Ich bin erst zu Ihnen gekommen, um Ihre Erlaubnis einzuholen.«

»Sie weiß nichts davon?«

»Ich habe mehrmals mit Fräulein van Lohuijsen gesprochen.« Wieder stolperte von Heyneke über den Namen. »Sie begegnete mir freundlich, aber die Grenzen des Anstandes habe ich nie überschritten. Ich muss mir nichts vorwerfen, Herr Boumann.«

»Meinen Segen haben Sie«, sagte Jan. Wenn Nynke Gefallen an diesem Herrn gefunden hatte, wollte er sein Versprechen halten und ihr keine Steine in den Weg legen. »Meine Schwägerin ist allerdings keines dieser jungen Dinger – wie Sie richtig bemerkten –, deshalb entscheide ich nicht über ihren Kopf hinweg, wen sie zum Manne nimmt. Aber Sie dürfen sich um ihr Herz bewerben.«

Von Heynekes Miene verwandelte sich in ein Strahlen, das ihn nicht mehr so steif und linkisch aussehen ließ. Fast wirkte er, als wollte er Jan auf die Schulter klopfen.

»Meine Frau wird mit Nynke sprechen und sie auf Ihre Werbung vorbereiten. Es soll nichts hinter ihrem Rücken geschehen.«

»Damit bin ich sehr einverstanden.«

Nachdem sich sein Besucher verabschiedet hatte, konnte Jan sich nicht auf seine Arbeit konzentrieren. Er klopfte sich mit einem Kohlestift gegen die Zähne, zerbröselte ihn dann zwischen den Fingern. Er schritt in seinem Arbeitskabinett auf und ab, wie Pitter auf einer Schrankkante entlanglief. Nynke und dieser Leutnant, die Vorstellung fiel ihm schwer. Zum Glück musste nicht er es sein, ihr von dieser Werbung zu berichten. Er brächte alles völlig verdreht heraus.

»Das meinst du nicht ernst!«

»In solchen Augenblicken scherze ich nicht. Darüber kannst du dir sicher sein. Im Übrigen weiß ich nicht, warum du dich echauffierst? Leutnant von Heyneke ist ein überaus angenehmer Herr, wie du selbst weißt. Er wird nicht immer Premierleutnant bleiben. Frau Major, wie hört sich das für dich an?« Anna sprach hoheitsvoll. Beide Hände hatte sie über dem Bauch gefaltet.

»Das hört sich nach nichts an, weil mich nie jemand so nennen wird. Fünfmal habe ich diesen Herrn von Heyneke vielleicht gesehen. Ich weiß nicht, wie der darauf kommt, ich könnte eine passende Ehefrau für ihn abgeben.« Nynke schaffte es nicht, ihre Hände länger stillzuhalten, sie knotete und rupfte ihr Taschentuch, bis der zarte Stoff zerriss. Sie merkte es nicht einmal.

»Ein einziger Blick kann genügen, um sich sicher zu sein.« Das hörte sich eher nach Melisande de Roucy denn nach Anna Boumann an.

»Warum rennt er damit zu Jan, anstatt zu mir zu kommen?« Das Taschentuch bestand nur noch aus Fetzen. Nynke ließ sie fallen. Einer blieb an ihren Fingern haften.

»Weil es sich gehört, die Erlaubnis des männlichen Vormunds für eine Werbung einzuholen.«

»Dann hätte er sich an Vater wenden müssen.«

»Der zu weit entfernt ist.«

»Landrotten! Landrotten!«, meldete sich Pitter zu Wort, der dem Gespräch von seinem Sitz auf einer Schrankecke gelauscht hatte.

»Sei nur ruhig, du«, grollte Nynke. Den letzten Fetzen des

Taschentuchs, den sie in der Hand hielt, warf sie nach dem Papagei. Weit vorher segelte das Stoffstück zu Boden.

Pitter beobachtete es mit schräg gelegtem Kopf. »In de Wanten! Bezetten uitkijk! Sneller!«

»Ich sehe wirklich keinen Grund, warum du die überaus honorige Bewerbung Leutnant von Heynekes in einem derartigen Licht siehst«, sagte Anna in das Gekrächze hinein. Sie saß mit einem zufriedenen Lächeln an ihrem üblichen Platz in der Mitte des Sofas, um dann mit stahlharter Stimme fortzufahren: »Ich werde nicht dulden, dass du diese Chance leichtfertig vertust, das bin ich unserem Ruf und unseren Eltern schuldig. Jetzt ist es an der Zeit, euch besser kennenzulernen und ein Tendre füreinander zu entwickeln.«

»Ich muss hier raus.«

Nynke rannte aus dem Salon und knallte die Tür hinter sich zu. Sie übersah völlig, dass sie beinahe Pitter eingeklemmt hätte, der ihr wie üblich hinterherfliegen wollte.

Erst im Innenhof des Schlosses blieb sie außer Atem stehen und lehnte sich an die Wand. In Gedanken durchforstete sie die wenigen Begegnungen mit Leutnant von Heyneke und fragte sich, was ihn veranlasst hatte, sich Hoffnungen auf ihre Hand hinzugeben. Sie fand die Antwort nicht, aber mitten in diese Gedanken hinein ertönte eine Pfeife, gefolgt von schweren Schritten in Soldatenstiefeln. Nynke sah auf.

In Fünferreihen trabten Soldaten in den Hof. In den blauen Röcken der Garde. Der Offizier mit der Pfeife konnte Leutnant von Heyneke sein.

Er durfte sie nicht sehen!

Nynke floh ins Schloss zurück und schlüpfte zu einer anderen Tür hinaus in den Park. Sie eilte über geharkte Wege zu einer weinüberwucherten Laube, die sie vor allen Blicken verbarg. Kraftlos sank sie auf eine Steinbank. Sie fühlte den Drang zu weinen, und könnte das ihre Lage einen Hauch verändern, sie gäbe ihm nach. So blinzelte sie die Tränen fort, wischte sich mit dem Ärmel über die Augen.

Sie musste vernünftig nachdenken, wie sie den Leutnant loswerden und Matthias zurückgewinnen konnte. Er war der Mann, an dessen Seite sie den Rest ihres Lebens verbringen wollte. Das wurde ihr in diesem Moment klar. Wie das zu erreichen wäre, fiel ihr dagegen nicht ein.

Leutnant Julius von Heyneke schien auf einmal überall zu sein: Nynke sah ihn im Schlosshof, wenn sie zum Markt ging oder auf dem Weg in die Krankenstube war. Mehrmals in der Woche erschien er mit den Eheleuten de Roucy zu Morgenbesuchen, und es fiel ihr immer schwerer, ihm aus dem Weg zu gehen, zumal Anna es darauf anlegte, ihnen Zeit zu zweit zu verschaffen. Nynke war beinahe so weit, Zuflucht zu Kopfschmerzen zu nehmen, obwohl sie das für die albernste aller Ausreden hielt. Nur wäre es keine Ausrede, ihr Kopf fühlte sich oft an, wie unter einen Schmiedehammer geraten.

Sie gewöhnte sich an, mit gesenktem Blick durch Potsdams Straßen zu laufen und flink allen Beinen auszuweichen, die ihr entgegenkamen. Tränen wollten sich ihren Weg bahnen und verschleierten ihren Blick noch mehr. Sie zog ein Taschentuch hervor, um sie fortzuwischen, als sie gegen jemanden stieß.

»Pardon«, murmelte sie mit gesenktem Kopf.

Sowie sie weitereilen wollte, fühlte sie sich sanft an den Schultern gehalten.

»Mademoiselle van Lohuijsen, bitte.«

Nynke erkannte die Stimme. Sie sah auch einen dunkelblauen Rock, aber nicht mit den charakteristischen roten Aufschlägen und den goldenen Tressen der Garde, sondern ein schmuckloses Kleidungsstück. »Lassen Sie mich, bitte. Ich muss …«, murmelte sie. Sie wollte sich losmachen, aber der sanfte Griff blieb auf ihren Oberarmen.

»Was ist passiert? Sie sind völlig aufgelöst. Wie kann ich Ihnen helfen? Soll ich einen Schurken zum Duell fordern?«

Nynke zuckte zusammen. Dieser Scherz war wenig dazu angetan, sie zu beruhigen. Sie wünschte nichts weiter, als von diesem Mann fortzukommen. Dass sie ausgerechnet ihm in die Arme lief … Energisch befreite sie einen Oberarm aus seinem Griff. »Ich muss wirklich …«

»In diesem Zustand kann ich Sie nicht gehen lassen, Mademoiselle van Lohuijsen. Ich frage nicht nach dem Grund Ihres Kummers, weil sich das nicht gehört. Aber begleiten werde ich Sie. Alles andere wäre unverantwortlich.«

Der Leutnant bot ihr den Arm, und Nynke nahm an. Sie ließ sich von ihm – willenlos wie eine Puppe – die Straße entlangführen. Ihr Atem beruhigte sich, und ihre Sicht wurde wieder klarer.

»Es ist wirklich nicht nötig, dass Sie mich begleiten. Ihre Pflichten rufen Sie sicher, und mir geht es viel besser«, sagte sie.

»Das ist völlig ausgeschlossen. Ich käme wir vor wie ein Schuft, Sie jetzt allein zu lassen. Es gibt auch etwas, das ich mit Ihnen zu besprechen habe.«

»Ich glaube, mir wird schwindelig.« Kraftlos hob Nynke eine Hand und legte sie an ihre Stirn.

»Dann warte ich mit meinem Anliegen, bis Sie wieder besser beieinander sind. Ich werde nicht Ihre momentane Lage ausnutzen.« Er unterstrich diese Worte, indem er sich über ihre Hand beugte und einen Wimpernschlag lang seine Lippen darauf drückte.

Das war noch einmal gut gegangen, aber Nynke wusste, dass sie nicht mehr als ein wenig Zeit gewonnen hatte.

KAPITEL XLIV

Der staubige Arbeiter, der, ohne anzuklopfen, die Krankenstube betrat, atmete keuchend ein und aus. Nynke kannte ihn nicht. Ihr Schwager hatte inzwischen so viele Männer auf seiner Baustelle, dass sie gar nicht mehr alle kennen konnte. Sie wollte ihm einen Becher kalten Minztee reichen, aber er winkte ab.

»Sie muss … Sie muss …«, keuchte er. In seinem Gesicht stand Schrecken. »… kommen. Bitte, schnell!«

»Was gibt es denn?« Gleich als der Mann hereinstürzte, war ihr klar gewesen, dass etwas passiert sein musste.

»Der Baumeister! Es ist der Baumeister.«

»Mein Schwager?« Sie hatte auf einmal einen Kloß im Hals.

Der Mann schaute sie verwirrt an. »Es ist Herr de Gayette. Er ist vielleicht …«

Auf ihre Erleichterung war Nynke nicht stolz. Sie griff nach ihrer schweren Tasche im untersten Regalfach, die hoffentlich alles enthielt, was sie benötigen würde. Das sperrige Ding schlug gegen ihre Beine, als sie hinter dem Arbeiter die Krankenstube verließ.

Draußen fiel ihr sofort eine Unruhe auf der Straße auf. Viele Männer strebten im Laufschritt dem benachbarten Viertel der zweiten Stadterweiterung zu. Nynke eilte ihnen nach, so schnell es die schwere Tasche erlaubte. Der Arbeiter war längst im Pulk der anderen verschwunden. Sie fasste den Griff mit beiden Händen.

Auf einmal war Matthias neben ihr. »Gib mir die Tasche.« Er nahm sie ihr ab.

»Weißt du, was geschehen ist?«, fragte sie. »Es muss etwas mit Herrn de Gayette sein.«

»Da weißt du mehr als ich. Es geht die Rede, dass ein Dachstuhl eingestürzt sei und eine Giebelwand mitgerissen hat.«

»Dann brauchen wir Dr. Bendler.«

»Ich sorge dafür, dass nach ihm geschickt wird.«

Sie erreichten die Unglücksstelle. Dachbalken und Mauersteine versperrten die Straße. In der Luft hing Staub. Männer kletterten auf dem Schuttberg herum und räumten Steine beiseite. Nynke schaute sich nach Herrn de Gayette um.

Matthias ließ die Tasche mit einem Knall fallen. »Ist jemand verschüttet?«, brüllte er die Wagemutigen an.

Die unterbrachen ihre Arbeit. »Wir vermissen jemanden, aber wir wissen es nicht.«

»Kommt herunter. Wenn wirklich jemand verschüttet ist, macht ihr es schlimmer, indem ihr auf dem Schutt herumsteigt. Das muss vorsichtig weggeräumt werden.«

Die Männer gehorchten sofort. Unter Matthias' Anleitung begannen sie, Steine und Balken fortzutragen. Unterdessen hatte Nynke den Architekten entdeckt. Von einem Pulk seiner Männer umgeben lag Peter de Gayette auf der Erde. Aus einer Wunde am Kopf sickerte Blut, die Perücke fehlte, sein Rock war zerrissen, er hatte einen Schuh verloren und rührte sich nicht.

Aber er atmete, wie Nynke feststellte, sobald sie eine Hand unter seine Nase hielt. Sie fühlte ihm den Puls und stellte einen kräftigen Herzschlag fest. Außer der Kopfwunde entdeckte sie keine Verletzungen, aber das hieß nicht, dass sich unter der Kleidung nicht weitere verbargen. Mit einem weichen Tuch wischte sie dem Bewusstlosen das Blut aus dem Gesicht, tupfte vorsichtig über die Wunde.

»Wie ist es passiert?«, fragte sie die Umstehenden.

»Er stand vor dem Haus und stritt mit dem Zimmermann,

als der Dachstuhl zusammenkrachte und die Wand gleich hinterherkam. Er war halb darunter begraben, aber wir konnten ihn rausziehen.«

»Und der Zimmermann?«

»Ist rechtzeitig weggekommen. Nicht einen Kratzer hat der abbekommen. Aber ein paar andere schon. Nicht schlimm.«

»Ist Dr. Bendler benachrichtigt? Ich sehe nach den anderen Verletzten, sobald er da ist.« Erleichtert stellte Nynke fest, dass Peter de Gayettes Augenlider flatterten. Er schien zu sich zu kommen.

»Das wird nicht nötig sein, die springen schon wieder rum. Waren nur ein paar Kratzer.«

Der Architekt schlug die Augen auf. Nynke beugte sich über ihn. »Herr de Gayette. Wissen Sie, was passiert ist? Sie hatten einen Unfall und sind verletzt. Der Medicus kommt gleich.«

Es dauerte einen Moment, ehe sich seine Augen auf sie fokussierten und er sie erkannte. Er wollte sich aufsetzen.

»Sie müssen liegen bleiben«, sagte Nynke. »Bewegen Sie sich am besten nicht, bevor der Medicus Sie nicht untersucht hat. Haben Sie Schmerzen?«

»Überall«, stöhnte der Architekt und machte keinen weiteren Versuch mehr, sich aufzusetzen.

»Ihre Beine?«

Er nickte.

»Dann ist es umso wichtiger, dass Sie still liegen bleiben.«

»Sie sind doch diese Holländerin? Die Schwägerin von …«

»Ganz richtig. Die bin ich.«

In diesem Moment kniete sich auf der anderen Seite Dr. Bendler neben de Gayette. In knappen Worten berichtete ihm Nynke, wie sie den Architekten vorgefunden hatte und dass es noch andere Verletzte gab.

»Niemand ist mehr verletzt«, stellte Peter de Gayette klar.

»Wenn Sie das sagen«, beruhigte der Arzt ihn.

Nynke war erleichtert, dass Dr. Bendler da war und sich um den Architekten kümmerte. Sie hatte das Misstrauen gespürt, das de Gayette ihr entgegenbrachte. Sie erhob sich und ging dorthin, wo Matthias an der Einsturzstelle immer noch dafür sorgte, dass der Schutt vorsichtig abgetragen wurde.

»Habt ihr einen Verschütteten gefunden?«

Matthias schüttelte den Kopf. »Ich glaube nicht, dass dort noch jemand liegt. Wir hätten ihn sehen müssen.«

Sie nickte erleichtert. Viele Hände halfen, und der Schuttberg war ein ganzes Stück kleiner geworden. Es schien niemand darunter begraben zu sein. Nynke murmelte ein kurzes Stoßgebet.

»Komm«, forderte Matthias sie auf. »Hier können wir nichts mehr tun.« Er nahm wieder ihre schwere Tasche, und gemeinsam gingen sie die Straße entlang. Niemand kümmerte sich um sie.

Matthias wählte einen Weg, der sie zur Havel brachte. Klopfenden Herzen folgte ihm Nynke.

Nahe am Ufer lag ein großer Stein, der zwei Personen bequem Platz bot. Matthias setzte sich, nach kurzem Zögern tat Nynke es ihm gleich. Sie achtete sorgfältig auf einen Abstand zwischen ihnen. Die Hände verschränkte sie im Schoß und schaute auf den träge dahinfließenden Fluss. Die Stille lastete schwer auf ihr. Nynke wollte gern etwas sagen, aber kein vernünftiger Satz bildete sich in ihren Gedanken.

»In vielen Nächten habe ich hier gesessen, wenn ich nicht schlafen konnte«, sagte Matthias langsam. »Es war kalt, und manchmal hat es auch geregnet, aber es war immer noch besser, als sich im Bett herumzuwälzen.«

Nynke nickte. Sie selbst hatte genügend schlaflose Nächte gehabt und manches Mal mit der Bettdecke um die Schultern am Fenster gesessen und in den Sternenhimmel geschaut. Das erzählte sie Matthias.

»Vielleicht haben wir in denselben Nächten wach gesessen und die Sterne angeschaut?«

Der Gedanke hatte etwas Tröstliches.

»Nynke ...«

»Matthias ...«

Sie sprachen beide gleichzeitig und brachen lachend ab.

»Du zuerst«, sagte er.

»Nein, du. Du hast hier gesessen, du hast mich hierhergebracht.«

»Weil ich immer an dich denken musste. Dann habe ich mir hier ausgemalt, wie wir uns unterhalten. Ich hatte deine Stimme im Ohr. Stundenlang habe ich mit dir auf diese Weise gesprochen. Bis ich gemerkt habe, dass du gar nicht da warst. Nynke, was haben wir getan? Warum musste es so enden? Was habe ich falsch gemacht?«

»Ich weiß es nicht mehr. Matthias, es ... ich ...« Nynke brach unglücklich ab. Es gab so viel, was sie ihm sagen wollte. Sie hatte jedoch Zweifel, ob sie ihm begreiflich machen konnte, was sie meinte.

Matthias legte einen Arm um sie, und dann war alles egal. Sie kuschelte sich an seine Brust, ließ sich von seiner Wärme umfangen.

»Es tut mir so leid«, murmelte er in ihr Haar. »Ich entschuldige mich bei dir. Wirklich, ich hätte das nicht sagen dürfen.«

»Nein. Du musst dich nicht entschuldigen. Ich habe mich mindestens genauso blöd benommen. Du musst mir vergeben.«

»Du hast nichts falsch gemacht. Die Schuld liegt allein bei mir.«

Erstickt lachte Nynke auf. »Wir können noch den Rest des Tages hier sitzen und uns gegenseitig unserer Schuld versichern.«

»Damit kommen wir kein Stück weiter. Du hast recht. Können wir das nicht alles vergessen?«

»Ich will es.«

»Du willst es wirklich?«

Nynke schaute auf. »Auf jeden Fall. Ich weiß schon gar nicht mehr, wie alles gekommen ist.«

Mit beiden Händen umfasste Matthias ihr Gesicht. Dann berührten seine Lippen sie zart an der Stirn, an der Nase und zuletzt streifte er ihren Mund. Es war nur ein Hauch und doch ein Versprechen für die Zukunft. Endlich stand nichts mehr zwischen ihnen.

»Ich will keine Briefe schreiben, ich will mich richtig mit dir unterhalten. Ich will dich jeden Tag sehen.«

»Das will ich auch.«

Ihr Versprechen besiegelten sie mit einem zweiten Kuss.

KAPITEL XLV
1736

Der Architekt Peter de Gayette hatte außer der Kopfverletzung Rippenbrüche und Prellungen am ganzen Körper davongetragen. Unter den strengen Augen seiner Frau hütete er das Bett. Jeden Tag sah Dr. Bendler nach ihm, überzeugte sich davon, dass sein Patient kein Blut im Speichel hatte und normal atmen konnte. An Arbeit war nicht zu denken. Er konnte sich nicht einmal im Bett aufsetzen.

Um seine Baustelle kümmerte sich derweil sein Gehilfe Rudolf Ammer. Der hatte den Schutt gänzlich wegräumen und das halb eingestürzte Gebäude sichern lassen. Wie er es an der Akademie in Berlin gelernt hatte, berechnete er die Standfestigkeit des Hauses und kam zu dem Ergebnis, dass der Rest stehen bleiben und es wieder aufgebaut werden könne. Er rechnete alles zur Sicherheit ein zweites Mal durch und kam zu einem gegenteiligen Ergebnis. Ein dritter Rechengang erbrachte noch einmal ein anderes Resultat. Diesmal wäre es besser, das Haus komplett abzureißen und neu zu bauen.

Ammer riss sich die Perücke vom Kopf und schleuderte sie zu Boden. Er hätte sich am liebsten mit Peter de Gayette besprochen, aber dessen Frau ließ ihn nicht zu dem Verletzten. Die Arbeiter wollten von ihm wissen, was sie machen sollten. Er musste eine Entscheidung fällen und fühlte sich in einer Zwickmühle. Es gelüstete ihm nach einem Glas Branntwein, aber das machte nichts besser. Neben dem Architekten Peter de Gayette kannte er in Potsdam nur einen weiteren Herrn, der ihm raten konnte. Schweren Herzens machte Ammer sich auf den Weg.

Jan Boumann war erstaunt, Besuch vom Gehilfen des Architekten de Gayette zu erhalten. Er hörte sich geduldig dessen Sorgen an und half, so gut er konnte. Gemeinsam kamen sie zu dem Schluss, dass das Haus nicht komplett abgerissen werden musste.

»Ich danke Ihnen wirklich«, sagte Ammer und verneigte sich leicht.

»Keine Ursache«, erwiderte Jan mit einem aufrichtigen Lächeln. »Wir Baumeister müssen einander beistehen.«

»Nur dass ich kein Baumeister bin.«

KAPITEL XLVI

»Ich habe eine Überraschung für Pitter«, sagte Matthias am Vormittag des 24. Juli, des Geburtstags der preußischen Prinzessin Luise Ulrike. Sie wurde sechzehn Jahre alt. Ein Lächeln verzog seine Lippen, und er sah aus wie ein Mann, der seinen Plan kaum noch für sich behalten konnte.

»Hoffentlich auch für mich?«, fragte Nynke lächelnd.

Seit ihrer Versöhnung vor zweieinhalb Wochen waren sie und Matthias mehr als einmal miteinander spazieren gegangen. Ihre Gespräche hatten nach anfänglicher Scheu eine Vertrautheit erreicht, die Nynke ein tiefes Glücksgefühl bescherte. Der Gedanke an die Werbung des Leutnants war weit in den Hintergrund gerückt. Ihr ganzes Dasein füllte Matthias Thämelt aus. An seinen leuchtenden Augen erkannte sie, dass es ihm ähnlich erging.

»Auch für dich.« Er lachte sie an. »Für euch beide.«

Seine Aufregung griff auf Nynke über. »Du hast hoffentlich dein Geld nicht verschwendet und exotische Früchte für Pitter gekauft?«, forschte sie.

Der Papagei saß auf ihrer Schulter und verfolgte das Gespräch mit schief gelegtem Kopf. Leckerbissen nahm er inzwischen aus Matthias' Hand, auf dessen Arm wagte er sich nicht.

»Viel besser. Kommt mit, ihr beiden.« Er führte sie zum Havelstrom, wo ein kleiner Kahn halb auf das Ufer hinaufgezogen lag.

Im Boot gab es zwei Bänke und einen Mast. Auch zwei Ruder lagen auf dem Boden. Pitter stieß sich von Nynkes Schulter ab und flog darauf zu. Er ließ sich auf der Mastspitze nieder.

»Ist das deine Überraschung für Pitter?«

»Er versteht es.« Matthias beobachtete den Papagei, der sich den Wind durch die Federn streichen ließ und aussah, als gehöre ihm das Boot. »Ich habe mir gedacht, es gefällt ihm, wieder einmal an Bord zu sein, obwohl dies nur ein bescheidener Ersatz für die Schiffe ist, an die er gewöhnt ist.«

»Weil er auf Schiffen um die Welt gesegelt ist? Das ist eine schöne Idee von dir.« Nynke drehte sich zu Matthias um. Im nächsten Augenblick lag sie in seinen Armen.

Es war genauso schnell vorbei, wie es begonnen hatte, und sie standen verlegen voreinander. Nynke bohrte mit der Fußspitze im Sand.

»Wir müssen auslaufen.«

Matthias half ihr ins Boot.

Als Nynke auf der vorderen Bank Platz nahm, kletterte Pitter am Mast herunter. Er hielt sich mit dem Schnabel fest und überkreuzte die Füße in seinem typischen watschelnden Gang.

»Landrotten! Landrotten!«, schimpfte er dabei.

Matthias machte sich daran, das Boot ins Wasser zu schieben.

»Kannst du damit umgehen?«, wollte Nynke wissen. Sie hielt sich an der Sitzbank fest.

»Lass dich überraschen.« Sie fühlte sich nicht beruhigt, deshalb fügte er hinzu: »Ich habe in Hamburg gearbeitet. Da kannst du gar nicht leben, ohne zu lernen, mit einem Boot umzugehen.«

Er schob es ins Wasser, wo es aufschwamm und sanft schaukelte. Auf der Bank ihr gegenüber lief Pitter hin und her. Er war verstummt, sah aber aus, als wollte er, einem Kapitän gleich, das Kommando übernehmen. Er räumte seinen Platz auch nicht, als sich Matthias ins Boot schwang.

»Komm her, Pitter«, lockte Nynke ihn. »Du musst Platz machen, sonst gehen wir unter.«

»Er kann sich ja fliegend an Land retten.« Matthias machte Anstalten, den Papagei von der Bank zu vertreiben, aber der hackte nach dessen Hand.

»Nun reicht es«, schimpfte Nynke wie mit einem ungezogenen Kind. Sie nahm Pitter auf den Arm und kraulte ihn am Hals, derweil Matthias das Segel setzte.

Es flatterte und knatterte, ehe es sich mit Wind füllte und das Boot an Fahrt aufnahm. Er drehte es in den Wind. Nynke klammerte sich an der Bank fest, als das Boot sich schräg legte. Pitter schlug ein paarmal mit den Flügeln, ehe er sein Gleichgewicht wiederfand. Matthias auf der hinteren Bank befestigte die Schot an einem dafür vorgesehenen Haken an der Bordwand und griff nach der Pinne. Er beobachtete den Wind in den Bäumen am Ufer und richtete das Boot aus, bis es gerade auf dem Wasser lag. Nynke, die entgegen der Fahrtrichtung saß, konnte beobachten, wie schnell sie sich von Potsdam entfernten.

Linkerhand ließen sie die *Der Tornow* genannte schmale Landzunge hinter sich, und die Havel erweiterte sich jäh zu einem breiten Strom. Bald darauf wurde sie wieder enger auf ihrem Weg am Wentrof vorbei und in den Schwilowsee.

Die Wasserfläche erschien Nynke riesig. Andere Boote befanden sich auf dem See, Fischer zumeist, aber es waren auch Schiffer mit hoch beladenen Kähnen unterwegs. Sie kümmerten sich nicht um den Feiertag. Ihr Boot schien das Einzige zu sein, dessen Insassen rein zum Vergnügen auf dem Wasser waren. Das allergrößte Vergnügen hatte Pitter: Von Nynkes Schulter war er zunächst auf ihre Knie geklettert, und jetzt balancierte er auf der Bordwand. Der Wind zauste seine Federn.

»In de Wanten!«, kommandierte er dabei. »In de Wanten!«

Allmählich begann Nynke sich an Bord wohler zu fühlen. Es gelang ihr immer besser, sich den Bewegungen anzupassen, sie klammerte sich nicht mehr an der Bank fest. Obwohl Amsterdam am Meer lag und von Grachten durchzogen war, hatte sie keine Erfahrung mit Booten. Die Kähne in den Grachten, in denen man sich zum Markt oder ans andere Ende der Stadt rudern lassen konnte, kamen ihr schwerfällig vor im Gegensatz zu diesem schnittigen Segelboot.

»Pitter ist große Schiffe gewohnt. Wanten gibt es hier nicht.«

»Deine Überraschung ist trotzdem gelungen.«

»Für dich auch? Gefällt dir unser Ausflug?« Matthias' Stimme klang weich.

»Es bedeutet mir sehr viel.« Sie lehnte sich auf der Bank zurück und beschirmte die Augen mit einer Hand, beobachtete einen der Fischer dabei, wie er sein Netz auf dem Wasser zog. Es zappelten etliche Fische darin. Sie erinnerte sich an das Gespräch während ihres ersten Spaziergangs mit Matthias über die Welt unter Wasser. Sie verstand ihn nun besser, das Wasser übte auch auf sie eine eigenartige Faszination aus.

Nynke hätte gern ihre Hand hineingetaucht, aber sie wagte es nicht, sich über die Bordwand zu lehnen. Lieber ließ sie sich zeigen, wie man das Boot wendete. Das Segel musste herumgeschwenkt werden, und Matthias unter dem Baum durchtauchen.

Der Nachmittag war weit fortgeschritten, als sie sich auf den Rückweg machten. Der Wind, der sie vorher so schön vorangetrieben hatte, behinderte sie nun. Matthias musste über den See kreuzen und für die Einfahrt in die Havel die Ruder benutzen. Er trieb das Boot mit mächtigen Schlägen voran, spritzte dabei sich und Nynke nass. Selbst Pitter bekam seinen Teil ab.

»Luie Vent!«, kommentierte der und schüttelte sich. Er verließ seinen Platz auf der Bordwand und suchte Schutz in Nynkes Schoß. Die Wassertropfen spritzten kühl und erfrischend in ihr Gesicht und hinterließen feuchte Flecken auf ihrer Kleidung.

»Kann ich etwas tun, um dir zu helfen?«, fragte Nynke, als sie sah, wie seine Kraft nachließ.

»Auf keinen Fall. Ich habe dich zu diesem Ausflug eingeladen, und ich bringe dich wohlbehalten an Land.«

Es war ein kindischer Stolz, dem er sich hingab, dennoch kam er Nynke liebenswert vor. Vielleicht gerade deswegen?

Knirschend stieß der Bug ans Ufer. Matthias sprang über die Bordwand und half ihr hinaus. Sie standen dicht voreinander. Sie spürte seine Lippen auf ihren. Im ersten Moment wollte sie zurückzucken, aber dann ergriff ein Sehnen von ihr Besitz. Sie erwiderte den Kuss.

Nachdem sie ihre Lippen voneinander gelöst hatten, waren Nynkes Knie weich. Sie lehnte sich an Matthias.

»Was hast du?«, erkundigte der sich.

»Ich bin glücklich. Wegen des schönen Ausflugs und über deinen Kuss. Da ist so viel mehr in meinem Herzen«, antwortete sie und brach verwirrt ab.

»Ich muss dir für dein Vertrauen danken.« Matthias schaute sie ernst an. »Ich werde das nicht ausnutzen, davor musst du keine Angst haben.«

»Das habe ich nicht.« Und das entsprach der Wahrheit, spürte Nynke, während sie sprach.

Seit dem Ausflug im Boot hatte das Beisammensein mit Matthias erneut seinen Charakter verändert. Sie hielten einander an den Händen, sowie sie Potsdam verlassen hatten. Nynke lehnte den Kopf an seine Schulter, und wenn sie seine Lippen auf ihrer Schläfe spürte, zuckte sie nicht mehr zurück, sondern hob ihm ihre entgegen. Sie fühlte sich geliebt und liebte. Deshalb dachte sie darüber nach, ihr Leben mit Matthias zu teilen. Die Frau an seiner Seite zu sein, seine Kinder auf die Welt zu bringen.

Ihr Glück müsste ihr jeder ansehen, glaubte sie, aber Jan schien nichts zu bemerken, sondern behandelte sie wie immer.

Er sprach sie auch nicht auf die Werbung des Leutnants an. Von ihrer Schwester konnte Nynke dies nicht erwarten, sie vermied es daher möglichst, mit Anna allein zu sein.

In der Krankenstube putzten sie und Marta, eine Frau, die ihr bei den groben Arbeiten half, nebeneinander. Nynke unterbrach ihre Tätigkeit, um aus dem Fenster zu schauen.

»Sie sehen sehr wohl aus, Fräulein van Lohuijsen.« Marta schaute vom Boden auf, wo sie kniete und einen Blutfleck mit einer Bürste bearbeitete.

»Bei diesem herrlichen Wetter kann man gar nicht anders, als sich wohlzufühlen.« Nynke deutete zum Fenster, vor dem die Sonne lachte und ihre Strahlen als tanzende Finger hereinschickte.

»Ihr Wohlsein scheint mir tiefer aus dem Herzen zu kommen.«

»Was Sie alles sehen, Marta.«

»Ich sehe, dass Sie ein Geheimnis mit sich herumtragen.« Die Helferin stand auf. »Bei einer hübschen unverheirateten Frau kann das nur eines bedeuten. Es geht um einen Mann. Sind Sie sich mit ihm einig geworden?«

»Marta.«

»Es geht mich nichts an, ich weiß. Dabei möchte ich nicht mehr, als mich mit Ihnen zu freuen.«

»So einfach ist es nicht.« In Nynkes Lachen mischte sich ein Seufzen.

»Ist Herr Boumann nicht einverstanden mit Ihrer Wahl?«

»Um meinen Schwager geht es nicht.«

»Etwa der Herr Papa im fernen Amsterdam?«

»Hat Ihnen schon mal jemand gesagt, dass Sie eine strenge Anklägerin abgäben? Vor Ihren Fragen muss jeder Schurke zittern.« Nynke sah in ihren Gedanken die kleine, dralle Frau, wie sie einem Taschendieb zu Leibe rückte oder einen wortbrüchigen Gesellen mit dem Kochlöffel zusetzte.

»Ich doch nicht.« Aber geschmeichelt fühlte sich Marta trotzdem. Sie strich eine ergrauende Locke hinter das Ohr. »Bei mir ist Ihr Geheimnis sicher. Wem sollte ich was erzählen?«

»Niemandem, weil Sie gar nichts wissen.«

»Geheimnisse wiegen weniger schwer, wenn sie mit jemandem geteilt werden. Vier Augen sehen oft mehr als zwei. Das sind nicht nur Redensarten, darin steckt Wahrheit.«

»Neugierde ist keine Zier«, antwortete Nynke mit einer ähnlich abgedroschenen Redensart.

»Aber was ist nun mit dem Mann Ihres Herzens? Er ist bestimmt ein nobler Herr?«

Marta gab nicht auf, und es fiel Nynke schwer, nicht mit der Wahrheit herauszuplatzen. Stattdessen warf sie ein kleines Lavendelkissen nach ihrer Helferin und kicherte dabei, als wäre sie nicht einmal halb so alt, wie sie in Wirklichkeit war. Marta schnippte das Kissen zurück und lachte dabei genauso albern.

Wie sie es trotzdem schafften, die Krankenstube zu putzen, blieb beiden ein Rätsel.

KAPITEL XLVII

»Ich muss mich bei Ihnen bedanken«, sagte der Architekt Peter de Gayette zu Jan. Er saß steif auf der Kante eines Stuhls und stützte die Hände auf einen Gehstock. Seine Verletzungen waren noch nicht richtig verheilt. Unter seiner Perücke lugte der Rand eines Verbandes hervor. Und beim Gehen hatte er den Stock nicht nur zur Zierde benutzt.

Die Begrüßung und alle Artigkeiten hatten sie ausgetauscht. Die von Jan angebotene Erfrischung hatte der Architekt abgelehnt mit dem Hinweis, er wolle nicht lange bleiben.

»Die Hilfe, die Sie mir haben angedeihen lassen, war wirklich sehr großzügig«, fuhr de Gayette fort.

»Das war eine Selbstverständlichkeit«, hielt Jan dagegen. »Seinen Nächsten zu helfen ist unsere christliche Pflicht.«

»Es bleibt nobel, die Arbeiter von ihrer Baustelle in großer Zahl abzuziehen, damit sie nach dem Unglück halfen. Nicht jeder hätte das im Angesicht der Dinge getan, die zwischen uns stehen.«

»Ich hoffe, niemanden zu kennen, der es nicht getan hätte. Wollen Sie nicht doch eine Erfrischung nehmen?« Jan deutete auf eine Flasche Wein, die auf einem halbhohen Schrank stand. »Ich kann auch jemandem nach einer Kanne Bier schicken, wenn Ihnen das mehr zusagt.«

»Nein danke. Ich habe gesagt, weswegen ich hergekommen bin, und will Sie nicht länger aufhalten. Auf uns beide wartet Arbeit.« Der Architekt erhob sich mühsam. Er schonte ein Bein und stützte sich schwer auf den Stock. »Lassen Sie es mich wissen, wenn Sie Hilfe benötigen. Ich schicke Ihnen meinen Assistenten Ammer vorbei. Zögern Sie nicht – wirklich.«

»Macht er sich gut bei Ihnen, der Herr Ammer?«

»Er muss noch einiges lernen, dann kann aus ihm ein tüchtiger Baumeister werden.«

Jan begriff, dass dies die Art de Gayettes war, sich erkenntlich zu zeigen. Mehr Entgegenkommen durfte er nicht erwarten. Dennoch wagte er einen letzten Versuch. »Wollen wir nicht begraben, was zwischen uns steht? Dies wäre ein guter Zeitpunkt.«

De Gayettes Gesicht verdüsterte sich. Mit schwungvoller Geste wollte er sich den federgeschmückten Hut aufs Haupt drücken, aber es geriet zu einer dürftigen Vorstellung. »Ich darf Ihre Zeit wirklich nicht länger in Anspruch nehmen, Herr Boumann. Lassen Sie es gut sein, ich finde allein hinaus.«

Fassungslos starrte Jan auf den Rücken des sich langsam entfernenden Architekten. Mehr, als ihm auf diese Weise die Hand hinstrecken, konnte er nicht tun. Wenn der andere sie partout nicht ergreifen wollte …

* * *

Matthias legte seine Finger zart auf ihre Wangenknochen, schmiegte die Handflächen an ihr Kinn und hob dann ihren Kopf an. Erwartungsvoll öffnete Nynke halb die Lippen und schloss die Augen. Der Kuss blieb aus. Verwirrt öffnete sie die Augen wieder. Ernst blickte Matthias auf sie herunter.

»Du ahnst nicht, wie sehr ich mich danach sehne, dich zu küssen.«

»Warum tust du es nicht?«

»Weil wir etwas miteinander besprechen müssen. Küssen würde es mir schwerer machen, als es mir ohnehin werden wird.«

»Das klingt ernst.« Nynke umfasste seine Handgelenke. Der leichte Ton, mit dem das Gespräch begonnen hatte, war verflogen.

»Es ist mir ernst.« Er atmete scharf ein. »Nynke, du sollst die Meine werden. Davon träume ich jeden Tag und jede Nacht. Nichts kann ich mir schöner vorstellen, als mein Leben an deiner Seite zu verbringen.«

»Mir geht es genauso«, sagte sie schnell. Zu dem Gefühl reinsten Glücks gesellte sich Erleichterung, weil er empfand wie sie. »Ich bin mir sicher, mein Schwager steht auf unserer Seite, und gemeinsam wird es uns gelingen, Anna und meinen Vater in Amsterdam …«

Er legte ihr einen Finger auf die Lippen. »Das ist es nicht.«

»Was ist es dann?«, nuschelte sie über seinen Finger hinweg. Furcht ergriff sie.

»Es gib da etwas in … in meinem Leben, das … das muss ich in Ordnung bringen, sonst kann ich mich nicht für wert halten, der Mann an deiner Seite zu werden.« Die Worte kamen erst stockend und zuletzt immer schneller heraus, den letzten Halbsatz ahnte Nynke eher, als dass sie ihn verstanden hatte. Trotzdem fühlte sie sich, als hätte sie jemand in die Havel geworfen und stieß sie immer wieder ins Wasser zurück, wenn sie versuchte, ans Ufer zu gelangen.

»Was ist es?«, hauchte sie.

»Das tut nichts zur Sache.«

»Es hindert dich, mich zu heiraten, und im selben Atemzug behauptest du, es tue nichts zu Sache. Das widerspricht sich.« Sie zog seine Hände von ihrem Gesicht und trat einen halben Schritt zurück. Ihre Wangen glühten, und welche Wirkung ihre Worte auf Matthias hatten, spiegelte sich in dessen Miene wieder: Enttäuschung.

»Vertraust du mir nicht?«, wollte er wissen.

»Ich will, aber wenn du erst das eine und dann das andere sagst, fällt es mir nicht leicht. Was soll ich davon glauben?«

Matthias seufzte und ließ sich rücklings gegen die Wand der Hütte sinken, bei der sie sich wie üblich getroffen hatten. Er wischte sich mit der Hand über das Gesicht. »Es gibt einen Punkt in meinem Leben, auf den ich nicht stolz bin, und der wie eine offene Wunde an meiner Seele nagt. Das muss ich aus der Welt schaffen, ehe wir zusammen glücklich sein können.«

»Dir wurde ein Unrecht angetan?« Sie setzte sich neben ihn auf die Bank vor dem Haus, die Matthias aus Ziegelsteinen und einem Brett errichtet hatte, und griff nach seiner Hand. »Mich stört das nicht.«

»Mich jedoch. Ich will nicht mit einem Fleck auf der Seele Verantwortung für eine Familie tragen. Ich will wieder als der leben, der ich bin …«

»Du bist kein einfacher Maurer, das ahne ich längst. Jan weiß es auch. Für einen Maurer hast du zu viele Bücher gelesen, weißt zu viel und stellst dir dennoch Fragen, über die sich gewöhnlich nur gelehrte Herren streiten«, riet Nynke. »Wie könnte ich darüber enttäuscht sein?«

»Ich habe versucht, diese Sache von hier aus zu lösen und sogar einen Agenten beauftragt, an meiner statt tätig zu werden, weil ich die Arbeit und deine Gegenwart nicht missen wollte. Es geht nicht.« Er schüttelte den Kopf. »Es beschwört nur neue Schwierigkeiten herauf. Ich muss für ein paar Wochen, vielleicht für einen oder zwei Monate fort. Sowie alles erledigt ist, komme ich zurück und dann steht einer Zukunft mit dir nichts mehr im Wege.«

»Wo musst du hin? Nach Hamburg?«

»So ist es.«

Die Antwort kam schnell. Zu schnell, als dass Nynke sie glaubte. Weil sie ihn nicht weiter quälen wollte, fragte sie nicht nach.

»Wirst du auf mich warten, Nynke?« Er schaute sie bei dieser Frage nicht an.

»Was sind zwei Monate? Bis ans Ende aller Tage warte ich auf dich.«

»So lange will ich nicht wegbleiben. Ich verspreche, so schnell wie möglich zu dir zurückzukommen.«

»Und ich verspreche, auf dich zu warten.«

Sie umarmten sich. Hungrig suchten seine Lippen ihre. Das war der Auftakt zu weit intimeren Zärtlichkeiten, die auf einem Bett aus Heu endeten und Nynke zeigten, welche Seligkeiten die Zukunft an der Seite des geliebten Mannes bereithielt. Die Halme kitzelten sie im Nacken, während sich ihre verschwitzten Körper gar nicht eng genug aneinanderdrängen konnten.

»Schreib mir. Du musst mir jeden Tag schreiben«, verlangte sie träge.

»Das mache ich.«

KAPITEL XLVIII

Vierzehn Tage war Matthias fort, und Nynke hatte noch keine Zeile von ihm empfangen. Selbst wenn er nicht jeden Tag schrieb – was sie verstand – und sie die Postlaufzeiten berücksichtigte, hätte sie einen oder zwei Briefe erhalten müssen. Er hatte es versprochen, und sie glaubte fest daran, dass er sein Wort einhielt.

Im Sekretär in ihrem Schlafzimmer lagen inzwischen mehr als ein halbes Dutzend Briefe an ihn. Darin hatte sie sich die Gedanken an ihre gemeinsame Liebe, ihr sehnsüchtiges Warten auf seine Rückkehr und von der Seele geschrieben. Zunehmend tränkten Einsamkeit und Sorge die Zeilen. Ein gelbes Samtband hielt die Briefe zusammen, wenigstens einmal am Tag nahm Nynke sie heraus und knüpfte die Samtschleife auf. Sie blätterte darin, las einige Zeilen.

Meist saß Pitter auf ihrer Schulter und äugte nach unten, als läse er mit. Er schien ihre Wehmut zu spüren, wenn er sie zart ins Ohrläppchen biss oder seinen Kopf an ihrer Wange rieb.

»Du vermisst ihn auch, nicht wahr?«

Zur Antwort nickte der Papagei mit dem Kopf und trat von einem Fuß auf den anderen. Nynke lachte auf. Sie strich ihm über die Brust.

»Als verstündest du jedes Wort. Du bist wahrlich mein Sonnenschein in dieser schweren Zeit. Dir kann ich erzählen, was ich sonst niemandem anvertrauen kann. Du wirst mich nie verraten, du Treuester.«

»Mast en schaar breken!«, kommentierte der Papagei.

»Ja, das können wir gebrauchen. Ich möchte mir nicht ausmalen, was Matthias davon abhält, mir zu schreiben.« Ein Kloß in ihrer Kehle erstickte jedes weitere Wort.

Pitter schmiegte sich an ihren Hals. Seine Zärtlichkeit trieb Nynke Tränen in die Augen. Sie bündelte die Briefe und barg sie wieder in der Schublade. Es half nichts, sich mit solchen Gedanken zu quälen. Sie machte sich nur verrückt damit. Das sagte ihr der Verstand, und der musste sich jeden Tag mehr mühen, den Sieg über ihr Gefühl davonzutragen.

* * *

Die Hände auf dem Rücken gefaltet, lief Jan in seinem Arbeitskabinett auf und ab. An ihrem Schreibtisch saß Nynke und wartete mit schreibbereiter Feder darauf, dass ihr Schwager ihr einen Brief diktierte. Es handelte sich um ein Schreiben an Peter de Gayette. Obwohl der Architekt sich nach dem Unfall auf seiner Baustelle bei Jan für dessen Hilfe bedankt und Unterstützung durch seinen Assistenten versprochen hatte, hatte sich seitdem nichts geändert. Zu tief war die Beziehung zwischen beiden Männern zerrüttet, als dass sie einen normalen Umfang miteinander fanden.

»Soll ich die übliche Begrüßungsformel schreiben?«, fragte sie und hielt die Feder über das Tintenfass.

Jan unterbrach sein Auf-und-abschreiten. »Du willst ›respektvolle und herzliche Grüße‹ schreiben?«

»Warum nicht freundlich sein?«

»Aber nicht ›herzlich‹ und ›respektvoll‹.« Jan schüttelte den Kopf. »Es soll freundlich klingen …«

Eine Weile diskutierten sie über die richtige Anrede, Jan voller Ernst und Nynke mit einem Lächeln in der Stimme.

Endlich sagte sie: »Du bist genauso zum königlichen Hofbaumeister ernannt wie er, also können wir ›kollegial‹ und ›freundlich‹ schreiben. Dagegen kann niemand etwas einwenden.«

»Wenn ich dich nicht hätte!« Jan stand neben ihrem Stuhl, riss sie in seine Arme.

Schmerzhaft fühlte sie sich an seine Brust gezogen. Er bedeckte ihr Gesicht mit Küssen, den Hals, das Dekolleté. Mit den Zähnen zog er die Schleife auf, die ihr Gewand am Ausschnitt zusammenhielt. Irgendwo sprang ein Knopf ab, und dann hörte Nynke den zarten Stoff ihres Hemdes reißen. Hatte sie Jan zunächst willenlos gewähren lassen, führte dieses Geräusch dazu, dass sie sich steif machte und seine Hände abzustreifen suchte.

»Jan!«, rief sie. »Jan!«

Sein Griff war zu fest für sie, und seine Lippen auf ihrer Haut lösten Ekel in ihr aus.

»Jan! Hör auf!« Himmel, er war ihr Schwager!

Er öffnete eine weitere Schleife ihres Hemdes. Riss das Band mit den Zähnen ab. Nynke lag inzwischen halb auf dem Tisch, das Kreuz schmerzhaft durchgebogen. Seine Hände wühlten sich durch ihre Röcke, er griff ihr zwischen die Beine.

»Ich will das nicht!« Wie von selbst ballte sich Nynkes Hand zur Faust, und sie schlug auf ihn ein. Traf seine Schultern, seine Oberarme. Schmerz schoss in ihre Knöchel, aber sie kümmerte sich nicht darum.

Ihr gelang ein Hieb gegen Jans Schläfe. Das endlich brachte ihn zur Besinnung. Er ließ sie los und sprang zurück, als könnte er gar nicht genug Abstand zwischen sie beide bringen. Nynke raffte ihr Kleid am Ausschnitt zusammen. Sie erhaschte einen Blick auf sein Gesicht. Seine Miene drückte Scham und Entsetzen aus.

Sie wollte den Raum verlassen, sich in ihrer Schlafstube einschließen, seine Lippen von ihrer Haut waschen und sich unter der Bettdecke verkriechen, aber Jan stand bei der Tür, und sie hätte dicht an ihm vorbeigehen müssen. Unentschlossen blieb Nynke, wo sie war. Angesichts Jans jammervoller Miene zerfielen ihr die Worte im Mund zu Asche.

Er gab die Tür frei, und dann liefen ihm Tränen die Wangen herunter. Er stammelte Worte hervor, die Nynke kaum verstand.

»Es tut mir leid. Du musst mir glauben, das wollte ich nicht. Ich weiß nicht, was in mich gefahren ist. Ich achte dich.«

Sie unterbrach ihn mit einer Handbewegung. »Ich will das nicht hören. Das darf nie wieder passieren. Nie wieder, hörst du mich?«

»Das wird es nicht, ich verspreche es. Du bist meine Schwägerin, ich achte …«

»Mit Achtung hatte das eben nicht viel zu tun.« Nynke wunderte sich, dass ihre Stimme nicht zitterte.

»Ich habe mich vergessen, das wird nicht wieder geschehen. Wir arbeiten zusammen, und im Laufe der Zeit habe ich dich gut kennengelernt. Du bedeutest mir alles. Schon lange habe ich mich in dich verliebt. Nie solltest du es erfahren, aber ich konnte meiner Gefühle nicht mehr Herr werden.«

»Du bist mit meiner Schwester verheiratet.«

»Das weiß ich. Es quält mich auch und fühlt sich an, als hätte ein anderer die Kontrolle über mich übernommen.« Jan streckte die Hände nach Nynke aus und kam einen Schritt auf sie zu.

Sie wich zurück.

»Keine Angst, Nynke. Ich werde nicht wieder vergessen, dass ich mit Anna verheiratet bin. Sie darf nichts davon erfahren. Ich bitte dich.«

»Das wird sie von mir nicht.«

Jan atmete sichtbar erleichtert aus. Nynke eilte an ihm vorbei aus dem Raum und in ihre Schlafstube. Aufatmend drehte sie den Schlüssel um, ehe sie gar nicht schnell genug ihr Kleid ablegen konnte. Nur mit dem Hemd bekleidet, füllte sie die Waschschüssel mit Wasser und tauchte ihr Gesicht hinein. Das kühle Nass beruhigte sie. Sie wusch Hals und Dekolleté, bis die Haut rot war und brannte. Sie schlüpfte danach in ihr Nachtgewand. Mit angezogenen Beinen saß sie auf dem Bett.

Pitter kam heran. Geschickt kletterte er am Bettvorhang hoch. Er sackte in die weiche Bettdecke ein, und es sah aus, als schwimme er, wie er mit seinem schaukelnden Gang auf sie zulief. Er setzte sich neben sie.

»Pitter, wenn ich dich nicht hätte.« Nynke lachte. Gleich darauf wurde sie ernst. Sie fühlte wieder Jans Hände auf ihrem Leib. Seine Lippen und die wilden Küsse. Nachträglich durchlief sie ein Schauder.

Hatte es Anzeichen für seine verwirrten Gefühle gegeben, die sie nicht erkannt hatte? Er hatte sie gelegentlich berührt, ihr einen Kuss auf den Scheitel drückt, einmal auf die Wange. Es war harmlos gewesen, nichts, was ein Schwager sich nicht erlauben durfte. Sie umklammerte ihre Beine fester und stützte das Kinn auf den Knien ab. Ihr Blick schweifte in der Schlafstube umher.

Dann wurde ihr klar, dass sie nicht nur den Glauben an ihren Schwager, sondern auch ihr Zuhause verloren hatte. Ihre Tage hier waren gezählt. Sie musste schleunigst eine andere Bleibe finden, wenn die Ehe ihrer Schwester eine Chance haben sollte. Die beiden mussten allein sein und Zeit miteinander verbringen. Damit Jan sich erneut in seine Ehefrau verliebte. In Amsterdam hatte er nur Augen für sie gehabt. Annas Lächeln war sein höchstes Glück gewesen, und so musste es wieder werden.

Nynke fragte sich, wann das aufgehört hatte. Wann hatten sich die beiden auseinandergelebt? War das der Grund für die Kinderlosigkeit? Jan hatte ihr versichert, sich zu bemühen, aber seit ihrer Fehlgeburt war Anna nicht wieder schwanger geworden. Sie wollte ihrer Schwester nicht den Ehemann wegnehmen. Anna müsste sich nur für seine Arbeit interessieren, und er hätte nur Augen für sie. Nynke schätzte ihren Schwager als

Baumeister, als Menschen. Tiefer gehende Gefühle hegte sie nicht für ihn.

»Matthias, du musst zu mir zurückkommen«, flüsterte sie. »Ich brauche dich. Lass wenigstens etwas von dir hören, damit ich mir keine Sorgen machen muss.«

Pitter blieb gegen seine Gewohnheit still. Mit einem Auge schaute er zu ihr auf.

KAPITEL XLIX

Du hilfst Jan gar nicht mehr in seinem Arbeitskabinett?«, wunderte Anna sich etwa zehn Tage später.

»Es ist nicht viel zu tun.« Seit dem denkwürdigen Abend hatte Nynke den Raum nicht betreten, auch nicht sein Kabinett im holländischen Viertel, und sie hatte nicht vor, es je wieder zu tun.

»Jan arbeitet Tag und Nacht. Ich bekomme ihn kaum zu Gesicht. Es fehlt nur noch, dass er sich ein Feldbett auf der Baustelle aufstellt.«

»Für mich ist nichts zu tun, meine ich. Ich weiß nicht, was er gerade macht.« Sie wusste nicht, was aus dem Brief an de Gayette geworden war. Es tat ihr weh, von dem Geschehen um die holländischen Häuser abgeschnitten zu sein. Die Baustelle war ihr in all den Jahren ans Herz gewachsen.

»Du wirkst nicht glücklich.«

Nynke zuckte die Schultern. »Ich weiß nicht … Seit Jahren bin ich … Nun auf einmal …« Sie brach ab, wusste nicht, wie sie ihre Gefühle in Worte fassen sollte, ohne sich zu verraten.

»Wir sind Schwestern«, sagte Anna mit zärtlicher, freundlicher Stimme, die Nynke lange nicht mehr gehört hatte. »Du kannst mir erzählen, wenn dich etwas bedrückt. In letzter Zeit waren wir nicht immer einer Meinung. Es ist nicht leicht für mich, die Verantwortung für einen Haushalt und eine unverheiratete Schwester zu tragen. Gerade, wenn du die Schwester bist.« Anna versuchte sich an einem schiefen Lächeln.

»Für mich ist es auch nicht leicht, wenn die jüngere Schwester über mein Leben bestimmen will. Das bin ich einfach nicht gewohnt.« Nynke erwiderte das Lächeln.

»Der Druck auf mich ist groß.«

»Wer macht ihn dir?«

»Mutter.«

»Sie ist in Amsterdam. Wie kann sie dir Druck machen?«

»Sie schafft es. Irgendwie schafft sie es, dass ich mich jedes Mal schlecht fühle, wenn einer ihrer Briefe kommt. Also ungefähr einmal in der Woche. Weil du nicht verheiratet bist, weil ich sie nicht zur Großmutter mache. Kannst du dir vorstellen, wie ich mich da fühle? Du könntest mir helfen, wenigstens eines dieser Probleme zu lösen.«

»Welches?«, fragte Nynke, um einen scherzhaften Ton bemüht.

»Leutnant von Heyneke möchte dich weiterhin zur Frau nehmen, und anscheinend hast du ihm noch keine endgültige Antwort gegeben. Ich sehe ihn im Literaturzirkel, und er hat mir zu verstehen gegeben ... Nynke, du kannst ihn nicht über eine so lange Zeit hinhalten.«

»Du kennst meine Meinung dazu. Daran wird sich nichts ändern. Leutnant von Heyneke weiß das. Ich kann dir nicht sagen, warum er es nicht in guter Haltung hinnimmt.« Nynke behielt den leichten Ton ihrer Unterhaltung bei, obwohl es ihr schwerfiel. »Es tut mir leid, dass du nicht schwanger wirst. Hast du dich untersuchen lassen, ob bei dir alles in Ordnung ist?«

»Von jedem Arzt, dessen ich habhaft werden konnte. Jeder sagt dasselbe: Mit mir ist alles in Ordnung.«

»Und Jan?« Nynke wollte nicht über ihren Schwager reden, aber ihr fiel nichts ein, wie es sich vermeiden ließ.

»Mit ihm ist auch alles in Ordnung.«

»Weiß du das sicher?«

»Er ist jung und steht in dieser Sache seinen Mann. Weiter will ich dazu nichts sagen.«

* * *

Die Briefe, die sie an Matthias geschrieben hatte, passten nicht mehr in eine Schublade ihres Sekretärs. Sie hatte eine zweite frei geräumt. Diese war fast voll.

›Ich warte auf dich, egal wie lange es dauert. Deine Nynke‹, schrieb sie und legte die Feder aus der Hand. Sie wollte den Brief falten, als könnte sie ihn tatsächlich abschicken, als eine Welle der Übelkeit sie überfiel. Sie presste eine Hand auf die Lippen, die andere auf ihren Bauch.

Die Übelkeit kletterte ihre Speiseröhre hinauf und flutete als saure Galle ihren Mund. Nynke schaffte es gerade noch zu ihrer Waschschüssel, ehe sie sich übergab. Danach war es genauso schnell vorbei, wie es begonnen hatte.

Die Anfälle wiederholten sich. Meist morgens, aber manchmal auch bei Tisch, wenn der Deckel von einer Schüssel gehoben wurde. Der Anblick mancher Speisen, die sie vor einem Dutzend Tagen gern gegessen hatte, löste derartigen Ekel in ihr aus, dass sie den Raum verlassen musste. Der Appetit verging ihr, um später mit umso größerer Wucht zurückzukommen. Manchmal stand sie mitten in der Nacht auf, eilte in die Küche und konnte gar nicht schnell genug in einen Apfel beißen, dazu aß sie Ziegenrahm mit einem Suppenlöffel, dem folgten Essiggurken und trockenes Brot. Oder sie heizte den Herd wieder an und briet sich Eier, die sie gleich aus der Pfanne aß. Mandelkuchen, den sie sonst schätzte, fand sie nun widerlich.

Jan und Anna wunderten sich über ihre absonderlichen neuen Essgewohnheiten, sagten jedoch nichts.

Ihre monatliche Blutung, die sonst regelmäßig nach dem Vollmond kam, blieb aus und ließ Nynke zum ersten Mal stutzig werden. Dr. Bendler hatte nur wenig über die Krankheiten des weiblichen Körpers gesagt, da die Patienten in der Krankenstube überwiegend männlich waren, aber aus den Briefen ihrer Freundin wusste sie, dass ein Ausbleiben der monatlichen

Blutung bei jungen Frauen nur einen Grund haben konnte: Sie erwartete ein Kind!

Ein Kind von Matthias.

Es konnte nicht anders sein. Wilde Freude durchflutete Nynke im ersten Moment. Da gab es etwas in ihr, das sie mit Matthias für den Rest ihres Lebens verband. Sacht legte sie eine Hand auf ihren flachen Bauch.

Auf die wilde Freude folgte Ernüchterung. Der Vater ihres Kindes war nicht da, sie wusste nicht, wo er sich aufhielt und wann er zurückkam. Als unverheiratete Frau sollte sie eine Jungfrau sein und nicht schwanger. Würde das bekannt, wäre ihr Ruf endgültig ruiniert. In Potsdam genauso wie in Amsterdam. Was Anna dazu zu sagen hatte, stellte sie sich lieber nicht vor.

Ihre Monatsblutung konnte auch ausgeblieben sein, weil sie viel Aufregung durchgemacht hatte. Matthias' Abreise, Jan … Das konnte ihr Innerstes durcheinandergebracht haben. Sie musste nur abwarten, ihr Gemüt im Gleichgewicht halten und regelmäßig ausgewogene Mahlzeiten einnehmen. Dann würde auch die Übelkeit nachlassen.

Darin täuschte sie sich. Die Übelkeit nahm eher zu. Jeden Morgen übergab sie sich über ihrer Waschschüssel, danach ging es ihr wieder gut. Bis zur nächsten Attacke.

Ihre Blutung blieb auch einen Monat später aus, und für Nynke bestand kein Zweifel mehr an einer Schwangerschaft. In der Zwischenzeit hatte sie Zeit zum Nachdenken gehabt und von der Freude über Matthias' Kind war nur Traurigkeit geblieben.

Von ihm hatte sie nichts gehört, und das konnte nur noch bedeuten, dass ihm etwas zugestoßen war. Oder dass er sein Versprechen nicht ernst nahm und mit ihr gespielt hatte. Während sie an die ewige Liebe glaubte. In nicht einmal mehr neun Monaten wäre ihre Schande offenbar.

Nynke schnürte sich lockerer, und wenn sie ihren Bauch im Spiegel betrachtete, meinte sie, eine kleine Wölbung zu erkennen. Im zweiten Monat einer Schwangerschaft konnte das eigentlich nicht sein. Alles ließ sich unter weiten Röcken verstecken, und mit etwas Glück bliebe das noch monatelang so. Das Problem wurde dadurch nicht gelöst.

Mit niemandem konnte sie darüber sprechen, musste alles mit sich allein ausmachen. Das raubte ihr den Schlaf und ließ sie reizbar werden.

KAPITEL L

Eine Woche quälte Nynke sich noch mit der Übelkeit und den bohrenden Gedanken an ein uneheliches Kind herum. Lag sie im Bett, konnte sie nicht schlafen, tagsüber fühlte sie sich hundemüde und kraftlos. Die Tätigkeit in der Krankenstube war ihr nie so schwer von der Hand gegangen wie in dieser Zeit.

Matthias ließ nichts von sich hören. Dann hielt sie es nicht mehr aus, mit dieser Sache allein in der Welt zu stehen. Stockend vertraute sie sich Anna an, musste sich dabei mehrmals die Nase putzen und ihre Tränen wegblinzeln. Sie hatte die Schwester zu einem Spaziergang im Schlosspark überredet.

Mit unbewegtem Gesicht lauschte Anna dem Gestammel. Nachdem Nynke geendet hatte, schwieg sie. Die Stille zog sich in die Länge.

»Wie kannst du schwanger sein?«, fragte Anna schließlich.

»Es ist passiert. Ich habe es nicht geplant.«

»Ich wünsche mir seit Jahren ein Kind, schließe es jeden Abend in meine Gebete ein. Du dagegen … Wer ist der Vater? Etwa Leutnant von Heyneke?«

»Nein. Wie kommst du darauf?«

»Dann wäre die Schande nicht so groß. Wahrscheinlich hast du dich aus Mitleid von einem Kunden deiner Krankenstube verführen lassen.«

Nynke antwortete mit Schweigen.

»Weißt du es am Ende nicht? Weil es mehr als einen gab?«, argwöhnte Anna.

»Ich bin keine Hure, obwohl ich einen Fehltritt begangen habe.«

Anna ging darüber hinweg. »Du bist dir wirklich sicher?«

»Mir ist dauernd schlecht, und meine monatliche Blutung ist zweimal ausgeblieben, obwohl sie zuvor regelmäßig kam. Aber ich war nicht bei einem Arzt oder einer Hebamme.«

»Zum Glück. Es fehlte noch, dass in Potsdam darüber getratscht wird. Du wirst den Vater heiraten, und wenn es der niedrigste Tagelöhner ist. Daran führt kein Weg vorbei, und du hast es dir selbst zuzuschreiben.« Immer noch klang Anna völlig unbeteiligt.

»Das geht nicht.«

»Der Mann ist bereits verheiratet?«

»Er ist nicht in Potsdam.«

»Umso besser, wenn du nicht hier in der Stadt leben wirst, wo dich jeder kennt. Anderswo magst du deinen Fehltritt leichter verbergen.«

»Ich kann den Mann nicht heiraten, weil ich nicht weiß, wo ich ihn erreichen kann. Sonst würde ich mit Freuden seine Frau werden.«

»Du liebst diesen Menschen, obwohl er sich nicht zu benehmen wusste? Kenne ich ihn? Ich hoffe nicht.«

»Du kannst mich alles nennen, was du willst, ihn lasse dabei aus dem Spiel. Nichts ändert etwas an meiner Schwangerschaft. Wenn ich mir selbst einen Rat wüsste, hätte ich nicht mit dir gesprochen.«

»Gewöhnlich stellst du immer gerne fest, ich sei die jüngere Schwester, aber nun möchtest du auf einmal meinen Rat. Den ich auch nicht weiß.« Anna barg das Gesicht in ihren Händen. Nynke glaubte, ein Seufzen zu hören.

Als sie wieder hochschaute, war sie blass, sah aber fest entschlossen aus. »Mir fällt nicht in einer Stunde ein, worüber du seit Wochen grübelst. Lass mir ein paar Tage.«

»Damit du Mama einen Brief nach Amsterdam schreiben und sie um einen Rat bitten kannst? Ich höre schon ihre Stimme.«

»Nie und nimmer schreibe ich deswegen an Mama.«

»Oder dich mit deiner Freundin Melisande berätst?« Die Ehefrau des französischen Tanzmeisters war selbst schwanger und trug stolz einen gerundeten Bauch vor sich her. Die Beziehung zwischen den beiden Freundinnen war darüber etwas abgekühlt.

»Als hätte sie dazu einen klugen Gedanken zu sagen.« Anna schüttelte den Kopf, dass ihre blonden Locken flogen.

»Jan wirst du auch nichts sagen?«

»Von mir erfährt niemand was.« Ohne ein weiteres Wort stand Anna auf und ging.

Nynke blieb mit ihren Gedanken allein zurück, und alle drehten sich darum, welchen Plan ihre Schwester ausheckte. Wenn doch nur endlich ein Brief von Matthias käme. Sie würde ihr Bündel packen, Pitter schultern und wäre in einer Stunde auf dem Weg zu ihm.

Die beiden Schwestern schlichen wie verfeindete Kater umeinander. Sprachen nur das Nötigste und achteten peinlich darauf, sich weder in Wort noch Tonfall eine Blöße zu geben. Nynke blieb ohnehin die meiste Zeit in ihrer Stube, übergab sich in eine Schüssel und behauptete, Schreibarbeiten für die Krankenstube zu erledigen. In Wirklichkeit saß sie am Fenster, schaute hinaus und wartete auf Matthias. Seit mehr als acht Wochen war er fort. Hatte er sie vergessen oder durch eine andere ersetzt? Sie mochte es nicht glauben, aber sein Schweigen tat weh. Tränen schossen in ihre Augen.

Mehrmals war sie nahe daran gewesen, eine Hand zur Faust zu ballen und sich in den Bauch zu boxen. Das Problem mit einer Fehlgeburt zu lösen. Was das für ihre eigene Gesundheit bedeutete, war ihr egal. Etwas hielt sie stets zurück.

Nynke schreckte zusammen, weil ihre Zimmertür geschlossen wurde. Als sie sich umdrehte, erblickte sie ihre Schwester.

Anna war hereingekommen, ohne vorher anzuklopfen, und stand in der Mitte des Zimmers.

»Du musst nicht länger niedergeschlagen am Fenster sitzen. Ich habe die Lösung für all deine Probleme.«

Die Schwester wirkte unerträglich munter, während sich Nynke nur müde fühlte. Sie schaute wieder nach draußen.

»Willst du es gar nicht wissen?«

Nynke sammelte Kraft, von der sie nicht mehr wusste, woher sie sie nahm, und wandte sich wieder ihrer Schwester zu. »Sag es schon.«

»Es ist eine einfache Lösung, auf die wir längst hätten kommen können. Eigentlich hätte sie dir einfallen müssen. Frauen machen es seit Jahrhunderten so.«

»Was soll das wohl sein?«

Anna setzte eine triumphierende Miene auf. »Du heiratest einen Mann, der gerade verfügbar ist. Es muss nur möglichst schnell gehen. Das Kind gibst du als Frühgeburt aus, und niemand wird unangenehme Fragen stellen.«

Nynke runzelte die Stirn und formulierte ihre Antwort sorgfältig. »Ich soll also einem Mann ein fremdes Kind unterschieben? Das sagt mir meine Schwester, der sonst nichts über gesellschaftlich korrektes Benehmen geht.«

»Gerade deswegen. Du musst deinen Ruf retten und Jans und meinen gleich mit. Auf uns fällt genauso ein Schatten, wenn du – die Schwägerin des Hofbaumeisters und Schlosskastellans – einen Bastard zur Welt bringst. Wir sind immer noch die Holländer, obwohl wir seit Jahren hier leben. Deshalb muss unser Leumund makellos bleiben.«

Dem konnte Nynke die Berechtigung nicht absprechen. Die Potsdamer sahen in ihnen Fremde. Als Hofbaumeister durfte Jan sich keine Eskapaden leisten. König Friedrich Wilhelm war bekannt dafür, mit seinen Beamten wenig duldsam zu sein. Für deren Familien galt das gleichermaßen.

»Nur mal angenommen«, begann Nynke, »ich würde mehr als einen Gedanken an deinen Plan verschwenden, welchem Mann sollte ich die Hand zum Ehebund reichen? Er müsste schließlich damit einverstanden sein, das Kind eines anderen als eigenes anzunehmen.«

»Du bist völlig vernagelt«, platzte es aus Anna heraus. »Ihm wirst du kein Sterbenswörtchen von dieser Sache verraten. Du bist gleich in der Hochzeitsnacht schwanger geworden. So etwas soll es geben. Der Mann wird sich über sein eigenes Kind freuen. Nur du und ich kennen die Wahrheit.«

»Welcher Mann sollte das tun?«

»Leutnant Julius von Heyneke. Er ist in jeder Hinsicht passend für dich.«

»Der …« Nynke wunderte sich, warum er ihr nicht selbst eingefallen war. Wahrscheinlich weil er sich rar gemacht hatte, nachdem er seinen Antrag vorgebracht und keine eindeutige Antwort erhalten hatte. Sie sah ihn vor sich, wie er sich steif und linkisch in Konversation versuchte.

»… ist genau der richtige Mann für dich«, führte Anna ihren Satz fort. »Er bekleidet eine angemessene Position, hat einen guten Leumund und einen Adelstitel. Außerdem wirbt er um dich und eure Heirat wird niemanden verwundern.«

»Wir sehen ihn kaum. Ich glaube nicht, dass er noch an mir interessiert ist.«

»Er ist etwas zu zurückhaltend. Leider. Das muss nicht deine Sorge sein.«

»Bis auf die Tatsache, dass ich ihn dazu bringen soll, mich zu heiraten«, spöttelte Nynke.

»Jan wird es ihm mitteilen. Schließlich hat Leutnant von Heyneke bei ihm wegen seiner Werbung vorgesprochen. Wie es sich gehört.«

»Das wird Jan nicht tun.«

»Er wird. Ich habe bereits mit ihm gesprochen. Wahrscheinlich erklärt er in diesem Moment deinem zukünftigen Ehemann, dass du seine Werbung erhören wirst und die Eheschließung kaum erwarten kannst.« Ein maliziöses Lächeln begleitete diese Worte.

Nynke baute sich vor Anna auf. »Das hast du nicht getan. Dazu hattest du kein Recht.«

»Jedes Recht einer Schwester, die um deinen guten Ruf besorgt ist.« Anna wich zwei Schritte zurück. »Aber du musst dir keine Sorgen machen, von deiner Schwangerschaft habe ich nichts gesagt. Jan war überrascht, aber ich habe ihm erklärt, dass es für dich an der Zeit ist, deinen eigenen Haushalt zu gründen. Dem hat er zugestimmt.«

»Ich …« Nynke fehlten die Worte. Das Schicksal schlug als mächtige Woge über ihr zusammen.

»Alles wird gut werden, glaube mir.«

»Es gefällt mir nicht, einem Mann ein Kind unterzuschieben«, widersprach sie und merkte selbst, wie lahm ihre Worte klangen.

»Du kannst andere Kinder bekommen, und die werden garantiert die des Leutnants sein. Du wirst ja offenbar vom Hinschauen schwanger.«

»Das Kind wird ihm nicht ähnlich sehen.«

»Viele Kinder ähneln ihren Vätern nicht. Ich zum Beispiel, aber niemand zweifelt daran, dass unser Vater mich gezeugt hat. Darauf kommt es an. Sollte das Kind seinem echten Vater ähnlich sehen, wird das niemand bemerken, da er nicht in Potsdam ist.« Bei Anna klang alles, als hätte sie es sich lange vorher überlegt.

Welche anderen Möglichkeiten hatte sie? Sie durfte nicht nur an sich denken, in ihrem Leib wuchs ein Kind, für das sie die Verantwortung trug. Dieses komplett hilflose Wesen hatte nur sie, sich um sein Wohlergehen zu sorgen.

Als unverheiratete Frau müsste sie sich und das Kind mit

niedersten Arbeiten durchbringen. Sie könnte woandershin gehen und sich als Witwe ausgeben, zweifelte aber daran, dass das ihr Los verbesserte.

Wie sollte Matthias sie finden, wenn sie Potsdam verließ? Wenn er je wiederkäme und nach ihr suchte.

Aber der Leutnant … Nynke schaute auf. Ihre Schwester hatte das Zimmer längst verlassen.

KAPITEL LI

Der Hochzeitstermin war auf den Tag genau vier Wochen nach der Verlobung festgesetzt. Nynke kam es vor wie eine letzte Frist, die ihr das Leben gönnte. Es ist das Beste für das Kind, sagte sie sich immer wieder und legte schützend eine Hand auf ihren Bauch. Dort meinte sie, inzwischen eine Rundung wahrzunehmen, die zuvor nicht da gewesen war.

Der Gedanke an das Kind half ihr, die Tage zu überstehen und der Welt ein gefasstes, mitunter fröhliches Gesicht zu zeigen. Wie es in ihr aussah, erfuhr nur Pitter. Ihm berichtete sie von ihren Qualen und Ängsten. Bei ihm war alles sicher aufgehoben. Wenn er sie mit schräg gelegtem Kopf anschaute, vergaß sie oft, dass er ein Papagei war und keines ihrer Worte verstand.

Am ersten Tag hatten sich vier Wochen lang angehört. Aber je mehr Tage verstrichen, desto rascher kam das Ende näher. Diese Zeit wurde benötigt, um die Verlobung in der Kirche anzukündigen und eine Sondererlaubnis für die Hochzeit ohne angemessene Verlobungszeit zu erwirken. Der Bräutigam kümmerte sich darum.

Anna plante mit strahlender Miene das Festessen im Anschluss an die Trauung. Sie hatte einen Schneider kommen lassen, der ihr und Nynke neue Kleider anmaß. Nynkes glänzte in einem silbrig wirkenden elfenbeinfarbigen Seidentaft. Die helle Farbe unterstrich nach Annas Meinung ihre klare Haut und war einer jungfräulichen Braut angemessen. Diesen Aspekt betonte sie mehrfach und schaute dabei Nynke bedeutungsvoll an. Korsage und Rock sollten mit silberfarbenen Rosenblüten bestickt werden, bei denen Nynke Zweifel hatte, ob die Zeit dafür ausreichte. Der Schneider war zuversichtlich und plante, zwei Stickerinnen notfalls Tag und Nacht zu beschäftigen. Die von Anna vorgesehenen üppigen Volants an den Ärmeln und am Ausschnitt verhinderte Nynke. Sie wollte nicht aussehen wie eine schlechte Kopie Melisandes, aber ansonsten waren ihr Schnitt und Machart egal.

Für sich orderte Anna ein Kleid in einem zarten Blaugrün, das ihren Körper wie ein Wasserfall umfloss. Sie verzichtete nicht auf die Volants, obwohl der Schneider ihr vorsichtig davon abriet. Die Farbe stand ihr, betonte ihren hellen Teint und die blonden Locken.

Der Brief an die Eltern, in dem Nynke sie über die Hochzeit unterrichtete und um ihr Kommen bat, obwohl sie gleichzeitig hoffte, sie machten davon keinen Gebrauch, benötigte mehrere Anläufe. Es fiel ihr auch nicht leicht, ihren Bräutigam zu beschreiben. Nachdem sie mitgeteilt hatte, er sei Leutnant des Grenadier-Garderegiments Nr. 6 und einer der Langen Kerls des preußischen Königs mit Aussicht auf eine Laufbahn bis zum Major, fiel ihr nichts mehr ein, was sie über Julius von Heyneke sagen könnte. Dass er oft linkisch wirkte, gern das Falsche sagte und sich in Gesellschaft wenig elegant bewegte, war nichts, was man den Eltern schrieb, um ihnen den Verlobten schmackhaft zu machen. Sie wusste kaum etwas über seine Familie, hatte wieder vergessen, wo das Gut lag. Allein, dass dort Pferde für die Armee gezüchtet wurden, war ihr in Erinnerung geblieben, nur hatte sie für diese Tiere so wenig übrig, dass insbesondere ihre Mutter misstrauisch werden würde, wenn sie auf einmal begeistert über Pferdezucht schrieb.

Nynke kitzelte sich mit der Schreibfeder an der Nase und überlegte, wie sie die unziemliche Eile der Hochzeit erklären könnte, damit ihre Mutter nichts Ehrenrühriges vermutete. Sie entschied sich für militärische Erfordernisse, die eine lange Verlobungszeit nicht zuließen. Da ihre Eltern von militärischen Erfordernissen genauso wenig Ahnung hatten wie sie, hoffte sie, mit dieser Ausrede durchzukommen. Als der Brief endlich fertig geschrieben war, fühlte sie sich ausgelaugt, als hätte sie einen ganzen Tag lang die Krankenstube geputzt.

Die Antwort ihrer Mutter kam innerhalb von zehn Tagen mit einem Eilboten. Elsbeth van Lohuijsen nahm als gestandene Kaufmannsfrau kein Blatt vor den Mund und drückte ihre Verwunderung über die eilige Hochzeit in geraden Worten aus. Sie fragte rundheraus, ob Umstände eingetreten seien, die es unumgänglich machten. Auf die militärischen Erfordernisse ging sie mit keinem Wort ein. Sie verlangte, alles über den Bräutigam zu erfahren, von dem sie zum ersten Mal hörte, und richtete an ihre Älteste den Vorwurf, ihr nicht früher von dem Mann geschrieben zu haben, der ihr Herz im Sturmschritt erobert habe. Zum Schluss schrieb sie, die Zeit sei zu knapp, um von Amsterdam nach Potsdam zu kommen, aber sie und ihr Mann wünschten Nynke für ihr weiteres Leben alles Gute. Sie drückte die Hoffnung aus, den neuen Schwiegersohn bald kennenzulernen und zur Großmutter gemacht zu werden.

Nynke zeigte den Brief ihrer Schwester. Die las ihn mit gerunzelter Stirn. Anschließend schnalzte sie mit der Zunge.

»Das klingt nach unserer Mams. Wir können froh sein, dass sie sich nicht auf den Weg macht. Ich möchte jedenfalls ihren scharfen Blick bei der Hochzeit nicht im Rücken haben. Sie würde im Nu die Wahrheit aus dir herausbringen. Gott bewahre.«

»Ich halte es immer noch nicht für richtig, Julius von Heyneke ein Kind unterzuschieben. Er mag sein, wie er ist, und ich liebe ihn nicht, aber trotzdem ist das nicht recht. Wenn er mich so unbedingt heiraten will, wird er das auch wollen, nachdem er die Wahrheit erfahren hat.«

Anna verdrehte die Augen. »Manchmal bist du wirklich seltsam. Kein Mann will ein fremdes Kind an seinem Tisch sehen und es als sein eigenes ausgeben müssen. Sie wollen ihre eigenen Erbanlagen weitergeben. So ist das nun einmal bei den Männern.«

»Wir werden keine Frühgeburt mehr behaupten können, weil ich schon im dritten Monat bin und so früh geborene Kinder fast nie überleben.«

»Wir werden tricksen und dir eine komplizierte Schwangerschaft andichten, die es erforderlich macht, dass du dich zu einem bekannten Arzt in Berlin in Behandlung begibst. Wir beide werden hinfahren, und du entbindest dort. Wir verschleiern das Datum der Geburt und kehren mit einem gesunden Kindchen zurück.« Anna hatte auf alles eine Antwort und sprach mit einer kaltblütigen Selbstverständlichkeit, die Nynke erschreckte.

Julius von Heyneke bedachte seine Braut mit Aufmerksamkeiten. Er sandte ihr jeden Tag Blumensträuße, Kuchen oder Konfekt. Dabei machte er nicht den Fehler, ihr pompöse Rosensträuße zu schicken. Entweder besaß er doch genügend Feingefühl, um zu erkennen, dass dies nicht Nynkes Geschmack entsprach, oder ihm fehlten die notwendigen Geldmittel.

Trotzdem verursachte der Blumenduft in ihrer Schlafstube Nynke Kopfschmerzen, und sie stellte die Sträuße im Esszimmer auf. Das Naschwerk gab sie an Anna weiter, denn ihr wurde beim Anblick des klebrigen Zeugs übel.

Das Hochzeitskleid wurde geliefert, und dann waren es auf einmal noch zwei Tage. Nynke saß ein Kloß in der Kehle. Im Spiegel war eine Rundung ihres Bauches inzwischen deutlich zu erkennen, unter weiten Röcken ließ sie sich verstecken.

KAPITEL LII

Julius von Heyneke stand am Ufer der Havel, dort, wo die Schiffer mit ihren Lastkähnen anlegten. Hinter ihm versank die Sonne am Horizont, und das Wasser gurgelte in kleinen Wellen ans Ufer. Vor ihm verschwanden die Gebäude der zweiten Stadterweiterung in den immer länger werdenden Schatten. Der Leutnant gönnte dem orangeroten Sonnenuntergang keinen Blick, er spähte unentwegt in Richtung des Stadtschlosses.

Nynke hatte ihm eine Nachricht zukommen lassen. Zwei hastig auf ein abgerissenes Stück Papier gekritzelte Zeilen, die ihn an diesen Ort bestellten. Um diese Zeit arbeitete weder auf der Baustelle jemand, noch landeten Lastkähne an. Ein Vogel saß versteckt im Geäst und ließ sein Lied hören. Daneben klackten die Stiefeltritte des Leutnants auf dem hölzernen Kai.

Was mochte Nynke von ihm wollen? Ihrer Botschaft hatte etwas Dringliches angehaftet. In zwei Tagen sollte die Hochzeit sein. Ein schlechtes Gefühl drückte auf seinen Magen und sprang ihm in den Hals, als er sie herankommen sah. Der Wind wehte den Rock um ihre Beine und blähte ihren Umhang. Ein halbes Dutzend Straußenfedern wippte auf ihrem Hut. Das alles verlieh ihrer Erscheinung in der Dämmerung etwas Verwegenes. Julius' Herz flog ihr entgegen. Ein ihm völlig ungewohntes Gefühl, das ihm die Knie butterweich werden ließ.

Er küsste seiner Verlobten die Hand zu Begrüßung und musste sich räuspern, ehe er ein Wort herausbrachte. Dann aber gelang es ihm, seine Freude über ihr Kommen und ihre

Erscheinung auszudrücken. Sie nahm es wortlos und mit unbewegtem Gesichtsausdruck hin. Alarmiert verstummte er, aber sein Herz schlug weiterhin heftig.

»Es gibt da eine Sache, über die ich mit Ihnen sprechen muss«, begann Nynke und leckte sich die Lippen.

»Hoffentlich keine Schwierigkeit wegen unserer Hochzeit in zwei Tagen.«

»Doch, genau das ist es. Eine Schwierigkeit wegen der Hochzeit.« Heftig brachte sie die Worte heraus. »Ich muss es Ihnen sagen, sonst finde ich keine Ruhe.«

»Wir waren schon beim vertraulichen Du.« Er lächelte und wollte nach ihrer Hand greifen, um sie erneut an seine Lippen zu ziehen. Aber sie barg sie zwischen den Rockfalten. »Du kannst mir alles sagen, und ich verspreche, dir keine Vorwürfe zu machen.«

»Versprich mir lieber nichts.« Nynke holte tief Luft und erzählte. Sie schaute dabei konzentriert auf ihre Schuhspitzen.

Julius hörte zu. Sein Herz klopfte schnell, nicht mehr aus Liebe, sondern wegen zunehmender Erregung über das, was ihm offenbart wurde. Er starrte auf ihren Leib, erkannte unter dem weiten Kleid keine verräterischen Anzeichen. Aber wenn sie es sagte ... Sie war ... eine gebrauchte Frau. Der Begriff spukte durch seine Gedanken.

Ein Kind in ihrem Leib. Ein fremdes Ding, und dabei war sie mit ihm verlobt. Er drehte sich um und ging ein paar Schritte zur Seite, schaute auf die Havel. Die Sonne war untergegangen, und das Wasser glich flimmernden Schatten.

Von wem ist es? – Die Frage lag ihm auf der Zunge. Was nützte es ihm, den Namen irgendeines Kerls zu erfahren, der sich nicht in Potsdam aufhielt? Andernfalls ... Julius hatte in zwei Duellen gestanden und nicht mehr als einen Kratzer davongetragen. Sofern dieser Mensch satisfaktionsfähig und kein Kerl niederen Standes war ...

»Wenn du die Hochzeit absagen willst … Ich werde damit leben, auf die eine oder andere Weise«, unterbrach Nynkes dünne Stimme seine Gedanken.

Die Hochzeit absagen – das barg etwas Verlockendes. Er warf ihr quer über den Steg hinweg einen Blick zu. Ihr Anblick brachte sein Herz dazu, in einem verrückten Takt zu tanzen. Das Wissen um ihre Untreue änderte nichts daran. Eine Absage der Hochzeit würde sie gesellschaftlich ruinieren, das Kind obendrein. Er stände als Hahnrei da. Seine Kameraden im Regiment bis hinunter zum einfachen Soldaten würden sich das Maul über ihn zerreißen.

Nynke könnte in eine andere Stadt ziehen, Preußen sogar verlassen und das Leben einer Witwe führen. Dass sie nie verheiratet gewesen war, bräuchte in der Fremde niemand zu erfahren. Er musste bei seinem Regiment bleiben. Wollte er eine Familie gründen, musste er die Mühen der Werbung wieder auf sich nehmen. Ein passendes weibliches Wesen ausspähen und für sich gewinnen. Bei dem Gedanken schauderte es ihn. Noch mehr schauderte es ihn, wenn er daran dachte, dass er seinen Eltern die geplatzte Hochzeit beichten musste. Sie würden sich für ihren zweitältesten Sohn schämen. Das wäre mehr, als er ertragen könnte.

»Ich nehme deine Entscheidung an«, begann Nynke stockend. »Mein Schwager kann alles mit dem Pfarrer regeln. Wir müssen einander nicht wiedersehen. Ich wünsche dir jedenfalls Glück.«

Was redete sie da? Als sie sich umdrehte und sich anschickte fortzugehen, kam Leben in ihn. Er eilte ihr nach, überholte sie und schnitt ihr den Weg ab.

»Ich habe gar nichts gesagt«, erklärte er atemlos.

»Was kann es anderes sein, als dass du mich nicht mehr willst. Ich bin eine gefallene Frau.«

»Warte. Das muss nicht so bleiben, wenn wir beide es klug

anfangen. Ich will keine andere als dich.« Die Worte waren heraus, und Julius fühlte sich erleichtert. In der Dämmerung konnte er gerade noch Nynkes Gesichtszüge erkennen, auf denen sich blanke Verwirrung spiegelte.

»Ich habe dir nie die Verliebte vorgespielt.«

»Als ob es darauf ankommt. Wertschätzung und gegenseitiger Respekt zählen in einer Ehe mehr als Verliebtsein. Das ist nichts als Tändelei, für die wir beide nichts überhaben. Gerade das schätze ich an dir, dass du eine ernsthafte Frau bist.«

»Ich bin schwanger von einem anderen Mann«, erinnerte sie ihn.

Als ob er das vergessen könnte. »Wir sprechen nicht mehr darüber und werden gut miteinander auskommen.«

Sie schüttelte den Kopf, ob vor Verblüffung oder aus Ablehnung vermochte er nicht zu entscheiden. Darauf kam es nicht an, solange er nicht dem Spott in seinem Regiment ausgesetzt war. Er hörte schon, wie sie lachten und tuschelten.

»Wer weiß alles von dem Kind?«, verlangte er zu erfahren.

»Nur meine Schwester.«

»Dabei wird es bleiben.«

»Ich gebe das Kind nicht her.«

»Das sollst du auch nicht«, sagte er schnell, obwohl er diesen Ausweg zuvor erwogen hatte. Das Kleine käme zu einer Ziehmutter, und Nynke besuchte es einmal im Jahr, um sich von seinen Fortschritten zu überzeugen. Die Frau war sie nicht, musste er einsehen und eine Kröte schlucken, um den Ruf in seinem Regiment zu wahren.

»Es wird im selben Haushalt wie ich leben. Es wird dich für seinen Vater halten. Etwas anderes kommt nicht infrage.«

»Nynke, hör mir zu.« Er ergriff ihre Hände und hielt sie sanft in den seinen. Sie waren kalt und zitterten. »Ich will dich heiraten, egal was du getan hast. Wir gehören zusammen, und ich werde dir nichts nachtragen. Wenn zu unserer Heirat gehört, ein fremdes Balg als das meine auszugeben, werde ich es tun.«

»Warum?«

Nur dieses eine Wort. Die Wahrheit mochte Julius ihr nicht gestehen. Welche Frau wollte hören, dass der Mann die Mühen einer erneuten Werbung scheute? Er sprach deshalb weitschweifig davon, zu seinem Wort stehen zu wollen, und fasste ihre Fingerspitzen fester.

»Wir müssen das Kind als eine Frühgeburt ausgeben«, sagte Nynke, nachdem er geendet hatte.

»Es ist mir alles recht. Oder die Leute werden denken, wir konnten nicht bis zur Hochzeitsnacht warten.« Im Regiment würde ihm das nicht schaden.

Bevor Nynke mehr Bedingungen stellte, legte Julius die Rechte auf sein Herz. »Ich werde das Kind aufziehen, als wäre es mein eigenes. Es soll ihm an nichts fehlen. Das verspreche ich. Du darfst ihm jedoch nichts anderes sagen, als dass ich sein Vater bin. Du wirst meine geliebte Frau sein, und wir werden viele weitere Kinder bekommen.«

»Alles, was du willst.«

Nynke lehnte sich an ihn, und er umfing ihre Gestalt, spürte ihre fraulichen Rundungen an seiner Brust und wusste, dass er richtig entschieden hatte.

Teil Zwei

1740–1743

KAPITEL I
1740

Der preußische König Friedrich Wilhelm I. verstarb am 31. Mai in Potsdam an der Wassersucht. Das Herz des kurz gewachsenen und gewichtigen Monarchen war nicht mehr stark genug gewesen, sein Blut durch den Körper zu pumpen. Deshalb sammelte sich Flüssigkeit in den Füßen und den Unterschenkeln, später in der Lunge. Der König wurde immer unbeweglicher und das Atmen stetig mühsamer. Gegen das schwache Herz gab es keine Kur. Seine Leibärzte konnten nur versuchen, das Wasser aus den Extremitäten abzusaugen, um den Patienten etwas Erleichterung zu verschaffen. Machtlos waren sie gegen die Flüssigkeit in der Lunge. Es war ein schweres, elendes Ende.

Nynke wusste das von Dr. Bendler, der in einem seltenen Anflug von Geschwätzigkeit mit ihr darüber gesprochen hatte. Mehrfach hatte sie den König gesehen, wenn er die Baustellen besuchte. Als er eines Tages unangemeldet in der Krankenstube … Dass er nicht mehr da sein sollte …

Bis zuletzt hatte er sich um seine Potsdamer Baustellen gekümmert. Zwanzig Tage vor seinem Ableben eine Specification für den Bau holländischer Häuser unterzeichnet, damit die Arbeiten wiederaufgenommen und die letzten Karrees gebaut würden. In den vergangenen beiden Jahren hatte der geruht, weil keine holländischen Siedler in Potsdam eingetroffen waren. Nynkes Schwager hatte stattdessen den Auftrag erhalten, ein Entwässerungsbassin zu bauen, wie er es zu Beginn vorgeschlagen hatte und wovon der König damals nichts hatte wissen wollen. Das Bassin verfügte über eine kleine Insel in der

Mitte. Darauf hatte Jan eine Gloriette eingerichtet, ein Häuschen mit nur einem Raum für eine festliche Zusammenkunft. Dem König war es noch vergönnt gewesen, die Gloriette mit einem Galadiner einzuweihen.

Wenige Tage vor seinem Tod war König Friedrich Wilhelm noch zu Pferd in der Stadt gewesen und hatte seine Bauten besichtigt. Die zweite Stadterweiterung, vom Architekten de Gayette geplant und errichtet, war gerade fertig geworden, und Friedrich Wilhelm hatte sich lobend über die Häuser geäußert, sie sehr angemessen für seine Untertanen gefunden. Mit den holländischen Häusern hatte er sich auch zufrieden gezeigt und auf die Errichtung der fehlenden Karrees gedrängt. Nach allem, was Nynke von Dr. Bendler erfahren hatte, musste der König dabei unter unerträglichen Schmerzen gelitten haben. Es grenzte an ein Wunder, dass er sich überhaupt im Sattel hielt. Jeder Schritt des Pferdes musste für ihn eine Qual gewesen sein. Aber er konnte auch im Liegen keine Ruhe finden, dann drohte er zu ersticken. In seinem Leben konnte es zuletzt nichts mehr gegeben haben, was ihm ohne Schmerzen möglich war.

Für einen Mann wie den preußischen König, der sich am liebsten selbst um alles kümmerte – seinen Beamten auf die Finger sah, die Preise auf den Märkten kontrollierte oder den Lernstoff seiner Kinder –, musste das eine Qual gewesen sein. Im Stillen verneigte sich Nynke vor ihm.

Ab heute änderte sich alles in Preußen. Bisher hatte Jan nichts gesagt, aber Nynke hatte seiner Miene angesehen, dass er besorgt war, ob die Specification unter dem zukünftigen preußischen König Friedrich II. galt.

Die Bestattung fand am 4. Juni in der Garnisonskirche statt. Friedrich Wilhelm wurde in einem schlichten Metallsarkophag in der Gruft beigesetzt, wie er es bestimmt hatte. Für einen brandenburgischen Kurfürsten und König von Preußen war es eine bescheidene Zeremonie, obwohl der gesamte Hofstaat in der Kirche versammelt war. Außerdem waren viele Adelige nach Potsdam gekommen, um Abschied zu nehmen und dem neuen König zu huldigen. Die Kirche war bis auf den letzten Platz besetzt.

Als königlicher Baumeister gehörte Jan zu den Gästen der Trauerfeier. Anna begleitete ihn, ihre beiden kleinen Söhne ließen sie zu Hause. Für Nynke war als Ehefrau eines Offiziers der Grenadiergarde ein Platz in der Kirche reserviert. Sie saß weit hinten, während ihr Ehemann zum letzten Mal den Dienst gegenüber seinem König versah. Nynke bekam kaum Luft, konnte weder verstehen noch sehen, was vor dem Altar geschah. Vor ihr stand ein breit gebauter Mann, dessen prächtiger Rock aus schwarzem Seidenbrokat einen Gestank nach Schweiß und Mottenpulver ausströmte, der ihr den Atem nahm.

Sie spürte nichts als Erleichterung, als sie endlich vor der Kirche stand und frei atmen konnte.

KAPITEL II

Für eine königliche Bestattung lohnt sich eine Reise. Sie hat etwas Erhabenes, das man anderswo nicht leicht findet. Obwohl ich diese bescheiden nennen muss. Wenn ich bedenke, welcher Pomp um unseren Friedrich August gemacht wurde, obwohl nur sein Herz in Dresden bestattet ist und der Rest in Krakau verscharrt wurde. Der König ist tot, es lebe der König.«

Die Bestattung Friedrich Wilhelms war wenige Tage her, und bei dem Sprecher handelte es sich um einen schlanken Mann von aufrechter Statur, der das blonde Haar ungepudert zu einem Zopf gebunden trug. Ganz Potsdam kleidete sich dieser Tage in gedeckte Farben, auch sein Rock aus Seidenbrokat war von dunkelbrauner Farbe mit schwarzen Aufschlägen zu einer grauen Kniebundhose. Ihn begleitete eine Frau in einem dunkelgrauen Kleid, die gegen die Sonne einen dazu passenden Schirm über ihren Kopf hielt. In ihrer Begleitung befand sich ein Knabe im Kinderkleidchen, so blond wie sein Vater. Auf kurzen Beinen umkreiste er seine Eltern wie ein junger Hund, derweil sie zügig ausschritten. Obwohl es sich um vornehme Personen handelte, hatten sie kein Kindermädchen dabei.

Nynke folgte der Familie mit Pitter auf der Schulter. Sie war auf dem Weg in die Krankenstube und spitzte die Ohren, um zu hören, was die Frau auf diese Worte ihres Mannes sagen würde.

Die Antwort ließ nicht auf sich warten. »Beim Tod des sächsischen Kurfürsten hast du dich darüber beschwert, man gestehe ihm im Tode mehr Erhabenheit zu, als er im Leben je besessen hätte.«

»Willst du das abstreiten? Denke daran, wie er uns behandelt hat.«

»Wie könnte ich das je vergessen? Wo wären wir heute ohne ihn?«

»Ich jedenfalls nicht auf einem Bauerngut bei Küstrin, das noch hinter dem Ende der Welt liegt, sondern im lieblichen Italien. Du wärst trotzdem auf diesem Bauerngut, fürchte ich.« Der Mann drehte den Kopf und warf seiner Frau einen Blick zu, aus dem so viel Liebe und Achtung sprachen, dass Nynke auf einmal einen schlechten Geschmack im Mund hatte.

Der Knabe im Kinderkleidchen stolperte über eine Unebenheit auf dem Weg und schlug lang hin. Sofort erhob er ein infernalisches Geschrei. Beide Eltern knieten sich neben ihn. Der Vater hob ihn hoch. Nynke erkannte, dass seine Strümpfe zerrissen und die Knie blutig aufgeschrammt waren. Die Mutter streichelte das tränenverschmierte Gesicht und flüsterte ihrem Sohn Koseworte ins Ohr. Als sie mit einem blütenweißen Taschentuch das Blut abtupfen wollte, wurde das Geschrei lauter.

Nynke näherte sich der Familie. »Entschuldigung, ich leite dort vorn eine Krankenstube. Da kann ich den Jungen richtig behandeln und seine Knie verbinden.«

Drei Gesichter wandten sich ihr zu. Die Blicke blieben an Pitter hängen, und das Geschrei des verletzten Jungen verstummte augenblicklich.

Der Mann deutete eine Bewegung an, als wollte er den Hut lüften, verzichtete aber darauf.

»Emilius von Kobsdorff. Dies ist meine Frau Conrada. Sehr angenehm. Dieser ungeschickte Racker ist mein Jüngster, Conrad mit Namen. Wir nehmen Ihr Angebot gern an.« Er schaute auf seinen Sohn hinab. »Da gibt es kein Pardon, junger Mann, aufgeschlagene Knie gehören behandelt.«

»Was ist das für ein Vogel auf Ihrer Schulter?«, fragte seine Frau.

»Ein Graupapagei. Er heißt Pitter. Die Krankenstube ist gleich dort vorn.« Nynke ging voraus und schloss die Tür auf.

Emilius von Kobsdorff setzte den Patienten auf der Liege ab. Pitter brachte sich mit zwei Flügelschlägen auf dem Schrank in Sicherheit, um alles von oben zu beobachten. Der junge Conrad ließ ihn keinen Moment aus den Augen.

Mit einer Nuss lockte Nynke den Papagei auf die Stuhllehne. Pitter ergriff den Leckerbissen mit einem Fuß und knackte ein Stück nach dem anderen ab. Alle drei von Kobsdorffs beobachteten ihn dabei. Nynke nutzte diese Ablenkung, um die aufgeschürften Knie mit einem weichen Tuch zu reinigen. Mit einer Pinzette entfernte sie Splitter und Steinchen aus den Wunden. Conrad zuckte nicht einmal. Am Ende lagen mehr als ein halbes Dutzend kleiner Partikel auf einem Glasteller, und Nynke stand vor Konzentration der Schweiß auf der Stirn.

Sie verband beide Knie und verzierte sie mit einer Schleife auf der Außenseite der Beine. Pitter hatte seine Nuss längst vertilgt, aber er unterhielt seine Bewunderer, indem er auf der Stuhllehne hin- und herlief und krächzende Laute von sich gab.

»Fertig!«, verkündete Nynke.

Das Ehepaar von Kobsdorff äußerte den Wunsch, mehr über die holländischen Häuser zu erfahren, weswegen sie zum Nauener Tor gekommen waren. Nynke rutschte heraus, dass ihr Schwager der Baumeister sei, und sie sah sich in die Pflicht genommen, die Eheleute von Kobsdorff mit ihm bekannt zu machen. Diesmal nahm die Mutter ihren Sohn auf den Arm, wo er den Kopf auf ihre Schulter legte und alsbald einschlief.

Die Bauarbeiten ruhten, weil sich das gesamte Königreich Preußen in Staatstrauer befand. Jan schaute aber trotzdem nach dem Rechten und war nur zu erfreut, vornehmen Besuchern sein Stadtviertel zu zeigen und alles darüber zu erklären. In ein eifriges Gespräch vertieft entfernten sich die Männer, unterdessen blieb Nynke mit Frau von Kobsdorff zurück.

»Der Vogel könnte wegfliegen?«, begann die in fragendem Ton.

»Er kommt stets zurück. Er weiß, wo es ihm gut geht.« Nynke kraulte Pitter mit dem Zeigefinger unter dem Schnabel.

»Er lässt sich anfassen wie ein Hund.« Die adelige Dame wechselte ihren schlafenden Sohn auf die andere Seite und hielt ihn mit dem linken Arm. »Darf ich es einmal versuchen?«

»Nicht ganz wie ein Hund«, sagte Nynke schnell, »aber er lässt sich gerne einmal die Federn zerzausen. Besonders dort, wo er selbst schlecht hinkommt. Seien Sie vorsichtig. Wenn er zuhackt, tut es richtig weh.«

»Sein Schnabel sieht kräftig aus.« Conrada näherte ihren Zeigefinger langsam dem Papageienkopf.

Pitter reckte sich ihr entgegen, und dann verschwand ihre Fingerspitze in seinen Federn. Er ließ sich kraulen, knabberte zum Dank sogar zärtlich an dem Hautlappen zwischen Daumen und Zeigefinger. Auf Papageienart zärtlich. Nynke kannte das Gefühl, und am verkniffenen Gesichtsausdruck der Frau von Kobsdorffs sah sie, dass die einiges auszuhalten hatte.

Bei der ersten Gelegenheit zog Conrada die Hand weg. Die Haut war gerötet, und sie betrachtete die Stelle. »Von einem Papagei geküsst. Das wird mir keiner glauben. Sagen Sie, woher Sie dieses faszinierende Tier haben? Ich habe wirklich noch nie so einen Vogel gesehen. Auf unserem Gut haben wir alles Mögliche an Getier. Die Jungen ein Lämmchen, und meine Tochter kann von den Küken nicht genug bekommen. Natürlich auch Hunde …«

Nynke erzählte wieder die Geschichte von dem holländischen Seemann, der sein Ende nahen fühlte und für seinen Papagei ein gutes Zuhause gesucht hatte. Unterdessen kamen die

Männer zurück, und Emilius nahm seiner Ehefrau den schlafenden Sohn ab.

»Ich habe den Papagei gestreichelt«, erzählte sie ihm voller Begeisterung. »Und er hat mich geküsst.«

»Na, na.« Emilius drohte Pitter mit dem Finger, hielt aber sorgfältig Abstand von seinem Schnabel.

»Hierhin.« Sie zeigte ihm die Stelle, wo die Rötung inzwischen verschwunden war.

»Trotzdem. Wofür kann man einen Papagei gebrauchen? Kann er was?«

»Du kommst auf Ideen. Was soll er denn können?«

»Was Nützliches. Kann man ihn mit auf die Jagd nehmen? Wie einen Falken, zum Beispiel?«

Nun war es an Nynke zu lachen. »Pitter ist vieles, aber bestimmt kein Falke. Er ist ein geschickter Kletterer, aber kein so gewandter Flieger.«

»Dafür ist er wohl zu dick«, stellte Emilius trocken fest, um dann fortzufahren: »Die holländischen Häuser sind faszinierend. Ziemlich klein, aber um ein paar Tage in Potsdam zu sein, wird es gehen. Wir haben nämlich überlegt, eines davon zu erwerben. Es kann nie von Übel sein, ein Haus in der Nähe der königlichen Residenz zu besitzen.« Den letzten Satz sprach er an Jan gewandt.

»Dazu müssten Sie holländischer Siedler sein. Der verstorbene König hat die Häuser für meine Landsleute bestimmt«, antwortete dieser. »Obwohl viele auch an hugenottische Siedler vergeben wurden.«

»Ich mag vieles sein, aber das werde ich nicht hinkriegen. Ich war zwar einst Untertan des sächsischen Kurfürsten und bin von dort ins freudlose Preußen gewandert. Ich sehe es nicht ein, wegen eines Hauses in Potsdam zunächst Wohnung im krämerischen Holland zu nehmen, um dortiger Untertan zu werden und dann wieder umzuziehen.«

»Aus Ihrem Mund hört sich das nach einigen Mühen an.«

»Der König muss einen Papagei drauflegen, und wir ziehen sofort in eines der holländischen Häuser. Eines der größeren natürlich. Wie haben zu Hause noch drei Kinder und zwei Dutzend Bedienstete.«

Frau von Kobsdorff strahlte bei den Worten ihres Mannes, während Nynke sich fragte, wie viel von seiner Rede sie ernst nehmen durfte. Selbst das größte der Häuser im holländischen Viertel genügte nicht den Bedürfnissen einer adeligen Familie mit vier Kindern und zwei Dutzend Bediensteten.

»Papageien gehörten bisher nicht zu den Gaben des Königs«, bemerkte Jan trocken. Einem Zwinkern in seinen Augen war anzusehen, dass auch er sich über die Familie von Kobsdorff amüsierte.

»Der König sollte das ändern. Gerade ein junger König muss sich beim Volk bekannt und beliebt machen. Sie wohnen doch sicher in einem dieser schönen holländischen Häuser?«, fragte er Nynke.

Sie schüttelte den Kopf. »Leider nicht. Ich wohne mit meinem Mann und den Kindern in einem Haus der zweiten Stadterweiterung. Mein Mann ist Obristleutnant in der Grenadier-Garde Nr. 6.«

»Ein Langer Kerl also. Er kann gern bei uns vorsprechen, sollte es ihn in die Nähe von Küstrin verschlagen. Einem guten Ritt oder einer Jagd bin ich nie abgeneigt. Bisher habe ich bei den Preußen noch kein Pferd gefunden, das es mit meinem Cid aufnehmen kann. Er ist ein würdiger Sohn meines verblichenen Attilas.«

»Mein Lieber, der Herr Baumeister und die Frau Obristleutnant werden sich kaum für deine Pferde interessieren«, schalt ihn seine Gattin milde, um dann zu Nynke zu sagen: »Sie sind uns ebenfalls herzlich willkommen.«

Sie und Jan schauten den Eheleuten von Kobsdorff nach, als

diese sich verabschiedet hatten und davongingen. Nynke flüchtete sich in ihre Krankenstube. Auf dem Tisch fand sie fünf Taler, die Emilius von Kobsdorff ihr offenbar für ihre Dienste dagelassen hatte. Eine fürstliche Bezahlung für das Verbinden zweier aufgeschlagener Knie. Nynke steckte das Geld ein. Sie hatte nicht vor, es in ihre monatliche Abrechnung einfließen zu lassen, wie sie auch nicht vorhatte, den Besuch der Familie von Kobsdorff in ihren Bericht aufzunehmen. Das Geld sollte ihre persönlichen Ersparnisse mehren, die sie in einem Samtbeutel zwischen ihrer Wäsche aufbewahrte.

KAPITEL III

Nynke erreichte das stattliche zweistöckige Haus, in das sie nach ihrer Heirat mit Julius eingezogen war, zugleich mit ihm. Seine Uniformjacke und seine Stiefel waren staubig vom Tag auf dem Kasernenhof und sein Gesichtsausdruck grimmig. Flüchtig küsste er Nynke auf die Wange und ließ ihr an der Tür den Vortritt. Sie beeilte sich, ihm Dreispitz und Uniformrock abzunehmen und gab beides der Magd zum Ausbürsten. Sie half ihrem Mann aus den Stiefeln und schob ihm Pantoffeln hin. Julius mochte es nicht, wenn sie zugleich mit ihm nach Hause kam. Seiner Meinung nach gehörte eine Frau ins Heim und zu den Kindern und musste dort auf ihn warten. Die Führung der Krankenstube erlaubte er ihr nur, weil es ihr der König persönlich gestattet hatte.

Gesenkten Kopfes wartete Nynke ab, ob er sie für ihre späte Heimkehr rügen würde. Schritte auf der Treppe ließen beide aufblicken.

Sorgfältig einen Fuß vor den anderen setzend stieg die dreijährige Elsie die steilen Stufen herunter. An der Hand hielt sie ihren ein Jahr jüngeren Bruder Peter, der auf seinen dicken Beinen Schwierigkeiten mit der Treppe hatte.

»Papa, Papa«, krähte er erfreut beim Anblick seines Vaters und wollte möglichst schnell in dessen ausgebreitete Arme.

Julius pflückte seinen Sohn von der Treppe, als dieser zu stolpern drohte. Er küsste und kitzelte ihn am Hals, was Peter mit Lachen und begeisterten Rufen aufnahm.

»Fliegen, fliegen«, verlangte er, und sein Vater schwenkte ihn durch die Eingangshalle. Auf und nieder ging es. Peter schrie und juchzte.

Die neben Nynke stehende Elsie beobachtete ihren Bruder mit neidischen Blicken. Sie wäre auch gerne von ihrem Vater herumgeschwenkt worden, wusste aber, dass sie darauf nicht hoffen durfte. Nynke legte ihr eine Hand auf den Kopf, streichelte die seidigen, dunklen Locken. Sie erinnerten an ihren wahren Vater, aber das war die einzige Ähnlichkeit, die Nynke mit Matthias Thämelt entdecken konnte. Elsie glich ihrer Großmutter in Amsterdam, als hätten die Erbanlagen eine Generation übersprungen. Für Nynke war sie inzwischen zu schwer, um sie durch die Luft zu schwenken, aber die sehnsüchtige Miene des Mädchens rührte ihr Herz.

»Guten Abend, Vater«, sagte Elsie artig und knickste, als Julius seine Aufmerksamkeit ihr zuwandte.

Er stellte Peter ab, der sich prompt auf seinen Hintern setzte, weil ihm schwindelig war, ehe er Elsies Begrüßung ernst erwiderte. Für sie gab es keinen Kuss, keine zärtliche Berührung. »Hast du brav deine Gebete gelernt?«, wurde sie gefragt.

Elsie nickte.

»Du sollst mir richtig antworten.«

»Ja, Vater.«

»Du kannst sie mir vor dem Essen aufsagen.« Julius war der Meinung, man könne gar nicht früh genug anfangen, den Charakter eines Kindes sittlich zu formen. Das galt vermehrt für Mädchen, weshalb Elsie jeden Nachmittag einige Zeit zur Nachbarin ging, einer frommen Pfarrerswitwe, um vier Zeilen eines Gebetes auswendig zu lernen. Nynke argwöhnte jedoch, dass Julius bei seinem Sohn in einem Jahr nicht die gleiche Strenge walten lassen würde, sondern dass sich diese Ansicht nur auf ein Kind aus einer Liaison bezog. Sie wusste aus Erfahrung, dass es keinen Zweck hatte, mit ihm darüber zu reden. Elsie war ein kluges Mädchen und brauchte nie lange, um ein paar fromme Worte zu lernen und ihrem Vater aufzusagen. Es gelang ihr auch an diesem Tag fehlerfrei.

»Brave Kleine.« Mehr Lob kam Julius nicht in den Sinn. »Geh dir die Hände waschen und nimmt deinen Bruder mit.«

Elsie gehorchte. Beide Kinder aßen mit der Magd in der Küche. Dorthin war auch Pitter verbannt, der die Nächte angekettet auf seiner Stange verbringen musste. Julius duldete den Vogel nicht in den Wohnräumen.

Die Eheleute von Heyneke nahmen ihre Mahlzeit weitgehend schweigend im Esszimmer ein. Hinterher saß Julius am Tisch und schrieb im Schein einer Öllampe Berichte. Nynke hatte es sich auf einem Sofa bequem gemacht und blätterte in einem Buch. Auf einem Tischchen neben ihr stand ein dreiarmiger Kerzenleuchter und spendete das zum Lesen notwendige Licht. Von ihrem Ehemann sah sie nur den Rücken und den Hinterkopf.

»Du verschwendest Kerzen, als wären wir ein hochvornehmer Haushalt«, sagte Julius, ohne sich umzudrehen. »Kannst du nicht am Tisch sitzen, damit die Öllampe für uns beide reicht?«

»Du könntest dich auch zu mir setzen, damit die Kerzen für uns beide reichen.«

»Ich habe zu arbeiten.«

»Ich möchte nicht den ganzen Abend auf einem Stuhl verbringen, der mich zu einer Haltung steif wie ein Ladestock zwingt. Mir fehlt deine militärische Disziplin.«

Julius drehte sich nicht zu seiner Frau um, sondern schrieb weiter. Nynke blieb auf dem Sofa und das Licht, wie es war. Es fiel ihr schwer, sich auf ihr Buch zu konzentrieren, weil sie sich fragte, ob derartige Gespräche jemals zwischen den Eheleuten von Kobsdorff geführt wurden. Sie konnte es sich nicht vorstellen. Emilius von Kobsdorff zündete seiner Frau eher weitere Kerzen an, damit sie es hell genug hatte. Warum konnte Julius nicht diese Art Mensch sein?

* * *

Nach der zehntägigen Staatstrauer öffneten in Potsdam die Handwerker ihre Werkstätten. Vor der Garnisonskirche fand wieder zweimal in der Woche der Markt statt. Kinder spielten auf den Straßen, die Gasthäuser schenkten Bier aus, es wurde gelacht und gefeilscht. In den Amtsstuben saßen die Schreiber mit tintenfleckigen Fingern, und die hohen Herren tranken Kaffee und besprachen sich dabei, was vom neuen preußischen König zu halten sei.

Jan zögerte, die Arbeiten für zwei weitere Karrees holländischer Häuser aufnehmen zu lassen. Und damit von der Specification Gebrauch zu machen, die König Friedrich Wilhelm drei Wochen vor seinem Tode hatte ausstellen lassen. Entsprach dies den Wünschen des neuen Königs? Alles Holländische war das Steckenpferd seines Vaters gewesen. Der wollte holländische Siedler nach Potsdam kommen lassen, und sie sollten alles so vorfinden, wie sie es aus ihrer Heimat gewohnt waren. Ein holländischer Baumeister, holländische Handwerker – alles die Pläne des verstorbenen Königs. Die seines Sohnes kannte Jan nicht. Der junge Mann hatte sich nie auf den Potsdamer Baustellen blicken lassen. Er galt als Schöngeist, der Musik und der Philosophie zugewandt.

Jan hatte Sorge, dass der junge König ihn von seinem Auftrag entband, zumal kaum holländische Siedler nach Potsdam gekommen waren. Er hatte deshalb einen Brief an den jungen König geschrieben und ihn persönlich im Vorzimmer der Schreibkanzlei abgegeben. Mit einer Antwort rechnete er so bald nicht. So lange ruhte die Baustelle.

KAPITEL IV

Keine zwei Wochen nachdem Jan den Brief abgegeben hatte, wurde er zur Audienz bestellt. Er ging in Begleitung seines Assistenten Ferdinand van Graaf hin. Den jungen Mann hatte ihm die Familie van Lohuijsen aus Amsterdam geschickt, ein halbes Jahr nachdem Matthias Thämelt abgereist war und zwei Monate nach Nynkes Hochzeit. Ferdinand hatte sich eine Stelle ähnlich der eines Schreibers bei einem Kaufmann vorgestellt. Er war aus allen Wolken gefallen, als er feststellte, dass der Assistent eines Baumeisters Staub und Dreck nicht scheuen durfte und gelegentlich selbst zur Schaufel greifen musste. Er hatte sich ungeschickt angestellt, und Jan hatte mehr als einmal die Haare über ihn gerauft. Bis nach einem Dreivierteljahr der gordische Knoten geplatzt war. Seitdem wollte Jan ihn nicht mehr missen. An diesem Tag trugen beide ihre besten Röcke und ausnahmsweise gepuderte Perücken. Die Schnallenschuhe glänzten um die Wette.

Friedrich II. empfing sie im Kreise seiner Berater in einem Arbeitskabinett des Stadtschlosses. Der neue König war ein schmächtiger junger Mann in einem schmucklosen schwarzen Rock, das Halstuch nachlässig gebunden. Jeder seiner Höflinge war erlesener gekleidet als er – darin glich er seinem Vater. Jan hätte ihn nicht erkannt, wenn nicht einer mit dem Kinn auf den unscheinbaren Herrn gedeutet hätte.

Kaum hatten Jan und Ferdinand sich aus der Verbeugung aufgerichtet, ergriff der Monarch den Baumeister am Arm und führte ihn in einen Nebenraum. Bis auf einen Adjutanten blieben alle anderen zurück. Die Tür fiel hinter ihnen ins Schloss.

»Auf diese Weise lässt es sich besser reden«, sagte Friedrich II. Er hatte noch die helle Stimme der Jugend, und in seinen Augen glitzerte ein Zwinkern.

Jans Herz öffnete sich für diesen jungen Mann. »Majestät …«

Er entdeckte auf einem Tisch seinen Brief. Diesen nahm Friedrich II. jetzt in die Hand. »Das verstehe ich nicht.«

»Nun, es ist so, dass …«

»Nein, nein, entschuldige Er, wenn ich Ihm widerspreche. Den Inhalt verstehe ich, aber mir ist nicht klar, aus welchen Motiven heraus Er geschrieben hat. Welchen Schwierigkeiten sieht Er sich gegenüber?«

»Keinen Schwierigkeiten. Aber ich möchte nichts tun, was Eurem Willen widerspricht, Euer Majestät, deshalb schrieb ich. Einer Entscheidung Eurer Majestät will ich nicht vorgreifen.«

»Ich habe die Unterlagen meines Vaters zu Seiner Baustelle eingesehen. Alle Unterlagen aus den vergangenen Jahren.« Ein schmales Lächeln umspielte die königlichen Mundwinkel. »Er hat eine Specification für den Bau weiterer Häuser, nutze Er sie.«

»Euer Majestät wünscht den Bau weiterer holländischer Häuser?«

»Ich befehle es. In seinem Testament hat mein Vater mir die vier Karrees holländischer Häuser ans Herz gelegt, und ich beabsichtige, seinem Wunsch nachzukommen. Ich will das Stadtviertel so errichtet haben, wie er es sich gewünscht hat.«

»Obwohl nur wenige holländische Siedler gekommen sind?«

»Dafür kommen andere Siedler, die Wohnraum brauchen. Hat Er weitere Fragen?«

»Nein, Euer Majestät. Ihr habt mich zu einem glücklichen Mann gemacht.« Jan verneigte sich.

»Ich wünsche auch, dass die Krankenstube weiter bestehen bleibt. Teile Er das seiner Schwägerin mit. Ihre wöchentlichen

Berichte erwarte ich weiterhin in meiner Kanzlei. Jetzt nach Potsdam. Das wäre alles.«

Jan verneigte sich, und der Adjutant öffnete die Tür für ihn. Im Vorraum stand Ferdinand verloren zwischen den Höflingen und war sichtlich froh, seinen Dienstherrn wiederzusehen.

Auf dem Rückweg in seine eigene Wohnung dachte Jan darüber nach, wie viel verbindlicher der junge Friedrich II. im Gegensatz zu seinem Vater war. Kein einziges Mal hatte er die Stimme erhoben, kein Vorwurf war über seine Lippen gekommen. Trotzdem hatte Jan den festen Willen gespürt, der hinter jedem Wort stand. Dieser König schaffte es, sich im Flüsterton durchzusetzen.

Wenige Tage nachdem Jan die Arbeit an den beiden letzten Karrees holländischer Häuser aufgenommen hatte, legten die ersten Kähne mit Mauersteinen und Dachsteinen am Havelufer an. Der Lagerplatz füllte sich wieder. Jan kontrollierte penibel, dass die auf den Ladelisten stehenden Steine an Land gebracht wurden. Im Laufe der Jahre hatte er gelernt, dass Havelschiffer keine gut bezahlte Tätigkeit war und die wettergegerbten Männer nach jeder Gelegenheit gierten, ein paar Münzen nebenbei zu verdienen. Indem sie einen Teil der Ladung zurückhielten und unter der Hand verkauften.

»Es fehlen noch mehrere Dutzend Steine!«, rief er einem Schiffer zu, als dieser sich an den Leinen seines Kahns zu schaffen machte.

Der Mann richtete sich auf und kniff gegen die Sonne die Augen zusammen. »Ich bin noch gar nicht fertig mit dem Löschen der Ladung. Musste nur an den Leinen was richten.«

Er winkte seinem Gehilfen, der das Tragegestell auf dem Rücken trug. Die restlichen Steine wurden vom Grund des

Kahns auf das Tragegestell geladen und in Jans Lager aufgestapelt. Es fehlte kein einziger. Gerade als Jan einen Haken auf seine Liste gemacht hatte, trat ein junger Mann mit roten Wangen auf ihn zu. Er lüftete seinen Hut und grüßte überaus höflich.

»Herr Ammer, welche Ehre. Was führt Sie zu mir? Schickt Herr de Gayette Sie?«

»Ich komme aus eigenem Antrieb.« Der junge Absolvent der Berliner Akademie drehte seinen Hut in den Händen. »Die Arbeiten an der zweiten Stadterweiterung sind abgeschlossen, aber ich sehe, bei Ihnen geht es weiter.«

»Unser junger König führt das Erbe seines Vater gewissenhaft fort.«

»Darüber sind Sie sicher sehr froh.«

»Wer wäre das nicht.«

»Ich fühle mit Ihnen.«

Jan schaute seinem Gesprächspartner forschend ins Gesicht. Das Rot auf dessen Wangen hatte sich vertieft. Er hatte kaum je mit Ammer zu tun gehabt, aber seine tiefe Gesichtsfarbe konnte nur Ärger oder Verlegenheit bedeuten. Er trat einen Schritt zurück und legte sich Worte zurecht, das Gespräch zu beenden.

»Mit den neuen Karrees kommt wieder viel Arbeit auf Sie zu. Ich bin bereit, Sie dabei zu unterstützen. Als Ihr Assistent, wie Sie es schon einmal vorgesehen hatten.«

Verlegenheit. Das tiefe Rot von Ammers Wangen hatte seinen Ursprung in Verlegenheit. Dafür spürte Jan Ärger in sich aufsteigen. Über die Unverschämtheit des anderen.

»Ich habe seit mehreren Jahren eines Assistenten«, erwiderte er abwehrend. »Einen Landsmann von mir, mit dem ich sehr zufrieden bin. Sie wollten für Peter de Gayette arbeiten, was bewirkt Ihren plötzlichen Sinneswandel?«

»Bei Herrn de Gayette habe ich viel gelernt. Dieses Wissen

stelle ich gerne in Ihre Dienste. Sie werden viel Arbeit haben, einen Teil davon kann ich Ihnen abnehmen. Es wird nicht mehr nötig sein, dass Sie sich persönlich um die Anlieferung der Steine kümmern. Das können Sie ruhig mir überlassen. Keiner der Schiffer betrügt mich.«

»Mich auch nicht. Im Übrigen sollte sich ein Baumeister für keine Arbeit zu schade sein. Ich frage noch einmal, was Ihren Sinneswandel bewirkt?«

Ammers Wangen waren so rot, dass Jan befürchtete, es werde gleich Blut austreten. Als er jetzt sprach, klang seine Stimme gepresst. »Herr de Gayette hat mir vor einigen Tagen mitgeteilt, meine Dienste nicht weiter zu benötigen, da die zweite Stadterweiterung abgeschlossen ist. Ich habe eine Mutter und zwei unverheiratete Schwestern, die auf meine Unterstützung angewiesen sind.«

»Trotzdem benötige ich keinen zweiten Assistenten. Sie werden bald eine Arbeit finden.«

»Nicht in Potsdam. Es gibt hier keine anderen Baustellen als die holländischen Karrees.«

»Dann in Berlin bei Ihrer Familie.«

»Die Mutter ist mit den Schwestern hergezogen.«

»Sie können erneut umziehen.« Er tat Jan leid, gleichzeitig fühlte er sich von dessen fordernder Art abgestoßen.

Ammer ballte die Fäuste. »Ich brauche die Arbeit. Sie müssen mich anstellen.«

»Nicht als meinen Assistenten. Ich brauche höchstens einen Vorarbeiter, aber das entspricht sicher nicht Ihrer Qualifikation.« Seit Matthias Thämelt nicht mehr da war, hatte Jan sich wieder mit seinem Bruder und den anderen Holländern beholfen, aber es war ein Provisorium geblieben. Dircks Ansicht hatte sich nicht geändert.

Ammers Gesichtszüge sackten nach unten. »Das ist …«

»… was ich Ihnen anbieten kann.«

»Ich danke Ihnen für Ihre Offenheit, aber das entspricht nicht meinen Vorstellungen.« Grußlos drehte Ammer sich um und stiefelte davon.

Jan sah dem schmalen Rücken hinterher und fragte sich, ob er ihn nicht doch hätte anstellen sollen.

KAPITEL V

»Das kann er nicht machen! Das darf er uns nicht antun!«

Nynke zuckte zusammen, als sie Stimme ihres Mannes bereits am Nachmittag in der Eingangshalle hörte. Gewöhnlich dauerte es noch Stunden, ehe er heimkehrte. Sie wischte ihre Hände an einer schmutzigen Schürze ab und eilte aus der Küche in die Halle. Julius stand mit lehmigen Stiefeln auf dem Teppich, den sie erst am Tag zuvor mit der Magd gemeinsam im Hof ausgeklopft hatte. Sie unterdrückte ein Seufzen.

»Mein Lieber, was ist passiert? Befindet sich Preußen im Krieg?« Ein Gefühl, als griffe eine kalte Hand nach ihrem Hals.

»Wenn es das wäre. Damit muss ein Soldat rechnen.« Julius zerrte sich die Handschuhe von den Fingern und schleuderte sie zu Boden. Er öffnete die Knöpfe seiner Weste und rupfte an seinem Halstuch. Ein Blick wie ein Blitz traf Nynke. »Wie siehst du überhaupt aus?«

Sie schaute an sich hinunter. Über einem abgetragenen Hauskleid trug sie eine Schürze, die nicht hatte verhindern können, dass ein breiter Schmutzstreifen ihren Rock verunzierte. »So sieht man eben aus, wenn man in der Küche den Herd scheuert.«

»Haben wir dafür nicht eine Magd?« Julius' Stimme klang schneidend scharf.

»Sie hat mit den Nachbarinnen den Kessel im Hof aufgestellt und kocht die Wäsche.«

Mit dieser Erklärung gab er sich zufrieden. Eine Spur aus

Lehmklümpchen hinter sich lassend, ging er ins Esszimmer, schenkte sich ein Glas Dessertwein ein und trank es in zwei Schlucken aus. Nynke, die ihm gefolgt war, sah es mit Schrecken. Als er Anstalten machte, sich ein zweites Mal einzuschenken, griff sie ein, wand ihm die Karaffe aus den Händen und stellte sie mit einem Knall an ihren Platz zurück.

»Ich will wissen, was los ist. Muss ich mir Sorgen machen, weil du in einen Krieg ziehen wirst?«

»Du bist die Frau eines Offiziers, du musst …«

»Julius!« Sie wusste, dass etwas ihn so beschäftigte, dass er kaum die Worte fand, es ihr zu sagen, und deshalb diese Ausweichmanöver anzettelte. »Es geht nicht um mein Kleid. Ich bin deine Frau, und ich muss wissen, was geschehen ist.« Nynke wollte nach seiner Hand fassen, überlegte es sich aber im letzten Moment anders.

»Der König löst unser Regiment auf.« Julius klang, als bräche er unter einer Last zusammen. »Zwei der Bataillone kommen zum Infanterieregiment Nr. 15.«

»Wir müssen Potsdam verlassen?«

»Das ist deine Sorge? Die größte Katastrophe in meinem Leben, und du fragst, ob wir diese Stadt verlassen müssen.«

»Wir sind hier heimisch. Haben ein schönes Haus, die Kinder sind hier geboren …« Nynke verstummte, denn sie argwöhnte, was das Gemüt ihres Mannes beruhigen sollte, regte ihn nur weiter auf.

»Diese Sorge kann ich dir nehmen. Wir bleiben in Potsdam. Das Infanterieregiment Nr. 15 ist ebenfalls hier stationiert und steht unter dem Befehl des Königs. Als seine Leibgarde.«

»Also ändert sich nichts für dich?«

»Ich verliere meine Fahne, meine Uniform. Es bedeutet für die Grenadier-Garde Nr. 6 eine Verstümmelung, wie sie ein Regiment schlimmer nicht treffen kann. Was wird aus unserer Ehre? Wir werden aufgeteilt, als wären wir es nicht wert, ein

Regiment zu bleiben.« Er schnaufte wie nach einem schnellen Lauf und wischte sich mit der Hand über das Gesicht. »Regimenter, die sich im Krieg nicht bewährt haben, werden zur Strafe aufgelöst, oder ihre Offiziere müssen anderswo Dienst tun. Wir haben uns nie etwas zuschulden kommen lassen.«

»Darum wird die Grenadier-Garde der Langen Kerls nicht aufgelöst, sondern ihr werdet in allen Ehren einem anderen Regiment zugeteilt. Dergleichen geschieht. Du hast es mir selbst erzählt. Es hat etwas mit der Organisation des Heeres zu tun und bedeutet alles andere als eine Strafe. Du behältst doch deine Aufgaben als Obristleutnant?« Julius war in den Jahren ihrer Ehe zweimal befördert worden und hätte Aussicht auf eine weitere Erhöhung seines Rangs gehabt.

»Ich bekomme neue hinzu, mit mehr Verantwortung und einem höheren Sold. Du kannst dich freuen, wir werden in Zukunft mehr Geld zur Verfügung haben, aber unsere Tradition ist zerstört.« Julius klang, als bedeuteten seine neuen Aufgaben eine immerwährende Folter.

Nynke verstand, er würde lieber in einen Krieg ziehen und sich in Gefahr bringen. Die Gemüter der Soldaten waren für eine Frau nicht leicht zu verstehen.

Die Zerschlagung der Grenadier-Garde Nr. 6 war beschlossene Sache, und Julius blieb nur übrig, es in guter Haltung hinzunehmen. Er gab sich alle Mühe, aber an seiner angespannten Kinnpartie erkannte Nynke, wie schwer es ihm fiel. Am 28. Juli 1740 wurden die Langen Kerls auf ein Bataillon reduziert, Julius und die meisten anderen Männer der Leibgarde Nr. 15 zugeschlagen. Die Uniformjacken waren nun von einem dunkleren Blau, die Tressen nicht mehr golden, sondern silbern, und sie bedeckten die ganze Brust. Nynke wohnte mit den anderen Offiziersfrauen der feierlichen Fahnenübergabe und der anschließenden Einreihung in die neue Leibgarde bei und fand, alle wirkten in den Uniformen fescher. Sie wusste jedoch, dass sie Julius davon nichts sagen durfte. Seine Trauer war von einer Art, die mit Worten nicht zu trösten war.

Elsies vierter Geburtstag fiel auf einen Samstag im August. Nynke hatte für sie einen Kuchen mit Pflaumen und Butterstreuseln gebacken, von dem sie schon zum Frühstück essen durfte. Sie bekam ein neues Kleid für den Kirchgang und feste Stiefel. Beides waren nützliche Geschenke, Nynke hatte ihr noch eine Puppe aus Stoffresten gefertigt, deren Körper recht dunkel geworden war, weil sich kein fleischfarbener Stoff hatte auftreiben lassen. Dafür besaß sie echte schwarze Locken, ein Kleid, das man ihr an- und ausziehen konnte und das dem neuen Sonntagskleid aufs Haar glich.

Diese Puppe rief bei Elsie größtes Entzücken hervor – sie drückte sie an ihre Brust, herzte sie und wickelte sich das Haar um die Finger.

»Schau mal, was ich hier noch für dich habe«, sagte Nynke und zog die hinter ihrem Rücken verborgene Hand hervor. Darin lag ein geschnitzter Kamm in Puppengröße. »Damit dein Puppenkind immer so hübsch ist wie du.«

Begeistert stürzte sich die Vierjährige auf diese Gabe. Zum Dank umarmte sie ihre Mutter und gab ihrem Vater artig die Hand. Peter saß die ganze Zeit in seinem Kinderstühlchen und verfolgte die Übergabe der Geschenke und die Freude seiner Schwester mit großen Augen. Mindestens ebenso begehrliche Blicke warf er auf den Kuchen, der mitten auf dem Tisch stand und an dessen Ecken je eine Kerze brannte.

»Ich habe etwas für dich, um deine sittliche Bildung zu vervollkommnen«, sagte Julius und gab ihr einen in hellbraunes Leder eingebundenen Kleinen Katechismus. »Halte dieses Büchlein in Ehren und lerne fleißig daraus.«

Elsie schaute das Buch zweifelnd an. Mit einem Blick suchte

sie Rat bei ihrer Mutter, und Nynke lächelte ihr zu, ahnte jedoch, dass es verkniffen geriet.

»Wie sagt man zu seinem Papa für dieses schöne Geschenk?«, fragte sie.

»Vielen Dank, Herr Vater«, sagte Elsie mit einem Knicks.

»So ist es brav, Kind.«

Peter war ungeduldig geworden und patschte mit seiner Hand auf den Tisch. Lächelnd wandte Julius sich ihm zu. Er strich dem Jungen über den braunen Schopf. »Du sollst nicht glauben, wir hätten dich vergessen, kleiner Mann. Du sollst auch ein Geschenk haben.«

Er überreichte seinem Sohn ein aus Holz geschnitztes Pferd und einen dazu passenden Reiter in der Uniform der Leibgarde Nr. 15.

»Papa! Garde!«, rief Peter begeistert und griff nach beidem.

»Das ist dein Vater in Uniform. Einer der Gemeinen hat es extra für dich geschnitzt.«

Peter haute mit seinem neuen Spielzeug auf die Tischplatte, dass Nynke froh um die dicke Tischdecke war, die das Holz schützte.

»Es ist doch mein Geburtstag. Warum bekommt Peter Geschenke?«, fragte Elsie. Auf ihrem strahlenden Gesichtchen machte sich Enttäuschung breit.

Obwohl sie leise sprach, hörte Julius sie. »Magst du nicht teilen mit deinem Bruder? Oder warum stellst du diese missgünstigen Fragen? Er ist noch klein und versteht es nicht, wenn du Geschenke bekommst und er nicht, du aber bist ein großes Mädchen und solltest klüger sein.«

Ihre Tochter hatte sicher nicht alles von diesem Tadel begriffen, aber der Tonfall ließ keinen Zweifel am Inhalt. Elsie schob die Unterlippe vor.

»Du hast viele schöne Gaben bekommen«, sagte Nynke schnell. »Und einen Kuchen, von dem wir jetzt alle etwas essen werden. Danach kannst du mit deiner neuen Puppe spielen und sie deinen Freundinnen zeigen. Keine hat ein Puppenkleid, das aussieht wie eines ihrer eigenen Kleider.«

Das besänftigte Elsie. Dennoch gestaltete sich das Frühstück einsilbig, zumal Julius nicht erlaubte, dass die neue Puppe mit am Tisch saß und gefüttert wurde.

KAPITEL VI

Erst am Nachmittag traf Nynke ihren Mann allein an. Bis dahin hatte sie einen Strom von Besucherinnen über sich ergehen lassen müssen. Die Ehefrauen von Julius' Offizierskameraden kamen alle, um Elsie zum Geburtstag zu gratulieren. Sie brachten ihre Kinder mit, denen die neue Puppe und der Kamm gezeigt wurden. Den ganzen Vormittag herrschte im Haus ein fröhliches Durcheinander. Eine Horde Jungen und Mädchen tobten durch die unteren Räume, und Peter spielte begeistert mit, seinen Reiter und das Pferd in den Fäusten.

Julius hatte sich in den ersten Stock zurückgezogen, wo Nynke ihn im kleinen Salon bei einer Pfeife aufstöberte.

»Ich weiß nicht, was du dir dabei gedacht hast«, begann sie und riss ein Fenster zum Hof hin auf, damit der Tabakgeruch abzog.

Julius stieß Rauch aus und schwieg.

»Es ist Elsies vierter Geburtstag, und du beschenkst ihren Bruder reicher als sie.«

»Sie hat genügend Geschenke bekommen. Wenn ich da an ein Kleid, Schuhe und die Puppe erinnern darf. Das sollte ausreichen sein für ein kleines Mädchen, oder willst du sie maßlos verwöhnen?«

»Aber von dir nicht«, schimpfte Nynke weiter. »Peter beglückst du mit einem geschnitzten Soldaten und einem Pferd, während du ihr einen Katechismus gibst. Sie ist vier Jahre alt geworden, sie kann darin gar nicht lesen.«

»Du wirst ihn ihr vorlesen. Das erwarte ich von einer Mutter.« Julius legte die Pfeife fort.

»Darum geht es nicht. Schenken soll dem Beschenkten Freude bereiten.«

»Ich bin mir sicher, deine Tochter wird bei entsprechender Unterweisung viel Freude aus dem Katechismus ziehen.«

»Wirst du auch Peter zum vierten Geburtstag einen Katechismus schenken?«

»Sobald ich der Meinung bin, er wird angemessenen Nutzen daraus ziehen, werde ich ihm einen Katechismus geben. Hast du mir nun alles gesagt? Ich würde gern meine Pfeife weiterrauchen und meinen Gedanken nachhängen.« Er machte Anstalten, nach dem Rauchgerät zu greifen.

»Du machst es immer wieder, dabei hast du mir etwas anderes versprochen. Vor unserer Hochzeit. Erinnerst du dich?«

Seufzend ließ Julius die Hand wieder sinken. »Natürlich erinnere ich mich an meine Versprechen, und ich sehe nicht, wie ich eines davon gebrochen haben soll.«

Nynke stemmte die Hände in die Hüften. Der Ärger hielt sie in einem festen Würgegriff, und sie musste tief Luft holen, ehe sie antwortete: »Du wolltest Elsie wie deine Tochter behandeln. Stattdessen ziehst du Peter vor. An ihrem Geburtstag gibst du ihm ein Geschenk. An seinem Geburtstag hast du Elsie nie eines gegeben.«

»Willst du behaupten, Elsie mangelt es in meinem Haus an etwas? Sie ist gut gekleidet und genährt. Ich sperre mich gegen keine Ausgabe zu ihrem Nutzen. Wenn du goldene Bänder in ihr Haar flechten willst, soll sie diesen Tand haben, obwohl ich dich für verständiger halte.«

»Ich rede nicht von goldenen Bändern, sondern von Zuwendung. Daran mangelt es ihr in diesem Haushalt.«

»In meinen Augen überschüttest du sie damit. Sie wäre maßlos verwöhnt, hielte ich nicht mit Strenge dagegen.«

»Ich möchte nur, dass du beide Kinder gleich behandelst. Elsie kann nichts dafür, was sie ist. Was du mir vorzuwerfen hast, lass nicht an ihr aus.« Nynkes Stimme war leiser geworden. Es kam nicht oft vor, dass sie ihrem Mann gegenüber ihre voreheliche Liaison erwähnte, weil ihn das gewöhnlich verärgerte. Auch jetzt zogen sich seine Augenbrauen zusammen.

»Gegenüber meinen Männern wiederhole ich mich nicht, bei dir will ich eine Ausnahme machen. Ich behandle beide Kinder, wie es angemessen ist. Gegen deine weiche Hand setze ich nichts als die Strenge eines Vaters.«

»Du willst dir keine Mühe geben, mich zu verstehen.«

»Ich sehe tatsächlich nicht, dass ich mir in Bezug auf die Kinder etwas vorzuwerfen hätte. Deine Tochter ...«

»Warum nennst du sie immer meine Tochter? Sie ist unsere Tochter – für alle Welt ist sie das.«

»In diesem Hause ziehe ich es vor, die Wahrheit nicht unter den Tisch zu kehren.«

Seine letzten Worte hörte Nynke nicht mehr. Sie hatte den Salon fluchtartig verlassen, kämpfte mit den Tränen. In der Schlafstube konnte sie diese nicht länger zurückhalten. Sie weinte um Elsie und um ihre verlorene Liebe zu Matthias.

* * *

Am Tag nach Elsies Geburtstag lockte Ferdinand van Graaf Nynke mit dem Hinweis aus der Krankenstube, Frau Boumann sei gekommen und wolle ihrer Schwester einige Einkäufe zeigen. Jans junger Assistent war bei dieser Nachricht aber so aufgeregt, dass Nynke ihm keinen Moment glaubte. Anna kam nie auf die Baustelle, hatte ihr noch niemals Einkäufe gezeigt und wusste außerdem genau, wo sich die Krankenstube befand.

In der Straße, in der die ersten holländischen Häuser des dritten Quartals gebaut werden sollten, sah sie nur ihren Schwager. Unter seinem Arm klemmte ein zusammengerollter Plan. Die Arbeiter waren dabei, auf den Gründungspfählen die Kalksteinblöcke auszurichten, auf denen die Häuser gebaut werden sollten. Sie standen unter der Aufsicht des Maurers Huibrecht Ketel. Der trieb die Männer und Pferde lautstark an.

Jan wandte sich ihr zu und schenkte ihr ein strahlendes Lächeln. Einen verrückten Moment lang dachte Nynke, dass Matthias zurückgekommen wäre, um wieder als Vorarbeiter zu arbeiten, und Jan sie mit dessen Ankunft überraschen wollte. Gleich danach fiel ihr auf, wie unmöglich das war. Jan wusste nichts von ihr und Matthias. Verhalten erwiderte sie sein Lächeln.

»Die Giebel!«, rief er ihr entgegen. Er breitete die Arme aus, als wollte er Nynke umfassen. Bevor er die Bewegung beendet hatte, ließ er sie wieder sinken. Die Vertrautheit zwischen ihnen hatte abgenommen – nach dem Vorfall vor vier Jahren.

»Was ist mit den Giebeln?«, fragte Nynke zurück. »Du hast noch keine Wand gemauert und sprichst von den Giebeln.«

»Weil ich es dir unbedingt sagen muss. Der junge König hat den Bau deiner Giebel genehmigt. Jedes Haus bekommt einen anderen Giebel. Die du vor Jahren für mich gezeichnet hast.«

»Du hast doch gesagt, das dauerte zu lange.« Nynke erinnerte sich kaum noch an die Giebel, aber genau an das Gespräch, das sie mit Jan darüber geführt hatte.

»Unser junger König ist nicht so ungeduldig wie sein Vater. Er will dessen Erbe erfüllen, aber er will ihm auch seine eigene Prägung geben. Es muss nicht mehr alles schnell gehen. Ich bekomme die Zeit, die ich benötige, um holländische Häuser zu errichten, die aussehen, als wäre jedes einzeln errichtet worden. Es ist alles schon aufgezeichnet.« Er entrollte den Plan.

Gemeinsam hielten sie ihn an den Ecken fest und schauten drauf. Nynke erkannte Giebel wieder, die sie mit Anna damals gezeichnet hatte. Jetzt waren sie in einem bestimmten Maßstab abgebildet und mit den notwendigen Angaben im preußischen Fußmaß versehen.

»Du freust dich gar nicht.«

»Doch, doch«, antwortete Nynke schnell. Sie freute sich, musste aber gleichzeitig an Matthias denken, der immer die Giebel gemauert hatte, bevor er zum Vorarbeiter ernannt worden war. Deshalb saß ein Kloß in ihrem Hals. »Ich bin noch ganz überwältigt, dass mir die Worte fehlen. Damit hätte ich nie mehr gerechnet.«

»Ich auch nicht, als ich den Vorschlag einreichte. Schade, dass Matthias Thämelt nicht mehr da ist. Er hat als Maurer wirklich was auf dem Kasten gehabt. Nun muss eben Huibrecht ran.«

»Der wird es gut machen.«

Sie rollten gemeinsam den Plan wieder zusammen. Dann legte Jan kurz den Arm um ihre Taille und drückte sie an sich. »Du wirst dich noch freuen, wenn dir erst einmal bewusst geworden ist, was das bedeutet. Die erste Frau als Baumeisterin.«

KAPITEL VII

1741

Elsie hatte ihrem Bruder zwei Bauklötze entwendet und auf dem Tisch aufgebaut. Darüber lag ein Stock. Pitter saß vor diesem Hindernis, und das Mädchen hielt auf der anderen Seite eine Nuss.

»Komm schon. Ich habe eine Nuss für dich«, lockte sie den Papagei mit ihrer hellen Stimme.

Am anderen Ende des Tisches war Nynke damit beschäftigt, den Teig für eine Eierspeise vorzubereiten, und Peter spielte auf dem Küchenboden mit den restlichen Bauklötzen. Ein friedlicher Vormittag in der vom Herdfeuer warmen Küche. Nynke strich sich mit der bemehlten Hand eine Haarsträhne aus dem Gesicht.

»Eine Nuss für dich, Pitter. Komm«, lockte das Mädchen wieder.

Pitter hatte den Kopf schräg gelegt und sah aus, als überlege er. Vielleicht schaute er sich auch nur an, was Elsie aufgebaut hatte. Nun trippelte er auf die Barriere zu. Mit dem Schnabel räumte er sie beiseite.

»Pitter, du Dummer«, schimpfte Elsie. Sie verbarg die Nuss in ihrer Hand.

Um den Leckerbissen gebracht, hielt der Papagei sich an den Stock und nagte daran mit kräftigen Schnabelhieben.

»Was soll er denn machen?«, fragte Nynke über den Tisch hinweg. Ihr Teig war fertig, und sie deckte ihn mit einem Tuch zu, damit er in der Wärme aufging.

»Er soll drüberspringen.«

»Pitter ist ein Vogel. Er kann fliegen und gut klettern. Er muss nicht springen.«

»Er will doch die Nuss haben.«

»Nur hat er bestimmt nicht verstanden, was er dafür tun soll.« Nynke säuberte sich die Hände an ihrer Schürze und kam ihrer Tochter zu Hilfe.

Gemeinsam bauten sie das Hindernis neu auf. Diesmal fixierten sie einen neuen Stock mit zwei weiteren von Peters Bauklötzen, damit Pitter ihn nicht so leicht beseitigen konnte. Nynke führte die Hand ihrer Tochter mit der Nuss, und sie lockten den Papagei von der Tischkante bis vor das Hindernis.

»Halte die Nuss höher, damit er sich recken muss«, riet Nynke.

Elsie reckte den Arm nach oben, Pitters Schnabel folgte. Noch ein Stück höher. Der Papagei sprang auf den Ast vor sich, um den Leckerbissen endlich zu erreichen.

»Er ist hochgehüpft«, freute sich Elsie.

»Nun musst du ihm die Nuss aber auch geben, wenn er gemacht hat, was du willst.«

Die Leckerei verschwand im Papageienschnabel. Pitter war ein kluger Vogel, der nicht nur holländische Wörter gelernt hatte, sondern auch schnell begriff, was Elsie von ihm wollte. Nach wenigen weiteren Versuchen sprang er auf den Ast, wenn das Hindernis aufgebaut war und ihm eine Nuss hingehalten wurde. Er lernte auch, in einem aus Weidenzweigen gebundenen Ring zu laufen, auf einer Wippe zu sitzen und eine Schachtel zu öffnen, um an die darin verborgene Nuss zu gelangen. Seine Taten kommentierte er mit den Worten: »Pitter gut! Pitter schlau!«

Diese hatte er nebenbei gelernt wie die Namen der beiden Kinder. Er ahmte dabei Nynkes oder Julius' Tonfall täuschend echt nach. Peter kam sogar angelaufen, wenn der Papagei ihn mit der Stimme seines Vaters rief, was Elsie regelmäßig zum Kichern brachte.

* * *

Nynke hielt sich die Wange. Den Abdruck seiner Finger spürte sie dort so deutlich, als ruhten sie noch auf ihrer Haut. Vor ihr stand Julius und sah bestürzt aus. Zwischen ihnen auf dem Boden lagen die Scherben einer Teekanne, zweier Tassen und eines Tabletts. Die heiße Flüssigkeit versickerte im Teppich. Nynke hatte es fallen lassen, als der Streich ihres Ehemannes auf ihrer Wange gelandet war.

»Was fällt dir ein, mich zu schlagen!«, schimpfte sie.

»Es tut mir leid. Dafür entschuldige ich mich.« Julius hielt seine Rechte fest, als müsste er verhindern, sie erneut zu erheben. »Du hast mich wütend gemacht mit deinem ewigen Reden und Diskutieren. Du bist meine Ehefrau, du musst mir gehorchen. Stattdessen gibst du mir Widerworte. Meine Soldaten …«

»Ich bin keiner deiner Soldaten, die du herumkommandieren kannst, wie es dir passt. Du hast versprochen, mich zu achten, sieht das so bei dir aus?«

»Du hast mich betrogen!« Er machte einen Schritt auf sie zu, Gewitter im Gesicht. Eine Scherbe knirschte unter seinem Stiefel.

Nynke wich zurück. Ihr Herz klopfte schnell in ihrer Brust, und sie verspürte zum ersten Mal Furcht vor ihrem Mann. Ihre Ehe hatte einen neuen Tiefpunkt erreicht. So wütend hatte sie Julius noch nie gesehen. Sie wich weiter zurück, als er näher kam. Hinter sich stieß sie an die Tür. Ihre Hand tastete nach der Klinke.

»Julius!« Ihre Stimme zitterte.

Der Obristleutnant schien sie nicht gehört zu haben. Die Hände hielt er zu Fäusten geballt und halb erhoben.

»Julius!«

Keine Reaktion. Nynke öffnete die Tür einen Spaltbreit und schlüpfte hindurch. Was hatte ihren Ehemann so wütend gemacht?, fragte sie sich, als sie die Treppe hinuntereilte. Sie war mit dem Teetablett gekommen wie jeden Morgen, und sein geknurrter Morgengruß hätte sie misstrauisch machen müssen. Stattdessen hatte sie ihm von den Kindern und Pitters Kunststücken erzählt.

Die Kinder!

Nynke flog die letzten Stufen hinunter in die Eingangshalle. Sie rannte durch den Flur und riss die Küchentür auf. Elsie und Peter saßen am Tisch und aßen unter der Aufsicht der Magd manierlich ihr Frühstück. Peter hatte einen mit Fruchtmus und Milch verschmierten Mund.

Im Obergeschoss wurde eine Tür geöffnet und wieder geschlossen. Schwere Schritte waren auf der Treppe zu hören.

»Das Frühstück ist zu Ende. Wir müssen uns beeilen«, sagte Nynke. Sie hob Peter aus seinem Stuhl, achtete nicht auf seinen Protest. Elsie rutschte zögerlich von der Bank.

»Schneller, schneller.« Sie ergriff die Hand ihrer Tochter, wandte sich der Hintertür zu.

»Mein Mantel, meine Mütze«, protestierte Elsie.

»Die brauchst du nicht. Draußen ist es warm genug. Komm endlich.«

Die ganze Zeit schlug das Herz in ihrer Brust wie ein Schmiedehammer auf ein Hufeisen, und mit einem Ohr lauschte sie auf die Geräusche aus der Halle. Für einen Moment herrschte dort Stille, dann setzten die Stiefelschritte wieder ein. Nynke öffnete die Hintertür, die auf den Hof führte, den sie sich mit den umliegenden Häusern teilten. Bevor sie mit Elsie an der Hand und Peter auf dem Arm das Haus verließ, schaute sie sich nach der Magd um. Die beobachtete ihr seltsames Verhalten mit verwirrten Blicken.

»Wenn ich dir einen Rat geben darf, suchst du dir heute eine Beschäftigung außerhalb des Hauses. Im Garten ist bestimmt etwas zu tun.« Sie besaßen einen vor der Stadt, in dem die Magd Gemüse, Obst und Kräuter zog.

Draußen traf sie ein kühler Wind und presste Nynke das leichte Hauskleid an den Leib. Sie fröstelte und spürte Elsies Erschaudern.

»Mir ist kalt. Ich will meinen Mantel«, klagte das Mädchen, bevor sie den Hof verlassen hatten.

»Das ist nur ein bisschen Wind. Es ist gar nicht so kalt. Komm weiter!«

»Wo gehen wir hin?«

»Zu Tante Anna.«

KAPITEL VIII

Durchgefroren erreichten sie die Wohnung der Familie Boumann. Die Kinder erhielten eine heiße Milch mit Honig und durften danach mit ihren beiden Cousins und ihrer Cousine spielen. Anna und Nynke saßen bei Tee und einem Kaminfeuer im Salon. Die Schwester war wieder schwanger, es schien, als könne sie nicht aufhören, nachdem sie einmal angefangen hatte. Die Mutterschaft hatte sie weicher gemacht. Ihre gesellschaftliche Stellung war ihr nicht mehr so wichtig, seitdem die Kinder ihre Tage ausfüllten. Auch das Verhältnis zwischen den beiden Schwestern war besser geworden.

Anna strich über ihren Bauch. »Also ganz habe ich nicht verstanden, worüber du mit deinem Mann gestritten hast.«

»Ich weiß es auch nicht. Ein Wort gab das andere. Eigentlich wollte ich ihm nur den Morgentee bringen, und dann spürte ich seine Hand im Gesicht. Seit er aus Schlesien zurückgekommen ist, um ein paar Wochen im Winterquartier zu Hause zu verbringen, kenne ich ihn noch weniger als vorher. Macht Krieg das mit den Männern?« Zusätzlich zu Kaminfeuer und Tee hatte Nynke sich ein Tuch um die Schultern geschlungen. Darin verkroch sie sich jetzt tiefer.

»Krieg macht etwas mit den Männern, das steht außer Frage. Sie sehen jeden Tag dem Tod ins Auge.«

»Die österreichischen Truppen sind fast ohne Gegenwehr abgezogen, nur in den Festungen liegen noch schwache Garnisonen und werden von unseren Soldaten belagert. Es ist nur noch eine Frage der Zeit, bis diese Festungen auch fallen.«

»Du weißt Dinge«, sagte Anna mit einem Schulterzucken.

»Er hat es mir erzählt, als er Anfang des Monats nach Hause gekommen ist. Da schien er sich zu freuen, mich und die Kinder zu sehen, und wir haben harmonische Tage verbracht. Bis heute Morgen.«

»Aber er hat sich entschuldigt?«

»Was besagt das schon? Es hat ihm nicht wirklich leidgetan. Vorher behauptete er, ich hätte ihn dazu getrieben, weil ich nie still sein könne.«

»Du weißt wirklich nicht, wann du besser mal den Mund hältst. Eigentlich hättest du das in vier Jahren Ehe lernen müssen. Es ist besser, dem Ehemann nicht alles unter die Nase zu reiben.«

»Machst du das mit Jan so?«

»Das ist was anderes«, wehrte Anna ab. »Eine Frau braucht ihre kleinen Geheimnisse.«

»Das ist Unfug. Julius war außer sich vor Wut, das hatte mit kleinen Geheimnissen nichts zu tun. Ich hatte wirklich Angst, er tut mir oder den Kindern etwas an.« Nynke wollte nach ihrer Teetasse greifen, aber ihre Hand zitterte vor Aufregung.

»Mit deiner Ehe steht es augenscheinlich nicht zum Besten. Mit Jan war es auch nicht immer einfach, aber wir haben es hinbekommen.«

»Was erwartest du, nachdem unsere Tochter nicht von ihm ist?«

»Davon ahnt er hoffentlich nichts.« Anna stutzte. »Nynke … du hast es ihm doch nicht erzählt?«

Statt einer Antwort senkte Nynke den Blick.

»Wie konntest du! Hast du es ihm an diesem Morgen gesagt? Dann wundert mich nichts.«

»Ich habe es ihm vor der Hochzeit gesagt, und er hat mir versprochen, Elsie wie seine Tochter zu behandeln.«

»So viel Großherzigkeit hätte ich ihm nicht zugetraut«,

kommentierte Anna trocken. »Er muss sehr in dich verliebt gewesen sein. Du hättest etwas daraus machen müssen.«

»Ich weiß nicht, warum er es sich in den Kopf gesetzt hatte, mich zu heiraten, aber Liebe war es bestimmt nicht. Er kommt mir vor, als könne er nicht lieben, aber auf eine Ehe in gegenseitigem Respekt hatte ich gehofft. Deshalb wollte ich sie nicht mit einer Lüge beginnen.«

»Du siehst, wohin dich das gebracht hat.«

»Kann ich mit den Kindern ein paar Tage hierbleiben?«

Entschieden schüttelte Anna den Kopf. »Du gehörst nach Hause zu deinem Mann. Dort ist dein Platz, und alles andere werde ich nicht unterstützen. Du wirst ihm eine liebende Ehefrau sein, bis er wieder in den Krieg ziehen muss.«

Nynke war bestürzt. Sie versuchte, ihre Schwester umzustimmen – vergebens.

Zum Abschied umarmten sie sich innig, als sähen sie einander monatelang nicht wieder.

»Ich wünsche dir Glück«, flüsterte Anna. »Du musst deinen Ehemann lieben und versuchen, ihm eine gute Ehefrau zu sein. Versprich mir das.«

Nynke nickte.

»Denk nicht mehr an diesen anderen Mann. Das tust du nicht, oder?«

Erneut nickte Nynke. Zögerlich diesmal. Sie dachte an Matthias, konnte gar nicht anders. Nicht mehr jeden Tag, aber doch mehrmals in der Woche. Er hatte ihr gesamtes Denken und Fühlen beherrscht, das konnte sie nicht abstellen, wie sie ein altes Kleidungsstück abstreifte. Anna bemerkte nichts, sondern gab sich mit ihrem Nicken zufrieden.

Julius war nicht daheim. Das Haus verströmte ein Gefühl von Verlassenheit, als habe es Monate leer gestanden. Dabei war in der Küche die Magd mit den Vorbereitungen für das Abendessen beschäftigt. Nynke ließ die Kinder bei ihr und streifte durch die anderen Zimmer.

Das Teegeschirr war fortgeräumt. Auf dem Teppich lag ein Tuch, um die Feuchtigkeit herauszuziehen. Nynke berührte es mit dem Finger.

In ihrem Schlafzimmer lag auf ihrer Frisierkommode ein zusammengefalteter Brief. Er war auf ihrem Briefpapier verfasst, auf das oben links in der Ecke ihr Name gedruckt stand. Geschrieben hatte Julius die Zeilen.

Er entschuldigte sich aufrichtig für seine unbedachten Worte und die Tätlichkeit. Beides tue ihm unendlich leid, und er könne Nynke versprechen, nie wieder die Hand gegen sie zu erheben. Den Kindern wolle er ein aufmerksamer Vater sein. Am Ende des Schreibens schenkte er ihr einen Kuss.

Nynke hob die Hand an die Wange, die er misshandelt hatte, als hätte er sie dort wirklich geküsst. An diesem Abend ließ er auf sich warten. Sie brachte die Kinder zu Bett, ohne dass sie ihrem Vater eine gute Nacht gewünscht hatten. Elsie fragte, während Peter einen Stoffhasen an sich presste und an dessen Ohr nuckelte.

»Der Papa muss lange arbeiten und kommt später«, antwortete Nynke und drückte die Nase in das süß duftende Haar ihrer Tochter. Sie umarmte beide innig und deckte sie gut zu, ehe sie die Kerzen auf ihren Nachtkästen löschte.

In der guten Stube wartete sie auf Julius. Gegen die zunehmende Kühle legte sie sich ein Schultertuch um und über die Beine eine Decke, da im Kamin kein Feuer brannte. Dem sparsamen Julius missfielen Kaminfeuer in den Monaten April bis Oktober, und an diesem Abend wollte sie ihn nicht unnötig herausfordern. Die Zeit verstrich, und er kam nicht. Als die Kaminuhr die zehnte Stunde schlug, war sie überzeugt, er würde in dieser Nacht fernbleiben.

Sie holte Pitter aus der Küche und verwöhnte ihn mit getrockneten Apfel- und Möhrenschnitzen. Die Letzteren waren für eine Suppe gedacht, aber die Magd würde schon etwas anderes finden. Auf ihren Knien sitzend verspeiste Pitter die Stückchen geräuschvoll.

Nynke vermisste ihren Mann nicht, aber sie überlegte, wo er die Nacht verbrachte. Sobald seine Offizierskollegen mitbekamen, dass bei ihm der Haussegen schief hing, konnte er sich ihres Spottes gewiss sein. Seine Laune ihr gegenüber würde das nicht verbessern. Sie fragte sich, ob es in einer Ehe mit Matthias je zu solchen Missstimmungen gekommen wäre. Eigentlich konnte sie sich das nicht vorstellen, aber sie wusste, dass sich der Alltag einer Ehe von der Verliebtheit heimlicher Stelldicheins unterschied.

Julius und sie gingen in der Zeit nach dem Vorfall sehr vorsichtig miteinander um, als trauten sie sich selbst nicht über den Weg. Ihren Gesprächen haftete eine Freundlichkeit an, die sich falsch anfühlte und Nynke mehr Anstrengung bereitete, als wenn er ihr Vorwürfe gemacht hätte. Sie atmete auf, als er wieder ausrücken musste, und verabschiedete sich mit einem sehr formellen Kuss an der Haustür von ihm.

Kaum war er gegangen, machte sie sich Sorgen um ihn. Er zog in den Krieg und könnte verletzt werden oder sogar sterben. Sie hatte ihn ziehen lassen wie einen Hausierer. Ohne Hut und gegen die Kälte nur mit einem Schultertuch geschützt, eilte sie ihrem Mann hinterher.

Er sah erschrocken drein, als sie auf Höhe des Bassins auf einmal atemlos vor ihm stand. Sie ergriff seine Hände. »Du kannst so nicht gehen.«

»Was meinst du?«

»Du ziehst in den Krieg und … und …«

»Nynke? Dir wird kalt.«

»Komm einfach gesund wieder. Wir brauchen dich. Die

Kinder und ich. Das sollst du wissen.« Sie ließ seine Hände los und wollte nach Hause gehen. Ihr wurde wirklich kalt.

»Ich danke dir.« Nun ergriff er ihre Hände und zog sie an seine Lippen. Dann fand sie sich in seinen Armen wieder für die Dauer eines Lidschlages.

KAPITEL IX

Das Haus war mit vier zusätzlichen Personen überfüllt. Nynke hatte die Schwiegereltern in Julius' Schlafzimmer untergebracht. German und Magdalene von Heyneke, die ihr pommersches Gut verlassen hatten, um in der Residenzstadt die Enkelkinder zu besuchen und den Nachrichten von den schlesischen Feldzügen näher zu sein. Sie hatte ein Mädchen und er einen Kammerdiener mitgebracht, die ebenfalls im Haus logierten. Die Magd musste ihre Kammer mit der fremden Frau teilen, und unterm Dach war in aller Eile eine Schlafstelle für den Diener hergerichtet worden. Dort oben herrschte im Sommer eine mörderische Hitze, aber der Mann beklagte sich nicht und sah immer wie aus dem Ei gepellt aus.

German von Heyneke las alle Nachrichten, deren er habhaft wurde, und hatte schnell Freundschaft mit einigen pensionierten Offizieren geschlossen, mit denen er ganze Tage die schlesischen Angelegenheiten besprach. Bei den Mahlzeiten berichtete er alles haarklein seiner Ehefrau und seiner Schwiegertochter. Nynke hörte mehr als genug über die Schlacht bei Mollwitz am 10. April – hierzu empfing sie auch einen Brief von Julius, der mit seinem Regiment daran teilgenommen hatte. Nicht einen Kratzer hatte er abbekommen. Den Beschuss von Brieg und das Gefecht bei Rothschloss, wo sich preußische Husaren einer mehr als doppelt so großen österreichischen Übermacht erwehrten und siegten, streifte er zum Glück nur kurz.

Obwohl im Salon bequeme Sessel und Sofas mit geraden, hohen Lehnen standen, lehnte German sich nicht an, sondern hielt sich stets, als hätte er einen Stock verschluckt. Beim Essen schnitt er Fleisch und Gemüse mit der gleichen Präzision, mit der ein Grenadier seine Waffe lud. Er marschierte mit festen Schritten durch das Haus, und niemand überhörte ihn.

Einzig bei seinen Enkeln wurde seine Miene weicher. Peter schaukelte er auf seinem Knie, nannte ihn den Stammhalter, der seine Herkunft aus der Familie von Heyneke nicht verleugnen könne. Elsie war für ihn ein Engelchen mit dunklen Locken, die er »mein großes Mädchen« nannte. Er fütterte sie mit klebrigen Honigplätzchen.

»Sie kommt nach ihrer Oma, und die war eine Schönheit.« German von Heyneke linste zu seiner Frau, ehe er mit seinen Soldatentritten die Stube verließ.

Magdalenes knochiges Gesicht mit der scharf geschnittenen Nase wurde rot. Sie schaute auf die Stickerei in ihrem Schoß, strich sich jedoch eine graubraune Locke hinter das Ohr. Nynke tarnte ein Kichern mit einem Hustenanfall und hielt sich ein Taschentuch vor das Gesicht.

Die Schwiegermutter beugte sich zu Nynke hinüber. »Männer. Sie können den ganzen Tag albernes Zeug reden, ohne es auch nur einmal zu bemerken.« Sie lachte geziert und nahm ihre Sticknadel wieder auf.

Nynke nickte nur. Für sie war Elsie das schönste kleine Mädchen, das ihre Augen je erblickt hatten, und Peter mit seinen Pausbacken der süßeste kleine Junge.

Anderntags sprach German von Heyneke an seine Enkel eine Einladung nach Barnhagen aus. So hieß das Gut in Vorpommern, das der Familie seit Generationen gehörte.

Nynke wollte ihrer Schwiegermutter die Krankenstube zeigen und mit ihr lange Spaziergänge mit den Kindern und Pitter entlang der Havel unternehmen. Sie könnten sich auch in einem Boot über einen der nahen Seen rudern lassen und auf der anderen Seite in einem Gasthof einen Imbiss zu sich nehmen.

Magdalene war jedoch für nichts davon zu begeistern. Auf Barnhagen halte sie sich genug an der frischen Luft auf, was ihrem Teint nicht bekomme. Sie zog den bequemsten Sessel in der Stube vor.

Wenn sie doch einmal das Haus verließ, schützte sie sich sorgfältig mit einem Sonnenschirm. Nynke lenkte ihre Schritte in Richtung der Krankenstube. Magda warf einen Blick hinein und fand sie nett. Und nützlich für diese Leute. Dabei deutete sie mit dem Kinn auf eines der holländischen Häuser, wo ein Dachdecker mit drei Gehilfen bei seiner luftigen Arbeit war.

»Diese einfachen Menschen sind den Tieren ähnlicher. Werden sie krank, leiden sie nicht wie unsereins. Deswegen benötigen sie kaum je einen Medicus.« Magdalene zuckte mit den Schultern.

»Ich hingegen bin überzeugt, dass die Unterschiede zwischen den Arbeitern auf der Baustelle und uns nur in der Größe unserer Wohnung oder der Prallheit unserer Börsen bestehen, aber nicht in der Fähigkeit, Schmerz zu empfinden. Die meisten können sich einen Medicus nicht leisten, wenn sie einen brauchen. Genau deshalb habe ich die Krankenstube eingerichtet«, entgegnete Nynke schmallippig.

»Wie dem auch sei, darüber müssen wir nicht streiten.« Magda drückte den Arm ihrer Schwiegertochter. »Es betrifft uns kaum. Du solltest darauf achten, Elsie in allen Fertigkeiten zu unterrichten, die sie später benötigen wird. Damit kannst du nicht früh genug beginnen. Sie kann durchaus einfache Stiche mit der Nadel erlernen.« Die Schwiegermutter sprach im Plauderton. »Ich biete mich an, sie darin zu unterrichten, solange wir hier sind. Wie du weißt, besitze ich einige Erfahrung in Nadelarbeiten.«

Dem konnte Nynke nicht widersprechen. Wenn ihre Schwiegermutter sich für eines begeisterte, war das der Umgang mit der Nadel. Immer hielt sie eine Stickerei im Schoß, ihre Hände waren nie müßig. Ein Stich sah aus wie der andere. Ihre Motive entwarf sie selbst nach Bildern aus Büchern. Nynke, der alle Nadelarbeit verhasst war, wusste nicht recht, wie sie damit umgehen sollte. Bewunderte sie das Talent ihrer Schwiegermutter, nähme die das am Ende zum Anlass, sie ebenfalls zum Sticken zu nötigen; ging sie darüber hinweg, fühlte sie sich schlecht, weil sie eine Sache nicht würdigte, die Magdalene wichtig war. Dieser Zwiespalt verleidete ihr den Besuch mehr, als es sonst der Fall gewesen wäre.

KAPITEL X

»Papa hat mich nicht so lieb wie Peter. Er küsst mich nicht so oft und sagt mir immer, ich soll meine Hände vor dem Essen waschen.« Elsie hielt ihre Hände hoch, von denen das Wasser tropfte. »Sie sind gewaschen.«

»Schätzchen, was redest du?« Nynke war erschrocken. Sie wollte mit ihren Schwiegereltern eben zu einem Spaziergang am Nachmittag aufbrechen. Er würde sie einmal um das Bassin herumführen, und sie würden die Gloriette in der Mitte betrachten. Das hielten beide in der Stadt für eine angemessene Länge für einen Ausgang. Nach Nynkes Meinung lohnte es dafür kaum, die Schuhe anzuziehen und den Hut aufzusetzen.

Magdalene beugte sich zu ihrer Enkelin hinunter. »Es ist immer gut, vor dem Essen die Hände zu waschen, Kleine. Aber du isst doch jetzt gar nicht?«

»Ich wasche mir trotzdem die Hände, dann kann Papa nicht böse werden.« Sie wischte die Finger am Rock trocken.

»Dein Papa ist nicht da. Warum sollte er böse auf sein liebes kleines Mädchen werden?«

»Das weiß ich nie. Es ist einfach so.« Elsie schob die Unterlippe vor.

»Das kann nicht sein. So habe ich Julius nicht erzogen.« Betroffen schaute Magdalene auf, fing Nynkes Blick ein.

German klopfte mit dem Spazierstock auf den Boden. »Das ist nur das Gerede eines Kindes. Sie will sich wichtig machen.«

»Das macht mein kleines Mädchen nicht. Sie ist so ein entzückendes Kind.« Die Großmutter lächelte Elsie an.

»Sie plappert nach, was sie gehört hat«, grollte der Gutsbesitzer aus Vorpommern.

Nynke hatte die Hand ihrer Tochter ergriffen und sich neben sie gehockt. Sie sprach eifrig auf Elsie ein und küsste sie am Ende auf die Stirn. Artig ging das Mädchen an ihrer Hand in die Küche.

»Spiel ein bisschen mit Pitter. Dein Papa hat dich lieb, das weißt du. So wie du Pitter lieb hast.«

Ohne ihre Tochter kehrte Nynke in die Eingangshalle zurück. »Natürlich stimmt das nicht«, beruhigte sie ihre Schwiegereltern. »Julius macht keine Unterschiede zwischen seinen Kindern, aber Elsie ist die Ältere, und es ist richtig, von ihr Dinge zu verlangen, die von Peter noch nicht gefordert werden können. Das versteht sie nicht immer. Ich weiß nicht, was in sie gefahren ist, das gerade jetzt zu sagen.«

»Du musst achtgeben, dass aus ihr kein zänkisches Weib wird«, brummelte German von Heyneke. »Können wir nun gehen?«

Der Besuch der Schwiegereltern dauerte den ganzen Sommer, und sie zeigten keine Neigung, nach Hause zurückzukehren. Warteten sie auf Julius' Rückkehr aus Schlesien? Nynke verstand ihre Unruhe, die fühlte sie selbst. Mehr als sie es sich eingestehen wollte, fieberte sie seinen Briefen entgegen. Sie ärgerte sich jedes Mal, wenn er Peter Küsse ausrichten und für Elsie bestellen ließ, sie solle brav ihre Gebete aufsagen. Längst war sie dazu übergegangen, beim Vorlesen der Tochter auch Küsse auszurichten.

»Es ist gut und schön, dass er die Schlacht unverletzt überstanden hat … Er könnte etwas darüber schreiben, wie es seitdem weitergeht. Mir Nachrichten aus erster Hand zukommen lassen. Das würde die anderen beeindrucken«, brummelte German von Heyneke. Er verkehrte immer noch mit seiner

Runde pensionierter Offiziere und tauschte sich mit ihnen aus. »Eine gewonnene Schlacht und ein paar siegreiche Gefechte bedeuten noch keinen gewonnenen Krieg. Obwohl ich sagen muss, unser junger König geht forsch zur Sache. Das hätte ich ihm gar nicht zugetraut, hieß es doch immer, er sei ein weicher Junge.«

Seit der Mollwitzer Schlacht im April im Schneesturm hatte Julius nichts mehr vom Fortgang des Krieges geschrieben. Er berichtete vom Leben in der Etappe, schilderte das Essen der Gemeinen, mit dem auch die Offiziere oft genug zufrieden sein mussten, wenn er den König gesehen hatte, schrieb über die unterschiedlichen Quartiere, die von weichen Betten bis zu piksenden Strohsäcken reichten. Kein Wort von den Plänen Friedrichs II. gegen Österreich. Allenfalls zwischen den Zeilen ließ sich herauslesen, dass er nicht mit einer weiteren Schlacht für die Leibgarde rechnete.

»Warum schreibt der Bengel nichts von Wichtigkeit? Berichtet breit über die Besetzung Breslaus, als hätte das nicht vor Tagen in den Zeitungen gestanden«, fuhr German von Heyneke auf, nachdem Nynke einen Brief vorgelesen hatte, den Julius am 12. August geschrieben und sie fünf Tage später erhalten hatte. »Erfahren sie in der Leibgarde nichts von den Plänen des Königs?«

»Er wird es nicht schreiben dürfen. Militärische Geheimsache, oder wie sie das nennen«, sagte seine Frau, ohne von ihrer Stickerei aufzublicken. »Geriete so ein Brief in österreichische Hände, wüsste der Feind alles. Jede Taktik wäre dahin. Wie beim Sticken heißt es auch im Krieg: ein Stich nach dem anderen.«

Der Stickvergleich hinkte gewaltig, fand Nynke, aber die anderen Gedanken ihrer Schwiegermutter hielt sie nicht für abwegig. Das gab selbst German zu. Ihnen blieb nur, sich in Geduld zu üben. Am leichtesten fiel dies Magdalene, die sich an ihre

Stickarbeiten klammerte. Peter vermisste seinen Vater, und wenn Nynke abends mit ihm betete, flossen nicht selten Tränen.

Wie Elsie die Abwesenheit des Vaters empfand, vermochte Nynke nicht zu sagen. Sie fragte nicht nach ihm, war überhaupt stiller als gewöhnlich. Das mochte auch daran liegen, dass die Großmutter damit begonnen hatte, ihr einige einfache Nähstiche beizubringen, und von ihr verlangte, stundenlang das gelockte Köpfchen über den Stoff zu beugen. Nach den ersten Ermahnungen, sich Mühe zu geben, begehrte sie nicht mehr auf. Nynke tat ihre Tochter leid, aber Elsie versicherte ihr hoch und heilig, Nähen gefalle ihr.

Anfang September kam Julius nach Hause. Er hatte einiges an Gewicht verloren und sah hager aus. Der Adamsapfel zeichnete sich deutlich über dem Halstuch ab. Bei seinem Anblick bemerkte Nynke erst, wie sehr sie ihren Mann vermisst hatte. Peter warf sich seinem Vater in die Arme und wollte diesen Platz gar nicht wieder verlassen. Als Julius ihn dennoch absetzte, begann er zu brüllen. Selbst Elsie wurde hochgehoben und geherzt. Die Begrüßung zwischen Eltern und Sohn fiel dagegen steif aus. Julius knallte vor dem Vater die Hacken zusammen, als stände er vor seinem vorgesetzten Offizier.

Nach einem üppigen Abendessen lagen Nynke und Julius in ihrem Schlafzimmer nebeneinander im Bett. Sie mussten es sich teilen, solange die Schwiegereltern da waren. Julius' Hand tastete nach ihrer.

»Du bist tapfer gewesen.«

»Müsste nicht ich das zu dir sagen?« Nynke ließ ihre Hand in seiner, obwohl ihr seine Nähe unangenehm war.

»Es ist nicht einfach mit meinen Eltern. Das weiß ich. Sie können einem gehörig den letzten Nerv rauben.«

»Deine Mutter hat Elsie einfache Nähstiche beigebracht.«

»Ist es dafür nicht ein wenig früh? Die dünne Nadel in ihren Händen. Ich will nicht, dass sie überfordert wird, es wird nicht ihr Schicksal sein, ihre Kleidung selbst nähen zu müssen. Nicht wenn ich es verhindern kann.«

Erstaunt wandte Nynke ihrem Ehemann das Gesicht zu. Im zum Fenster hereinscheinenden Mondlicht erkannte sie nicht viel von ihm.

»Ich habe meine Mutter kaum je ohne eine Nadel in den Händen gesehen«, fügte er erklärend hinzu. »Meinst du, wir sollen versuchen, noch ein Kind zu machen?«

Nynke verschloss sich diesem Wunsch nicht. Hinterher lag ihr Kopf an seiner Schulter, und zwischen den Beinen fühlte sie sich wund. Zu lange war es her, dass ihr Mann bei ihr gelegen hatte. Julius wickelte sich eine ihrer braunen Haarsträhnen um den Finger.

»Wie steht es um den Krieg in Schlesien? Musst du noch einmal zurück?«, fragte sie.

»Wahrscheinlich. Aber wir werden siegen. Je länger der Krieg dauert, desto offensichtlicher wird es. Du musst dir keine Sorgen um mich machen, die Leibgarde ist in des Königs Nähe, in Kämpfen wird sie in der Regel nicht eingesetzt. Die Schlacht bei Mollwitz war eine Ausnahme.«

»Ich bin froh darüber.« Das war Nynke tatsächlich. Sie würde nicht gerne eine Kriegerwitwe sein, das wurde ihr in dieser Nacht klar.

Die Schwiegereltern blieben sieben weitere Tage, dann reisten sie ab. Julius musste Anfang Dezember wieder ausrücken, aber nach dem Waffenstillstand von Klein-Schnellendorf kehrte er nach Hause zurück.

KAPITEL XI

1742

Der Krieg endete im Mai 1742 mit einem Friedensvertrag zwischen Preußen und Österreich. Der ein halbes Jahr zuvor geschlossene Waffenstillstand von Klein-Schnellendorf hatte kaum drei Monate gehalten. Friedrich II. sah sich nicht länger daran gebunden, nachdem Franzosen, Sachsen und Bayern an der Seite Österreichs Prag erstürmt hatten. Auch damit war ein preußischer Sieg nicht mehr zu verhindern. Julius kehrte Anfang Juni 1742 endgültig nach Potsdam zurück.

Er sah abgekämpft aus. Erste Fältchen zierten seine Augenwinkel. Er war spät am Abend gekommen, die Kinder lagen längst in ihren Betten, auch die Zeit für ein Nachtmahl war vorüber. Nynke fiel aber nichts anderes ein, als ihn zu fragen, ob er hungrig und durstig sei.

»Auf jeden Fall. Nichts habe ich so vermisst wie dein gutes Essen.«

Spontan ergriff sie seine Hand und zog ihn mit sich in die Küche. Aus der Speisekammer holte sie einige kalte Gerichte hervor und setzte sie vor ihm auf den Tisch. Sie schnitt einen Schweinebraten mit knuspriger Schwarte auf, dazu dicke Scheiben duftenden Brotes, das sie erst am Morgen gekauft hatte. Drei Sorten Käse holte sie herbei und frischen Rahm mit Kräutern. Sie briet Eier, nachdem sie die Glut im Herd neu entfacht hatte, schmorte Zwiebelringe und dünne Scheiben gepökelten Schinken.

Normalerweise hätte Julius ihr mit seiner sparsamen Art längst Einhalt geboten, aber an diesem Abend genoss er, was sie ihm vorsetzte. Er trank dunkles Bier aus einem großen Krug.

Nachdem sie endlich alles geholt hatte, was der Haushalt bot, setzte Nynke sich zu ihrem Mann an den Tisch. Sie hatte ebenfalls einen Teller vor sich stehen und naschte hier und da. Dazu trank sie ein Glas leichten Rheinwein. Es war ein seltener Moment ehelichen Einvernehmens zwischen ihr und Julius.

* * *

Elsies Zungenspitze schaute zwischen den Lippen hervor. Mit steifen, geschwärzten Fingern hielt sie einen Graphitstift und malte Buchstaben auf eine Tafel aus hellem Sandstein. Zuvor hatte Nynke für sie Linien gezogen. Die geschnittene und polierte Steinplatte war ein Geschenk ihres Onkels Jan zu ihrem fünften Geburtstag gewesen, weil sie ein großes Mädchen sei und bald lesen und schreiben lernen sollte. Dass bis dahin noch über ein Jahr Zeit war, hatte der Onkel geflissentlich übersehen. Elsie freute sich trotzdem an ihrem Geschenk. Den Graphitstift konnte man von der Steinplatte wieder abwischen, und das war genau das Richtige für die ersten Versuche.

Zunächst hatte sie Strichmännchen gemalt, bis sie bald lernen wollte, wie die Erwachsenen zu schreiben. Julius hatte begonnen, für sie Linien auf die Schieferplatte zu ziehen und einfache Buchstaben wie ein E für Elsie aufzuschreiben. Er führte ihre Hand bei den ersten Versuchen. Nynke konnte sich nicht daran erinnern, wann er sich schon einmal so um das Mädchen bemüht hatte. Er war auch wegen ihrer steifen kleinen Hand nicht ungeduldig geworden oder hatte mit ihr geschimpft, weil die ersten Krakel allem anderen ähnelten, aber keinem Buchstaben. Inzwischen gelangen ihr einige recht gut. Sie konnte Mama und Papa schreiben.

»Gut gemacht«, sagte er, wenn sie am Ende einer Reihe angekommen war, und strich ihr über das Haar. Auch dieser Wesenszug ihres Mannes war Nynke bis dahin unbekannt gewesen. Sie schrieb ihn ihren Bemühungen um ein besseres Verhältnis zu ihm zu. Wenn sie zunächst gedacht hatte, Julius werde nach wenigen Versuchen das Interesse an Elsie verlieren, hatte sie sich darin getäuscht. Er zeigte mehr Ausdauer, als sie selbst oft aufgebracht hätte.

»Die Kleine ist nicht dumm«, sagte er zu Nynke, nachdem sie die Kinder zu Bett gebracht hatte, »aber ihre Finger müssen sich noch an die neuen Bewegungen gewöhnen. Das geht nur mit Ausdauer. Es nützt nichts, sie zu bestrafen, weil die Buchstaben am Beginn nicht richtig geschwungen aussehen. Das macht es für Elsie nur schwieriger.«

»So viel Fürsorglichkeit kenne ich gar nicht an dir«, rutschte Nynke heraus.

»Du denkst immer nur das Schlechteste von mir.«

»Das stimmt nicht.« Unaufgefordert schenkte sie ihrem Mann einen Portwein ein und gönnte sich einen Kirschlikör.

»Ich denke, wir könnten eine gute Ehe führen, wenn wir uns ein bisschen Mühe gäben. Das versuche ich.«

»Ich bin ganz deiner Meinung.«

»Freundschaft und Respekt sind die Schlüssel dazu. Wir müssen uns nichts vormachen: Du hast mich nicht aus übergroßer Liebe geheiratet, und sie hat sich mit den Jahren nicht eingestellt. Ich hoffe auch nicht mehr darauf, aber deinen Respekt habe ich verdient.«

»Das hast du.« Nynke fragte sich, wohin dieses Gespräch führte. »Es tut mir leid, dass ich nicht die Frau sein kann, die du verdienst. Respekt und Freundschaft sollen zwischen uns bestehen, damit wir gut miteinander auskommen.«

»Es gefällt mir, ein drittes Kind zu bekommen. Ein Kind, das wir beide im Bewusstsein gegenseitiger Achtung gezeugt haben. Es muss ein besonderes Wesen werden. Ein Junge mit goldenen Locken. Leider bist du nicht wieder schwanger geworden. Wollen wir es noch einmal versuchen?«

»Woher sollen goldene Locken kommen?« Nynke lachte. »Wir haben beide braune Haare. Ein blondes, gelocktes Kind würde nur Misstrauen erregen.«

»Meines im Besonderen, wolltest du sagen?«

»Ich habe es eher allgemein gemeint. Bei meiner Schwester wäre ein blondes Kind normal, aber bei uns?«

»Dann habe ich eben Unsinn geredet.« Julius' Stimme klang eine Spur scharf.

»Natürlich nicht. Manchmal hat man eben so Ideen. Die Haarfarbe eines Kindes ist herzlich egal.«

Den Portwein und den Kirschlikör hatten sie längst ausgetrunken, und Nynke schenkte erneut ein. Sie war den Alkohol am Abend nicht gewöhnt, und nach dem zweiten Glas spürte sie seine Wirkung. Julius kam ihr nicht mehr so streng vor wie sonst, und sie nahm sich vor, weniger an Matthias zu denken, sondern seinen Wünschen mehr Beachtung zu schenken.

Der neue Respekt in ihrer Ehe betraf leider nicht Pitter. Den Papagei duldete der Hausherr nach wie vor nicht in den Wohnräumen, weil er überall seinen Kot und seine Federn hinterlasse, der Staub des Tieres sei für die Kinder ungesund. Früher hätte Julius nur Peter erwähnt. Sie nahm sich vor, es als gutes Zeichen anzusehen.

KAPITEL XII

Kalte Winde fegten im Dezember 1742 durch Potsdam. Der Frost hielt die Stadt seit Tagen in seinen Klauen. Wer nicht aus dem Haus musste, blieb tunlichst daheim. Auf den königlichen Baustellen wurde nicht gearbeitet, aber Nynke sah in der Krankenstube nach dem Rechten. Alle Flaschen mit Lösungen und Tinkturen hatte Dr. Bendler am ersten kalten Tag mit nach Hause genommen, damit der Inhalt nicht einfror. Es gab nichts zu kontrollieren, aber für sie war schwer zu ertragen, tagelang in den Stuben zu hocken. Zumal sie nicht schwanger geworden war und zweimal die Woche Julius' Bemühungen über sich ergehen lassen musste. Am schwersten fiel ihr mittlerweile, seinen enttäuschten Blick auszuhalten, wenn sie ihm mitteilte, wieder nicht in der Hoffnung zu sein.

In einen pelzgefütterten Mantel gehüllt, eine Samtkappe auf dem Kopf, den Hals mit einem selbst gestrickten Schal – ein Geschenk ihrer Schwiegermutter – geschützt und die Hände in einem Kaninchenfellmuff geborgen, trat sie den Rückweg an. Wenn es wenigstens Schnee geben würde. Dafür müssten die Werte wieder auf Temperaturen knapp unter dem Gefrierpunkt steigen, und das wäre eine Erleichterung gegen den strengen Frost. Aber so war alles unter einer Reifschicht erstarrt, die Havel zugefroren, jeglicher Schiffsverkehr zum Erliegen gekommen. Auf dem Bassin knackte das Eis, und es sah aus, als stemmte es die Gloriette in der Mitte in die Höhe. Frost knirschte bei jedem Schritt, vor Nynkes Gesicht dampfte Atem. Sie schaute beim Gehen die meiste Zeit nach unten.

Ein Geräusch vor ihr ließ sie aufblicken. Von der Nicolaikirche kommend kreuzte ein anderer einsamer Spaziergänger ihren Weg. Von ihm war nicht mehr zu sehen als ein dicker Mantel, der seine Gestalt unförmig wirken ließ, Stiefel mit Fellstulpen und ein Hut, den er bis über die Ohren gezogen hatte. In den Wintersachen hätte ihr eigener Mann stecken können, sie hätte ihn nicht erkannt, aber etwas am Gang des Fremden brachte sie dazu, ihn weiter zu beobachten. Seine Haltung, wie er die Schritte setzte, kam ihr vertraut vor.

Zu schnell entschwand er ihren Blicken wieder. Nynke reckte den Hals, aber er war nicht mehr zu sehen. Dafür musste sie nicht länger überlegen, an wen sie sein Gang erinnert hatte. Die Erinnerung sprang sie an wie ein Hund seinen sehnlich vermissten Herrn.

Matthias Thämelt.

Seit langen Wochen verbot sie sich, an ihn zu denken, und nun, da es ihr leidlich gelungen war, meinte sie, er wäre ihr über den Weg gelaufen. Als hätte er Potsdam nicht vor Jahren verlassen.

Das konnte nicht sein.

Ihr Gefühl musste sie narren.

Nur zu gern wäre Nynke dem Mann nachgelaufen, um sich von ihrem Irrtum zu überzeugen. Dutzende Gründe sprachen dagegen: Es gehörte sich für eine verheiratete Frau nicht, einem fremden Herrn nachzulaufen. Was sollte sie sagen, wenn er nicht Matthias Thämelt war? Schlimmer, was sollte sie sagen, wenn er es war?

Die Kälte biss sie in Nase und Wangen. In ihren Stiefeln froren trotz Felleinlage die Zehen. Unschlüssig stand Nynke mitten auf der Straße und schaute in die Richtung, in die der Mann verschwunden war. Schließlich drehte sie sich um und ging nach Hause.

Über die Weihnachtstage stiegen endlich die Temperaturen auf Werte um den Gefrierpunkt, und der Schneefall setzte ein. Dicke Flocken verwandelten die Welt innerhalb weniger Stunden in eine weiße Fabellandschaft. Die Heyneke-Kinder drückten sich die Nasen an den Fensterscheiben platt und waren kaum im Haus zu halten. Nachdem es die ganze Nacht geschneit hatte, mietete Julius einen Pferdeschlitten, und die Familie vergnügte sich auf einem Ausflug zum Heiligen See. Am Schnee fand nur Pitter keinen Gefallen und blieb mit der Magd daheim in der warmen Küche.

Die Kinder quietschten vor Vergnügen über den von den Pferdehufen hochgeschleuderten Schnee während der Fahrt im schnellen Trab. Nynke wäre lieber langsamer unterwegs gewesen, aber sie wollte weder Julius noch den Kindern den Spaß verderben. Sie klammerte sich mit einer Hand an einer ledernen Halteschlaufe neben ihrem Sitz fest und hielt mit der anderen Peter am Ärmel seines Wollmantels, damit er nicht herausfiel. Auf der Kleidung blieben die Flocken liegen, und nach einer Weile sahen sie alle aus wie Schneemänner. Elsie machte mit kreischender Stimme darauf aufmerksam, und Nynke hätte sich am liebsten die Ohren zugehalten, hätte sie eine Hand frei gehabt. Sie erwartete, Julius werde das Mädchen zurechtweisen, aber er lachte nur und schüttelte sich, dass der Schnee von ihm abfiel und die Kinder einstaubte.

Am Heiligen See waren sie nicht die einzigen Ausflügler. Überall genossen Potsdamer die weiße Welt. Kinder lieferten sich Schneeballschlachten, in die sogleich auch Elsie und Peter verwickelt waren. Ein findiger Gastwirt hatte über einem Feuer zwei Kessel hängen und verkaufte mit roten Wangen Gewürzwein und heißes Bier aus ihnen.

»Es sollte auch Tee geben, damit die Kinder etwas Heißes trinken können«, murmelte Nynke, als Julius ihr einen dampfenden Becher in die Hand drückte. Sie nippte von dem Gewürzwein.

»Die werden eher etwas zum Abkühlen benötigen.«

Sie schauten zu der Schar Kinder, in deren Mitte ihre beiden spielten. Die Jungen balgten sich, und die Mädchen formten Schneebälle, um sie auf die Buben zu werfen. Bis die wie Kobolde zwischen die Mädchen sprangen und sie einseiften. Das Gekreische nahm eine ohrenbetäubende Lautstärke an, trotzdem hörte Nynke neben sich jemanden sagen. »Sie haben recht, Madame. Es sollte auch Tee geben.«

Die Worte waren gerade so zu verstehen, aber die Stimme kannte sie gut. Oft hatte sie sie gehört, wenn sie ihr Liebkosungen ins Ohr geflüstert hatte. Wenn sie miteinander gelacht hatten, wenn sie …

Matthias Thämelt!

Nynke drehte sich um. Hinter ihr stand eine füllige Frau, die ihr grüßend zunickte und sich dabei an ihrem heißen Getränk verschluckte. Das Gedränge am Verkaufsstand war groß. Nynke ließ ihren Blick über die Menschen gleiten. Den Gesuchten entdeckte sie nicht.

»Wen suchst du?«, wollte Julius wissen.

»Ich dachte, ich hätte jemanden gesehen, den ich kenne.«

»Wen denn?«

»Meinen Schwager Jan und seinen Bruder. Aber ich habe mich wohl getäuscht.« Nynke zuckte mit den Schultern.

Julius nahm ihr die Flunkerei ab. Mit den Bechern in der Hand schlenderten sie am Ufer entlang. Der Schnee war von den vielen Ausflüglern zu schmutzigem Matsch zertreten worden. Nynke hakte sich bei ihrem Ehemann ein und nippte immer wieder am heißen Wein. Unauffällig ließ sie die Blicke schweifen. Sie begegneten Bekannten. Anderen Offiziersfamilien, bei denen sie stehen blieben und Höflichkeiten austauschten. Nynke war mit ihren Gedanken woanders und antwortete nur einsilbig. Irgendwann fiel es Julius auf, und er fragte nach dem Grund für ihre Schweigsamkeit.

»Ich frage mich, ob wir zurückfahren sollten, damit das Pferd nicht zu lange in der Kälte steht.« Nynke sagte das Erste, was ihr in den Sinn kam.

»Du machst dir nicht wirklich seit einer halben Stunde Gedanken über ein Pferd, das nicht einmal uns gehört, und strafst deshalb alle unsere Bekannten mit Missachtung?«

»Das Pferd ist auch ein Lebewesen, und ich kann eben nicht anders, als mich darum zu sorgen. Das ist wie bei Pitter.«

»Der Papagei.« Julius verdrehte kurz die Augen. »Du hattest es so eilig, hinter den Kindern herzulaufen, deshalb hast du nicht gesehen, wie ich einem Dorfjungen ein paar Groschen gab, damit er unser Pferd herumführt. Im Kutschkasten lag außerdem eine Decke, die er dem Tier übergelegt hat. Für das Pferd ist bestens gesorgt.«

»Trotzdem wird mir kalt.«

Julius gab nach, und sie suchten ihre Kinder. Die wollten mit schneenasser Kleidung, roten Wangen und strahlenden Augen ihre neuen Freunde nicht verlassen, aber Nynke blieb unerbittlich. Auf der Rückfahrt hielt sie sich wieder an der Lederschlaufe fest. Die Kinder kuschelten sich unter eine Felldecke, und beiden fielen bald die Augen zu.

In Nynkes Kopf kreisten die Gedanken.

* * *

Er hatte gesehen, weswegen er nach Potsdam zurückgekommen war. Aber nun war ihm zumute, als hätte er seiner eigenen Hinrichtung beigewohnt. Sie im Schneevergnügen am Heiligen See zu erblicken, damit hatte er nicht gerechnet. Sonst hätte er sich nicht auf den Weg gemacht, ausgerechnet dort das Winterwetter zu genießen.

Matthias Thämelt schalt sich einen Narren, weil sich Nynkes Anblick an der Seite eines anderen Mannes schmerzhaft in seine Augen gebrannt hatte. So sah es also aus, wenn eine Frau versprach, zu warten – egal wie lange es dauerte. Einige Briefe hatte er ihr geschrieben, als die Verzweiflung seine Seele zerfraß, es dann aber aufgegeben, weil nie eine Antwort gekommen war. Darüber musste er sich nicht mehr wundern, sie hatte sich offenbar getröstet. In den ganzen Jahren hatte er sich eingeredet, sich keine Hoffnungen machen zu dürfen, aber es nun bestätigt zu sehen …

Als er sich in der Menschenmenge am Getränkestand unauffällig in ihre Nähe geschoben hatte und sie über Tee sprechen hörte, hatte er nicht widerstehen können, um ihre Reaktion zu sehen. Er hatte sich sofort wieder von der Menge zurückdrängen lassen. Den restlichen Tag hielt er seine Augen auf sie geheftet, aber nahe war er ihr nicht mehr gekommen.

Eigentlich war er nach Potsdam zurückgekehrt, um Gewissheit zu erlangen, dass es ihr gut ging. Nachdem er sie mit ihrer Familie gesehen hatte, hätte er wieder abreisen können. Stattdessen verging Woche um Woche, in denen er sich zu keiner Entscheidung aufraffen konnte.

Alles hätte er ihr zugetraut, aber keinen Offizier. Es fiel ihm nicht schwer, herauszufinden, dass sie Frau von Heyneke hieß, ihr Mann Julius von Heyneke war und die Kinder Elsie und Peter gerufen wurden. Die Familie war in der Stadt gut gelitten, und niemand zweifelte daran, dass die beiden ein glückliches Paar waren, obwohl die Heirat überstürzt vonstattengegangen war. Unter der Hand erfuhr er, dass die Tochter eine Frühgeburt gewesen sein soll, aber ob das nicht schon vor der Ehe … Der Satz verwehte im Wind, und Matthias dankte im Stillen den Klatschweibern, die ihn so bereitwillig mit Informationen versorgten.

Nynke hatte sich nicht viel Zeit gelassen, um sich nach seinem Weggang zu trösten. Ärger kochte in ihm hoch.

KAPITEL XIII

1743

Dr. Bendler, inzwischen graubärtig und kahlköpfig, scherzte gern, dass die Krankenstube besser ausgestattet sei als die Praxis in seinem Haus.

An diesem ersten sonnigen Märzmorgen war Nynke allein in der Krankenstube und kontrollierte, ob alle Medikamente in der Menge vorhanden waren, die in ihrer Liste verzeichnet war. Sie summte zufrieden ein holländisches Kinderlied vor sich hin, während im Ofen ein Feuer knisterte und den Raum in behagliche Wärme tauchte.

Nynke hörte an der hinteren Tür ein Geräusch und unterbrach ihre Tätigkeit. Mit der Liste in der Hand ging sie nachsehen.

Die Tür war nicht abgeschlossen gewesen, und ein Mann stand im Haus. Er war dunkel gekleidet, mehr erkannte sie unter dem Umhang aus gutem Tuch nicht. Bei ihrem Herannahen zog er den Hut vom Kopf und klopfte ihn aus. Jetzt war er besser zu erkennen, und Nynke fiel die Liste aus der Hand. Sie bemerkte es nicht einmal. Ihr Mund öffnete sich, aber sie brachte kein Wort heraus.

»Ich wünsche einen guten Tag, Frau von Heyneke«, sagte Matthias. Seine Stimme klang, als wäre er gekommen, um ein Medikament abzuholen.

Oft hatte Nynke sich in den vergangenen Jahren das Wiedersehen mit ihm ausgemalt, aber nie hatte er in ihrer Vorstellung vor ihr gestanden und sie angesehen wie ein Fremder. Sie schluckte, und als sie endlich merkte, dass sie ihre Liste verloren hatten, bückte sie sich, um sie aufzuheben.

»Matthias«, flüsterte sie, sowie sie sich aufgerichtet hatte. »Du … du bist wieder da. Ich habe gedacht … ich … Woher weißt du, wie ich jetzt heiße?«

In ihren Gedanken wollte sich kein gerader Satz bilden. Eigentlich sehnte sie sich nur danach, ihm in die Arme fallen, stattdessen redete sie, als wollte sie ihm Vorwürfe machen.

»Ich weiß auch, dass du zwei Kinder hast und wie alt die sind. Du hast offenbar nicht lange gebraucht, um dich nach meiner Abreise anderweitig umzutun.«

Er kam auf sie zu, und sie wich zurück in die Krankenstube, bis sie mit dem Hintern an die Behandlungsliege stieß. Wie einen Schild hielt Nynke die Liste vor ihren Leib.

»Ich habe so sehr auf einen Brief von dir gewartet. Warum hast du mir nie geschrieben?«

»Ich habe dir geschrieben, aber erst Anfang 1738, als es bitterkalt war und ich kein Holz hatte, um meine Stube zu heizen.«

»Oh, Matthias!« Nynke stellte sich vor, wie er einsam in einer kalten Stube ausgeharrt und mit steifen Fingern an sie geschrieben hatte. »Keiner deiner Briefe hat mich erreicht. Sie wären mir das Kostbarste gewesen.«

»Obwohl du verheiratet warst? Zu diesem Zeitpunkt war Elsie bereits auf der Welt, und Peter muss unterwegs gewesen sein.«

»Du hast dich anscheinend sehr genau über mich erkundigt.« Nynkes Stimme klang genauso distanziert wie seine.

»Es ist nicht schwer, die Leute zum Reden zu bringen, wenn man die richtigen Fragen stellt.«

»Ich hätte dir alle Antworten geben können.«

»Damit du in einem möglichst günstigen Licht dastehst?«

»Oh, Matthias.« Der Schmerz über den Verlauf dieses Gespräches brach sich Bahn. Ein zweites Mal entfiel die Liste ihren Händen, und ihre Beine wollten sie nicht länger tragen.

Als sie das nächste Mal etwas sah, lag sie auf der Krankenliege, und mit einem besorgten Ausdruck im Gesicht stand Matthias neben ihr. Er wedelte ihr mit der Bestandsliste Luft zu.

»Nynke?« Jetzt klang seine Stimme weniger streng.

Sie wollte sich aufrichten, aber dabei wurde ihr schwindelig. »Was ist passiert?«, fragte sie matt. Sie griff nach dem Wasserglas, das er ihr hinhielt. Es zitterte in ihrer Hand, aber das Wasser belebte ihre Sinne. »Was ist passiert?«, wiederholte sie.

»Du bist in Ohnmacht gefallen. Ich konnte dich gerade noch auffangen.«

»Unsinn. Ich gehöre nicht zu der Sorte Frau, die in Ohnmacht fällt.«

»Gerade eben bist du es. Du hast mir einen Heidenschreck eingejagt.«

»Wenigstens schaust du mich nicht mehr so streng an. Dann war es für etwas gut.« Nynke wollte die Beine von der Liege schwingen, aber Matthias legte ihr eine Hand auf das Knie. Die Berührung durchfuhr sie wie ein Blitzschlag.

»Bleib liegen, bis du dich richtig erholt hast.«

»Ich bin richtig erholt. Gerade du solltest wissen, dass ich kein verzärteltes Weibchen bin.« Nynke setzte sich auf und ließ sich nicht aufhalten.

»Es ist viel Zeit vergangen.« Er senkte den Blick.

»Matthias!« Nynke stockte. »Es ist viel passiert, und du musst denken, dass ich mein Versprechen nicht gehalten habe. Es ist nicht alles so, wie es auf den ersten Blick wirkt.«

»Erzähle es mir.«

»Ich habe geheiratet, aber Elsie ist deine Tochter.« Nynke berichtete, zuerst abgehackt, dann sammelten sich ihre Gedanken, und sie sprach flüssiger.

Er hörte ihr aufmerksam zu. Je länger sie erzählte, desto bestürzter wurde sein Gesichtsausdruck. Am Ende fiel er vor der

Liege auf die Knie und legte die Stirn auf der Ledermatratze ab. Er tastete nach ihrer Hand, und sie überließ sie ihm.

»Ich stehe tief in deiner Schuld, Nynke. Wenn ich geahnt hätte, in welcher Situation ich dich zurücklasse ... niemals hätte ich dich allein gelassen. Die Ängste, die du gehabt haben musst.«

»Ich wusste selbst nichts von meiner Schwangerschaft, und als es mir klar wurde, konnte ich dich nicht erreichen. Es blieb nicht viel Zeit, ehe die Leute angefangen hätten, über mich zu tratschen. Das konnte ich Anna und Jan nicht antun, aber dir trage ich nichts nach.«

»Du hättest allen Grund dazu.« Matthias hob sein Gesicht und schaute sie an. In seinen Augen glitzerten Tränen. Nynke wischte sie fort.

»Dein Mann?«

»Er weiß, dass Elsie nicht seine Tochter ist, aber ich habe ihm nie gesagt, wem ich meine Jungfräulichkeit schenkte. Peter ist sein Sohn, und vor den Augen der Welt gilt Elsie als seine Tochter. Nur Anna weiß die Wahrheit. Ich musste mich jemandem anvertrauen.«

»Er hat dich trotzdem geheiratet? Er muss dich sehr lieben.«

»Ich weiß nicht, warum er mich geheiratet hat. Liebe war es jedenfalls nicht. Wahrscheinlich hat er den Skandal gescheut, die Hochzeit kurzfristig abzusagen. Der Ehre eines Gardesoldaten bekommt so etwas nicht, und die geht ihm über alles. Jetzt komm endlich wieder hoch vom Fußboden, du scheuerst dir die Knie auf.« Nynke zog an seiner Jacke.

Matthias setzte sich neben sie auf die Pritsche, und sie hielten einander weiter an den Händen.

»Am liebsten würde ich dich in den Arm nehmen, um dir zu sagen, dass alles gut wird.«

»Warum tust du es nicht?« Die Worte waren heraus, bevor Nynke darüber nachdachte.

»Weil du verheiratet bist, zwei Kinder hast, und ich kein Schuft bin.« Er ließ ihre Hand los. »Wir dürfen uns nicht mehr sehen.«

»Wirst du Potsdam verlassen?«

»Das wäre das Klügste.«

Er wird es nicht tun, verstand sie. »Du musst deine Tochter kennenlernen. Elsie hat ein Recht darauf.«

»Sie darf nie erfahren, dass ich ihr Vater bin.«

»Aber du kannst freundschaftlichen Umgang mit Jan und Anna pflegen. Schließlich warst du sein Vorarbeiter. Dort werden wir uns sehen, und niemand kann etwas dagegen haben. Es gibt immer noch den Literaturzirkel, den Anna seinerzeit ins Leben gerufen hat. Mit ihrer Freundin Melisande besucht sie ihn weiterhin eifrig.«

»Die Frau des französischen Tanzmeisters?«

»Der Tanzmeister ist nicht mehr. Melisande ist Witwe. Eine ziemlich vergnügte. Jan wird eine Arbeit für dich finden, wenn ich ihn darum bitte.« Vor Aufregung verschluckte sich Nynke beinahe an ihren Worten.

Er schüttelte den Kopf. »Den Vorarbeiter Matthias Thämelt, den du kennst, den gibt es nicht mehr.«

»Dann erzähl mir endlich, warum du mich sieben Jahre hast warten lassen und jetzt im Rock eines vornehmen Herrn zurückgekommen bist.« Unter dem Umhang hatte sie einen Rock aus blaugrauem Tuch entdeckt, mit bestickten Aufschlägen und goldenen Knöpfen.

»Das ist in weiten Strecken keine erbauliche Geschichte.«

»Ich will alles wissen«, verlangte Nynke mit gespielter Strenge.

KAPITEL XIV

Ein Seil schlang sich von hinten um Matthias' Hals. Er wurde brutal zurückgerissen, verlor das Gleichgewicht und fiel hin. Er musste mit dem Kopf auf einen Stein gefallen sein und das Bewusstsein verloren haben, jedenfalls kam er zu sich, als ein Eimer mit einer Flüssigkeit über ihm ausgegossen wurde, die verdächtig nach Pisse stank. Als er aufspringen und den höhnisch grinsenden Kerl mit dem Eimer in seine Schranken weisen wollte, konnte er kein Glied rühren, da er an Armen und Beinen gefesselt war.

»Der Galgenstrick ist wieder bei uns«, rief der mit dem Eimer, und sein Gesicht verschwand aus Matthias' Blickfeld.

Es wurde abgelöst von einem, das er nur zu gut kannte. Fleischlose Lippen waren zu einem höhnischen Grinsen verzogen, der stechende Blick war mit den Jahren nicht milder geworden, aber das ehemals glatte Gesicht durchzogen einige Furchen.

»Sieh an, sieh an! Geduld zahlt sich aus. Ich wusste immer, dass ich dich erwische, wenn du nicht mehr damit rechnest.« Die Rede troff vor Hohn.

»Mach Er mich los! Auf der Stelle!« Matthias wälzte sich herum, soweit es seine Fesseln zuließen, bis er vor seinem Widersacher zu liegen kam.

»Damit du mir davonrennst wie ein Hase? Den Fehler mache ich nicht zweimal.«

»Wie viele Leute hat Er hier? Vier? Mit Pferden?«

»Mit mir zusammen.«

»Wie soll ich Ihm da entkommen können? Das will ich nicht. Er hätte mich nie erwischt, wäre ich nicht sowieso gerade auf dem Weg

zu Ihm gewesen. Er hätte mir keine Pisse über den Kopf gießen müssen.«

»Es war auch Wasser dabei. Wir hatten nichts anderes, und die Männer hatten keine Lust, dich über ein Pferd zu legen.«

Melchior Lammers, seines Zeichens Steuerinspektor des Landgrafen Ernst Ludwig von Hessen-Darmstadt, richtete sich auf.

»Es ist mir egal, wohin du wolltest, mir entkommst du nicht noch mal.«

»Ich war es nicht, das weiß Er genau. Statt des wirklich Schuldigen jagt Er seit Jahren mich. Währenddessen sitzt der andere in seinem Kontor und lacht sich eins.«

»Du hast unterschrieben.«

»Ich wurde getäuscht.«

»Es ist mir egal, was du wurdest. Wir brechen auf.« Lammers erteilte den Befehl, dass ihm sein Pferd gebracht werde.

Bis dahin hatte Matthias Zeit, dessen Spießgesellen zu betrachten. Drei rohe Kerle mit schlechten Zähnen und zerfurchtem Gesichtsausdruck. Ihre Kleidung hatte schon bessere Tage gesehen, ihre Sprache wahrscheinlich nie. Jeder wirkte, als verkaufte er für ein paar Taler seine Mutter. Diese Erkenntnis nützte ihm nichts, da er an seine Geldbörse nicht herankam, wenn sie sie ihm nicht schon abgenommen hatten.

Sie lösten seine Fußfesseln, aber die Hände ließen sie zusammengebunden. Einer von Lammers' Schergen hielt das andere Ende des Stricks, und er lief hinter den Reitern her. Im Trab musste er sich Mühe geben, mitzuhalten und geriet bald außer Atem. Niemand interessierte sich dafür, dass er immer häufiger stolperte. Als er glaubte, keinen Schritt mehr rennen zu können, parierten seine Häscher die Pferde durch. Sie hatten ein Dorf erreicht, in dem Lammers offensichtlich die Nacht verbringen wollte.

Matthias wurde wie ein Stück Vieh im Stall neben Schweinen angebunden. Er erhielt einen Eimer Wasser, aus dem er wie ein Tier trinken musste, weil seine Hände gefesselt waren, und einen

Napf geschmacklose Grütze. Die aß er wie ein Hund aus der Schale.

Er verbrachte eine fast schlaflose Nacht. Immerhin fand er heraus, dass sie ihn um seine Geldbörse erleichtert hatten.

Lammers brachte ihn nach Nidda, wo man ihn in die Arrestzelle des Schlosses sperrte, in dem das Amthaus seinen Sitz hatte. Eine Verbesserung gegenüber dem Schweinestall, wenngleich das Essen weiterhin aus Grütze und Wasser bestand.

Der Landgraf von Hessen-Darmstadt hatte es nicht eilig, sich mit seinem Fall zu befassen. Er ließ sich in Nidda nicht blicken. Matthias blieb einzig, Eingaben und Bittbriefe an jeden zu schreiben, der ihm nützlich sein könnte. Viele waren es nicht, und er ahnte, dass hinter den Kulissen Steuerinspektor Melchior Lammers dafür sorgte, dass es nicht mehr wurden.

Aus dem Arrest Briefe zu schreiben, kostete Geld, genauso wie er für Feder, Tinte, Papier und Beförderung zahlen musste. Die Wärter wollten geschmiert werden, damit sie seine Briefe aufgaben. Das Geld dafür schickte ihm sein Patenonkel. Auf seine vielen Gesuche erhielt Matthias kaum je eine Antwort, und er bemerkte auch sonst nicht, dass seine Sache voranging. Das Geld des Onkels reichte nicht, um einen Advokaten mit seiner Vertretung zu beauftragen. Matthias war auf seinen eigenen Witz angewiesen.

Auf diese Weise vergingen das Jahr 1736 und einige Monate des Jahres 1737. Jeden Tag grämte er sich, weil er Nynke im Ungewissen zurückgelassen hatte, und tröstete sich damit, dass es nicht mehr lange dauern konnte, bis er zu ihr zurückkehrte.

Im Sommer 1737 traf endlich der Landgraf in Nidda ein. Matthias durfte ihm vortragen. Nachdem er unter Aufbietung all seiner Beredsamkeit seine Unschuld dargelegt hatte, verfügte der hohe Herr, den Fall der juristischen Fakultät der Universität Darmstadt zur Erstellung eines Rechtsgutachtens vorzulegen.

Den Landgrafen kümmerte es nicht, dass auf Matthias eine Braut wartete, die von seinem Verbleib nichts wusste. Wütend wollte er gegen diese Entscheidung protestieren, aber ein Scherge des Steuerinspektors hieb ihm mit dem Lauf seiner Muskete in die Kniekehlen, dass er vornüberfiel. Bis er sich aufgerappelt hatte, beschäftigte sich der Landgraf bereits mit dem nächsten Fall. Zwei feiste Kaufleute beschimpften einander, zwischendurch verbeugten sie sich in Richtung des Landesfürsten. Auf Matthias achtete niemand mehr. Er wurde fortgeschleift.

Als einzige Veränderung tauschte er seinen Arrest im Amthaus Nidda gegen einen auf der Burg Frankenstein südöstlich von Darmstadt. Die Qualität seiner Unterbringung verbesserte sich, weil sich seine Zelle im zweiten Stock der auf einem Bergrücken errichteten Festung befand und ein schmales Fenster ihm einen weiten Blick über die Rheinebene bot. Er musste nicht mehr auf der Erde schlafen, sondern hatte eine Pritsche mit einer Strohmatratze und eine muffig riechende Decke. Weitere Vergünstigungen waren nur gegen klingende Münze zu erreichen, wie ihm sein neuer Gefängniswärter, ein hagerer alter Mann mit Buckel und Knollennase, mitteilte.

Matthias war knapp an Geld, sein Patenonkel schrieb ihm nur, er verfüge über keinen Esel, der Münzen ausschied.

Auf der Burg Frankenstein schleppte sich ein Tag wie der andere hin, und irgendwann ging das Jahr 1737 seinem Ende entgegen. Das Rechtsgutachten der juristischen Fakultät Frankfurt ließ auf sich warten. Matthias fror sich in seiner Zelle die Gliedmaßen blau und verlor den Mut, je wieder als freier Mann in dieser Welt zu leben. Er war sich sicher, Nynke für immer verloren zu haben, dennoch schrieb er ihr im Januar 1738 zwei Briefe von seinem letzten Geld. Als er keine Antwort bekam, beschloss er, dieses Kapitel sei endgültig beendet.

Ostern traf das ersehnte Rechtsgutachten ein. Es empfahl, Matthias müsse die verschwundenen sechstausendachthundertfünfzig Taler und vierundachtzig Pfennige ersetzen. Weil er dazu nicht in der Lage war, behielt der Landgraf ihn im Arrest. Steuerinspektor Melchior Lammers stellte ihm frei, die Summe in Raten und mit

Zinsen zu zahlen. Dabei interessierte es niemanden, dass er nur als freier Mann Geld verdienen könnte, um seine Schuld abzutragen. Es ging auch niemand auf Matthias' Vorschlag ein, ihn die Summe im Dienste des Landgrafen abarbeiten zu lassen.

»Damit du die erste Gelegenheit zur Flucht ergreifst?«, sagte ihm Lammers lachend ins Gesicht.

»Dann lasse Er mich Schreibarbeiten in meiner Zelle erledigen. Ich kann nicht zwischen zwei Folioseiten verschwinden.«

»Ich kann keinen Arretierten als Schreiber gebrauchen.«

»Der Landgraf wird sein Geld nicht bekommen, wenn ich hier untätig herumsitze. Ihm geht es nur um seine Taler.«

»Mir geht es darum, dich geschlagen und gedemütigt zu sehen.«

Das hatte Matthias befürchtet.

KAPITEL XV

»Das ist schrecklich!« Nynke warf die Arme um Matthias' Leib und drückte ihn an sich. »Ich hatte ja keine Ahnung, was du erdulden musstest. Deine Briefe habe ich nicht bekommen, ich schwöre es dir. Keinen Moment hätte ich gezögert, dir das Geld zu geben. Alles hätte ich dir gegeben.«

»Du hättest nicht so viel gehabt«, erinnerte er sie sanft.

»Ich hätte es zusammengebracht. Jan hätte für dich bürgen können. Jeder Brief meiner Mutter aus Amsterdam erreicht mich nach einer Woche, aber ausgerechnet die Schreiben, die dein Leben hätten verbessern können, gehen verloren. Es ist nicht zu fassen.«

»Sie sind bestimmt nicht verloren gegangen, sondern gar nicht befördert worden. Entweder hat mein Wärter sie gleich ins Feuer geworfen, obwohl er mein Geld eingesteckt und mir fest versprochen hatte, sie zur Post zu geben. Oder Melchior Lammers hat sie abgefangen. Ihm ging es nur darum, einen Fuß auf meinen Nacken zu setzen.«

»Warum?« Nynke entließ ihn aus der Umarmung.

»Das wüsste ich auch gerne. Vor dieser Sache habe ich nie etwas mit dem Mann zu tun gehabt. Wir sind keine Nachbarskinder oder entfernte Verwandte. Ihm gefällt es einfach, andere zu quälen, damit sein kleiner Geist sich groß fühlen kann.«

»Wie bist du ihm entkommen? Hat der Landgraf dich doch in seinen Diensten arbeiten lassen? Oder hat er eingesehen, wie ungerecht er gegen dich gewesen ist?«

»Das nicht. Meinen Namen hatte er vergessen, sowie ich im

Arrest saß. Das sind die hohen Herren. Ich habe mehr Glück gehabt, als ein Mensch sich erträumen kann.« Matthias legte einen Arm um Nynke, und seine Stimme zitterte, als er weitersprach: »Mein Patenonkel ist im letzten Jahr gestorben. Er war noch keine sechzig Jahre alt, und ich war sein Erbe. Zeit seines Lebens war er geizig gewesen. Auf einmal besaß ich ein Vermögen.«

»Um deinen Patenonkel tut es mir leid, aber für dich war es ein Glück.« Nynke schmiegte sich in seinen Arm, wie sie es früher oft getan hatte. Sie fühlte sich warm und geborgen.

»Das größte Glück«, stimmte Matthias zu. »Daran, die ungerechte Beschuldigung aus der Welt schaffen zu können, glaubte ich nicht mehr, deshalb habe ich keinen Augenblick gezögert, die verlangte Summe zu zahlen. Ich kam frei und nahm mein Erbe in Besitz. Wie groß es war, entdeckte ich erst, nachdem ich einiges Verlotterte in Ordnung brachte. Das kostete mich ein weiteres Jahr. Danach eilte ich nach Potsdam, weil ich wissen musste, was aus dir geworden ist. Den Rest kennst du.« Er senkte den Blick.

Eine Weile saßen sie stumm nebeneinander auf der Krankenpritsche. Nynkes Gedanken drehten sich im Kreis. Sie war überglücklich, Matthias wiedergefunden zu haben und ihn wohlauf zu sehen. Gleichzeitig bedrückte sie die Ausweglosigkeit ihrer Situation.

Seine Gedanken mussten in eine ähnliche Richtung gehen, denn auf einmal sagte er: »Nachdem ich nun weiß, wie gut dein Leben geregelt ist, werde ich Potsdam verlassen. Wir werden uns nicht wiedersehen.«

»Nein!« Aus tiefstem Herzen.

»Du hast einen Mann und Kinder. Für mich ist kein Platz in deinem Leben. Wir dürften gar nicht hier beieinander sitzen. Ich will deine Lage nicht komplizierter machen, als ich es schon getan habe.«

»Ich will dich nicht wieder verlieren. Du musst deine Tochter kennenlernen. Nicht als ihr Vater, das geht nicht, aber du sollst sie wenigstens sehen.«

»Wohin soll das führen, Nynke?«

»Das ist mir egal.«

* * *

Nach einer Fehlgeburt im letzten Jahr war Anna wieder schwanger. Das Kind sollte im Januar 1744 zur Welt kommen. Die beiden Buben und das Mädchen, denen sie eine zärtliche Mutter war, erlebten auf einmal, dass sie ihr nichts mehr recht machen konnten. Schlichen sie auf Zehenspitzen durch das Haus, weil Anna Ruhe brauchte, schimpfte sie sie aus, dass sie wie gemeine Diebe lautlos herankamen und sie erschreckten. Vergaßen sie den Zustand ihrer Mutter und lärmten wie gewohnt durch alle Räume, fühlte sich Anna durch den Krach gestört. Ob sie viel oder wenig aßen, ihre Aufgaben fleißig oder nachlässig erledigten, immer stimmte etwas nicht.

Anna fühlte sich bei der geringsten Anstrengung erschöpft oder brach in Tränen aus. An manchen Tagen konnte sie es nicht einmal aushalten, wenn Jan ihre Hände sanft zwischen seine nahm. Ihre Freundin Melisande de Roucy kam, um ihr die Kinder abzunehmen. Sie hatte ihrem französischen Tanzmeister einen Sohn geboren und lebte nach seinem Tod allein in dem großen Haus, das ihr Vater ihr geschenkt hatte. Sie war viele Kinder nicht gewohnt, und die lebhaften Boumann-Rangen zerrütteten ihre Nerven und die ihres zarten Knaben gleich mit.

Jan kam zu Nynke. Es war selten, dass er sie allein besuchte, unausgesprochen stand zwischen ihnen immer noch sein schamloses Verhalten, als er sie bedrängt hatte. Diesmal erbat er Hilfe für seine Frau. Nynke begleitete ihn sofort, um zu sehen, wie sie am besten helfen konnte. Im Gegensatz zu Melisande bereiteten ihr die Neffen und die Nichte keine Kopfschmerzen. Sie war nie darum verlegen, für die Kinder eine sinnvolle Beschäftigung zu finden, bei der sie Anna garantiert nicht störten. Pitter unterstützte sie dabei.

Tagsüber hatte sie alle Kinder oft bei sich zu Hause, aber wenn Julius da war, wollte er nur Elsie und Peter am Tisch sitzen sehen. Er hatte jedoch nichts dagegen, dass Nynke die Tage bei ihrer Schwester verbrachte.

KAPITEL XVI

Entgegen seiner Ankündigung hatte Matthias Potsdam nicht verlassen, sondern logierte weiterhin im besten Gasthaus der Stadt. Niemand erkannte in ihm den ehemaligen Vorarbeiter auf der holländischen Baustelle. Nynke nutzte die Schwangerschaft ihrer Schwester als Ausrede. Sie gab Annas und ihren Kindern Aufgaben, die sie zwei oder drei Stunden beschäftigten, und anders als bei Melisande gehorchte ihr die Rasselbande. In dieser Zeit ging sie ihren Neigungen nach.

Sie traf sich mit Matthias in der Krankenstube. Zunächst saßen sie in züchtigem Abstand voneinander und redeten.

Es war längst nicht alles darüber gesagt, was ihnen in den Jahren ihrer Trennung widerfahren war. Nynke wollte genau verstehen, warum Matthias zu Unrecht einer Unterschlagung beschuldigt worden war und wie das den Steuerinspektor Melchior Lammers auf seine Fährte gebracht hatte. Sie stellte ihm Fragen, auf die er selbst keine Antwort wusste.

Er lachte. »Du hättest einen guten Advokaten abgegeben, so hartnäckig, wie du fragst.«

»Ich bin eine Frau.«

»Der erste weibliche Advokat. Allein mit deinem Charme würdest du deine Gegner reihenweise zu Fall bringen.«

»Schmeichler. Jetzt erzähl mir, wie es dazu gekommen ist, dass du unterschrieben hast?«

»Ich wurde getäuscht. Nynke, was ändert das denn?«

»Du musst den wahren Schuldigen überführen und der Justiz ausliefern. Sonst wurdest du bestraft, und er kommt davon.

Weißt du, wer es ist? Steckt dieser Melchior Lammers mit ihm unter einer Decke?«

»Ich glaube es. Genau weiß ich es nicht«, beantwortete Matthias Nynkes Fragen in der Reihenfolge, in der sie sie ihm gestellt hatte.

»Dann musst du ihn bei den Behörden anzeigen.«

»Der Kerl ist die Behörde und besitzt Einfluss, mit dem ich nicht mithalten kann. Oder zumindest verfügt er über einflussreiche Freunde. Dem kann ich nicht an den Karren fahren. Ich will diese Sache hinter mir lassen und die Zeit mit dir nicht damit verschwenden, darüber zu reden.« Matthias seufzte. Bisher hatten sie seit ihrem ersten Wiedersehen jede körperliche Berührung vermieden, aber nun griff er nach ihrer Hand. »Wenn wir zusammen sind, möchte ich den Augenblick bis in alle Ewigkeit festhalten. Stattdessen habe ich das Gefühl, in deiner Gegenwart vergeht die Zeit doppelt so schnell. Nynke, du bist immer noch die Herrin meines Herzens. Nach all der Zeit.« Er beugte sich über ihren Handrücken und drückte einen Kuss darauf.

»Das hast du schön gesagt.« Nynke fühlte seine Lippen noch auf ihrer Hand, obwohl der Kuss längst beendet war.

Sie sehnte sich nach mehr. Matthias erging es ebenso. Aus harmlosen Handküssen und wie zufällig wirkenden Berührungen am Arm oder der Schulter wurden rasch intimere Berührungen. Die alte Vertrautheit stellte sich wieder ein, wenn sie sich im Arm hielten und küssten. In Nynke meldeten sich leise Gewissensbisse, weil sie mit Julius verheiratet war. Aber die Sehnsucht nach der lange vermissten Liebe war zu groß. Sie wusste, sie sollte Matthias aufhalten, wenn er die Haken ihrer Kleidung löste, seine Finger unter den Stoff schob und sie an den Stellen zärtlich berührte, wo es sich besonders prickelnd anfühlte, aber sie brachte es nicht fertig. Sie erkundete zärtlich den Körper des Geliebten, und wenn Matthias in ihre Halsbeuge stöhnte und sich in ihre Hand verströmte, wusste sie genau, wofür sie das alles riskierte.

Wenn sie sich hinterher gegenseitig halfen, ihre Kleidung wieder in Ordnung zu bringen, schwiegen sie meist verlegen.

»Das war das letzte Mal, Geliebte«, flüsterte Matthias ihr einmal ins Ohr. »Wir können so nicht weitermachen. Du hast zwei Kinder, an die du denken musst, und mehr als deinen guten Ruf zu verlieren.«

»Morgen komme ich nicht.«

Matthias verließ die Krankenstube durch die Hintertür, und Nynke beschäftige sich noch eine Weile damit, Staub zu wischen, wo keiner lag, ehe sie aufbrach. Sie achteten darauf, nie zusammen zu kommen und zu gehen. Begegneten sie einander in der Stadt, warfen sie sich geheime Blicke zu, aber sie sprachen kein Wort miteinander und taten so, als kennten sie sich nicht. Einmal trafen sie sich bei einem privaten Musikabend, den Nynke zusammen mit ihrem Ehemann besuchte und wo Matthias einer der Gäste war. Sie wurden einander vorgestellt, sprachen den restlichen Abend über kein Wort mehr miteinander.

Nynke fand Vergnügen an diesem geheimen Spiel. Es versetzte ihren Geist in ein Prickeln, das sie seit Jahren nicht mehr gespürt hatte.

»Wo ist deine Brosche?«, fragte Julius. Er meinte die verschnörkelte silberne Raute mit dem Aquamarin in der Mitte, die er Nynke zur Geburt seines Sohnes geschenkt hatte.

Sie sah an sich herunter. Die Brosche hatte sie am Morgen im Ausschnitt ihres Kleides befestigt. Jetzt fehlte sie.

»Hast du sie verloren? Du musst sorgsamer mit deinen Sachen umgehen.«

Hinter Nynkes Stirn arbeitete es. »Bestimmt nicht. Der Verschluss schließt fest. Wahrscheinlich habe ich sie abgenommen und vergessen wieder anzustecken. Sie kann nur bei Anna in der Küche sein, wo wir Mandelkuchen gebacken haben, oder in der Krankenstube.« Nynke sah ihrem Mann die Unzufriedenheit mit dieser Erklärung an und sprach weiter: »Ich nehme meine Broschen immer ab, wenn ich eine Schürze umbinde. Der Schmuck könnte sich sonst in der Schürze verhaken und das Kleid zerreißen.«

Damit gab sich Julius zufrieden. »Wieso trägst du in der Krankenstube eine Schürze?«

»Zum Putzen.«

»Hast du keine Helferin dafür?«

»Doch. Wir haben es zusammen gemacht.« In Nynke meldete sich das schlechte Gewissen, weil sie ihren Mann anlog. Sie wusste genau, dass die Brosche in der Krankenstube liegen musste, wo sie sich am Nachmittag mit Matthias getroffen hatte. Geputzt hatten sie nicht.

Bei den groben Arbeiten half ihr seit Elsies Geburt eine Witwe namens Rosa Grubermann. Nynke sorgte aber dafür, dass sie nie da war, wenn sie sich mit Matthias traf. Sie musste die treue Seele für den unwahrscheinlichen Fall, Julius würde sich bei ihr erkundigen, einweihen in das, was sie sagen sollte. Eine Unwahrheit führte zur nächsten, und wenn man erst einmal damit begonnen hatte …

»Hoffentlich hast du sie nicht doch verloren?«

»Das wäre mir auch schmerzlich«, stimmte Nynke zu. Das war endlich einmal die Wahrheit.

»Das hier habe ich beim Putzen gefunden«, sagte Rosa, als Nynke am nächsten Tag in die Krankenstube kam. Sie hielt eine Brosche hoch.

»Danke, das ist meine. Die habe ich schon gesucht.« Sie nahm das Schmuckstück entgegen. An diesem Tag trug sie ein hellbraunes Kleid, das ihrer schlanken Figur schmeichelte, zu dem die Brosche aber nicht passte. Deswegen steckte sie sie nicht an, sondern schob sie in ihre Tasche.

»Ich rate Ihnen zur Vorsicht, Frau von Heyneke.«

»Wobei?« Nynkes Kopf flog herum, und sie fixierte Rosa.

Die blieb gelassen. »Bei dem, was Sie tun. Daraus können sehr leicht unangenehme Folgen entstehen.«

»Ich habe meine Brosche hier liegen lassen. Mehr ist nicht geschehen.«

»Wenn Sie es sagen.«

KAPITEL XVII

Rosa ahnt etwas von uns«, sagte Nynke zwischen Küssen, als sie sich zwei Tage später mit Matthias in der Krankenstube traf. Sie saß auf seinem Schoß, hielt seinen Kopf umfasst.

Seine Hände bewegten sich zärtlich unter ihrem Kleid. Er hatte die Augen geschlossen, und auf seinem Gesicht lag ein weicher Ausdruck. »Was soll sie bemerkt haben?«

»Sie hat komisch geredet, als sie mir eine Brosche zurückgegeben hat, die ich nach unserem letzten Treffen hier vergessen hatte. Dass nichts Gutes dabei herauskomme ... so etwas eben.«

»Wir sind vorsichtig, wie es noch nie zwei Liebende waren. Dass du die Brosche hast liegen lassen, daraus lässt sich nichts ablesen. Das kann alle möglichen Ursachen haben.« Seine Finger fanden ihre geheimste Stelle und erkundeten sie sanft.

Nynke legte den Kopf in den Nacken und hieß die Gefühle willkommen, die ihren Körper fluteten. »Ich kann nicht denken, wenn du das mit mir tust«, murmelte sie.

»Gib nichts auf Rosas Gerede. Ich will nie mehr damit aufhören, dich zu verwöhnen.« Matthias erhöhte den Rhythmus seiner streichelnden Bewegungen, aber nicht deren Zartheit.

Nynke glaubte, platzen zu müssen. Sie krallte die Hände in seine Schultern und biss sich auf die Lippe, versagte sich das Stöhnen, das ihre Kehle verlassen wollte.

Ein Poltern an der Hintertür ließ beide herumfahren. Es klang, als hämmerte jemand mit der Faust dagegen.

»Hast du abgeschlossen?«, flüsterte sie. Gewöhnlich schlich sich Matthias nach ihr herein und verließ die Krankenstube vor ihr wieder.

»Natürlich.«

Das Poltern hörte nicht auf.

»Was ist das?«

»Niemand weiß, dass wir hier sind. Es ist gleich vorbei.«

»Wenn nicht?« Ein Zittern lief über ihren Körper. Diesmal war nicht Lust die Ursache.

Holz schlug auf Metall. Oder umgekehrt. Dann hörten sie die Tür splittern.

Nynke sprang von Matthias' Schoß, als Julius die Krankenstube betrat. Er war in Uniform und hielt eine Pistole in der Hand. Nynke wich hastig einen Schritt zurück. Obwohl sie vollständig bekleidet war, war ihre Frisur derangiert, die Lippen vom Küssen geschwollen. Matthias hatte Rock, Weste und Halstuch abgelegt, sein Hemd war bis zum Bauchnabel geöffnet. An ihrem Tun bestand kein Zweifel.

Gegen die langen Strahlen der durch die zerbrochene Tür scheinenden Abendsonne zeichnete sich Julius' Gesicht schärfer als gewöhnlich ab. Die Brauen stießen über der Nasenwurzel beinahe zusammen. Er fuchtelte mit der Waffe herum.

»Schlampe!«, schrie er.

»Julius, ich …«

»Ich rieche, was du getan hast. Hure!«

»Ich muss doch sehr bitten. Gegen eine Dame …«, sagte Matthias mit so viel Würde, wie er aufbringen konnte.

Nynkes Ehemann schnellte zu ihm herum, richtete die Pistole auf ihn. »Ist Er satisfaktionsfähig?«

»Ich gehöre keiner Armee an und bin nicht von Adel. Weder durch Geburt noch durch Amt.« Die Worte klangen steif, und in Nynke kroch eine Gänsehaut hoch.

»Julius, du kannst doch nicht …«, versuchte sie es erneut.

Ein stahlharter Oberarm knallte vor ihre Brust und stieß sie beiseite. Sie taumelte in eine Ecke, zu einem Sturz fehlte nicht viel. »Zu dir komme ich später.«

Die Pistole zielte auf Matthias und zitterte kein einziges Mal. »Glaubt Er, Er kann sich mit meiner Frau vergnügen und davonkommen? Sohn einer krummbeinigen Vettel, schleicht sich hier ein. Damit ist jetzt Schluss.«

»Wollen Sie mich erschießen, mein Herr?«

»Zum Beispiel!« Julius feuerte einen Schuss vor Matthias' Füße.

Der Knall war ohrenbetäubend. Die Kugel drang in den Boden. Splitter stoben umher. Mehr als ein Schuss konnte mit der Pistole nicht abgegeben werden, ohne sie nachzuladen. Das wusste auch Matthias. Die Hände zu Fäusten erhoben, machte er einen Schritt auf Julius zu. Der senkte die Waffe.

»Pass auf! Er hat immer eine zweite Pistole in der Tasche.« Nynke schlug die Hände vor das Gesicht und spähte zwischen den gespreizten Fingern hindurch.

»Wie gut du mich kennst, meine Liebe.« Mit einem kalten Lächeln holte Julius eine zweite, kleinere Pistole hervor. Er richtete sie auf Matthias. »Diesmal schieße ich nicht daneben. Bei dieser Entfernung trifft der schlechteste Schütze das Ziel, und ich bin nicht als ein solcher bekannt. Wenn Ihm sein Leben lieb ist, verschwindet Er von hier und setzt nie wieder einen Fuß nach Potsdam hinein. Sehe ich Ihn noch einmal in der Nähe meiner Frau, werde ich nicht zögern, Ihn wie einen räudigen Hund zu erschießen.«

Matthias rührte sich nicht.

»Geh! Er meint es ernst. Du darfst dein Leben nicht aufs Spiel setzen.«

»Nynke!«

»Geh schon! Ich komme zurecht.« Sie schaute Matthias flehend an.

Der zögerte einen Augenblick, ehe er nach seinen abgelegten Sachen griff und steif zur Tür hinausging. Julius folgte ihm bis zum Eingang. Er hielt die Waffe auf Matthias gerichtet, der langsam davonging. »Der Kerl hat kaltes Blut. Die meisten würden rennen wie die Hasen. Ich habe gute Lust, ihm eine Kugel hinterherzuschicken.«

Der Schreck fuhr Nynke in die Glieder. Sie fiel ihrem Mann in den Arm. »Das darfst du nicht! Du hast es versprochen.«

»Der Kerl ist die Angst nicht wert, die du um ihn hast. Aber keine Sorge, ich halte mein Wort.« Endlich steckte er die Pistole weg. Auch die zweite verstaute er in einer Halterung an seinem Gürtel.

Nachdem die Gefahr für Matthias gebannt war, verließen Nynke die Kräfte. Sie musste sich an der Lehne des Stuhls abstützen, auf dem sie zuvor gesessen hatten.

Julius schleuderte ihr ihren Umhang hin. »Wir gehen nach Hause. Wie ein Ehepaar. Es müssen nicht alle Leute wissen, was du für eine Schlampe bist.«

»Ich kann nicht«, krächzte Nynke über dem Kloß in ihrem Hals. Sie fürchtete, in den Beinen nicht die Kraft für den kurzen Weg zu finden.

»Du wirst. Oder soll ich dich an den Haaren … damit die ganze Stadt von deiner Schande erfährt?«

»Der Schuss?«

»Irgendein Knall. In der Garnison wird dauernd geschossen.« Julius zuckte mit den Achseln.

Als Nynke sich nicht rührte, verlor er die Geduld. Roh legte er ihr den Umhang um die Schultern und zerrte sie am Arm zur Tür hinaus. Das aufgebrochene Schloss verbarrikadierte er notdürftig.

Schweigend gingen sie nach Hause.

Das Haus sah in der Abendsonne aus wie immer. Es strahlte eine gediegene Wohlhabenheit aus, von der Nynke sich fragte, ob sie ihr zustand. Julius verriegelte hinter ihnen die Tür.

»Wo sind die Kinder?« Nynke schaute sich besorgt um.

»Bei deiner Schwester. Der Magd habe ich frei gegeben. Wir sind allein.«

Sie wusste nicht, ob ihr das zusätzliche Angst machen oder sie beruhigen sollte. Der Umhang rutschte von ihren Schultern und blieb liegen. Julius entledigte sich seines Rockes und der Stiefel. Er stieß Nynke vorwärts.

»Los, nach oben.«

Sie stolperte die Treppe hoch. Er ging dicht hinter ihr. »Was hast du vor?«

»Das liegt ganz bei dir. Ist Elsie seine Tochter?«

Weitere Lügen machten keinen Sinn, deshalb bejahte sie die Frage. In groben Zügen berichtete sie, warum sie und Matthias nicht geheiratet hatten und dass er erst im Winter nach Potsdam zurückgekehrt war. Sie betonte, dass er von ihrer Schwangerschaft nichts gewusst hatte. »Er ist kein Mensch, der eine schwangere Frau im Elend zurücklässt«, endete sie.

Julius hatte sie unterdessen in sein Schlafzimmer geschubst. Diesen mit dunklen Möbeln eingerichteten Raum hatte Nynke bisher nur betreten, wenn sich ihr Ehemann nicht darin aufhielt, zum Aufräumen und Putzen. Zur Erfüllung der ehelichen Pflichten kam er zu ihr.

»Seit Weihnachten geht das mit euch?«

»Seit Februar«, korrigierte Nynke.

»Lüg mich nicht an!« Julius griff nach einem über einer Stuhllehne hängenden Gürtel und versetzte ihr damit einen Schlag auf den Hintern. Ihre Röcke und Unterröcke dämpften den größten Schmerz. Nynke durchfuhr mehr ein Schreck.

»Was soll das? Du bist wohl verrückt!«, begehrte sie auf.

»Du bekommst, was du verdienst.«

Ein zweiter härterer Schlag traf sie. Diesmal entfuhr ihr ein Schmerzensschrei.

»Auf die Knie mit dir. Vielleicht lasse ich dann Gnade vor Recht ergehen.« Julius schaute sie grimmig an. Er hielt den zu

Schlaufen zusammengelegten Gürtel in der Rechten, schlug sich damit in die linke Handfläche.

Nynke schüttelte den Kopf. Sich vor ihrem Mann erniedrigen, das wollte sie nicht. Sie nahm sich vor, seine Schläge stumm zu ertragen.

»Wie hast du es herausgefunden?«, fragte sie stattdessen.

»Deine Tochter hat dich verraten.«

Den Schlag, der auf diese Worte folgte, ertrug Nynke stumm. Aber sie hörte den Stoff ihres Rockes reißen.

»Elsie kann nichts dafür«, keuchte sie zwischen zwei Schlägen.

»Kindermund tut Wahrheit kund. Als ich früher nach Hause kam und nur die Magd hier war, erfuhr ich, ihr wärt alle bei deiner Schwester. Also ging ich dorthin. Die Kinder waren auch da, aber du nicht. Deine Schwester litt im Salon, die Kleinen schrieben Aufgaben in den Kinderzimmern. Aufgaben, die du ihnen gestellt hattest, ehe du deiner Wege gingst.« Nach jedem Satz versetzte Julius ihr zwei Schläge, die zunehmend mehr schmerzten.

»Deine Tochter erzählte fröhlich, du seist in der Krankenstube, wie eigentlich jeden Tag, weil du dort viel zu tun hättest. Also ging ich dorthin.«

Die Schläge prasselten weiter auf Nynke nieder. Sie trafen ihre Kehrseite, ihren Rücken, die Oberschenkel und Arme. Der Schmerz breitete sich über ihren ganzen Körper aus, und ihr Entschluss, nicht zu schreien, geriet ins Wanken.

»An deiner sittlichen Verkommenheit besteht kein Zweifel. Hast du mir immer nur was vorgespielt?«

»Nein!« Nynke schrie vor Schmerzen. »Julius, hör auf!«

»Auf die Knie und bitte mich.«

»Was hast du davon?«

»Ich sehe dich da, wo du hingehörst.«

Er schlug sie weiter mit dem Gürtel. Nynke war auf das Bett

gesunken. Ihren Vorsatz hatte sie längst vergessen und schrie ihren Schmerz hinaus. Ihr ganzer Körper brannte in unerträglicher Pein. Ihren Mann auf Knien anzuflehen, das brachte sie dennoch nicht fertig.

Irgendwann hörten die Schläge auf. Julius warf den Gürtel in eine Ecke.

»Verfluchte Tochter Evas. Du hast mich dazu gemacht. Du ganz allein!«, schrie er sie an, ehe er aus dem Zimmer stürmte.

Nynke blieb auf dem Bett liegen, voller Furcht, er könnte zurückkommen. Dann hörte sie die Tür und wusste, sie war allein im Haus. Vorsichtig versuchte sie, sich aufzurichten, aber der Schmerz machte jede Bewegung unmöglich. Sie tastete nach hinten, fühlte zerrissenen Stoff und wunde Haut. Nynke sammelte ihre Kraft, ehe sie vom Bett auf den Boden rutschte und auf Knien in ihr eigenes Schlafzimmer kroch. Julius hatte es geschafft, sie auf die Knie zu zwingen. Wenigstens sah er es nicht.

In ihrem Raum schloss sie die Tür, ehe sie sich unter großen Mühen und Schmerzen die Kleidung vom Leib schälte. In der Kanne war Wasser, und mit einem Schwamm kühlte Nynke die Stellen, die sie erreichte. Sie betrachtete sich, so gut es ging, im Spiegel. Sie hatte erwartet, die Haut überall aufgeplatzt und den Rücken blutüberströmt vorzufinden, aber außer einer Rötung und ein oder zwei wunden Stellen entdeckte sie nichts weiter. Unter einem Kleid wäre nichts zu sehen. Julius war nicht so dumm, seine Frau derart zu misshandeln, dass man es ihr ansah. Sie wünschte die Magd herbei, damit die ihr die wunden Stellen kühlte, und war gleichzeitig froh, ihre Schande geheim halten zu können. Zuletzt feuchtete Nynke ein Handtuch an und legte es sich auf den Rücken. Auf dem Bauch ruhend verbrachte sie eine schlaflose Nacht, in der sie auf jedes Geräusch des Hauses lauschte. Die Kinder waren bei Anna geblieben, sie hatte eine kurze Nachricht geschickt, dass die Rasselbande im Bett liege. Nynke wäre das sicher recht, da bisher niemand gekommen sei, um Elsie und Peter zu holen. Julius besaß den Anstand, nicht zurückzukommen. Sie wünschte sich, er würde ausziehen.

KAPITEL XVIII

Diesen Gefallen tat Julius ihr nicht. Er kehrte am nächsten Nachmittag zurück. Nynke hatte sich aufgerafft und trug ein bequemes Kleid über einem locker geschnürten Korsett. Die Kinder waren immer noch bei Anna, aber die Magd war am späten Vormittag mit einem Korb voller Einkäufe gekommen und werkelte in der Küche.

Im Esszimmer hatte Nynke den Tisch für zwei Personen gedeckt. Die Gedecke standen möglichst weit auseinander an den Kopfenden. Normalerweise saß Julius an einem Ende und Nynke rechts neben ihm. Sie half ihm nicht aus Mantel und Stiefeln, begrüßte ihn überhaupt nicht in der Halle.

Julius suchte sie zunächst oben, bevor er ins Esszimmer kam. Die neue Ordnung bei Tisch kommentierte er mit keinem Wort, sondern setzte sich an seinen Platz. Nynke holte selbst das Essen aus der Küche. Die Speisen waren fertig auf den Tellern angerichtet. Schweigend stellte sie Julius seine Portion hin. Bis auf ein gelegentliches Klirren einer Gabel auf Porzellan herrschte Schweigen im Esszimmer.

Sie waren beim Dessert – in Rotwein eingeweichtes Trockenobst – angekommen, als Nynke die ersten Worte sagte: »Die Kinder kommen morgen nach Hause. Sie sollen davon nichts merken.«

»Was stellst du dir vor?«

Darüber hatte sie sich nur wenige Gedanken gemacht. Wie sollte es weitergehen? Ihre Ehe war vor Gott und den Menschen geschlossen und konnte nicht aufgelöst werden. Eine offizielle Trennung wäre ein ungeheurer Skandal, eine Scheidung nur möglich, wäre die Ehe nicht vollzogen worden. Peter war der lebende Gegenbeweis. Sie schwieg, kaute auf einem Apfelstück herum, das nach nichts schmeckte.

»Matthias ist nicht mehr da«, sagte sie endlich zögernd. »Er wird nicht wiederkommen.«

»Das ist wohl das Mindeste, was ich verlangen kann. Und da hast du gedacht, dein Trottel von Ehemann werde dir verzeihen, er hat ja auch das Kind dieses Kretins als eigenes angenommen ...«

»Das habe ich nicht gedacht.« Das Apfelstück in Nynkes Mund wurde gefühlt größer statt kleiner. Sie spuckte es auf den Löffel zurück und legte es beiseite.

»Ich werde dir sagen, wie es weitergeht.« Über den Tisch hinweg schaute Julius sie mit gefurchter Stirn an. »Ob die Kinder etwas mitkriegen, ist mir egal, aber in der Öffentlichkeit werden wir uns keine Blöße geben. Es wird aussehen, als wäre zwischen uns alles in bester Ordnung. Du wirst dich am Riemen reißen, sonst lernst du mich richtig kennen. Gestern war nur ein kleiner Vorgeschmack.«

»Du musst mir nicht drohen. Ich habe nicht vor, uns vor der Gesellschaft bloßzustellen.«

»Du wirst auch dafür sorgen, dass die Kinder den Mund halten. Besonders Elsie versteht schon viel.«

Julius hielt Wort. Nynke machte weiterhin Besuche bei den Frauen seiner Offizierskameraden, bei ihrer Schwester. Sie besuchte gemeinsam mit ihm Hausmusikabende und Bälle. Sie machten eine windige und kühle Kahnpartie auf dem Heiligen See, zu der die Frau des Stadtkommandanten geladen hatte und über deren Ende jedermann froh war. Julius gab sich charmant und freundlich zu allen, einschließlich Nynke. Niemand hätte auf die Idee kommen können, zwischen den Eheleuten von Heynecke stünden die Dinge schlecht. Er gab sich leutseliger als je zuvor, plauderte ungezwungen. Fast hätte Nynke gemeint, er genieße diese Situation, weide sich an der Täuschung der anderen und an ihrem Leid.

Ihr fiel es schwer, die Fassade zu wahren. Zu all der Anstrengung, freundlich sein zu müssen, obwohl sie am liebsten in einer Ecke gesessen und sich die Tränen getrocknet hätte, gesellte sich die Sorge um Matthias. Und die Sehnsucht nach einem Lebenszeichen von ihm. Gleichzeitig quälte sie die Furcht, er begäbe sich ihretwegen in Gefahr, denn es bestand kein Zweifel daran, dass ihr Ehemann seine Drohung wahr machen würde, sollten beide noch einmal aufeinandertreffen.

Waren Nynke und Julius allein zu Hause, fiel die Freundlichkeit von ihm ab. Er behandelte sie schroff, zwang sie, ihm jede Woche das Haushaltsbuch vorzulegen, und prüfte die Abrechnung bis auf den letzten Pfennig. Alle überflüssigen Ausgaben strich er mit roter Tinte an. Dazu gehörte, was Nynke für sich und Elsie besorgte, etwa Strümpfe, Haarbänder, ein paar Federn oder Seidenblumen, um einen Hut aufzuputzen. Pitter bekam die neue Sparsamkeit auch zu spüren, denn die Ausgaben für sein Futter strich Julius ebenfalls an. Seiner Meinung nach reichte es, den Papagei mit Gemüse- und Obstabfällen aus der Küche zu ernähren, wie es bei den Hühnern der Fall war. Nynke gewöhnte es sich an, die Ausgaben für Pitter in den Kosten für Obst und Gemüse zu verstecken, und beklagte sich darüber, dass alles teurer geworden sei. Eine weitere Lüge gegenüber ihrem Ehemann.

Die Kinder bemerkten die veränderte Situation im Haushalt, aber nur die sechsjährige Elsie war gewandt genug, dies in Worten auszudrücken.

»Hat Papa uns nicht mehr lieb, weil er immer so bitter ist?«, beklagte sie sich. »Mich hat er ja noch nie lieb gehabt, aber nun mag er auch Peter nicht mehr.«

»Das darfst du nicht denken, Liebes.« Nynke umarmte ihr Mädchen und drückte Peter einen schnellen Kuss auf die hellbraunen Locken. Der Junge saß auf dem Boden, spielte mit den von seinen Onkeln geschenkten Bauklötzen und sah verwundert zu ihr hoch.

»Ich weiß es.« Elsie ließ sich nicht mit sanften Worten von ihrer Meinung abbringen.

»Es liegt an seiner Arbeit. Sie verlangt all seine Kraft, und dann fehlt sie ihm abends, um sich noch viel mit uns abzugeben.« Das stimmte nur zum Teil. Es war abzusehen, dass die schlesische Sache nicht beendet war und erneut Krieg drohte.

Elsie legte den Kopf schräg und dachte nach. Diese Angewohnheit hatte sie sich von Pitter abgeschaut, und normalerweise ermahnte Nynke sie, sich wie eine junge Dame und nicht wie ein Papagei zu benehmen, aber diesmal ließ sie es ihr durchgehen. Es reichte, wenn der Kummer ihr eigenes Herz bedrückte, sie musste nicht auch noch das ihrer Tochter knicken.

KAPITEL XIX

Dass Julius ihr weiterhin die Leitung in der Krankenstube erlaubte, grenzte an ein Wunder und war der Anerkennung des Königs für ihre Arbeit geschuldet. Aber er reglementierte streng, wann sie dort sein durfte und wann sie daheim zu sein hatte. Dennoch war Nynke froh, ab und an zu entfliehen, die Fortschritte auf Jans Baustelle zu beobachten und zu sehen, wie jedes holländische Haus einen der Giebel bekam, die sie vor so vielen Jahren mit ihrer Schwester entworfen hatte. In einem anderen Leben.

Nach dem Ende des Schlesischen Krieges gingen die Bauarbeiten zügig voran. Jan verfügte über die Menge an Arbeitern, um die er seit Jahren gebeten hatte. Unter dem neuen König bestand nicht mehr das Diktat, dass nur Holländer in die Häuser einziehen durften, etliche wurden an gemeine Soldaten mit großen Familien oder Unteroffiziere vergeben. Viele andere an hugenottische Siedler, die aus dem katholischen Frankreich kamen, weil sie dort ihre Religion nicht ungestört ausüben durften. Darunter waren viele Samtmacher sowie Band- und Barchentweber, die ihre Werkstätten öffneten. Die Karrees mit den holländischen Häusern hatten sich von einer belächelten Spielerei des früheren Königs zu einem lebendigen Stadtviertel entwickelt, in dem vielerlei Sprachen zu hören waren. Hühner pickten auf den Straßen, Jungen und Hunde balgten sich um Bälle, derweil Mädchen ihren Puppen selbst genähte Kleider anzogen. Die meisten Kinder redeten ein buntes Gemisch aus Deutsch, Französisch und bisweilen Holländisch.

Nynke war froh, dass sie bei Elsie und Peter darauf geachtet hatte, die Sprachen nicht zu vermengen. Beide beherrschten ein sauberes Deutsch und ein ebensolches Holländisch. Viele der Familien mussten ein halbes Dutzend und mehr Kinder durchbringen, und ihr Gewerbe warf nur das Nötigste zum Überleben ab, sie hatten andere Sorgen. Die Jüngeren musste die Kleider der älteren Geschwister auftragen, bis sie so oft geflickt waren, dass sie auseinanderfielen. Sie gingen im Sommer barfuß und trugen im Winter löchrige Stiefel, aus denen die nackten Zehen hervorschauten. Besonders die Buben starrten vor Schmutz, den ein Bad im Waschzuber nicht mit einem Mal abwusch. Sie hatten ständig entzündete Augen, triefende Nasen oder blutende Schrammen an den Füßen, mit denen sie in die Krankenstube kamen. Obwohl sie nicht behandelt werden durften, drückten Nynke und Rosa beide Augen zu, wuschen ihre Wunden aus und tupften eine blutstillende Tinktur darauf, gegen Husten verabreichten sie den Kindern eine Löffelspitze Honig versetzt mit heilenden Kräutern, und gegen die Entzündung der Augen half es, diese mit abgekochtem Wasser auszuwaschen. Das Elend bei den armen Familien erreichte längst nicht das Ausmaß, welches Nynke im Haushalt des verstorbenen Fritz gesehen hatte, aber die Schattenseiten des Lebens machten vor dem holländischen Viertel nicht halt. Trotzdem überwog der schöne Anblick der Backsteinfassaden, der in ihr ein Gefühl von Heimat aufkommen ließ, das sie bitter nötig hatte.

Jeden Tag, wenn sie zur Krankenstube ging, nahm sie einen kleinen Umweg, um die Mittelgasse in ihrer vollen Länge abzuschreiten. Sie war stolz auf ihren Schwager, der dies alles geschaffen hatte. Sie hörte das Hämmern und die Rufe der Männer, sah einen Dachstuhl in die Höhe wachsen, wo am Tag zuvor nur die nackten Giebel gestanden hatten.

Jan war jeden Tag von früh bis spät auf der Baustelle, nahm Maß, kontrollierte die Arbeiten und kam gelegentlich wegen einer Erfrischung zu Nynke in die Krankenstube.

Sie genoss die Besuche ihres Schwagers, mit dem sie ein Gespräch führen konnte, ohne bei jedem Wort auf der Hut sein zu müssen. Die jahrelange Verlegenheit, die zwischen ihnen geherrscht hatte, gab es nicht mehr, worüber sie herzlich froh war.

»Wie lange wirst du noch brauchen, um alle Häuser zu vollenden?«, fragte sie, als sie ihm an einem sonnigen Maitag einen Becher kalten Tee einschenkte.

»In diesem Jahr werde ich fertig werden. Der junge König ist längst nicht so ungeduldig wie sein Vater, aber nun geht alles schneller von der Hand, weil er mir genügend Gelder und Arbeiter bewilligt und nicht erwartet, dass ich ein ganzes Stadtviertel zu den gleichen Kosten errichte wie anderswo zwanzig Bürgerhäuser.«

»Deine Arbeit ist leichter geworden?«

»Sie ist anders geworden. Ich will es nicht leichter nennen. Unser junger König scheint sich nicht sehr für meine Arbeit zu interessieren. In den drei Jahren seiner Herrschaft hat er die Baustelle nicht ein einziges Mal besichtigt. Obwohl er meine Gesuche bewilligt, weiß ich nie, ob ich den königlichen Willen erfülle. Es scheint sich auch niemand seiner Minister oder der anderen hohen Herren für meine Arbeit zu interessieren. Nicht einmal mehr Peter de Gayette.«

»Das klingt fast so, als vermisstest du die alte Feindschaft?« Nynke stellte einen Teller Kekse auf den Tisch, die Rosa gebacken hatte.

Jan nahm einen davon. »Damals wusste ich, woran ich war, jetzt habe ich oft das Gefühl, in Bedeutungslosigkeit zu versinken.«

»Weil du nicht weißt, was du nach den holländischen Häusern bauen sollst?«

Er lächelte. »Du machst dir immer so viele Sorgen um andere, Nynke. Ich werde zurechtkommen. Wenn ich nicht mehr als königlicher Baumeister gebraucht werde, finden sich andere

Aufgaben. Ich habe eine Reihe von Anfragen vorliegen. Eine davon aus Küstrin, und ich glaube, daran bist du nicht ganz unschuldig.«

»Von der Familie von Kobsdorff?« Mit Conrada von Kobsdorff stand Nynke in losem Briefkontakt. Die vornehme Dame berichtete ihr getreu über ihren Graupapagei, den ihr Mann für sie beschafft hatte. Der Gute hatte den Namen Terpsichore – genannt Terpsi – erhalten und war die Freude ihrer Kinder.

Jan bestätigte ihre Vermutung. »Du siehst, es wird mir an Arbeit nicht mangeln.«

»Darfst du als königlicher Baumeister …?«

»Ich darf. Bis seine Majestät mich ruft. Dann muss ich seine Wünsche erfüllen und alles andere zurückstellen. Da er mir ein jährliches Salär zahlt, ist das nur fair.«

Nynke stimmte ihm zu, runzelte aber die Stirn und legte einen Finger an die Lippen.

»Worüber denkst du nach? So siehst du immer aus, wenn du einen Plan ausbrütest.« Jan lächelte.

»Du kennst mich zu gut, Schwager.« Nur einen Mann gab es, der sie noch besser kannte. Der Gedanke blitzte auf und war genauso schnell wieder verschwunden. Sie räusperte sich. »Da gibt es wirklich eine Sache, die deine Häuser von denen in Holland unterscheiden. Speziell die von Amsterdam. Bei dir sind die Straßen breit und schmutzig …«

Jan konnte nicht länger an sich halten. »Jetzt erzähl mir nicht, in Amsterdam wären die Wege sauber! Oder soll ich Grachten graben?«

Die offiziellen Straßennamen in den holländischen Karrees endeten alle auf Gracht, so hatte es der verstorbene König verfügt. Die Potsdamer kümmerten sich wenig um diese Namen. Den Holländern, unter ihnen Nynke und Jan, wollten sie nicht über die Lippen gehen.

»Die Wege neben den Grachten sind in Amsterdam jedenfalls nicht so schmutzig wie hier. Ich sorge mich um die Kinder, die den ganzen Tag in diesem Unrat spielen und sich Krankheiten zuziehen, mit denen sie zu Rosa und mir kommen.«

»Du müsstest sie eigentlich wieder wegschicken. Ich weiß jedoch, dass ihr es nicht tut.« Jan stützte das Kinn in die rechte Hand. »Ich könnte Gräben anlegen, in denen der Unrat weggespült wird. Das hätten wir zuerst machen sollen und uns viel Arbeit mit der Gründung ersparen können.«

»Gegen den Unrat wird helfen, die Straßen zu pflastern. Man könnte dann auch zwischen den holländischen Häusern entlanggehen, ohne um seine Schuhe fürchten zu müssen. Das könntest du dem jungen König ans Herz legen.«

»Das habe ich bereits getan.«

Früher wäre Nynke ihrem Schwager um den Hals gefallen, jetzt strahlte sie ihn nur an.

»Die Gesundheit der Kinder war nicht mein erstes Ziel, das muss ich zugeben. Ich denke ebenso sehr an ein schönes Stadtbild, um dem ganzen Viertel die Krone der Vollendung aufzusetzen. Die fehlt eben, wann man aus der Haustür tritt und mit den Schuhen im Schlamm versinkt. Oder im Sonnenschein die hellen Gewänder der Damen bis über den halben Rock hinauf grau von Staub sind.«

»Die Gründe sind einerlei. Was hat der König zu deinem Antrag entschieden?«

»Sobald das letzte Haus fertig ist, sollen die Straßen gepflastert werden. Das ist eine Arbeit für die Steinleger, ich werde damit nur wenig zu tun haben.«

Nun umarmte Nynke ihren Schwager doch.

KAPITEL XX

Jan zog sich einen Sessel an die Chaiselongue, auf der seine Frau ruhte. Ihr Bauch zeichnete sich deutlich unter dem Kleid ab. Ihre Schuhe hatte sie von den Füßen gestreift, weil die Knöchel geschwollen waren.

»Ich mache mir Sorgen«, sagte er.

»Um unser Kind? Das musst du nicht. Ich passe gut auf. Ein drittes Mal will ich kein Kind verlieren.«

»Das meinte ich nicht – auch wenn ich dir dankbar bin.« Er lächelte seine Frau an. Trotz des unförmigen Bauches und der geschwollenen Füße erschien sie ihm wunderschön. Dass sie sein Kind unter dem Herzen trug, kam ihm jedes Mal wie ein Wunder vor. Er legte seine Hand leicht auf ihre. »Ich sorge mich um Nynke. Sie scheint mir einen geheimen Kummer im Herzen zu tragen.«

»Wie kommst du darauf?«

»Sie versucht, ein fröhliches Gesicht zu machen, aber das Lächeln erreicht ihre Augen nicht. Wenn sie sich unbeobachtet wähnt, richtet sie ihren Blick nach innen.«

»Was du alles beobachtest. Mir kommt sie normal vor. Sie kam nie richtig aus sich heraus. Deshalb passen sie und Julius von Heyneke so gut zusammen.«

»Da bin ich mir nicht sicher. Manchmal denke ich, es war ein Fehler, sie zu dieser Heirat zu drängen. Wenn ich Heyneke nicht für einen Ehrenmann hielte, würde ich ihn für den Grund ihres Kummers halten.«

»Nun hör aber mal auf.« Anna richtete sich auf, verzog dabei das Gesicht.

Sofort stopfte Jan ihr ein Kissen in den Rücken. »Sie hat alles, was eine Frau sich wünschen kann«, gab er zu. »Nach außen. Als ihre engsten Verwandten sollten wir tiefer blicken, uns nicht mit Äußerlichkeiten zufriedengeben.«

»Gut. Ich werde mir besondere Mühe geben, wenn sie das nächste Mal kommt.«

»Sie darf nichts merken.«

»Was denkst du von mir? Ich werde wohl meine Schwester aushorchen können, ohne dass sie etwas bemerkt. Was machen wir, wenn sie wirklich einen Kummer mit sich herumträgt?«

»Wir strecken die Hand aus, damit sie sich nicht allein fühlt. Ich werde für sie da sein, meine Tür immer geöffnet halten.«

»Hoffentlich verursacht sie keinen Skandal.«

»Nynke weiß, was sich gehört.« Jan legte eine Hand auf Annas gewölbten Bauch. »Was macht das Kleine? Freut es sich schon auf seine Ankunft?«

Anna lächelte und schob seine Hand an eine andere Stelle, wo er die Bewegungen des Kindes spüren konnte.

* * *

»Da liegt was für Sie. Ich fand es heute Morgen unter der Tür durchgeschoben.« Rosas Stimme klang missbilligend. Sie deutete auf einen Brief, den sie auf den Tisch gelegt hatte. Exakt in eine Ecke.

Nynke hatte noch nicht Hut und Handschuhe abgelegt, vom Umhang ganz zu schweigen. Sie stürzte sich auf das Schreiben, denn ihr war augenblicklich klar, von wem es stammte. Sie erkannte ihren Namen in der vertrauten Handschrift. Zum Lesen zog sie sich in den zweiten Raum der Krankenstube zurück. Sie las Matthias' wenige Zeilen pochenden Herzens.

Liebste Nynke,

ich hoffe, Du befindest Dich wohl und bist mit Deinem Ehemann zu einer Übereinkunft gelangt, die Dir ein Leben in Ruhe und Würde ermöglicht. Wenn ich die Zeit zurückdrehen könnte, ich würde es ohne Bedenken tun und mich Dir nicht nähern. Es tut mir unendlich leid, Kummer über Dich gebracht zu haben. Mein Eigennutz hat mich so weit getrieben, weil ich glaubte, nicht ohne Dich existieren zu können. Nun muss ich mit der Schuld leben, nicht nur mein Leben, sondern auch Deines zerstört zu haben. Wie Dein Mann es gefordert hat, verließ ich Potsdam am selben Tag. Einstweilen bin ich in Werder untergekommen. Ich kann aber nicht gehen, ohne zu wissen, wie es Dir geht.

Hoffentlich erreicht Dich dieser Brief, und Du findest einen Weg, mir ein paar Zeilen zukommen zu lassen. Ich warte mit sehnsüchtigem Herzen.

In ewig währender Liebe
Matthias Thämelt

Tränen verschmierten die kostbaren Zeilen, als Nynke den Brief gelesen hatte. Unten in der Ecke stand der Name des Gasthofes, in dem er in Werder untergekommen war. Augenblicklich griff sie zur Feder, um ihm eine Antwort zu schreiben. Sie bat Rosa, den Brief für sie zu bestellen. Ihre Helferin war eine treue Seele, die gern strenger tat, als sie in Wirklichkeit war.

Rosa grummelte zwar, dass sie mit dieser Sache nichts zu tun haben und keinen Vorschub leisten wollte bei …, nahm den Brief aber trotzdem. Nynke fühlte sich beschwingter als in den Wochen davor.

Rosa ließ sich als Zuträgerin einspannen, und über sie begann ein Briefwechsel zwischen Nynke und Matthias mit beinahe täglichen Nachrichten. Die Witwe hielt die Hand auf, und Nynke setzte ihr Nadelgeld ein, das schnell zur Neige ging.

Rosa war nicht die mütterliche Freundin, die sie sich wünschte, sondern wusste ihren Vorteil zu wahren. Alle paar Tage erhöhte sie die Preise für ihre Botendienste. Als Grund nannte sie, dass sie jedes Mal jemanden finden müsse, der den Brief nach Werder trug, und sich immer neue Ausreden einfallen lassen müsse, warum eine einfache Witwe dringende Schreiben zu bestellen habe. Nynke zahlte, und als sie kein Nadelgeld mehr hatte, fälschte sie das Haushaltsbuch, trug höhere Preise für die Einkäufe ein und gab das überzählige Geld Rosa.

Die blickte verächtlich auf die Groschen.

»Ich kann dir nicht mehr geben.«

Rosa runzelte die Stirn.

»In den letzten Wochen habe ich dir gegeben, was ich hatte. Dass du so hartherzig bist, hätte ich nicht gedacht. Seit Jahren ermögliche ich dir einen Verdienst in der Krankenstube.«

»Sie machen mich zur Mitwisserin Ihrer Sünden. Da muss schon etwas rausspringen. Für diesmal soll es reichen, aber ich zahle drauf dabei. Das will ich Ihnen sagen, Frau von Heyneke.«

Rosa betonte die letzten Worte und steckte Geld und Brief ein.

Zum Glück schickte ihr Matthias in seinem nächsten Schreiben eine Rolle Taler, als hätte er ihre Notlage geahnt. Nynke wollte ihn wiedersehen. Das ging nur außerhalb Potsdams und nur nachts. Zum Glück nahm der heraufziehende Konflikt um Schlesien Julius' Gedanken in Anspruch. Er kontrollierte ihr Kommen und Gehen weniger streng und verbrachte immer wieder Nächte in der Garnison. Nynke gab dann der Magd frei und übernachtete mit den Kindern bei Anna. Heimlich verließ sie die Wohnung und die Stadt.

Sie strebte der verfallenen Hütte entgegen, wo sie für den ersten Spaziergang auf Matthias gewartet hatte.

Er saß im Mondlicht auf einem Baumstamm und bemerkte sie zunächst nicht. Halb hinter einem Busch verborgen, betrachtete Nynke seine Silhouette. Alle Zweifel, die sie zuvor beherrscht hatten, schwanden dahin. Dies war der Mann ihres Lebens. Einen anderen gab es nicht und würde es nie geben.

In diesem Moment drehte Matthias sich um und entdeckte sie. Er sprang auf und kam ihr entgegen. Nynke schlüpfte in seine Arme. Es fühlte sich so vertraut an, als lägen nicht Jahre zwischen diesem und dem ersten Mal. Ihre Münder fanden sich.

»Ich habe dich vermisst«, flüsterte Matthias nach dem Kuss. »Aber wir dürfen kein Risiko eingehen. Ich will nicht, dass du dich in Gefahr begibst.«

»Sprich nicht darüber«, murmelte Nynke und küsste ihn zwischen jedem einzelnen Wort. »Wir sind sicher. Die Kinder schlafen bei meiner Schwester. Julius ist mit Militärdingen beschäftigt. Es war leicht, mich aus der Stadt zu schleichen.«

»Trotzdem ...« Matthias trug sie in die Hütte.

In einer Ecke lag eine Schütte Stroh auf dem Boden und darüber mehrere Decken. Dorthin bettete er sie.

Es dauerte eine lange Zeit, ehe beide wieder zu anderen Sätzen als Liebesschwüren in der Lage waren. Gegen die Kühle der Nacht in eine Decke gewickelt, saßen sie nebeneinander.

»Ich werde meinen Mann verlassen«, sagte Nynke in die Dunkelheit hinein.

»Denk an den Skandal und die Kinder.«

»Was über mich geredet wird, ist mir egal. Die Kinder nehme ich mit.«

»Dein Mann wird sie nicht gehen lassen.«

»Dann müssen wir es heimlich tun. Für Elsie und Peter wird es ein Abenteuer sein und für uns ...«

»... eine Flucht«, ergänzte Matthias. »Willst du das?«

Nynke sah auf. »Die Frage ist eher, ob du mich und die Kinder willst. Wir müssen an einem fremden Ort leben unter falschem Namen. Uns als Ehepaar ausgeben …«

»Nynke, Nynke.«

»Willst du?«

»Nichts lieber als das. Ich gehe mit dir überallhin, lebe in der kleinsten Hütte oder im größten Palast.«

»Auch in Übersee?«, wollte Nynke atemlos wissen.

»Überall. So weit werden wir nicht fortmüssen. Es wird reichen, nach Bayern oder Österreich-Ungarn zu ziehen. Wie du weißt, habe ich Bergbau studiert und bilde mir ein, einigermaßen tüchtig zu sein. Es wird sich überall ein Auskommen für uns finden. Das Vermögen meines Onkels wird unser Startkapital sein.«

Sie umarmten einander und gaben sich gegenseitig einen Vorgeschmack auf ihr zukünftiges Leben. Danach bettete Nynke ihren Kopf auf seine Brust und träumte davon, jeden Morgen neben ihm aufzuwachen, nachdem sie am Abend zuvor Hand in Hand glücklich eingeschlafen waren. Matthias würde beide Kinder liebevoll behandeln, und ein Strahlen würde in seine Augen schießen, sobald sie ihm von einer Schwangerschaft berichtete.

»Ich will noch mindestens drei Kinder mit dir«, platzte sie heraus.

»Alles zu seiner Zeit.« Matthias lachte.

KAPITEL XXI

Diesem ersten Treffen folgte ein zweites. Diesmal behielt Nynke die Magd im Haus, damit sie auf die Kinder aufpasste, und gab vor, sich dringend um ihre Schwester kümmern zu müssen, der es mit ihrer Schwangerschaft nicht gut gehe.

»Wäre eine Hebamme nicht die bessere Lösung?«, murrte die und schaute Nynke von unten herauf an. »Es geht nicht an, dass die gnädige Frau nie daheim ist. Was sagt der gnädige Herr dazu?«

»Es handelt sich um meine Schwester. Er kann nichts dagegen haben.« Nynke richtete sich zu ihrer vollen Größe auf und blickte die Magd streng an.

Diesmal erreichten beide zugleich ihren geheimen Treffpunkt und fielen einander in die Arme.

»Ich bin dankbar für die Kriegsvorbereitungen, obwohl ich das eigentlich nicht sagen sollte«, merkte Nynke an. »Ohne diese verbrächte mein Mann keine Nacht außer Haus, und wir könnten uns nicht sehen.«

»Wir sollten uns nicht sehen. Ich sollte nicht hier sein.«

»Bald ist es nicht mehr nötig, uns zu verstecken.« Nynke saß auf Matthias' Knie und hatte die Arme um seinen Hals geschlungen.

»Du willst bei unserem Plan bleiben? Ich habe lange nachgedacht. Es bedeutet, deine Schwester und ihre Familie nie wiederzusehen. Deine Eltern in Amsterdam werden nichts mehr mit ihrer gefallenen Tochter zu tun haben wollen …«

Nynke unterbrach seinen Redeschwall mit einem Kuss. »Das

ist mir alles egal, solange wir zusammen sind. Sobald Julius das nächste Mal über Nacht fort ist, komme ich mit den Kindern. Wir werden etliche Stunden Vorsprung haben. Du musst eine Kutsche besorgen. Am besten mit vier schnellen Pferden.«

»Warum nicht gleich sechs oder acht?«, warf Matthias spöttisch ein. »Du vergisst, dass ich kein Kutscher bin und schon einen Wagen mit zwei Pferden kaum lenken kann.« Er küsste sie auf die Nase. »Wir werden uns etwas anderes überlegen. Ich habe eher ein Boot im Sinn, das uns die Havel entlang in Richtung Elbe bringt.«

Die Silhouette eines Menschen tauchte vor der Hütte auf. Gegen die untergehende Sonne war nicht mehr zu erkennen als ein weiter Umhang und ein Dreispitz.

Erschrocken schrie Nynke auf. Sie sprang von Matthias' Knie.

»Julius!«

»Du bist wirklich eine größere Schlampe, als ich gedacht habe. Eine Ehebrecherin, der ihre Kinder völlig egal sind.« Seine Stimme klang kälter als Eis.

»Ich habe gedacht …« Nynke verstummte. Es gab nichts zu sagen, um zu erklären, was eindeutig war.

»Geh da weg!«, befahl Julius, immer noch mit dieser eisigen Stimme.

Ohne Widerspruch gehorchte sie, ging ein paar Schritte zur Seite und blieb neben der Hütte stehen. Sie beobachtete Julius' Züge, so starr und bar jeder Emotion hatte sie ihn nie gesehen. Sie bekam es mit der Angst zu tun.

»Jetzt zu dir«, wandte ihr Ehemann sich an Matthias. »Ich dachte, mich klar genug ausgedrückt zu haben, aber ich sehe, bei dir reichen Worte nicht. Du brauchst Taten, um mir zu glauben.« Er hob die rechte Hand, in der eine Pistole glitzerte. »Diesmal werde ich nicht daneben schießen.«

»Julius!«

»Das können wir doch …«, begann Matthias.

»Wir können gar nichts.«

»Wie unter Männern regeln. Es muss nicht ausarten vor den Augen einer Frau.«

»Dann hätte ich dich beim letzten Mal erschossen, wenn wir es wie unter Männern regeln.«

Julius zielte sorgfältig und spannte den Hahn. Ihn trennten nur wenige Fuß von Matthias. Obwohl das Licht nicht gut war, würde er auf diese Entfernung nicht danebenschießen.

»Da Sie es nicht getan haben, wird es auch jetzt nicht nötig werden. Sie sehen mich unbewaffnet, und ich appelliere an Ihre Ehre. Nicht für mich, sondern für Ihre Frau. Nehmen Sie Rücksicht auf ihr Gemüt.«

»Wie erbärmlich du bist. Keinen Funken Ehre im Leib, wie das bei einem Mann deines Standes nicht anders zu erwarten war. Du hast kein Recht, dich um das Gemüt meiner Frau zu kümmern.« Julius trat einen halben Schritt zur Seite, um sich in eine bessere Schussposition zu bringen.

»Julius, ich bitte dich. Ich weiß, welche Schuld ich auf mich geladen habe. Bestrafe mich, aber verschone ihn. Ich habe gegen unseren Ehebund verstoßen.«

»Schweig! Du bist genauso erbärmlich wie dein Liebhaber.«

Nynke zuckte zusammen, wusste gleichzeitig, dass sie nicht aufhören durfte, zu sprechen, wenn sie und Matthias eine Chance haben wollten, heil aus dieser Situation zu kommen. »Wie hast du uns gefunden?«

»Es war nicht schwer, dir eine Falle zu stellen. Du hast dich schon immer allen überlegen gefühlt«, höhnte Julius. »Ich habe nur so getan, als müsse ich in der Garnison übernachten, und bin dir gefolgt. Mir war klar, dass du es nur an solchen Tagen tun könntest. Deine zur Schau getragene Unterwürfigkeit habe ich dir nicht einen Augenblick abgenommen.«

So leicht war sie zu durchschauen gewesen? Nynke fühlte sich, als schlage eine Welle des Hasses über ihr zusammen. Für derart rachsüchtig hatte sie ihren Mann nicht gehalten. Matthias ging einige Schritte zur Seite, um an Julius vorbeizukommen. Sofort stellte sich dieser ihm wieder in den Weg, richtete weiterhin die Waffe auf ihn. Matthias verharrte, streckte eine Hand in Nynkes Richtung.

»Komm her zu mir. Ich lasse dich nicht in seiner Gewalt zurück. Wir holen die Kinder und überlassen diesen Menschen seinem Schicksal.«

»Gar nichts wirst du!«, spuckte Julius.

Ein Schuss knallte. Matthias griff sich an den Oberschenkel. Von der Pistole stieg Rauch in die zunehmende Dämmerung.

»Was hast du getan?«, kreischte Nynke. Nach einer Schrecksekunde eilte sie an die Seite des geliebten Mannes. Das Klingeln in den Ohren ignorierte sie.

An der Schuppenwand lehnend presste Matthias beide Hände auf seinen Oberschenkel. Blut quoll zwischen den Fingern hervor, färbte das Hosenbein schnell rot.

»Wie ich es versprochen habe.« Julius senkte die Waffe, machte Anstalten, sie erneut zu laden.

»Das ist nichts weiter. Nur ein Streifschuss«, erklärte Matthias, aber seine Stimme klang gepresst.

Nynke riss Streifen aus ihren Unterröcken, um damit seine Wunde zu verbinden. Ihre Hände zitterten, und der dünne Stoff sog sich im Nu mit Blut voll. Mit zusammengebissenen Zähnen stemmte Matthias sich hoch.

»Dein Bein. Du musst liegen bleiben.«

»Wie ein Stück Schlachtvieh vor dem?« Er schüttelte den Kopf. »Kommt nicht infrage. In der Pistole ist nur ein Schuss. Bis er sie geladen hat, ist er unbewaffnet. Wenn wir …«

Julius war dabei, mit fliegenden Fingern Pulver in den Lauf zu schütten. Ein Teil rieselte daneben. Bei den letzten Worten schaute er auf. »Wehrlos, denkst du? Ein Offizier der Garde? Niemals.« Er zog einen Dolch aus dem Gürtel.

Die Klinge schimmerte böse im verbleibenden Licht des Tages. Nynke und Matthias fuhren zurück.

»Du wärst tot, wenn ich es gewollt hätte«, informierte Julius sein Opfer. »Aber du sollst leiden, wenn du jeden Tag an die Frau denkst, die du nicht haben kannst, weil sie mir gehört. Wie ich leide, weil ich ihre Liebe nicht erringen kann.«

Die Pistole ließ er zu Boden fallen und kam mit erhobenem Dolch auf die beiden zu. Mit der freien Hand packte er Nynke und zog sie mit sich. »Du kommst mit mir!«

»Lass mich!« Sie wollte sich befreien, aber ihr Ehemann war stärker. »Er ist verletzt und braucht Hilfe.«

»Eine Fleischwunde. Nichts weiter.«

»Er blutet.«

»Dann ist es so.« Unerbittlich wurde Nynke weitergezogen.

Die Dolchspitze hielt sie im Blick. Argwöhnte jeden Augenblick, dass Julius die Waffe gegen sie einsetzen würde. Matthias blieb zurück, und sie schaffte es nicht mehr, ihm einen letzten Blick zuzuwerfen.

KAPITEL XXII

Kurz hinter der Stadtmauer kam ihnen eine Gruppe Flaneure entgegen. Julius Griff lockerte sich für einen Moment. Diese winzige Unaufmerksamkeit nutzte Nynke, um sich loszureißen. Sie rannte mit fliegenden Röcken fort.

Bald wurde ihr die Luft knapp, und sie keuchte, aber sie wurde nicht langsamer. Erst als ihre Seiten stachen, hielt sie an, um vornübergebeugt einen Moment zu verschnaufen. Sie riskierte einen Blick hinter sich, aber Julius war nicht zu sehen. Dennoch wähnte Nynke sich keineswegs in Sicherheit und eilte weiter.

Erst als sich die Wohnungstür der Familie Boumann hinter ihr schloss, atmete sie auf. Ungeordnet und den Tränen nahe berichtete sie ihrer Schwester und ihrem Schwager, was vorgefallen war. Anna verzog missbilligend das Gesicht, erlaubte ihr aber, über Nacht zu bleiben.

In dem Zimmer, das Nynke vor ihrer Heirat bewohnt hatte, kniete sie vor dem an der Wand hängenden gekreuzigten Jesus und versuchte, Frieden im Gebet zu finden. Sie betete für Matthias und für ihre Liebe, bat den Heiland, seine Hände über den Geliebten und ihre Kinder zu halten. Sogar für Julius bat sie, dass der Herr seine Gnade über ihn leuchten ließ, damit er sie freigab. Die Ruhe, die sie sonst im Gebet erfuhr, stellte sich an diesem Abend nicht ein.

Die Nacht hatte sich längst herabgesenkt, als Nynke in ihren Umhang gehüllt noch einmal die Wohnung der Schwester verließ. Sie eilte durch die stillen Potsdamer Straßen, hörte den

Nachtwächter die elfte Stunde ausrufen. Das Haus, das sie bis zu diesem Tag bewohnt hatte, lag in völliger Dunkelheit. Nynke schaute an der Fassade empor, ehe sie den Schlüssel ins Schloss steckte. Er ließ sich drehen, und sie hörte das Klicken, mit dem der Riegel zurückschnappte. Öffnen konnte sie die Tür nicht. Nynke drückte dagegen, aber das Holz gab nicht nach. Sie setzte ihr ganzes Gewicht ein und erreichte nichts. Deshalb schlich sie um das Haus herum und versuchte es an der Hintertür. Wieder klickte das Schloss, aber die Tür bewegte sich nicht.

Das Haus war eine Festung, in der Julius sich mit den Kindern verbarrikadiert hatte. Nynke schossen Tränen in die Augen. Zornig wischte sie sie weg, rüttelte an der Tür, trat mit dem Fuß dagegen. Es polterte und klapperte, aber das, was ihr den Weg versperrte, hielt stand.

Dafür öffnete sich im ersten Stock ein Fenster. Julius' Kopf erschien. Er trug eine Nachtmütze, und sein Gesicht war nur ein verschwommener heller Fleck.

»Verschwinde!«, rief er herunter. »Du bist hier nicht mehr willkommen.«

»Julius, hör mir zu. Was ist mit den Kindern?«

»Sie schlafen.«

»Haben sie nicht nach mir gefragt? Lass mich zu ihnen, damit ich sehen kann, ob es ihnen gut geht. Ich nehme sie mit zu Anna.«

»Du wirst sie nicht sehen.«

Die Worte standen wie eine drohende Wand vor Nynke. Sie brauchte alle Kraft, um nicht zusammenzusacken und ihr Elend in die Nacht zu schluchzen.

»Was hast du mit den Türen gemacht, dass sie sich nicht öffnen lassen?«

»Du kommst nicht mehr herein.« Er machte Anstalten, das Fenster zu schließen.

»Julius, lass mich die Kinder sehen«, sagte sie schnell.

»Du hast deine Rechte als Mutter verwirkt.« Diesmal wurde das Fenster geschlossen.

Nynke stand vor der Tür und starrte an der Fassade hinauf. Dass ihr dabei Tränen über die Wangen liefen, bemerkte sie nicht. Einige Male rüttelte sie noch an der Hintertür, die sich ihren schwachen Kräften hartnäckig widersetzte. Schließlich musste sie einsehen, dass sie in dieser Nacht nichts mehr ausrichten würde. Sie schlich zurück zu ihrer Schwester.

KAPITEL XXIII

In den folgenden Tagen änderte sich nichts. Julius hielt das Haus verschlossen und ließ Nynke nicht zu den Kindern. Sie durchlebte Stunden der Angst und sorgte sich besonders um Elsie und um Pitter. Ihr Ehemann hatte nie einen Hehl daraus gemacht, wie wenig ihm an dem Mädchen lag. Ebenso an dem Papagei. Der würde sich durchschlagen, sich im Zweifel auf einem Schrank in Sicherheit bringen oder durch ein Fenster entwischen. Elsie war Julius hilflos ausgeliefert. Um Peter sorgte sie sich auch, aber er war der Liebling seines Vaters, vor ihm mochte dessen Zorn innehalten. Sie hatte alles versucht, mit ihm zu einer Verständigung zu gelangen, aber er ließ sie nicht ins Haus, öffnete nicht einmal mehr ein Fenster. Sie erhaschte keinen Blick auf die Kinder und stellte sich vor, wie viel Angst sie ausstehen mussten.

»Du hast es dir selbst zuzuschreiben«, erklärte Anna über die Last ihres schwangeren Bauches hinweg. »Hast du wirklich geglaubt, du kommst damit durch? Dass alle anderen die Augen und Ohren verschließen? Das kannst du nicht gedacht haben?«

»Ich weiß nicht, was ich mir vorgestellt habe. Als Matthias vor mir stand, ging es einfach mit mir durch.«

»Er war Jans Vorarbeiter. Wie konntest du …?«

»In Wirklichkeit hat er studiert und darf sich Ingenieur nennen. Ach Anna, darauf kommt es mir nicht an. Du hast Jan geheiratet, obwohl er nicht studiert hatte.«

»Das ist was anderes. Jan ist königlicher Baumeister. Du hast einen Obristleutnant geheiratet, das muss dir doch etwas bedeuten. Du hast ein gutes Leben und wirfst das alles weg für einen … einen …«

»Das habe ich mir alles selbst gesagt. Es kam einfach über mich. Matthias, bei ihm … bei ihm habe ich mich geborgen gefühlt. Zum ersten Mal, seit wir hierhergekommen sind.«

»Du musstest heiraten, eine andere Möglichkeit hattest du nicht, ohne Schande über uns alle zu bringen. Das hast du jetzt geschafft.«

Das Gespräch erstarb, die Schwestern saßen stumm beieinander, jede in ihre eigenen Gedanken versunken.

Eine Sorge wurde Nynke am vierten Tag genommen. Im Hause Boumann traf ein Brief von Matthias ein, in dem er berichtete, dass er sich in Werder aufhalte und es ihm gut gehe. Seine Wunde am Bein heile, aber der Arzt habe ihn gewarnt, sich viel zu bewegen, und ihm geraten, das Bein hochzulegen. Nynke schrieb sofort zurück, versicherte ihm ihre Erleichterung über seinen Gesundheitszustand und wünschte ihm eine baldige vollständige Genesung. Er könne sie immer im Haus ihrer Schwester erreichen. Von der Sorge um die Kinder schrieb sie nichts. Sie wollte sein Herz nicht unnötig mit Dingen beschweren, auf die er keinen Einfluss hatte.

Seinen Brief trug sie in ihrer Rocktasche, nahm ihn immer wieder heraus, um ihn zu lesen. Die Worte kannte sie längst auswendig, aber es tröstete sie, seine Handschrift zu sehen. Sie stand weiterhin jeden Tag im vertrauten Hof und hoffte darauf, bei Julius einen Sinneswandel zu erreichen.

In der Küche sah sie die Magd arbeiten, sie rührte in Töpfen, beugte sich tief über den Tisch. Die Frau musste wissen, dass sie draußen stand, aber nie schaute sie zum Fenster heraus. Dennoch beruhigte Nynke ihre Anwesenheit, weil die Kinder nicht völlig schutzlos den Launen des Vaters ausgesetzt waren.

Am selben Tag, an dem sie morgens Matthias' Brief empfangen hatte, öffnete die Magd am Nachmittag das Küchenfenster, während Nynke im Hof stand.

Wollte sie ihr etwas sagen? Vielleicht könnte sie die Kinder holen, damit Nynke sich von deren Wohlergehen überzeugte. Das Herz schlug ihr bis zum Hals in Erwartung, ihre Kinder gleich zu sehen. Sie spähte angestrengt zum Fenster, konnte die beiden in der Küche aber nicht entdecken.

Dafür kletterte Pitter auf das Fensterbrett. Er sah komisch aus, und er zupfte ständig an etwas, das sich unter einem seiner Flügel zu befinden schien. Sie sah, wie die Magd mit den Fingern schnippte und dem Papagei einen Schubs versetzte. Danach wurde das Fenster geschlossen. Pitter flatterte durch die Luft und versuchte vergeblich, Höhe zu gewinnen, taumelte wie betrunken. Julius hatte ihm etwas angetan, es sah ihm ähnlich, ein hilfloses Tier …

Nynke eilte dem Papagei entgegen und fing ihn auf, bevor er auf dem Boden aufschlug. Sie barg ihn an ihrer Brust und streichelte sein weiches Gefieder am Kopf.

»Pitter, du Armer«, murmelte sie dabei. »Was hat er mit dir gemacht. Schnell weg hier.« Sie hastete mit ihm im Arm aus dem Hof hinaus. Am Ufer des Bassins sank sie auf eine im Schatten eines Ahorns stehende Bank.

Der Papagei regte sich in ihren Armen, knabberte nach seiner Art zärtlich an ihrem Finger. »Landrotten! Landrotten!«, kreischte er, bevor er einen Flügel abspreizte und mit dem Schnabel an etwas zerrte.

In diesem Moment wirkte er nicht, als hätte ihn ein Unglück getroffen. Nynke schaute sorgsam unter seinen Flügel, und statt einer erwarteten Verletzung entdeckte sie etwas in dünnen Stoff Gewickeltes, das dort angebunden war. Mit einer groben Schnur war es am Papageienflügel befestigt. Das musste ihn beim Fliegen behindern.

»Himmel, Pitter, was hast du denn da? Es ist ja kein Wunder, dass du dich damit nicht wohlfühlst.«

Lange konnte sich die Hülse noch nicht dort befinden, sonst hätte er mit seinem kräftigen Schnabel die Schnur abgestreift. Nynke nahm die kleine Schere heraus, die sie nebst einigen Nadeln und Nähfaden immer bei sich trug.

»Du musst stillhalten, sonst steche ich dich«, belehrte sie den Vogel.

»In de Wanten!«, kommentierte der.

Er ließ es aber zu, dass sie seinen Flügel festhielt und mit der Schere den groben Faden zerschnitt. Pitter schüttelte sich und steckte den Kopf unter den Flügel, um die Federn dort zu ordnen. Nynke verstaute die Schere sorgfältig und wickelte den Stoff auf. Sie fand zwei zusammengefaltete Bögen. ›Für Mama‹ stand in Elsies ungelenker Schrift darauf.

Nynke fielen die Sachen fast aus der Hand, so zitterte sie. Pitter ging seiner eigenen Wege und suchte unter der Bank nach etwas Fressbarem, wobei ihm zwei Sperlinge Konkurrenz machten.

Die beiden Papierbögen waren ursprünglich einer gewesen, den jemand in der Mitte durchgerissen hatte. Auf den einen hatte Elsie ein Haus, eine Sonne und Pitter gemalt und ›Liebe Mana, wan kommst du wider nach hause‹ und ›von Elsie, dich lieb hat‹ geschrieben, mit allen Fehlern, die ein Kind machte, das gerade schreiben lernte. Auf das andere Papier hatte Peter Strichmännchen und einen Baum gemalt. ›Von Peter‹ hatte Elsie daraufgeschrieben. Nynke küsste die Zeichnungen, die Schrift und presste ihr Gesicht hinein.

»Ihr lieben Schätze, ich vermisse euch so«, schluchzte sie. »Ich hole euch zu mir, das verspreche ich. Ich hab euch lieb.« Sie küsste das Papier wieder und wieder.

Als sie aufschaute, stand ein junger Mann vor ihr und betrachtete sie besorgt. Er war sorgfältig gekleidet und sah aus wie der Sohn eines begüterten Kaufmanns.

»Madame, benötigt Sie Hilfe? Ich kann einen Arzt holen? Oder ein Glas Wein?«, bot er mit unsicherer Stimme an.

»Nein … nein. Mir geht es gut. Wirklich gut. Alles bestens«, lautete Nynkes gestammelte Antwort.

»Dieser Vogel da?« Er zeigte auf Pitter, der immer noch seine Mühe mit den frechen Sperlingen hatte.

»Der gehört zu mir. Es ist wirklich alles gut. Sie können weitergehen.«

Er wirkte erleichtert, aber nicht überzeugt. Nach einem letzten forschenden Blick auf Nynke zuckte er mit den Schultern und ging zum Glück davon.

KAPITEL XXIV

Nynke zupfte ihre Magd am Ärmel.

»Wie geht es den Kindern?«, flüsterte sie.

Die Frau blieb stehen und drehte sich zu ihr um. Sie schaute in einer Mischung aus Ärger, Neugierde und Vorwurf zu ihr auf. Nynke fühlte sich, als hätte ihr jemand einen Hieb versetzt.

»Sie vermissen ihre Mutter. Wie soll es ihnen schon gehen, gnädige Frau?«

»Und wie geht es Herrn von Heyneke?«

»Ich sehe ihn kaum. Nur wenn ich ihm das Essen bringe. Er spricht nicht mit mir, sondern schaut nur düster vor sich hin. Er isst kaum etwas von dem, was ich ihm koche, obwohl ihm sonst mein Essen immer geschmeckt hat.«

»Aber die Kinder. Erzähle sie mir von den Kindern.«

»Sie essen, sie schlafen, sie machen ihre Aufgaben.« Die Magd löste ihren Ärmel aus Nynkes Griff. »Ich muss einholen auf dem Markt. Wir haben nichts mehr im Haus. Der gnädige Herr hat gesagt, ich müsse mich beeilen und unterwegs dürfe ich mit niemandem sprechen. Es werde mir übel ergehen, wenn ich nicht rechtzeitig zurückkehre. Wenn die Kinder nicht wären, ich wäre längst … Der gnädige Herr ist seit Tagen …« Die Magd schickte sich an weiterzugehen.

Nynke hatte nur den letzten halben Satz gehört, und in ihren Gedanken entstanden lebhafte Bilder ihres Mannes, der im Esszimmer am Tisch saß, eine Flasche Portwein vor sich, obwohl er kein starker Trinker war. Sie sah ihn vor sich, wie er mit den Kindern ungeduldig wurde und seine Laune an ihnen ausließ. Ihr Herz krampfte sich zusammen.

»Wie verhält er sich gegenüber Elsie und Peter? Sie muss es mir sagen. Schnell.« Nynke rang die Hände. Sie lief neben ihrer Magd her.

»Sie müssen ihm ihre Gebete aufsagen, und wenn ich sie zu Bett gebracht habe, gibt er dem Jungen einen Kuss und Elsie ermahnt er, ein braves Mädchen zu sein. Er ist mit ihnen wie immer.«

»Trinkt er?«

»Nicht mehr als gewöhnlich.«

Nynke fühlte sich erleichtert. Wenigstens litten die Kinder nicht unter Julius' Zorn. »Sie hat mir Pitter geschickt? Mit den Bildern?«

»Die Kinder hatten das für Sie gemalt, gnädige Frau. Ich wusste nicht, wie ich es Ihnen sonst zukommen lassen sollte. Der Vogel war außerdem unglücklich. Immer musste er bei mir in der Küche sitzen.«

»Das hat Sie sehr gut gemacht.«

»Ich muss jetzt einholen.« Entschlossen wandte sich die Magd den Fleischbänken zu.

* * *

»Elsie!« Nynke fiel vor ihrer Tochter auf die Knie und zog sie an ihre Brust.

Der magere Mädchenkörper zitterte im dünnen Kleid. Sie legte die Arme um den Hals ihrer Mutter. Beide verharrten eine ganze Weile, ehe Nynke ihr kleines Mädchen hochhob und ihr Gesicht mit Küssen überschüttete.

Anna und Jan standen hinter ihr und beobachteten die beiden. Der königliche Baumeister hatte einen Arm um seine schwangere Frau gelegt, um sie zu stützen. Er hatte die Tür geöffnet, als es zu völlig ungewöhnlicher Zeit am späten Nachmittag geklopft hatte, und war genauso erfreut wie erschrocken, seine Nichte zu sehen. Auf seinen Schrei hin waren beide

Frauen angelaufen gekommen. Nynke leichtfüßig vor Anna, deren Gang inzwischen dem Watscheln einer Ente glich.

»Wo kommst du her?«, murmelte Nynke zwischen einzelnen Küssen.

»Von zu Hause«, erwiderte Elsie, der die feuchten Schmatzer ihrer Mutter sichtlich unangenehm waren. Sie wand sich in Nynkes Armen, berichtete, wie sie einen unbeobachteten Moment abgepasst habe, um die Tür zu erreichen. Der Schlüssel habe im Schloss gesteckt, und da habe sie sie öffnen können und sei fortgelaufen.

»Das hast du richtig gemacht«, lobte Nynke. Sie hielt Elsie weiter im Arm, drückte sie aber nicht mehr so fest an sich. »Was ist mit deinem Bruder?«

»Der hat geschlafen.«

»Der Papa? Was macht der?«

»Gar nichts. Und er redet mit niemandem. Das ist komisch.«

»Er spricht nicht mehr?«

»Doch. Er spricht, aber es ist niemand da. Dann sagt er komische Sachen. Ich habe an der Tür gelauscht, als er allein im Esszimmer war. Da habe ich Angst bekommen, aber er hat mich nicht bemerkt.«

»Warum hast du denn Angst bekommen?«

»Weil er von dir gesprochen hat und einem Mann. Genau habe ich es nicht verstanden. Was ist eine Kokotte? Das hat er gesagt, und ich weiß nicht, was er damit meint.«

Anna entfuhr ein Keuchen, und Jan sah unangenehm berührt aus.

»Ich weiß es auch nicht«, erwiderte Nynke prompt. Sie zwinkerte ihrer Tochter zu. »Das Wort hat er sich wahrscheinlich ausgedacht.«

»So wie ich manchmal?«

»Genau. War der Papa streng mit euch?«

»Nicht mehr als sonst. Ich habe dich vermisst, Mama. Wir durften Papa nicht nach dir fragen, dann ist er böse geworden. Ich habe Angst gehabt, dass du krank bist. Deshalb haben Peter und ich die Bilder für dich gemalt.«

»Die Bilder sind so schön. Ich habe mich sehr darüber gefreut, mein Schatz. Du bleibst hier bei mir, und wir schlafen zusammen in einem Bett.«

»Ich habe gar kein Nachthemd.«

»Das wird sich finden. Peter holen wir auch noch zu uns, und dann sind wir wieder alle zusammen.«

»Und Papa?«

»Das werden wir sehen. Du hast bestimmt Hunger. Wir haben Kuchen mit Mandeln und Rosinen.«

»Viele Rosinen?«

»Ganz viele Rosinen.«

Gleich darauf beobachtete Nynke ihre Tochter beglückt, wie sie ein Stück Kuchen aß und dazu heiße Milch trank. Es fiel ihr nicht leicht, die Breite des Tisches zwischen sich und Elsie zu haben. Am liebsten würde sie sie die ganze Zeit im Arm halten.

KAPITEL XXV

Die Feder kleckste, und der Fleck breitete sich sternförmig auf dem Papier aus. Julius starrte darauf, ehe er mit einer ruckartigen Bewegung das Blatt nahm und zerknüllte. Den Ball warf er in eine Ecke. Dort lagen andere Entwürfe des Briefes, den zu schreiben er sich vorgenommen hatte.

Seine Augen brannten. Es fiel ihm nicht schwer, Berichte zu verfassen, Listen aufzustellen oder Tagesbefehle auszugeben. Anders sah es aus, wenn er seine Gefühle beschreiben sollte. Darum ging es in diesem Schreiben, das er an den König zu richten hatte, und einer Abschrift davon an seinen Vorgesetzten in der Garde. Er legte die Feder ordentlich neben die unbeschriebenen Foliobögen, die noch auf dem Tisch lagen, und verschränkte die Hände hinter dem Genick. In dieser Haltung drückte er den Rücken durch und hieß den Schmerz in den Schultern willkommen. Der erinnerte ihn daran, dass in seiner Brust ein Herz schlug.

Er dachte an seinen Sohn. An Peter. Blut von seinem Blut, Fleisch von seinem Fleisch. Ein kleiner Mensch der seinen Namen weitertrug, wenn er selbst längst vermodert und vergessen war. Der Schmerz strahlte von seinen Schultern in die Arme aus. Julius nahm die Hände wieder herunter. Über seine Ehefrau machte er sich keine Illusionen, Nynke würde nicht zu ihm zurückkehren. Sie hatte ihn vor der Hochzeit nicht geliebt, und seitdem hatte sich nichts daran geändert. Sie war ihm ein gehorsames Weib gewesen, die meiste Zeit waren sie gut miteinander ausgekommen. Hatte er die sich einstellende Vertrautheit in der Ehe mit Liebe verwechselt?

Seine Gedanken kehrten wieder zu Peter zurück. Der Junge war sein größtes Glück. Niemals würde er sich von ihm trennen lassen. Dass Elsie weg war, bedauerte er. Sie war ein Mädchen, bei dem jedermann stolz sein konnte, sie zur Tochter zu haben. Sein Herz hing an ihr – bis zu einem gewissen Grad. Bei Peter war das anders. Die ganze Liebe, zu der er fähig war, gehörte diesem kleinen Jungen. Niemals wollte er zulassen, dass ihm etwas geschah oder dass sie voneinander getrennt wurden.

Julius griff wieder nach der Schreibfeder. Er wusste genau, was zu tun war, damit ihn niemand von seinem Sohn trennte. In Potsdam konnte er nicht bleiben. Bei der Garde auch nicht. Erneut tauchte Julius die Feder ins Tintenfass. Diesmal gelang es ihm, sie über den Foliobogen zu halten, ohne darauf zu klecksen. Er brachte die respektvolle Begrüßungsformel zu Papier, die einem König angemessen war, ehe er begann, sein Anliegen darzulegen. Aus verschiedenen Gründen, schrieb er, könne er nicht länger der Königlichen Garde angehören. Er ersuche um seinen Abschied. Es müsse sofort sein … er könne nicht … Julius fasste in Worte, was ihm durch den Kopf gegangen war und ihn hinderte, seinen Dienst weiter zu versehen. Er müsse seinen Sohn in Sicherheit bringen, und danach sei für ihn kein Verbleiben im Regiment mehr.

Er schrieb, so gut er sein Vorhaben und seine Gefühle auszudrücken vermochte. Am Ende reichte ein Foliobogen nicht aus, um alles aufzunehmen. Julius setzte seine schwungvolle Unterschrift auf die Mitte des zweiten Bogens. Er las das Geschriebene nicht durch, sondern nahm sofort ein neues Blatt Papier und begann mit dem Schreiben an seinen direkten Vorgesetzten. Meistens redeten sie miteinander, Briefe hatten sie bisher kaum gewechselt. Trotzdem half ihm seine militärische Ausbildung, die richtigen Worte für den Beginn zu finden. Danach wurde es leichter, er musste nur abschreiben, was er zuvor dem

König mitgeteilt hatte. Die Tinte floss in geschwungenen Buchstaben aufs Papier. Um den Inhalt kümmerte er sich nicht.

Er atmete erst auf, als beide Schreiben verschlossen und versiegelt auf einem Tisch im Flur lagen. Die Magd würde sie dort wegnehmen und für ihre Beförderung sorgen. Julius fühlte sich erschöpft, als wäre er stunden- oder tagelang durch tiefgründigen Schlamm marschiert und hätte am Ende seinen Mann in einer Schlacht gestanden. Gleichzeitig war er zu aufgedreht, um Ruhe zu finden. Er ging nach oben in das Zimmer der Kinder. Nur Peter lag in seinem Bett und schlief.

Julius setzte sich auf den Bettrand und betrachtete seinen Sohn. Das unschuldige Kindergesicht, wie die zarten Wimpern die Augen umrahmten. Ihn durchfluteten Gefühle für den Jungen, für die ihm die Worte fehlten. Es war nicht nur die Liebe eines Vaters für sein Kind. Es war Stolz, weil dieses Wesen seinen Lenden entsprungen war, der unbedingte Wille, sein Leben lang allen Harm von ihm fernzuhalten, gepaart mit der Sorge, es nicht zu vermögen. Über allem schwelte die Furcht, jemand könnte kommen und ihm Peter fortnehmen.

Er beugte sich über ihn und küsste ihn auf die Stirn. Zart. Dann übermannten ihn die Gefühle, er riss Peter in den Arm. Der wachte auf und begann zu weinen, schaute mit großen Augen um sich und beruhigte sich wieder, als er seinen Vater erkannte.

»Papa, was ist Ihnen?« Peter zog die Nase hoch.

An anderen Tagen hätte Julius ihn dafür gerügt, jetzt wiegte er ihn vorsichtig im Arm. »Es ist alles gut. Niemand wird dir etwas tun.«

»Wo ist Mama?« Die Kleinkinderstimme klang weinerlich. »Ich will meine Mama. Und Elsie.«

Julius versetzte dieses fortgesetzte Verlangen einen Stich. Konnte Peter nicht erkennen, was seine Mutter ihm angetan hatte? Er verschloss den aufkeimenden Ärger in seiner Brust.

»Du kannst deine Mutter nicht sehen und deine Schwester auch nicht. Sie waren beide sehr böse«, begann er streng, um danach milder fortzufahren: »Wir beide werden es uns schön machen. Bald denkst du nicht mehr an die anderen, du wirst sehen.«

Peters Augen füllten sich wieder mit Tränen. Er steckte den Daumen in den Mund und nuckelte daran. Auch etwas, das Julius an anderen Tagen nicht geduldet hätte. Diesmal ließ er es zu.

KAPITEL XXVI

Matthias stützte sich beim Gehen auf einen Stock. Die Schmerzen, die ihm jeder Schritt bereitete, behielt er für sich, aber sie sorgten dafür, dass in ihm ein Zorn brodelte.

Nynke und Jan Boumann begleiteten ihn. Er musste nur einen Blick auf Nynkes schönes, von Sorgen überschattetes Antlitz werfen, damit sein Zorn weiter gärte. Nur ein Unhold trennte eine Mutter von ihren Kindern. Dieses Mal sollte Julius von Heyneke ihn nicht unvorbereitet finden. Mit dem Daumen streichelte er über einen kleinen Hebel an seinem Stock. Der löste einen geheimen Mechanismus aus, und Matthias hielt statt eines klobigen Gehstocks einen schlanken Degen in der Hand. Er konnte nicht gut mit dieser Waffe umgehen, aber er hatte auch nicht vor, es auf einen Degenkampf ankommen zu lassen. Er wollte Peter aus dem Haus holen, um danach mit Nynke und den Kindern das Weite zu suchen.

In diesen Plan war Jan Boumann nicht eingeweiht. Ihn beherrschte immer noch Unbehagen angesichts des unverhofften Auftauchens seines ehemaligen Vorarbeiters. Ob er sich zusammenreimte, dass Nynke und er ein Liebespaar waren, oder ob er glaubte, es gehe nur um eine Versöhnung der Eheleute von Heyneke, wusste Matthias nicht genau, und es kümmerte ihn nicht.

Das Heyneke'sche Haus kam in Sicht. Davor stand eine Gruppe Menschen in blauen Röcken. Sie hielten Pferde an den Zügeln.

»Was machen Soldaten vor unserem Haus?«, entfuhr es Nynke.

Im Näherkommen war kein Zweifel mehr möglich. Etwa acht Soldaten waren vor dem Haus aufmarschiert. Einer saß auf einem Pferd, an den goldenen Tressen und Litzen auf seinem Uniformrock als Offizier zu erkennen. Drei weitere Herren, darunter zwei Offiziere, standen vor der Haustür.

»Der auf dem Pferd ist ein Hauptmann. An der Tür stehen zwei Leutnants und ein Gemeiner«, sagte Nynke.

Sie ist nicht umsonst die Ehefrau eines Offiziers, mit den Rängen kennt sie sich aus, dachte Matthias.

Sie ließ sich einen Schritt zurückfallen, stand halb hinter ihrem Schwager. »Ich will nicht erkannt werden.«

Die Gefahr schien gering, die Soldaten waren nur auf das Haus konzentriert. Ein hochgewachsener Leutnant hämmerte mit der Faust gegen die Tür. Das Geräusch drang mühelos über die Straße zu ihnen, es musste durch das ganze Haus hallen. Matthias beobachtete die Fenster, hoffte auf die Bewegung eines Vorhangs, ein erschrockenes Kindergesicht im Spalt hinter der Scheibe. Im Haus blieb alles ruhig.

»Was ist da los?«, fragte der andere Leutnant, an niemand Bestimmten gerichtet. Lauter dann: »Heyneke, kommen Sie raus! Das ist ein Befehl! So geht das nicht, Mann! Sie können nicht einfach einen Brief an den Kommandanten richten und danach nicht mehr zum Dienst erscheinen.«

Nynke schlug sich erschrocken eine Hand vor den Mund, und Matthias legte ihr beruhigend seine Hand auf den Arm. Egal, was ihr Ehemann getan hatte, mit ihr hatte das nichts mehr zu tun.

»Machen Sie die Tür auf, Heyneke! Das können wir alles regeln«, setzte der andere Leutnant nach.

Die Tür blieb zu, aber in der plötzlich einsetzenden Stille war etwas zu hören.

»Das ist hinter dem Haus«, sagte Nynke. »Die Tür vom Hof auf die Gasse.«

Aufgeregtes Klappern von Pferdehufen war zu hören. Von den Tieren vor dem Haus kam es nicht, die standen ruhig und vertrieben die Fliegen mit ihren Schweifen. Die Soldaten hörten es auch. Der Hauptmann gab zwei Gemeinen den Befehl nachzuschauen. Die rannten um die Ecke.

Matthias folgte ihnen. In ihm keimte ein Verdacht. Er blieb auf der anderen Straßenseite, hielt gebührenden Abstand.

Mit den baulichen Gegebenheiten kannte er sich nicht aus, aber als ein Reiter auftauchte, war ihm sofort klar, dass es sich dabei nur um Nynkes Ehemann handeln konnte. Der etwas im Arm hielt, das unter seinem Umhang nicht zu erkennen war.

»Der haut ab!«, rief er Nynke und ihrem Schwager zu.

Die Soldaten griffen den Ruf auf.

»Wir folgen ihm«, bestimmte der Hauptmann mit ausholender Armbewegung.

Die beiden Leutnants rannten zur Straße zurück und schwangen sich auf die Rücken ihrer Tiere. Die Gemeinen waren zu Fuß unterwegs, und ein Pferd blieb ohne Reiter. Darauf humpelte Matthias zu, so schnell es seine Verletzung zuließ. Er stützte sich schwer auf seinen Stock.

Die Männer wendeten die Pferde. Matthias hatte das reiterlose Tier, einen Fuchs mit vier weißen Fesseln erreicht. Es warf nervös den Kopf hoch, als es spürte, dass er die Zügel nehmen wollte, die der Soldat, der es hielt, nicht hergab. Es kam zu einem kurzen Gerangel, in dessen Verlauf Matthias dem Gemeinen den Stock vor die Knie hieb. Mit einem Aufschrei ließ der Mann die Zügel fahren. Matthias schwang sich in den Sattel, dabei verlor er den Stock. Die anderen Reiter galoppierten längst die Gasse hinunter.

Sein Fuchs wollte hinterher, aber zwei Rucke an den Zügeln lehrten ihn Gehorsam. Aufgeregt drehte er sich um sich selbst.

»Ruhig, mein Guter!«, beschwor ihn Matthias und legte eine Hand auf seinen Hals. »Ich folge ihnen!«, rief er Nynke zu.

Sie wollte auf ihn zurennen, der Baumeister hielt sie zurück.

»Dein Bein. Matthias, du kannst nicht …«

»Es geht schon.« Endlich hatte er die Füße in den Steigbügeln. Er trieb den Fuchs an, und der sprang aus dem Stand in den Galopp. Matthias verlor beinahe das Gleichgewicht, er klammerte sich gerade noch mit den Beinen am Pferdeleib fest. Der Fuchs streckte sich und folgte den anderen.

KAPITEL XXVII

Nynke sah Matthias davonreiten. Selbst mit ihrem laienhaften Blick erkannte sie, dass er kein geübter Reiter war, sondern sich nur eben so im Sattel hielt. Gleichzeitig war es richtig, dass er Julius folgte.

Sie konnte nicht hier warten. Entschlossen streifte Nynke den Griff ihres Schwagers ab. Sie wandte sich um.

»Wo willst du hin?«

»Ihnen nach. Ich kann ihn nicht mit Peter davonreiten lassen.«

»Du kannst nicht reiten, Nynke. Vergiss das bitte nicht.«

»Ich werde nicht reiten.«

In Potsdam kannte sie nur eine Person, die eine Kutsche ihr Eigen nannte: Melisande de Roucy.

Zum Glück war sie zu Hause und stellte nicht viele Fragen. Sie bedauerte es nur, dass Pitter bei diesem Abenteuer nicht dabei wäre, um ihm mit seinen Kommentaren die echte Würze zu verleihen. In all den Jahren hatte sie ihre Vernarrtheit in den Papagei nicht verloren.

In erstaunlich kurzer Zeit stand ein mit zwei Grauschimmeln und einem Kutscher bestückter Landauer vor dem Haus. Nynke enterte den mehr als kniehoch über der Erde schwebenden und schwankenden Wagen. Melisande folgte ihr und ließ sich mit einem spitzbübischen Lächeln auf der Sitzbank gegenüber nieder.

»Du musst nicht mitkommen. Es könnte gefährlich werden«, sagte Nynke.

»Das ganze Abenteuer verpassen? Um nichts in der Welt. Das Leben einer Witwe hatte ich mir aufregender vorgestellt. Aber mit einem derart strengen Vater im Haus …« Sie schlug an die Wand, hinter der der Kutscher saß.

Die Pferde zogen an.

»Wohin soll es gehen?«, fragte Melisande.

Daran knobelte Nynke schon die ganze Zeit. Wohin konnte Julius sich wenden? Er besaß keine Freunde außerhalb des Regiments. Kannte niemanden mit einem Haus auf dem Land, bei dem er Zuflucht fand. Ihr fiel nur Barnhagen ein, das Gut seiner Eltern in Vorpommern. Der Weg dahin war weit. Er führte über Flüsse und durch nicht enden wollende Wälder. Mehr als eine Fähre lag auf dem Weg und würde ihn aufhalten. Selbst der geübteste Reiter benötigte Tage dafür.

Sie hielt Julius nicht für einfallsreich. Er kannte die Strecke nach Barnhagen, hatte sie oft genug zurückgelegt, und er hatte Peter dabei. Den Jungen sah er bestimmt lieber in der Obhut seiner Eltern. Nynke konnte sich kein anderes Ziel als Barnhagen vorstellen.

»Die Fähre über die Havel bei Tegel«, sagte sie.

»Ich dachte, wir folgen deinem Mann?«

»Das tun wir.«

»Zur Fähre bei Tegel? Ich kenne mich nicht aus mit einer Flucht, aber hält eine Fähre nicht wahnsinnig auf, wenn es schnell gehen muss? Sie liegt immer auf der falschen Seite, und alle Fährleute sind Gauner vor dem Herrn …«

»Sei endlich still! Wie soll ich nachdenken, wenn du meine Gedanken ständig mit Geplauder füllst?«, begehrte Nynke auf.

»Weil wir in meiner Kutsche sitzen und ich neugierig bin.« Zum Glück schwieg Melisande danach.

Sie hatte nicht unrecht. Diese Einwände ausgesprochen zu hören, half Nynke, ihre Gedanken zu ordnen.

»Ich weiß, wohin mein Mann sich wenden wird. Er hat nicht

viele Möglichkeiten und wird Richtung Vorpommern unterwegs sein. Die Fähre bei Tegel ist der nächste Weg. Oder er muss lange Umwege in Kauf nehmen, um zu einer Furt zu gelangen.«

»Das verstehe ich.« Durch Klopfzeichen gab Melisande dem Kutscher ein schnelleres Tempo vor.

Der Wagen ruckelte, als die Pferde in den Galopp sprangen. Die Landschaft schien vorbeizufliegen. Die Fenster waren heruntergelassen, klapperten in den Rahmen, und Nynke fuhr der Wind ins Gesicht. Sie redete sich ein, die Tränen in ihren Augenwinkeln rührten daher.

An der Fähre zügelte der Kutscher die gut ausgebildeten Grauschimmel zum Schritt. Die schwankende Plattform, aus der die Fähre bestand, hing an einem über die Havel gespannten Tau. Es verschwand unter Wasser, wenn die Fähre an einem Ufer festmachte. Mit langen Haken zogen der Fährmann und seine Gehilfen sie über den Fluss. Die Fähre war einige Mannslängen entfernt und näherte sich langsam. Nynke sprang aus der Kutsche, ohne den Tritt herunterzuklappen, und wäre beinahe gestürzt. Mit einer Hand stützte sie sich am Rad ab. Der Kutscher kletterte vom Bock und stürzte tatsächlich. Sie hatte keine Zeit, sich um den Mann zu kümmern, sondern eilte zum Havelufer.

»Hat Er vor Kurzem jemanden übergesetzt?«, rief sie dem Fährmann zu.

»Das ist mein Geschäft, gnä' Frau!«, schrie der Mann zurück. Er trug nur Hose, ein Hemd mit aufgekrempelten Ärmeln und eine Weste, keinen Rock, und an seinen nackten Armen spielten die Muskeln.

Nynke begriff den Unsinn ihrer Frage. »Waren heute Soldaten hier?«

»Eine Handvoll oder so.«

»Hat Er sie übergesetzt?«

»Nein.«

Die Fähre hatte das Ufer erreicht, schob sich knirschend auf den Kies. Die Gehilfen des Fährmannes sprangen mit Leinen in den Händen an Land und schlangen sie schnell und geschickt um zwei Holzpfähle, die extra zu diesem Zweck in die Erde geschlagen waren.

»Waren noch andere Reiter hier?«, fragte Nynke weiter. »Ein Mann und ein Kind auf einem Pferd?«

»Hier sind viele vorbeigekommen. Alle im Galopp vorbeigestürmt. Niemand wollte übergesetzt werden.« Der Fährmann hörte sich an, als wäre das Nynkes Schuld. Er zeigte mit den Armen die Richtung an, in die die Reiter verschwunden waren.

Nynke hatte genug gehört. Sie schnippte dem Mann einen Goldtaler hin, und weiter ging die wilde Fahrt in der Kutsche.

KAPITEL XXVIII

Mit zusammengebissenen Zähnen trotzte Matthias den Schmerzen im Bein. Wenn die Wunde noch nicht wieder aufgebrochen war, würde es nicht mehr lange dauern. Der Fuchs, auf dem er ritt, griff wacker aus. An Hals und Schultern spielten gewaltige Muskeln. Der Atem entwich den Nüstern in einem gleichmäßigen Rhythmus.

Matthias verfluchte nicht zum ersten Mal sein reiterliches Unvermögen. In seiner Jugend hätte er die Chance gehabt, reiten zu lernen, aber sein Vater war der Meinung gewesen, an einen Jungen seines Standes sei das verschwendet.

Die Soldaten vor ihm sah Matthias gelegentlich auf einem gut einsehbaren Stück Weg. Die meiste Zeit hörte er nur das Trommeln der Pferdehufe auf dem harten Boden. Er hielt den Fuchs zurück, um dessen Kräfte zu schonen. Das Pferd war sorgfältig ausgebildet und reagierte auf jede seiner ungelenken Hilfen.

Trotzdem schwanden seine Kräfte. Der gebogene Hals war dunkel vor Schweiß, Schaumflocken flogen von seinem Maul. Matthias fragte sich, wohin Nynkes Ehemann unterwegs war. Zu zweit mit nur einem Pferd würden sie nicht weit kommen. Er sah den Flüchtenden zwar nicht, aber er war sich sicher, dass Julius von Heyneke keinen großen Vorsprung hatte. Der Mann benötigte ein Versteck. Bisher folgte sein Weg im Wesentlichen dem Verlauf der Havel nach Norden.

Matthias schloss zu den Soldaten auf, die ihre Pferde inzwischen zum Trab durchpariert hatten. Die Tiere waren ebenso verschwitzt wie seines und schnauften. Vom aufgewirbelten Staub waren die Gesichter der Reiter streifig.

»Ich frage mich, was sein Ziel ist?«, sinnierte der Hauptmann. Er strich sich über das Gesicht, was den Staub weiter verteilte, statt ihn zu entfernen.

»Barnhagen«, antwortete einer der Leutnants wie aus der Muskete abgeschossen. »Das ist das Gut seiner Familie. Dort ist er aufgewachsen, er hat mir einmal davon erzählt.«

»Wo liegt das Gut?«

»Das hat er nicht gesagt. Jedenfalls nicht in der Nähe von Potsdam. Mir kam es recht weit entfernt vor, jedenfalls wäre es dorthin ein mehrtägiger Ritt.«

»Wir schonen die Pferde, folgen ihm aber weiter.« Der Blick des Hauptmannes traf Matthias, der sich im Hintergrund hielt. »Was will Er hier? Das ist eine militärische Aktion, Er hat hier nichts zu suchen. Verschwinde Er.«

»Ich behindere Euch nicht«, erwiderte Matthias mit großer Höflichkeit.

»Was hat Er mit Obristleutnant von Heyneke zu schaffen?«

»Gar nichts. Ich will den Jungen zu seiner Mutter zurückbringen. Das Kind wurde ihr entrissen.«

»Der Junge geht uns nichts an. Behindere Er uns nicht bei der Erfüllung unserer Pflicht.« Der Hauptmann wandte sich wieder seinen Soldaten zu, als wäre Matthias nicht vorhanden. »Barnhagen scheint mir eine Reise von mehreren Tagen zu sein. Kennt jemand einen Ort in der Nähe, wohin von Heyneke sich für die Nacht wenden kann.«

Die Soldaten schauten auf die Hälse ihrer Reittiere. Matthias dachte angestrengt nach. Spandau wäre heute zu erreichen. Wenn man das Pferd nicht schonte, vielleicht Nieder-Neuendorf. Dort gab es Poststationen und Gasthäuser. Julius von Heyneke war sicherlich nicht so dumm, sich in einem davon blicken zu lassen. Aber es gab in der Nähe das Gut Falkenhöh mit einem Forsthaus, in dem er selbst schon um Unterkunft gebeten und sie erhalten hatte.

Auf einmal war er überzeugt, auf der richtigen Spur zu sein. Wer auf dem Weg zum elterlichen Gut war, kannte die Übernachtungsmöglichkeiten entlang der Reiseroute. Er könnte sein Pferd wenden und so tun, als ritte er zurück, dann heimlich wieder umkehren und zum Forsthaus reiten. Nur konnte er es mit einem Mann wie Julius von Heyneke aufnehmen? Den Verzweiflung, Rachsucht, Wut oder alles drei antrieb?

Er nannte das Forsthaus als mögliches Ziel. Keiner der Soldaten – auch nicht die Offiziere – kannte es. Die Leutnants wandten ein, der Flüchtige werde es auch nicht kennen. Die aufkeimende Diskussion unterband der Hauptmann, indem er sich den Weg zum Forsthaus beschreiben ließ. Im Trab und zu zweit nebeneinander rückten sie ab.

Der Fuchs kaute auf dem Gebiss und wollte den anderen Pferden folgen, aber er war zu gut erzogen, als sich gegen die Zügel zu wehren. Was Matthias dem Hauptmann beschrieben hatte, war die Strecke über bequeme Wege, für Fuhrwerke. Es gab auch Pfade quer durch Wald und Flur, die für einen einzelnen Reiter gut zu nutzen waren und die nur kannte, wer gewöhnlich zu Fuß unterwegs war. Jemand wie Matthias. Und diese Pfade kürzten die Strecke erheblich ab.

Matthias biss die Zähne zusammen. Es half längst nicht mehr gegen die Schmerzen in seinem Bein. Ihm war klar, dass er inzwischen wie ein Mehlsack im Sattel hing. Der Fuchs lief mit hängenden Zügeln in einem lockeren Trab, und weil der Pfad zwischen kurz vor der Reife stehenden Schwarzwurzel- und Steckrübenfeldern hindurchführte, kam er nicht vom Weg ab.

Der mündete in eine lange Allee, die direkt zum Forsthaus führte. Als er eine letzte Kehre hinter sich brachte und die Einmündung erblickte, sah er Julius von Heyneke auf einem schweißbedeckten Braunen vorbeireiten. Das Pferd stolperte im Trab, dann verschwand es aus Matthias' Sicht. Durch ihn ging ein Ruck.

»Von Heyneke!«, brüllte er und trieb sein Pferd vorwärts.

Zwischen den Alleebäumen sah er Nynkes Ehemann in einem schwerfälligen Galopp auf das Forsthaus zuschaukeln.

»Stell dich, du Feigling!«, rief Matthias ihm hinterher.

Von der anderen Seite kamen die Soldaten heran. Der Hauptmann ritt vorn, hinter ihm die beiden Leutnants. Die federgeschmückten Hüte der Offiziere wippten im Takt der Trabtritte. Sie ritten immer noch in Zweierformation und sahen aus wie bei einer Parade. Julius von Heyneke schaute sich um, und als er Matthias und die Soldaten erblickte, stieß er einen Schrei aus, einem gequälten Tier ähnlicher als einem Menschen. Er trieb sein Pferd weiter an. Und dann war ein leises Weinen zu hören. Es ging Matthias mehr durch Mark und Bein als der Schrei zuvor. Bei allem Jagdeifer durften sie nicht vergessen, dass ein kleiner Junge betroffen war. Seinem Wohlergehen galt ihre Pflicht. Die Soldaten machten nicht den Eindruck, ihr Handeln von derartigen Gedanken bestimmen zu lassen. In ihren Gesichtern lag nichts als grimmige Entschlossenheit.

Er wollte die Männer warnen, aber bevor er ihnen etwas zurufen konnte, strauchelte Julius' Pferd. Es rutschte mit den Vorderhufen weg und versuchte verzweifelt, wieder auf die Beine zu kommen. Der Schwung der Hinterhand zwang das Pferd unbarmherzig voran. Der Kopf knickte ein und dann …

»Nein, Herr im Himmel! Nein!«, schrie Matthias.

Der Pferdeleib überschlug sich und kam mit einem Dröhnen auf dem Boden auf. Die Formation der Soldaten hielt auf ein Zeichen des Hauptmannes an.

Das gestürzte Pferd ruderte mit den Beinen in der Luft. Von Julius waren nur verrenkte Gliedmaßen zu erkennen, und er schien wenigstens teilweise unter dem Pferdeleib eingeklemmt zu sein. Außerdem hatte Matthias bei dem Sturz etwas wegfliegen sehen. Er hoffte, dass es Peter gewesen war und der Junge nicht unter dem Pferd begraben lag.

Matthias rutschte aus dem Sattel. Obwohl er auf den Schmerz gefasst war, entfuhr ihm ein Stöhnen. Sein Bein fühlte sich wie ein unförmiger Klumpen an. Der Fuchs senkte den Kopf und begann zu grasen. Matthias humpelte los.

Der Braune schaffte es endlich, auf die Hufe zu kommen. Ihm hing der Sattel unter dem Bauch. Julius von Heyneke richtete sich halb auf und schaute sich um.

KAPITEL XXIX

Nachdem Nynke die Spur ihres Mannes erst einmal gefunden hatte, war es nicht schwer, ihr zu folgen. Selbst wenn Julius nicht aufgefallen war und Matthias ebenso wenig, den Trupp Soldaten hatte niemand übersehen. Melisande hatte das Fragen übernommen, und dafür war Nynke ihr dankbar. Die Gedanken kreisten unablässig in ihrem Kopf. Ihr Herz weinte um Peter in den Händen seines Vaters, den sie inzwischen jeder Tat für fähig hielt. Es weinte um Matthias – die Liebe ihres Lebens. Zum ersten Mal gestand Nynke es sich ein, und vielleicht würde sie ihn nicht mehr lebend wiedersehen. Nachdem sie sich endlich wiedergefunden hatten. Die meiste Zeit saß ihr ein Kloß in der Kehle, der sie sowieso am Sprechen gehindert hätte.

»Ich weiß wirklich nicht, warum dein Mann sich diese öde Gegend ausgesucht hat. Hier ist nichts. Was will er hier?«, mokierte sich Melisande. Sie sah aus den Fenstern. Auf der einen Seite der Kutsche zog ein endloser Wald vorbei, auf der anderen wechselten sich Felder und Wiesen ab.

»Weil man bei einer Flucht gewöhnlich nicht gesehen und gefunden werden möchte«, antwortete Nynke. Sie hatte sich erst räuspern und zweimal ansetzen müssen.

»Hier ist er mehr aufgefallen, als wenn er Pitter bei sich gehabt hätte. Weswegen wir ihm auch so leicht folgen können.«

Dem vermochte Nynke nicht zu widersprechen.

»Ich sage dir, was ich bei einer Flucht tun würde.«

»Was denn?«

»Nach Paris gehen oder nach Wien. Meinetwegen auch

London. Oder St. Petersburg. Obwohl es dort verflucht kalt sein soll.«

Ein Wort wie verflucht hatte Nynke noch nie aus Melisandes Mund gehört, und es entlockte ihr ein leichtes Lächeln.

»Das sind alles große Städte mit vielen Menschen. Dort kannst du dich verstecken, bis du dich selbst nicht mehr findest«, sprach Melisande weiter. »Warum sich hinter einem Baum verbergen, dessen Stamm nicht einmal stark genug ist, einen zu verdecken. Dein Mann kam mir schon immer ungelenk vor, Nynke. Es gehört sich nicht, so etwas zu sagen, aber einmal muss es heraus.«

Nynke konnte nicht anders, als herauszulachen. Das beschrieb Julius treffend. Gleich darauf fiel Melisande in das Gelächter ein.

Der Kutscher spähte durch das kleine Fenster hinter seinem Sitz ins Wageninnere. »Wenn ich die Fröhlichkeit der gnä' Damen unterbrechen darf, aber es sieht alles so aus, als wäre der Mann der gnä'en Frau zum Forsthaus Falkenhöh unterwegs. Etwas anderes gibt es hier nicht. Ein Cousin von mir hat einige Jahre dort gearbeitet, und ich habe ihn zweimal besucht. Deshalb weiß ich das.«

»Bring uns hin, Mann, und rede nicht so viel«, befahl Melisande.

»Es ist nicht mehr weit, gnä'e Damen.« Der Kutscher knallte mit der Peitsche und trieb die Pferde mit Rufen an.

Nach kurzer Zeit bog der Landauer in eine Allee ein. Mächtige Laubbäume ließen Nynke sich klein fühlen. Sie wusste, dass es nicht mehr lange dauerte bis …

Ein Schrei ließ sie zusammenfahren. Melisande ergriff Nynkes Hände.

»Das muss gar nichts zu bedeuten haben.«

Der Kutscher beugte sich wieder zum Fenster. »Ich sehe die Soldaten. Sie haben angehalten.«

KAPITEL XXX

Julius von Heyneke schien vom Sturz benommen, Matthias sah ihn mehrfach den Kopf schütteln, derweil er sich aus der einen Richtung hinkend näherte und die Soldaten rennend aus einer anderen. Matthias' Aufmerksamkeit galt dem wie vergessen vor einem Stamm liegenden Stoffbündel, in dem er inzwischen sicher den kleinen Peter vermutete. Hoffentlich war dem Jungen beim Sturz nicht mehr als der Schreck in die Glieder gefahren. Deshalb bekam er nur aus dem Augenwinkel mit, wie Julius sich vollends aufrichtete und mit etwas in den Händen herumfuchtelte.

»Heyneke, lassen Sie den Quatsch!«, brüllte jemand. Matthias erkannte die Stimme des Hauptmanns.

»Bleibt zurück! Alle!« Julius klang brüchig und erschöpft.

Ein schneller Blick zeigte Matthias, dass die Soldaten dieser Aufforderung nicht folgten. Er hinkte ebenfalls weiter.

»Sie sind völlig erschöpft. Das Pferd auch. Was wollen Sie noch?«, rief wieder der Hauptmann. »Wir regeln das intern. Es wird keinen Vermerk geben. Der König muss nichts erfahren.«

Matthias fragte sich nur flüchtig, von welcher Art Vermerk der Hauptmann faselte, denn eben hatte sich das Stoffbündel bewegt. Ein leises Weinen drang zu ihm herüber, und mehrfach ein schluchzend hervorgestoßenes »Papa«. Julius war viel näher dran und musste es auch gehört haben, aber er zeigte keine Reaktion.

»Dazu ist es zu spät. Meinen Sohn lasse ich mir nicht wegnehmen. Von niemandem.«

Matthias erkannte, was der Obristleutnant in den Händen hielt: rechts eine Pistole und links den Degen. Beides zeigte auf die Soldaten. Der Hauptmann stand nicht mehr an der Spitze seiner Männer, sondern hatte sich neben einen Alleebaum zurückgezogen. Die Soldaten hielten ihre Waffen im Anschlag und setzten Fuß vor Fuß, als marschierten sie in eine Schlacht.

»Ihr kriegt mich nicht!« Julius wich zurück.

»Sie haben nicht mehr als einen Schuss, Heyneke. Als Stratege wissen Sie, dass Sie keine Chance haben.« Der Hauptmann rief aus seiner Deckung heraus.

»Nicht lebend, meine ich.«

Matthias erwartete, dass Nynkes Ehemann die Pistole an die eigene Schläfe setzen würde, aber die Mündung zeigte weiterhin auf die Soldaten.

»Sie werden nicht in geweihter Erde begraben, wenn Sie das tun.« Den Hauptmann beseelte offenbar der gleiche Gedanke.

Ein Schuss krachte. Einem Soldaten flog die Mütze vom Kopf. Julius ließ die nutzlose Pistole fallen, und Matthias meinte, ihn etwas sagen zu hören wie: »Verdammtes Ding! Lauf verzogen!«

»Nicht schießen!«, kommandierte einer der Leutnants.

Dann geschahen mehrere Dinge gleichzeitig.

An den Soldaten vorbei rannte mit wehenden Röcken Nynke. »Julius!«, schrie sie mit sich überschlagender Stimme. »Wo ist Peter? Was hast du mit unserem Sohn gemacht?«

Matthias zeigte auf den Jungen und wollte etwas antworten, brachte jedoch kein Wort heraus. Wo kam Nynke auf einmal her? Er wähnte sie in Potsdam in der Obhut ihrer Schwester und ihres Schwagers. Peter hatte seine Mutter offenbar gehört, denn er weinte lauter und streckte die Arme nach ihr aus.

Zwei weitere Schüsse wurden abgegeben. Aus den Läufen zweier Pistolen in den Händen der Soldaten kräuselte sich Rauch in die abendliche Sommerluft. Einzig die Pferde kümmerten sich nicht um das Geschehen. Als Armeepferde waren sie Schüsse gewöhnt und grasten unbeirrt weiter.

Julius griff sich an die Brust, taumelte zwei Schritte, drehte sich halb um sich selbst, ehe er auf den Weg stürzte. Der Degen ragte in einem komischen Winkel in die Luft.

»Nicht schießen!«, wiederholte der Leutnant, aber der Befehl war überflüssig, denn alle hatten ihre Waffen gesenkt. »Das wird ein Nachspiel haben!«, fauchte er die zwei betreten zu Boden blickenden Männer an.

Nynke rannte an Julius vorbei und riss Peter in ihre Arme. Als Matthias sich zu dem Verletzten hinunterbeugte, um zu sehen, ob noch Leben in ihm war, bemerkte er aus dem Augenwinkel, wie der Hauptmann verstohlen mit seiner Pistole hantierte. Sollte der Kerl etwa eine einfache Lösung vorgezogen haben? Es waren zwei Schüsse gewesen, und wenn zwei Soldaten geschossen hatten ...? Das Rätsel würde er nicht lösen.

Julius' Blick irrlichterte unstet umher, blutiger Schaum quoll über seine Lippen. Neben der einen Verletzung in der Brust, die die Lunge getroffen hatte, entdeckte Matthias einen Stich im Oberschenkel, wo der Obristleutnant sich selbst mit dem Degen verletzt hatte. Weitere fielen ihm nicht auf. Hatte er sich in Bezug auf den Hauptmann also geirrt? Julius bewegte die Lippen, und Matthias beugte sich tiefer über ihn.

»Du ... letzte ... sehen ... ausgerechnet«, verstand er und musste sich den Rest zusammenreimen.

»Das sind deine letzten Worte, Mann?«, fuhr er auf. »Hast du nichts Versöhnliches zu sagen? Ein Wort der Liebe und Vergebung an deine Kinder, damit sie stolz und froh an ihren Vater denken können?«

Julius' blutige Hand legte sich wie eine Klammer um Matthias' Handgelenk. »Peter ... Sohn ... sie ... nicht ... das Weib ... nicht ...« Der Rest ging in einem Blubbern unter. Der Griff seiner Finger wurde zusehends schwächer.

Von der anderen Seite beugte sich einer der Leutnants über den Verletzten. Seine Miene spiegelte mehr Neugierde als Betroffenheit über den Tod eines Kameraden. »Schafft er es zurück nach Potsdam, wenn wir ihn in die Kutsche der Damen legen?«

Matthias schüttelte den Kopf.

»Haucht sein Leben aus, was? Teufel auch, warum mussten die Kerle schießen, obwohl wir es anders befohlen hatten. Manchmal haben sie einfach nervöse Hände. Er hätte nicht abgehen sollen.«

»Wie abgehen?«, fragte Matthias verständnislos. Die Finger des Verletzten rutschten von seinem Handgelenk, die rasselnden Atemzüge wurden schwächer. Nur die Blutblasen auf seinen Lippen verrieten, dass noch ein Rest Leben in ihm steckte.

»Von der Fahne. Deswegen sind wir gekommen, weil er sich seit Tagen in der Garnison nicht blicken ließ. Gemeine gehen durch, aber ein Offizier doch nicht. Der ersucht um seinen Abschied oder nimmt Urlaub auf unbestimmte Zeit. Er geht seiner Pflicht nach, bis alles geregelt ist.«

»Er ist fahnenflüchtig?« Matthias hatte unbewusst die Hand des Sterbenden genommen und hielt sie tröstend.

»So nennen wir es bei Gemeinen, und sie werden dafür erschossen als Abschreckung für andere. Unter uns Offizieren …«

Julius' Brust senkte sich zum letzten Mal. Seine Augen blickten starr in den Himmel. Er hatte es geschafft, musste die respektlosen Reden des Leutnants nicht länger anhören. Fast beneidete Matthias ihn darum. Er schloss die Augen des Verstorbenen, faltete dessen Hände auf der Brust.

KAPITEL XXXI

Mühsam erhob sich Matthias, und sein Blick kreuzte sich direkt mit Nynkes. Peter auf dem Arm stand sie ein wenig abseits und sah besorgt aus.

»Ist er tot?«, formten ihre Lippen.

»Ja«, gab er lautlos zurück. »Friede seiner Seele.«

Er humpelte zu den beiden, und alles in ihm drängte danach, sie in den Arm zu nehmen und nie wieder loszulassen. Einzig die Anwesenheit der Soldaten hielt ihn davon ab. Er konnte nicht mehr tun, als so dicht neben ihr zu stehen, dass ihre Schultern sich berührten, und ihren Duft einzuatmen.

Die Soldaten hatten sich um den Toten versammelt. Alle hielten die Blicke gesenkt und hatten die Hüte abgenommen. Der Hauptmann faltete die Hände und sprach ein abschließendes Gebet. Nynke und Matthias fielen in das »Amen« mit ein. Anschließend fingen die Soldaten ihre Pferde ein und machten sich zum Abrücken bereit. Sie bestanden darauf, den Fuchs mitzunehmen, den Matthias geritten hatte, weil es sich um ein Armeepferd handelte. An dem Braunen, auf dem Julius geflohen war, zeigten sie dagegen kein Interesse.

Sie bestanden auch darauf, ihren toten Kameraden mitzunehmen. Besonders eifrig tat sich dabei der Leutnant hervor, der zuerst so respektlos geredet hatte. Sie wickelten den toten Obristleutnant in ein blaues Tuch, das jemand von irgendwo hervorgeholt hatte, und legten ihn quer über einen Sattel.

Der Hauptmann kam zu Nynke herüber. »Frau Obristleutnant …«

Sie machte eine abwehrende Handbewegung.

»Frau Obristleutnant, mein Beileid zum Tod Ihres Gatten. Er war ein ehrenhafter Offizier, ein vorbildlicher Mensch. Seine christliche und hochherzige Gesinnung war ein Vorbild für uns alle ...«

»Bitte, ich kann das jetzt nicht.« Nynke schwankte, und Matthias ergriff stützend ihren Ellenbogen. Sie seufzte tief auf, fing sich aber wieder.

»Völliges Verständnis, Frau Obristleutnant. Wir kümmern uns um ... belasten Sie sich nicht ...« Der Hauptmann zog sich zurück.

Peter war auf dem Arm seiner Mutter eingeschlafen und hatte vom Tod seines Vaters nichts mitbekommen. Langsam gingen sie zur Kutsche und betteten das schlafende Kind hinein. Eine totenblasse Melisande deckte ihn zu und bewachte seinen Schlaf.

Nynke sackte gegen Matthias, der sie endlich mit beiden Armen umfing.

»Ich sollte traurig sein, aber ich kann es nicht«, flüsterte sie in seine Schulter hinein. »Ich fühle mich nicht, als hätte ich einen Mann verloren, sondern meine Freiheit gewonnen.«

»Du darfst deswegen kein schlechtes Gewissen haben. Er war dir kein guter Ehemann.«

»Ich war ihm auch keine gute Ehefrau. Die Kinder haben ihren Vater verloren.«

»Ich verspreche dir, Nynke, ich werde sie lieben wie meine eigenen.«

PITTERS HOLLÄNDISCHE AUSDRÜCKE

bezetten uitkijk	Ausguck besetzen
elendige Landrotten	elende Landratten
geen vermoeidheid	keine Müdigkeit
in de Wanten	in die Wanten
luie vent	fauler Kerl
mast en schaar breaken	Mast- und Schotbruch
sneller	schneller